18세기초 호남기행

—「남유록」과「남행집」—

이하곤 저 / 이상주 편역

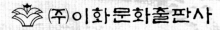

㈜이화문화출판사

이하곤이 그린 그림(간송미술관소장)

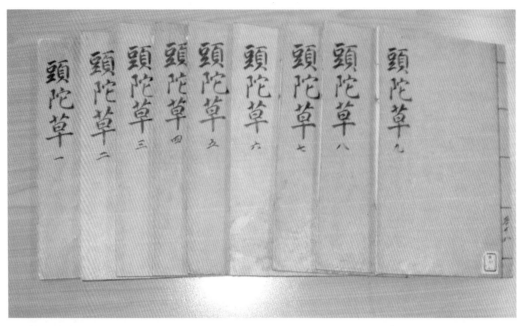

이하곤의 문집 『두타초(頭陀草)』(국립중앙도서관 소장) :
『진천 완위각 학술조사보고서(鎭川 宛委閣 學術調査報告書)』에서 전재

이하곤의 글씨

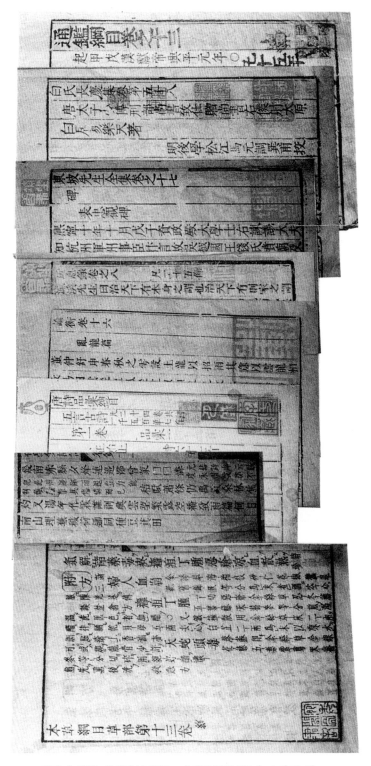

인장이 찍힌 완위각(宛委閣 : 만권루(萬卷樓))에 소장된 책

6

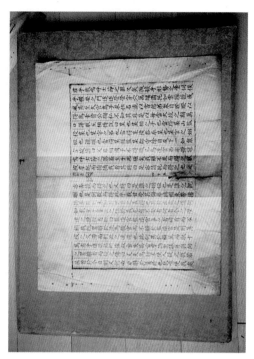

담헌집(澹軒集) 초고본 일부

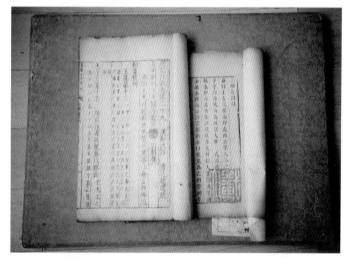

재대(載大) 이하곤(李夏坤)이라는 인장을 찍은 책

이광사(李匡師)의 글씨 : 만권루(萬卷樓)

윤순(尹淳)의 글씨 : 완위각(宛委閣)

윤순(尹淳)의 글씨 : 담헌(澹軒)

윤순(尹淳)의 글씨 : 두타(頭陀)

충북 진천군 초평면 용정리 양촌에 남아 있는 이하곤 생가 '큰사랑채'

*충북 진천군 초평면 양촌리 용정 담헌 이하곤 생가터에 남아있는 큰 사랑채
*담헌 생가에 남아있는 큰사랑채 정면 기둥에 해행체(楷行體)로 쓴 주련(柱聯)이 부착되어 있었다. 부엌쪽으로부터 1구가 시작된다. 1구에서 부터 3구까지는 기둥 남향에 부착했는데, 4구는 북향으로 부착했다. 내용은 평지일천온(平地一川穩), 고산사면동(高山四面同). 필가로창우(筆架露窓雨), 서첨영극훈(書籤暎隙曛)이다. 1992년 필자가 사진을 찍어두었는데, 1997년경 누군가 떼어갔다. 그 9대 종손 이정희씨에게 돌려주기 바란다.

大提學晦窩李先生像

이하곤의 부친 이인엽(李寅燁)의 초상

賀　序

　　藍泉(남천)은 李相周(이상주) 박사의 호다. 천학비재한 내가 세상에 먼저 나　학부와 대학원 석사과정에서 지도교수로 그를 만나 학문하는 길의 안내자가 된 뒤 그가 나의 모교인 성균관대학교에서 문학박사 학위를 받고 그의 박사논문을 가져 왔을 때 靑出於藍(청출어람)하고 刮目相對(괄목상대)한 그의 학문적 진보에 크게 감탄하며 선생보다 더 나은 훌륭한 학자가 되라는 축원을 담아 靑出於藍(청출어람)의 藍(람) 자와 '샘이 깊은 물은 가뭄에 마르지 않는다.'는 龍飛御天歌(용비어천가)의 샘 泉(천) 자를 합하여 그의 호를 지었다. 이박사는 나의 기대를 저버리지 않고 늘 학문에 정진 훌륭한 논문을 다수 발표하여 사계의 인정받는 학자로 성장하였다. 藍泉(남천)은 성품이 高潔(고결)하고 진중하여 항시 君子(군자)다움을 굳게 지켜 時俗(시속)에 물들지 않은 淸淡(청담)한 선비다. 나 자신 好古(호고) 취미가 깊어 古書(고서)와 金石(금석)을 愛好(애호)하거니와 남천은 학부 때 나를 따라 黙齋(묵재) 李文楗(이문건)의 生家(생가)를 답사한 이후 내가 1975년대에 발굴하여 학계에 소개한 묵재 이문건 관련 학술자료 가운데 특히 『養兒錄(양아록)』에 깊은 관심을 가지고 계속 집중적인 연구 끝에 몇 년 전 『양아록』 국역본을 출간하여 洛陽(낙양)의 紙價(지가)를 올린 바 있다. 지금은 나보다 好古之癖(호고지벽)이 勝(승)한 것을 자주 눈여겨보며 學統(학통)의 일단을 實感(실감)하곤 한다. 이번에 이박사가 또 澹軒(담헌) 李夏坤(이하곤)의 문학에 대한 박사논문을 쓰는 과정에서 다루었던 담헌의 「南遊錄(남유록)」과 「南行集(남행집)」을 編譯(편역)한 『18세기 초 호남기행』을 출간한다. 日新又日新(일신우일신)하는 그의 학문 연구 성과에 대하여 뜨거운 마음으로 致賀(치하)와 激勵(격려)를 표한다. 자세한 것은 책의 본문을 읽어 보면 알 것이므로 번거롭게 언급하지 않는다. 다만 이 책의 남다른 가치는 시와 산문이 어우러진 남도 기행의 실경이 그림처럼 묘사되어 지리 풍속·고사·설화·인물·문물유적 등은 물론 여행하며 만난 당시 많은 실존 인물의 숨결과 언어까지 고스란히 담아내었다는 점이다. 1722년 10월 13일부터 그해 12월 18일까지 시인이며 문장가인 담헌의 발자취가 지났던 호남일대의 생생한 기록 문학작품인 「남행집」과 「남유록」이 이제 이박사의 손을 통해 漢文(한문)의 두텁고 높은 담을 헤치고 그 眞面目(진면목)을 일반 독자가 알기 쉽게 국역되어 재창작되었으니 이는 담헌의 홍복이요 사계의 큰 성과이며 독자의 기쁨이 될 것이다. 남천이 강의와 논문쓰기에 바쁜 가운데서도 이렇게 귀한 역저를 출판하여 한문학 연구자들은 물론 일반 독자들에게 한시와 한문학의 산문문학이 가진 독특한 아름다움과 진미를 맛보게 하였으니 그 보람과 功德(공덕)은 크다 아니 할 수 없다. 더욱이 書齋(서재)에 앉아서 책갈피만 헤집고 漢字(한자)의 자구 해석에만 매달리지 않고 원전에 나타난 담헌의 발자취를 직접 답사하며 현장 사진을 일일이 찍어 자료로 제시한 것은 남천의 공부하는 자세가 얼마나 근실한가를 짐작하고도 남는다. 남천은 이에 만족하지 말고 모쪼록 學海無邊(학해무변)의 겸손함으로 더욱 邁進(매진)하기 바라며 이 책을 보고 많은 大方家(대방가)들의 叱正(질정)을 통해 남천 이상주박사가 더욱 큰 학자로 大成(대성)하는 길에 큰 도움을 베풀어 주기 仰望(앙망)하는 마음 간절하다. 더불어 이박사는 『담헌 이하곤 문학의 연구』도 출간한다고 하니, 아울러 축하한다. 다시 한번 『18세기 초 호남기행—남유록과 남행집』편역서의 간행을 축하하며 감히 賀序(하서)를 마친다.

2003년   10월 15일

清州大學校 師範大學 漢文敎育科 敎授
清州大學校 敎務處長 兼 學術硏究所長   文學博士 竹里 金洪哲 謹識

일러두기

1. 「남행집(南行集)」과 「남유록(南遊錄)」의 원전은 저자인 담헌(澹軒) 이하곤(李夏坤)의 문집
『두타초(頭陀草)』에 실려있다. 이는 초고본으로 국립중앙도서관에 귀중본으로 소장돼있으
며, 번역은 이를 영인한 여강출판사(驪江出版社 : 1992년 간행)본을 저본으로 했다.
　「남유록(南遊錄)」을 날짜순으로 먼저 싣고, 거기에 해당하는 남행집(南行集)의 내용을
그 다음에 실는 방식으로 편집했다. 「남행집(南行集)」의 시는 번역문을 앞에 원문을 다음
에 배열하여 대조해 볼 수 있게 했으며, 「남유록(南遊錄)」의 원문은 일괄하여 맨 뒤쪽에
실었다.

2. 『두타초(頭陀草)』를 살펴보면 「남행집(南行集)」이 어디서 끝나는지 정확히 표시되어있지 않
다. 내용상으로 보아 10권 <임실현(任實縣)> 다음에 나오는 <동우행(冬雨行)>까지가 「남
행집(南行集)」의 내용에 해당되는 것으로 추정할 수 있다. 이렇게 볼 때 임실에서 전주사
이에서 견문한 내용을 시(詩)로 지은 작품은 실려있지 않은 것이다. 담헌이 남기지 않은
것인지 문집을 편집하면서 제외했는지는 정확히 알 수 없다.

3. 「남행집(南行集)」과 「남유록(南遊錄)」의 원문을 현대활자로 바꾸는데 있어, 속자와 약자를
가능한 한 원전대로 쓰려고 했으며, 컴퓨터에 없는 글자는 원문과 같은 의미의 정자(正字)
또는 통자(通字)를 쓴 경우도 있다.

4. 번역은 원문의 의도를 충실히 살리면서 현대감각에 맞도록 하려고 했다.

5. 주석은 번역문상으로 이해할 수 있는 것은 가능한 생략하고, 독자의 이해를 돕기 위해 고
사와 난해한 곳 그리고 인명과 지명에 붙였다. 사실 한문으로 쓴 문헌들을 번역을 하다보
면 요즘은 쓰이지 않는 용어들을 많이 접하게 된다. 가능하면 주석의 양을 줄이려고 했다.
그러나 사전 찾는 번거로움은 역주자가 대신하는 것도 좋을 것이라는 생각 때문에, 몇몇
의 용어에는 설명을 붙인 것도 약간은 있다. 인명은 일반적으로 알려진 사람은 되도록 생
략하려고 했으며, 필요한 인명에 대해서는 신구문화사에서 간행한 『한국인명대사전』을 참
고하였으며, 거기에 나오지 않는 사람은 역주자가 확인한 사람만 설명했다. 지명은 독자의

이해를 돕기 위해, 가능한 현재의 행정구역 주소를 구체적으로 표시했다. 주석을 붙이는데 있어서 「남유록」에 나온 내용이 「남행집」에 다시 나올 경우 「남유록」에 주석을 부쳤다. 편의상 두군데 주석을 붙인 곳도 있다.

6. 편역자는 1996년 2월 28일부터 30일, 2000년 7월 25일부터 27일까지 두차례 담헌이 여행했던 여정을 따라 현지를 답사했다. 당시에 존재했던 목조 건축물은 남아있는 것이 얼마 되지 않고 석조유물은 거의 그대로 남아있다. 답사를 하면서 담헌이 당시 목격했던 유물 유적중에 현재 남아있는 것은 가능한한 사진을 촬영했다. 다만 강진의 수인산·영암의 월 출산·장흥의 천관산등 직접 올라가지 못한 산을 비롯하여 직접촬영하지 못한 명승고적과 유물유적의 사진은 부득이 기간된 책자에서 사진을 복사하여 실고 그 출처를 명기했다. 「남유록」과 「남행집」의 내용과 관련된 대상에 대해서는 가능한한 사진으로 실으려고 노력했다. 해당지역에 관련된 사진은 해당지역을 읊은 시가 끝나는 다음에, 기행한 순서에 맞추어 몰아서 배치하려고 했으나 편집관계상 어긋난 것도 있다. 그리하여 담헌 당시의 실상과 대비하며 감상할 수 있게 했다. 아울러 각주에 1722년 당시 담헌(澹軒) 이하곤(李夏坤)이 목격했던 유물유적에 관련된 사실들을 간단명료하게 서술해놓아 그 대강의 사연을 알 수 있게 했다.

1996년에 찍은 사진은 색깔이 변해서 실경의 원색과는 적잖은 차이가 있다. 당시의 사진 인화기술의 한 단면을 엿보는 기회로 삼자고 위로할 수 밖에 없다.

차 례

이하곤의 호남기행 주요노정도

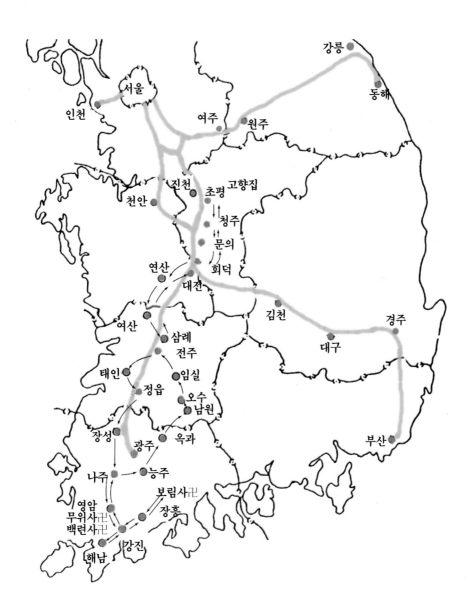

강릉
동해
서울
인천
여주
원주
진천
초평 고향집
천안
청주
문의
연산
회덕
대전
김천
경주
여산
대구
삼례
전주
태인
임실
정읍
오수
남원
장성
옥과
광주
나주
능주
보림사
영암
장흥
무위사
백련사
강진
해남
부산

이하곤의 호남기행과 주요사항

1722년

○ 10월 13~14일 청주(淸州) : 목사(牧使) 정혁선(鄭赫先)·영장(營將) 이경지(李慶祉)와 근민헌(近民軒)에서 기생연(妓生宴)을 즐김. 율봉역(栗峯驛). 공북루(拱北樓).

● 10월 15일~20일 회천(懷川) : 제월당(霽月堂)에 들림.

○ 10월 21일~26일 연산(連山) : 구봉산(九峯山). 개태사(開泰寺). 김진옥(金鎭玉)에게 인물고사(人物故事)를 들음.

● 10월 27일 여산(礪山) : 황화정(皇華亭). 읍청정(挹淸亭). 명주(銘酒) 호산춘(湖山春)을 시음함.

○ 10월 28일 삼례역(三禮驛). 비비정(飛飛亭)

● 10월 28일~29일 전주(全州) : 공진루(拱辰樓). 경기전(慶基殿). 한벽당(寒碧堂). 남고사(南古寺). 만마곡(萬馬谷). 만화루(萬化樓). 전견훤궁지(傳甄萱宮趾). 유초나박산(油炒糯薄散)·강수저(薑鬚菹)를 시식함.

○ 11월 1일~3일 금구(金溝) : 봉성관(鳳城館). 응향정(凝香亭). 소렴당(泝濂堂). 금산사(金山寺). 귀신사(歸信寺). 주수(主守) 임퇴백(林退伯 : 이름은 世讓)과 봉성관(鳳城館)에서 만남.

● 11월 3일 태인(泰仁) : 피향정(披香亭). 무성서원(武城書院). 정읍(井邑)에서 숙박.

○ 11월 4일 천원역(泉源驛) : 고장성(古長城)도착. 입암성(笠巖城).

● 11월 5일 장성(長城)출발 나주(羅州) 북창촌(北倉村)도착. 양씨정려각(梁氏旌閭閣).

○ 11월 6일 나주(羅州) : 금성관(錦城館). 쌍계사(雙溪寺).

● 11월 6일 강진(康津)도착.

○ 11월 7일 강진(康津) : 파총(把摠)인 최치완(崔致完 : 宋相琦謫所)집에서 장인(丈人)인 송상기(宋相琦)를 배알.

● 11월 8일 장흥(長興) : 공북루(拱北樓). 진남루(鎭南樓).

○ 11월 10일 강진(康津) : 죽림사(竹林寺).

● 11월 12일 강진(康津) : 백양촌(白羊村). 가사(歌詞)의 노랫말인 김응정(金應鼎)의 「소령(小令)」의 존재를 기록함.
  장흥(長興) : 천풍산(天風山). 구정암(九精庵)유람예정. 탑산사(塔山寺). 곤유암(坤維庵). 부춘정(富春亭). 천관사(天冠寺).

○ 11월 13일 장흥(長興) : 노봉사(老峰寺).

- 11월 14일 장흥(長興) : 천관산의 석범봉(石帆峯)・고탑산사(古塔山寺)・아육왕탑(阿育王塔).
- 11월 15일 강진읍의 남당촌(南塘村). 청조루(聽潮樓). 김선연(金善連 : 尹春卿澤의 奴)에게 아버지 이인엽(李寅燁)과 노파가 주고 받은 일화를 들음.
- 11월 16일 강진읍의 남당촌(南塘村).
- 11월 16일 저녁 해남(海南)의 백련동(白蓮洞)도착. 죽은 윤두서(尹斗緖)의 녹우당(綠雨堂)에서 생황급당금(笙簧及唐琴)을 살펴봄. 윤두서(尹斗緖)의 아들 윤덕희(尹德熙)와 윤두서의 화권(畵卷)을 감상함.
- 11월 17일 해남(海南)의 대둔사(大芚寺) : 서산대사 유품(西山大師 遺品)인 금선가사(金線袈裟)・벽옥발우(碧玉鉢釪)・적시원감도(寂時圓鑑圖) 감상. 북미륵(北彌勒).
- 11월 18일 백포(白浦) : 윤덕희(尹德熙)의 별장. 저녁 만덕사(萬德寺)에서 숙박.
- 11월 19일 강진 만덕사(萬德寺) 삼절(三絶)인 김생(金生)의 글씨・산다수(山茶樹 : 동백나무)・석체(石砌 : 돌로 쌓은 축대) 관람. 세심암(洗心庵). 저녁 강진에 도착.
- 11월 23일 장흥 보림사(寶林寺)에서 병영(兵營)의 진무(鎭撫)로부터 이희징(李喜徵)이 지은 '시조(時調 : 오늘날 流行歌) 별곡(別曲 : 歌詞를 지칭함)'인 춘면곡(春眠曲)을 최초로 청취.
- 11월 24일 장흥 : 보림사 보조선사비(普照禪師碑).
- 11월 25일 강진 : 수인사(脩因寺)
- 11월 27일 귀향길에 오름. 월남사(月南寺). 백운동(白雲洞)에 있는 이언열(李彦烈)의 별장터 방문. 무위사(無爲寺).
- 11월 28일 도갑사(道岬寺)에서 수미대사(守眉大師)의 유품(遺品)관람. 용암사(龍巖寺). 고산사(孤山寺).
- 11월 29일 율령(栗嶺)을 넘음. 상견성암(上見性庵). 국장생(國長生). 황장생(皇長生). 성기동(聖基洞). 최씨원(崔氏園). 회사정(會社亭). 서호정(西湖亭).
- 11월 30일 영암의 선비 조윤신(趙潤神)을 만남. 쌍취정(雙翠亭). 녹동서원(鹿洞書院). 석화자(石花炙)를 맛봄.
- 12월 1일 나주(羅州) : 유색루(柳色樓). 회진(會津)의 창계고택(滄溪古宅). 창계서원(滄溪書院). 영모당(永慕堂). 성산서재(城山書齋). 수운정(水雲亭).
- 12월 3일 남평(南平)의 승두선(僧頭扇 : 중머리 모양의 부채)를 봄. 능주(綾州)의 기생(妓生)인 화희(花姬)와 대화. 조정암적려유허비(趙靜庵謫廬遺墟碑) 답사.
- 12월 4일 화순군 능주면 영벽정(映碧亭).
- 12월 5일 화순군 이서면 강선대(降仙臺). 적벽(赤壁). 창랑정(滄浪亭). 물염정(物染亭). 서봉사(瑞蜂寺)에서 숙박
- 12월 6일 서봉사(瑞蜂寺)에서 신종황제(神宗皇帝) 어필(御筆)를 확인. 서석산사(瑞石山寺).

화엄굴(華嚴窟). 담양의 소쇄원(瀟灑園)에서 양산보(梁山甫)의 「효부(孝賦)」를 살펴봄. 환벽당(環碧堂). 식영정(息影亭). 옥천사(玉泉寺).

○ 12월 7일 남원(南原)

● 12월 8일 남원(南原) : 이제상위수(李齊尙渭叟)와 기생연을 즐김. 광한루(廣寒樓)에서 맹인(盲人)인 이씨(李氏)로부터 춘면곡(春眠曲)을 청해 들음. 만복사(萬福寺). 관제묘(關帝廟). 충렬사(忠烈祠). 남원부성(南原府城). 교룡산성(蛟龍山城).

○ 12월 8일 오수역(獒樹驛)도착.

● 12월 9일 오수역(獒樹驛) : 벽운루(碧雲樓).

○ 12월 10일 전주(全州)도착.

● 12월 12일 전주(全州)의 경기전(慶基殿)에서 태조(太祖)의 진용(眞容)을 배알. 회경루(會慶樓). '청포(靑布)'·'고계(高髻)'·'유초나(油炒糯)'소개. 여불여남(女不如男)·이불여청(梨不如菁)·치불여계(雉不如鷄)"등 전주삼불여설(全州三不如說)을 확인.

○ 12월 15일 연산(連山)의 개태사(開泰寺)에서 철확(鐵鑊)을 관람.

● 12월 16일 지금의 신탄진(新灘津) 미호(渼湖)에 있는 제월당서원(霽月堂書院)참배. 제월당은 담헌 처조부(妻祖父) 송규렴(宋奎濂)의 호.

○ 12월 18일 청주(淸州) 북문루(北門樓). 고향인 진천(鎭川)으로 귀향

18세기 초 호남기행(湖南紀行)

―「남행집(南行集)」과 「남유록(南遊錄)」 해설―

1. 서언

    담헌(澹軒) 이하곤(李夏坤, 1677~1724)이 남긴 「남행집(南行集)」과 「남유록(南遊錄)」은 1722년 당시 호남지방의 실상을 연구하는데 없어서는 안될 중요한 문헌이다. 여기에는 당시 호남지방의 정황과 문화유적의 실상을 여실히 기록해 놓았다. 담헌은 1722년 10월 13일부터 그해 12월 18일까지 호남지방을 여행하고 그 견문을 기록으로 남겼다. 시(詩)로는 「남행집(南行集)」, 산문(散文)인 일기(日記)로는 「남유록(南遊錄)」이 그것이다. 이렇듯 여행지에서의 견문한 내용을 시와 산문으로 동시에 병행하여 묘사한 예는 보기드문 특이한 사례이다.

    「남유록」은 담헌이 호남에서 견문한 총체적인 내용을 날짜 순서대로 기록한 기행일기(紀行日記)이다. 이 「남유록」을 읽고 있노라면 당시 호남지방의 실상이 눈앞에 선명히 다가온다. 마치 그 당시 호남일대를 촬영한 기록영화를 보는 것도 같다. 담헌은 시고(詩稿)인 「남행집(南行集)」에서 호남지방에서 견문한 핵심 내용을 시를 통해 표현했으며, 시로서 다 표현하지 못한 내용은 「남유록」의 글을 통해서 상세하게 보완해 놓았다. 즉 여정(旅程)에 따라 호남지방의 정황(情況), 만난 인물과 그가 예방한 양반가문의 풍모, 고사(故事)·전설(傳說), 그리고 문물유적(文物遺蹟), 특산물 및 음식·의관(衣冠)등을 비교적 자상하게 '사실적(寫實的)'으로 기록하고 있어 소위 '기록문학'이요 '보고문학'의 진면목을 잘 보여주는 것으로 생각된다. 요즘 표현으로 하자면 '1722년도 호남지방답사보고서(湖南地方踏査報告書)'내지 '호남지방문화유산답사기'라 할 만하다. 이렇듯 당시 호남의 실상을 여실히 상상할 수 있는 것은 당시 호남에서의 견문한 내용을 실제대로 그려내는 "사실적(寫實的)" 묘사를 하고 있기 때문이다. 이 점이 「남유록(南遊錄)」의 중요한 특징이다.

2. 이하곤(李夏坤)과 호남여행을 하게 된 경위

먼저 이하곤의 가계와 생애에 대해 살펴보기로 한다. 담헌 이하곤(1677~1724)은 17세기 후반부터 18세기 초반에 살았던 문학가의 한 사람으로 서화(書畵)에도 식견(識見)이 있었다. 그가 태어난 곳은 지금의 충북(忠北) 진천군(鎭川郡) 초평면(草坪面) 용정리(龍井里) 양촌(陽村)이다. 자(字)는 재대(載大), 호(號)는 소금산초(小金山樵), 무우자(無憂子), 금산병부(金山病夫), 담옹(澹翁), 담헌거사(澹軒居士), 담암(澹庵), 담헌(澹軒)등인데 주로 담헌(澹軒)을 통용하였다.

본관(本貫)은 알평(謁平)을 시조(始祖)로 하는 경주(慶州)이다. 고려말의 익재(益齋) 이제현(李齊賢)은 그의 14대 선조가 된다. 담헌의 7대조인 이공린(李公麟)은 세상에 팔별(八鼈)로 일컬어지던 8명의 아들을 낳았는데, 담헌의 6대조 타(鼉)는 그 중의 넷째 아들이다. 선조조(宣祖朝)에 한성판윤, 형조판서를 역임한 담헌의 증조(曾祖)인 벽오(碧梧) 이시발(李時發 1569~1611)에 이르러 오근리(梧根里 : 지금의 청주시 오근장동)에서 진천 초평으로 이거(移居)한다. 화곡(華谷) 이경억(李慶億 1620~1673)은 좌의정에 오르고, 그 다음 대에 회와(晦窩) 이인엽(李寅燁 1656~1710)은 대제학 이조판서를 역임한다. 화곡은 담헌의 조부이고 회와는 그의 부친이다.

담헌의 모친 임천조씨(林川趙氏)는 인천부사를 역임한 조현기(趙顯期 1634~1685)의 딸이다. 초야의 학자로 이름높고 『창선감의록(創善感義錄)』의 저자 조성기(趙聖期)는 담헌의 외종조부(外從祖父)가 된다. 어머니 조씨(趙氏)는 "여사(女士)"라는 칭호를 들었을 만큼 부덕(婦德)과 상당한 수준의 교양(敎養)을 구비한 여성이었다 한다.

담헌의 부인 은진 송씨(恩津 宋氏 1678~1742)는 이조판서등을 역임한 옥오재(玉吾齋) 송상기(宋相琦 1657~1722)의 딸이다. 제월당(霽月堂) 송규렴(宋奎濂)은 송씨의 조부(祖父)이다. 문곡(文谷) 김수항(金壽恒)은 송규렴의 처남이다. 담헌은 21세에 문곡의 아들 김창협의 문하에서 수학했다.

담헌은 이(利)와 명(名)을 쫓고 기의(氣義)로 어울리지않는 세태를 비판하며, 마음이 없는 "면우(面友)"의 사귐을 부정하고 정신적으로 상통하는 친구를 사귀라는 "신교(神交)"를 강조한 고인(古人)의 말을 본받아 자신의 우도(友道)의 방향을 설정하고 있다. 담헌은 이와 같은 우정관을 그대로 대인관계에 적용하여 신교(神交)함으로써 신분과 연령의 고하에 구애받지 않고 광범한 교유관계를 맺고 있다. 양반사대부로는 김창흡(金昌翕)·이병연(李秉淵)·신정하(申靖夏)·이광사(李匡師)·윤두서(尹斗緖)·윤순(尹淳)·조귀명(趙龜命)·홍중성(洪重聖)등이 있으며, 여항인(閭巷人)으로는 홍세태(洪世泰)·정래교(鄭來僑)·정민교(鄭敏僑)·이수장(李壽長)과도 교유하였으며, 화가인 정선(鄭敾)과도 교유하였다. 이 점이 특히 괄목할 만한 부분이다. 신의(信義)를 통한 신교(神交)를 강조했던 김창흡과 이하곤, 여항인(閭巷人)인 홍세태와 정래교등을 중심으로한 인물들은 신분과 당색에 크게 구애받지 않고 문학적으로 동인적 교유 내지는 동지적 결집을 통해 문학활동을 왕성하게 전개했다. 또 그들은 '이문회우(以文會友)'와 '유어예(遊於藝)'의 문학예술중시론을 교유관계를 통해 실천했다. 문학계에 있어서는 의고적(擬古的) 문풍(文風)을 쇄신하고 사실성(寫實性)을 강조한 진시(眞詩)·진문(眞文)의 문학세계로의 전환을 모색하게 했다. 회화(繪畵)비평계에 있어서는 진경산수(眞景山水)로의 이행에 일정한 기여를 했다. 서화골동의 관심을 고조시켜 서화고동의 독자적 가치를 인식하게 하였다. 따라서 그들의 지기동지적(知己同志的) 교유를 기저로한 '이문회우(以文會友)'와 '유어예(遊於藝)'의 우도(友道)의 실천은 조선후기 사상사와 문학예술사에 일정한 기여를 했다고 그 의의를 평가할 수 있다.

담헌은 독서(讀書)를 통해 사의식(士意識)과 사(士)의 역할을 자각했으며, 그 구체적인 실천방법을 모색했다. 사(士)로서 담헌이 추구하는 입덕(立德)·입언(立言)·입공(立功)의 삼불후(三不朽)는 치민경국(治民經國)과 문학예술(文學藝術)의 실현인 것이다. 이를 실현하기 위한 길로 "식(識)"의 확립을 필수적인 것으로 자각, 박학고식(博學高識)의 축적에 치력하였다. 그리하여 담헌은 만권(萬卷)의 장서를 구비하여 진천(鎭川) 생가(生家)에 비치했는데, 이 서루(書樓)를 "완위각(宛委閣)" 또는 "만권루(萬卷樓)"라 하였다. 담헌은 고식확충(高識擴充)의 일환으로 서화골동(書畵骨董)도 많이 수장했었다. 그러나 여기에 수장했던 다량의 서화 골동품은 현재 남아 있는 것이 거의 없으며, 원교(圓喬) 이광사(李匡師)가 "만권루(萬卷樓)"라 쓴 글씨가 지금 종손가에 남아 있다.

그러나 담헌은 특히 노소(老少)로 분당(分黨)된 당시 정치상황에서 자신의 입지가 난처했다. 그래서 그는 정계진출을 포기하고 입언(立言)의 구현, 즉 문학예술에 뜻을 두게 됐던 것이다. 한편 산수 여행의 취미를 살리는 쪽으로 기울어졌다. 산수여행을 즐겼던 담헌은 자기 나름대로의 산수관(山水觀)을 확립했다. 그는 산수미(山水美) 감상의 태도에 있어서 오로지 산수미(山水美) 감상에 순수(純粹)하게 심취할 때 진정 오묘한 산수자연미(山水自然美)를 만끽할 수 있다고 보았다. 이런 산수관(山水觀)은 산수(山水)를 성리학적(性理學的) 자기수양의 이상적(理想的)인 도량(道場)으로 생각하여 물아일치(物我一致)를 추구했던 성리학적 관점과는 차이가 있는 것이다. 그의 이런 산수관은 창작론(創作論)으로 연결되고 있다.

담헌 문학론의 핵심은 "진시(眞詩)" "진문(眞文)"에 있다. 특히 "진시(眞詩)"에 있어서는 천기론(天機論)과도 연맥되는 바, 자연유출(自然流出)되는 인간의 성정(性情)과 천기(天機)를 "진(眞)·실(實)"하게 표현한 시(詩)를 "진시(眞詩)"라고 생각하고 있다. 그 표현미학에 있어서 자구성률(字句聲律)에 구애받을 것 없이 경(境)을 묘사할 때는 "진(眞)"하고 정(情)을 서술할 때 "실(實)"하게 묘사하기 위해서는 대상을 사진(寫眞)처럼 보다 정확하게 묘사해야 한다는 사실성(寫實性)을 강조하면서 일면 "신정(神情)"을 염두에 두고 있다. "진문(眞文)"에 있어서도 "식

(識)"이 강조되었으며, "진문(眞文)"이란 "고식(高識)"의 경지(境地)속에서 특별히 잘 쓰려고 의도(意圖)하지 않아도 손가는 대로 써내려가도(信手寫去) 절로 공묘(工妙)해진 문장이라 생각하고 있다. 이런 그의 창작론을 그대로 「남행집(南行集)」과 「남유록(南遊錄)」에 충실하게 적용해 놓았다.

다음은 담헌이 호남여행을 하게 된 경위에 대해 알아보자. 담헌은 산수와 여행을 좋아하여 일찍이 금강산, 금강유역(錦江流域), 속리산(俗離山) 등을 유람하였다. 호남의 산수에도 관심을 가지고 유람할 뜻을 가졌으나 제반 여건상 실현하지 못했다. 그러던 중 1713년 금강산에서 만난 호남지방의 승려인 재총(載聰)으로부터 천풍산(天風山 : 天冠山)의 승경이 금강산과 백중지세(伯仲之勢)라는 말을 듣고 더욱 호남유람에 애착을 가지고 때를 엿보던 터였다. 그런데 남행해야할 사정이 발생한 것이다. 1722년 봄 장인 송상기(宋相琦 1657～1723)가 당쟁으로 인한 화를 입어 전라남도 강진(康津)으로 유배를 갔는데, 담헌은 이 해 가을 장인께 문안을 올리러 간다. 이 기회가 담헌에겐 결정적인 계기가 되어 오랜 숙원이던 호남여행을 실현하게 된 것이다. 담헌은 고대했던 호남여행을 보다 충실히 하기 위해 출발전에 『동국여지승람』등 전대 기록들을 통해 호남지방에 관한 예비지식을 습득하는 등, 호남으로 출발하기 전에 나름대로 충실히 여행준비를 했던 것 같다. 그런데 담헌의 어떠한 의식과 배경이 세상에 잘 알려져 있어 경시하고 묵과하기 쉬웠던 당시 호남지방의 일상적인 현실을 상세하고 풍부하게 사실적(寫實的)으로 기술한 것일까? 「남유록」의 배경이 된 호남지방은 영남(嶺南)·호남(湖南)으로 함께 일컬어지는 우리의 국토에서 남단이긴 하지만, 이조사회에 있어서 중요한 기반이며 문화전통을 가진 고장이었다. 그리하여 비교적 세인에게 잘 알려진 곳이다. 그러나 그의 관심은 평범하고 일상적인 데 있었다고 볼 수 있다. 그는 나름대로 호남여행에 비중을 두고 의미를 부여한 것이다. 그리하여 담헌은 이 기행을 통해 시와 산문을 남겼으며 특히 산문을 중시하여 「남유록」을 충실히 꾸몄는데, 그 저작의도는 호남에서의 견문한 내용을 잘 정리하여 기록적 가치를 갖도록 하자는 것이다.

3. 「남유록(南遊錄)」과 「남행집(南行集)」의 주요 내용

「남행집(南行集)」은 호남지방을 유람하면서 견문한 그 지방의 특징적 내용을 사실적(寫實的)으로 묘사하여 당시 호남의 실상을 연상할 수 있다. 그는 「남행집(南行集)」의 창작원칙을 다음과 같이 토로하고 있어 그의 문예창작론을 음미할 수 있다.

"내가 호남에 여행갔다가 돌아온 3개월 동안 무릇 250여 수의 시를 얻었는데, 다만 산천풍토의 이채로움과 계절의 변화, 그리고 말을 타고 여행하며 본 소감을 서술한 것일 뿐이며, 성조

(聲調)와 자구(字句)에 다시 얽매이지 않았다. 비록 감히 스스로 경(境)을 묘사할 때는 진(眞)하고, 정(情)을 서술할 때 실(實)하게 했다 할 수 없다 하더라도, 또한 털끝 하나 머리카락 하나를 온전하게 묘사하듯이 하지 못한 것이 아니므로, 후대의 독자가 이 시(詩)로 인하여 호남지방의 (南土)의 대강을 생각해 볼 수 있을 것이다.”

이처럼 담헌은 당시 호남을 실상을 전하려고 최선을 다했다. 그 결과 그의 「남행집(南行集)」을 읽으면 당시 호남의 실상이 영상처럼 다가온다.

그가 이렇게 풍부한 내용을 담은 기행문을 기술하는데 많은 영향을 준 것은 중국 육유(陸游)가 쓴 「입촉기(入蜀記)」였다. 첫째 그 내용상의 특징을 갈파하였다. 즉 경유지의 시장(市場)·사찰(寺刹)·도가(道家)의 사원(寺院)·인민(人民)의 풍요(風謠)와 습속·풍토·특산물 등 당시의 유물과 유적과 생활정경을 총망라하여 기록하고 있는 점을 주목하고 있다. 그 다음으로 「입촉기」의 서술상의 특징을 지적하고 있다. 철저한 고증적 자세와 고결한 문장, 그리고 고의적으로 공려함을 모색하거나 억지로 꾸미지 않고 본대로 느낀대로 서술한 점을 그 장점으로 인정한다. 즉 견문한 대로 자연스럽고 꾸밈없는 “사실적(寫實的) 묘사(描寫)”를 중시한 것이다. 결국 담헌은 「입촉기(入蜀記)」를 통해 “천하(天下)의 진문(眞文)”의 본체를 인식한 것이다. 담헌은 「입촉기」를 통해 위와 같은 여행기의 내용과 서술체계 등 여행기 작성의 필수요건을 구체적으로 확인 숙지했던 것이다. 따라서 담헌은 육유의 「입촉기」를 모범으로 삼아, 자신이 견문한 호남의 현실을 ‘천하(天下)의 진문(眞文)’으로 완결하여, 조선의 「입촉기」로 전하고자 「남유록(南遊錄)」을 쓴 것이다.

조선후기로 와서 기행문학에 속하는 부류들이 많이 쓰여졌던 바 외관적으로 보면 국외여행의 기록과 국내여행의 기록으로 대별된다. 전자로는 일본을 다녀온 ‘해사록(海槎錄)’ 계통과 중국을 다녀온 ‘연행록(燕行錄)’계통인데 양적으로 방대한 분량이 남아 있다. 후자로는 금강산 지리산 같은 명산을 등반한 기록과 ‘북관록(北關錄)’ 혹은 ‘북천록(北遷錄)’이란 이름의 함경도지방여행기 그리고 제주도 여행기 등이 있다. 그런데 이 담헌의 기행은 전라도라는 점이 오히려 특이하다. 외국여행기는 말할 것도 없고 국내여행기도 대부분 쉽게 발길이 닿을 수 없는 낯설고 특이한 공간이 대상지역으로 선정되고 있다. 말하자면 기이한 것을 쫓는 심리에서 출발한 셈이다. 호남지방은 세인에게 잘 알려진 곳이다. 그러나 담헌은 평범하고 일상적인 것을 묵과하지 않은 것이다. 그리하여 호남기행의 기록을 상세히 남겨놓은 것이다. 물론 호남지방을 유람하고 남긴 기행시나 기행문이 없는 것은 아니다. 시(詩)로는 김시습의 「유호남록(遊湖南錄)」이 대표적이며, 산문으로는 그 기록이 있다고 해도 소략한 실정이다. 이에 반해 담헌은 산문으로 상세한 기록을 남기고 있어 특이한 사례가 아닌가 한다.

이렇게 담헌이 호남에서의 견문을 총망라할 수 있었던 것은 “길가는 곳에서 견문한 사실에 직접 의거하여 다시 생각하지 않고 손에 익은 대로 써내려 가겠다."는 자신의 「남행기서(南行記序 : 남유록(南遊錄)에 대한 서문)」에서 천명한 창작론을 그대로 「남유록」에 실현한 결과이다. 그래서 저절로 풍속지(風俗誌) 내지 지리지적(地理誌的) 성격을 갖는 것인 바, 당시 그 지역의 여러 가지 정황이 거울처럼 드러남은 물론, 거기에 중요하고 재미난 사실이 많이 밝혀지고 있다.

앞에서도 언급했듯이 이하곤은 「남행집(南行集)」에서 시(詩)의 형식이 가지는 한계로 인해 표현할 수 없는 내용을 「남유록」에 충실하게 서술해놓았다. 따라서 「남유록」을 중심으로 그 내용을 몇가지 측면에서 개괄해본다.

1) 당시 호남의 정황과 양반 가문

담헌은 경유지의 지형, 촌락의 위치와 규모 가호 수, 도시의 면모, 그리고 향토적 특색도 포착하고 있는데 한 예로 나주(羅州) 북창촌(北倉村)에 대한 묘사를 보자. 평원한 지세와 수려한 강산 사이에 인가가 밀집해 있고, 그 울타리에 총총히 생장하고 있는 대나무가 승경을 살려주는 풍치림의 역활을 하고 있다는 사실도 묵과하지 않는다.

담헌은 남유하면서 각 고을의 특징적 면모와 지형 등을 자세히 관찰하고 있다. 나주의 지형과 도시적 규모에 대한 묘사를 보기로 하자. 나주는 금성산을 주산(主山)으로 하고 거주민이 5~6천호이며 그 도시의 규모가 인구와 생활수준으로 볼때 전주와 유사할 정도로 인구가 밀집해 있고 부유한 도시라는 사실을 지적하고 있다.

담헌은 기후풍토의 특색, 촌락과 도시의 면모 등 외형적인 면을 심미적으로 관찰할 뿐아니라 민생의 문제까지도 간과하지 않는다. 비록 단편적인 사례지만 지방관리들의 비리와 부정의 현장을 목도하고 그 실상을 견문한 대로 기술하고 있다. 금산사(金山寺) 주변의 산림에는 현청(縣廳)으로부터 대나무를 봉식(封植)했는데 해마다 영장(營將)이 사취하여 써버리고 관청에는 한 가지도 입고(入庫)시키지 않는 것이다. 그리고 중들은 이 죽림(竹林) 보호감시에 동원되어 고역을 당하면서도 오히려 관가에 득죄(得罪)할까봐 공포에 떨면서 침묵하고 있다. 이런 현실을 목격한 담헌은 "근일의 외방사무(外方事務)의 폐단이 산승(山僧)에까지 미치지 않음이 없으니 자못 한탄스럽다."고 영장의 부정착복행위를 탄식 비판한다. 영장이 대나무를 사취하게 된 배경은 대나무를 상품적 가치 있는 재화로 인식하였기 때문이며, 또한 그 죽제품을 판매할 수 있는 시장경제적 기반이 형성되었기 때문으로 여겨진다. 전주시장에 진열된 상품중에 평량자(平凉子)와 박산(薄散)이 그 반을 차지한다는 대목이 있는데, 이는 당시 이런 상황을 잘 대변해주고 있는 것이다.

담헌은 남유기간 중 100여명 가량의 인물들을 만난다. 목사(牧使)·영장(營將)·부사(府使)

등의 지방관료, 경유지와 숙박지의 주민, 노비(奴婢), 기생(妓生)등 각계각층의 인물들로 신분이 다양하다. 담헌은 이들의 성명·관직·가계·근황·성격등 개개인의 특징적 면모를 비교적 소상히 묘사해놓고 있다. 「남행집」에 능주(綾州)의 기생인 화희(花姬)와 주고받은 일화가 보인다. 담헌이 화희가 운치있는 기생이라는 소문을 듣고 시험해보기 위해 던진 말에, 화희가 응수한 내용이다.

> 화희(花姬)를 놀려서 말했다. "옛날에 낙천(樂天 : 李白)에겐 번소(樊素)가 있었고 자첨(子瞻 : 蘇軾)에겐 조운(朝雲)이 있었다. 나의 풍류가 비록 두 분에 미치지 못하나, 너는 유독 번소(樊素)와 조운(朝雲)만 못한고?" 화희(花姬)가 웃으면서 말했다. "낭군께서는 낙천(樂天)과 자첨(子瞻)에게 미치지 못하면서, 즉 어찌하여 유독 첩이 번소(樊素)와 조운(朝雲)이 되라고 책망하시오이까?" 그 재주와 운치가 대개 이와 같았다.

담헌의 유도 질문에 화희가 기지를 발휘하여 응수한 것이다. 두 사람의 절묘한 재치의 대결을 통해 분위기가 일전하였음은 물론이다. 이외에 담헌이 재치있는 농담을 잘하여 좌중의 분위기를 일신하는 장면도 나온다.

담헌은 양반들이 시서화(詩書畵)를 품평감상하는 고상한 취향, 기연주회(妓宴酒會)의 질탕한 풍류의 현장, 그리고 양반가의 건축물의 내역 및 정원조경시설을 상세히 기록해 놓고 있어 당시 양반가문의 생활풍속상을 구체적으로 알 수 있다. 이하곤이 청주목사인 정혁선(鄭赫善)이 베푸는 기생연과 남원의 광한루에서 기생들과 풍류를 즐기는 장면을 통해 당시 양반사대부들의 풍류의 일면을 엿볼 수 있다. 해남에 있는 윤두서 생가에서 『생황급당금(笙簧及唐琴)』을 보고는 체제가 극히 정교하나 다만 동금(東琴)과는 약간 다르다고 품평하기도 했다.

담양의 소쇄원(瀟灑園)은 인공정원의 극치를 보여주는 호남의 대표적인 명소이다. 산의 샘물을 끌어내려 "와폭(臥瀑)·조천(槽泉)·연지(淵池)"를 조성하고 그 주위에 많은 대나무를 심었으며, 담벽에 하서(河西) 김인후(金仁厚)의 절구(絶句) 48수를 써놓았다. 양반가 정원의 위풍과 은둔하는 고고한 선비의 기품을 엿볼 수 있는 곳이다. 이어 후손 익룡(翼龍)이 양산보(梁山甫)의 효부(孝賦), 문곡(文谷) 김수항이 쓴 하서선생(河西先生)의 48영, 삼연(三淵) 김창흡(金昌翕)의 시지(詩紙) 2장 등을 보여준다. 소쇄원 제영권(題詠卷), 방문객의 성명과 시문을 나열 기술한 문권이 있어, 담헌이 그 아래에 시문을 적어놓자 자리에 있던 사람들이 비로소 담헌임을 알아본다. 그 전에 김창흡이 이 지역을 지나면서 담헌을 거명하여 호남의 유력인사들이 그 명성을 알고 있었던 것이다. 방명록과 제영시권을 상비해 놓고 시인묵객(詩人墨客)과 방문객으로 하여금 시를 짓고 방명케 하는 것은 양반가의 전통적인 풍속의 하나였던 것이다.

2) 전설 및 유적의 소개

담헌이 유람한 문화유적은 사찰, 사원(祠院), 성곽, 누정등 100여 개소 가량 된다. 단지 이들의 존재 사실만을 기술하는 것이 아니라 그 제작년대·작품의 수준·보존상태·관련설화·특색등을 상세히 관찰하여 기록해놓아 그 당시 유물유적의 제반 실태를 파악할 수 있다. 특이한 것 몇몇을 열거해본다.

금성관(錦城館)에는 이제껏 거의 알려지지 않은 것으로 보이는 축조설화(築造秘話)가 있었다는 사실을 알 수 있다. 광해군시대에 목사(牧使) 김개(金闓)가 아부하기 위해 화려하게 공사했다는 것이다. 해남에 있는 대둔사(大芚寺 : 現 大興寺)에 보존돼 있던 서산대사(西山大師)의 유물중 태극권자(太極圈子)의 일종인 적시원감도(寂時圓鑑圖)에 대해 필세가 달처럼 원만하다고 평하고 있어 담헌의 서예비평 안목도 엿볼 수 있다. 장흥(長興)에 있는 보림사 보조선사 사리탑(寶林寺 普照禪師 舍利塔)에 조각된 불상과 천왕산(天王像)의 제작수준을 "정교한 장인의 솜씨"라고 불교미술품을 예술적 안목으로 비평하고 있다. 그런가 하면 창사설화에 등장하는 용녀화상(龍女畵像)에 대해 "근일에 엉성한 장인이 그린 것이라"고 그 화법을 통해 작품수준과 제작년대까지 감정하고 있다.

영암의 도갑사(道岬寺) 승방(僧房)에 설치한 온돌에 대한 관찰기록이다. "서쪽을 벽돌로 쌓았는데 높이는 2척 가량이었다. 너비도 그와 같고 아래로 또한 벽돌로 쌓았다. 상하에 다만 하나의 구들을 써서 불을 때면 방 전체가 따스하게 되는데 어떻게 해서 이렇게 되는지 알 수가 없다." 이하곤은 탁월한 난방효과를 내는 온돌의 규모와 설치법의 독특한 점을 세밀하게 묘사하고 있으나, 그 구조원리를 좀 더 구체적으로 조사설명해 놓지 않은 것이 아쉬운 점이라 하겠다.

담헌이 남유할 당시에는 존재했던 유적중에는 현재 적잖은 변동이 있다. 몇 가지만 들어본다. 지금 전주시내에 있는 풍남문(豊南門 : 南門)에는 담헌이 호남여행을 할 당시에는 회경루(會慶樓)라는 현액이 성안쪽에 붙어있었으나, 관찰사 서기손에 의해 '호남제일성(湖南第一城)'이라는 현액으로 바뀌어 현재까지 걸려있다. 강진(康津)의 만덕사(萬德寺)엔 "김생의 글씨(金生書)·석체(石砌)·동백나무(山茶樹)"등 삼절(三絶)이 있다. 만덕사 사루(寺樓)의 글씨가 김생의 글씨(金生書)는 설에 대해, 담헌은 지금 경복궁에 옮겨져있는 백월비(白月碑)와의 서법을 비교하여 회의적 평가를 한다.

담헌은 남행전날인 1722년 10월 13일과 남행을 마치고 고향 진천으로 돌아가기 전날인 12월 17일 청주목 관아인 근민헌(近民軒)에서 목사인 정혁선(鄭赫善)과 동숙한 바 있다. 최근까지 충북도내에서 발행된 각종 향토지에 정확한 근거 제시없이, 이 근민헌은 1731년 현감인 이병정(李秉鼎)이 창건하였으며, 그후 목사(牧使) 이덕수(李德秀)가 중건한 후 "청녕각(淸寧

閣)"이라 개칭했다고 기록하고 있다. 그러나 「남유록」의 기록에 의하면 근민헌은 1722년 당시에도 존재했던 것이 확실하므로 그 창건년대는 마땅히 재고 수정되어야 할 것이다.

3) 토산(土産)과 생활습속 및 풍요(風謠)의 소개

담헌은 일찍이 호남의 "삼불여설(三不如說)"에 대해 들어본 적이 있다. 전주 현지에서 체험 확인하고 그 설을 공감 인정한다. "여자가 남자만 못하다(女不如男)·배가 무우만 못하다(梨不如菁)·꿩이 닭만 못하다(雉不如鷄)" 세 가지이다. 『전주시사』에 기록되어 있는 현전하는 전주부성 사불여설(全州府城 四不如說)과는 차이가 있다. "① 양반이 아전만 못하다(班不如吏) ② 기생이 통인만 못하다(妓不如通) ③ 배가 무우만 못하다(梨不如菁) ④ 술이 안주만 못하다(酒不如肴)이다. 그중에 담헌시대와 일치하는 것은 '이불여청(梨不如菁)' 하나뿐이다. '기불여통(妓不如通)'은 기생(妓生)이 통인(通人)만 못하다는 말인데, 전주지방이 통인은 기생의 요염한 미모와 교태보다 재주와 수작이 뛰어나 귀족고관 밑에서 총애를 차지하고 기세를 부렸으며, 전주대사습(全州大私習)도 통인이 주관했다고, 홍현식(洪顯植) 전 전북대교수는 설명한다. 인정세태와 식생활의 변화에 기인한 것으로 사료된다.

호남지방의 독특한 음식으로 전주지방에만 유일하게 존재하는 박산유초나(薄散油炒糯)가 있다. 담헌은 그 재료, 제조순서, 모양, 크기, 용도까지 구체적으로 소상히 기록해 놓고, 있어 이를 참조하면 지금 누구라도 제조할 수 있을 정도다. 이것은 지금 전주지방에서 "밥산"이라 부르고 있는데 "박산(薄散)"의 와전이다. 담헌은 이 "박산"이 전주특유의 토속음식임을 명기하고 있어, 특정음식의 시원지를 알 수 있으며 향토음식문화사의 보완이 가능하다.

당시 전주지방에는 여인들은 "높은 다리머리(高髻)"를 하거나 "파란색 머리 두건(靑布)"로 머리를 장식하는 것이 유행했는데, 청포두르기는 노령(蘆嶺)이하지방에서 더욱 성행했다는 것이다. 이를 통해서 당시 호남지방의 수식유행 변천양상(首飾流行 變遷樣相)을 상고할 수 있다.

특히 「남유록」은 조선후기 12대 가사(歌詞)의 하나인 「춘면곡(春眠曲)」의 작자와 그 유행양상, 그리고 김응정(金應鼎)의 "가사의 노랫말(小令)"의 존재를 기록하고 있어 문학사적으로 귀중한 정보가 되고 있다. 「춘면곡(春眠曲)」의 작자는 강진(康津) 출신인 이희징(李喜【義】徵)이며, 그 당시 「춘면곡」의 유행양상을 당시 호남사람들이 "시조별곡(時調別曲)"이라 칭한다는 사실을 기록해 놓았다. "시조별곡(時調別曲)"이란 말은 "당시에 유행하는 곡조인 가사(歌詞)"라는 뜻이다. 「남유록」의 기록을 종합적으로 검토해본 결과 담헌은 장흥(長興) 보림사(寶林寺)에서 난생 처음 「춘면곡」을 청취했음을 확인할 수 있으며, 그외 강진에서 발생한 춘면곡은 1722년 당시에는 강진인근과 호남 일부지역에서 유행되었으며 전국적으로 광포유행되었던 것은 아니다. 또 「춘면곡」의 작자가 이희징이란 사실과 「춘면곡」의 유행양상에 대해 담헌은 「강진잡시(康津雜詩)」에 읊고 있다. 이렇듯 당시 호남에서의 「춘면곡」의 유행양상을 두고 호남인들이 "시조별곡(時調別曲)"이라 한다는 기록과, 담헌이 호남지방에서 「춘면곡」을 청취한 횟수를 통해, 실제로 당시 호남에서의 「춘면곡」의 유행양상을 확인할 수 있었다. 이를 근거로 하여 "시조(時調)"라는 용어가 "당시 유행하는 노래(流行歌)"라는 뜻으로 사용되었다는 통설을 보다 구체적으로 확증할 수 있게 됐다. 이것만으로도 「남유록」은 그 문헌적 가치를 인정할 수 있다.

또 당시 호남 양반가문들의 구체적 사정을 엿볼 수 있고 또 사찰 및 지명에 얽힌 전설들을 읽을 수 있다. 또한 문화유적에 대한 예술적 비평을 가하고 있어 그의 예술적 식견을 가늠해볼 수 있다.

4. 결어

위에서 살펴보았듯이 「남유록」은 이하곤이 호남에서 견문한 다양한 내용을 날짜 순서대로 기록한 기행일기(紀行日記)이다. 이 「남유록」은 여정에 따라 호남지방의 정황(情況), 만난 인물과 그가 예방한 양반가문의 풍모, 고사(故事)·전설(傳說), 풍요(風謠) 그리고 문물유적(文物遺蹟), 특산물 및 음식·의관(衣冠)등을 비교적 자상하게 "사실적(寫實的)"으로 기록하고 있다. 「남행집(南行集)」은 호남지방을 유람하면서 견문한 그 지방의 특징적 내용을 노래부르듯이 사실적으로 묘사하여 당시 호남의 실상을 연상할 수 있다. 이리하여 당시 존재했던 호남지방의 문화유적을 확인하거나 복원하는데 중요한 역할을 하고 있다.

이렇듯 이하곤의 「남행집(南行集)」과 「남유록(南遊錄)」은 18세기 전반에 있어, 호남의 인문지리적 생활풍속적 실상을 풍성하게 담고 있어, 당시 호남지방의 인정세태를 비롯하여 우리나라의 구체적인 생활상을 파악할 수 있는 풍속지적(風俗志的) 성격을 띠고 있는 중요한 문헌이다. 이는 매우 보기드문 사례로 단순히 무미건조한 보고문이 아니고 재미있게 읽을 수 있으며, '조선적(朝鮮的) 정조(情調)'를 느낄 수 있다.

나는 담헌이 여행했던 길을 '담헌의 호남기행길'이라 부르고 싶다.

○ 남행기서(南行記序)[1]

　송(宋)나라 건도(乾道 : 1165～1173)중에, 육무관(陸務觀)[2]이 기주(夔州)[3] 통판(通判)[4]이 되어, 오(吳)[5]로부터 촉(蜀)[6]에 들어갈 때, 배를 타고 대강(大江 : 중국 揚子江. 長江이라고도 함) 5천리를 거슬러 올라 갔다. 그 거쳐 지나간 곳이 태호(太湖)[7]·동정호(洞庭湖)[8]의 넓은 호숫물과 삼축산(三竺山)[9]·육교(六橋)[10]의 아름답고 수려함, 건업(建業)[11]·석두성(石頭城)[12]의 형승, 광려산(匡廬山)[13]·구화산(九華山)[14]의 기이하고 빼어남, 구당협(瞿塘峽)[15]·삼협(三峽)[16]의 험

---

1) 『두타초(頭陀草)』 권 17에 호남기행일기가 시작되는 그 첫머리에는 「남유록(南遊錄)」이라 하였고, 서문(序文)은 『두타초(頭陀草)』 권 18에 「남행기서(南行記序)」라 하였다. 서문을 쓸 때 제목을 「남행기(南行記)」라 바꾼 것으로 여겨진다.

2) 육무관(陸務觀) : 무관(務觀)은 육유(陸游 1125～1210)의 자(字). 호(號)는 방옹(放翁). 남송(南宋) 시인중의 가장 뛰어난 사람. 중국문학사상 위대한 애국주의 시인으로 평가되고 있다. 그의 시는 제재가 광활하고 내용이 충실하며, 풍격이 호탕하고 언어가 정련되었으며, 고아한 사상성과 예술성을 구비했다. 그는 사(詞)와 산문(散文)에 있어서도 높은 성과를 이룩했다. 「입촉기」는 그 산문의 대표적인 작품이다.

3) 기주(夔州) : 중국(中國) 사천성(四川省) 봉절현(奉節縣) 동쪽 양자강 지류 근처.

4) 통판(通判) : 송초(宋初)에 주부장관(州府長官)의 행정처리를 돕기 위하여 설치한 관직으로, 지위는 주부장관보다 낮으며, 관련 부서 및 주부(州府)의 공사(公事)와 관리(官吏)를 감찰할 수 있는 실권이 있음.

5) 오(吳) : 지금의 강소성(江蘇省)이 옛날 오(吳)의 땅이었던 바, 강소성(江蘇省)의 소주(蘇州)와 오현(吳縣)일대의 지명을 일컬음.

6) 촉(蜀) : 중국 삼국시에 유비(劉備)가 지금 사천성(四川省)의 성도시(成都市)에 도읍을 정했던 바, 이 일대의 지명을 일컬음.

7) 태호(太湖) : 중국 안휘성(安徽省) 태호현(太湖縣) 서북에 있는 호수. 태호현(太湖縣) 서쪽 도적산(稻積山)에서 발원하여 동남쪽 대강(大江)으로 유입됨.

8) 동정(洞庭) : 중국 호남성(湖南省) 경계에 있는 호수로 중국에서 제일 맑은 호수로 일컬어짐. 호수를 둘러싸고 악양(岳陽)·화용(華容)·안향(安鄉)등의 여러 현이 있음. 여름과 가을에 양자강 물이 흘러들어오면 길이 약 110여리, 너비 약 80여리, 면적 약 5천 평방리가 됨.

9) 삼축(三竺) : 중국 절강성(浙江省) 항현(杭縣)의 천축산(天竺山)이 상(上)·중(中)·하(下)로 나눠졌는데 합하여 삼천축(三天竺)이라 칭하고 약하여 삼축(三竺)이라 함.

10) 육교(六橋) : 중국 절강성 항주시(杭州市) 서호(西湖)에 있는 여섯 개의 다리. 영파(映波)·쇄간(灑瀾)·망산(望山)·압제(壓堤)·동포(東浦)·과홍(跨虹). 송나라 소식(蘇軾)이 세움.

11) 건업(建業) : 중국 삼국(三國)시대 오(吳)나라 손권(孫權)의 도읍지(都邑地). 성(城)은 강소성(江蘇省) 강령현(江寧縣)의 남쪽에 있다.

12) 석두(石頭) : 중국 석두성(石頭城). 석수성(石首城), 또는 석성(石城)이라고도 함. 오(吳)나라 손권(孫權)이 말릉(秣陵)으로 옮겨 쌓고 석두성(石頭城)이라 개명함.

13) 광려(匡廬) : 중국 여산(廬山)의 별칭. 여산은 강소성(江西省) 구강현(九江縣) 남쪽에 있다. 옛날에 풍속을 바르게 하는(匡) 사람이 이산에 움막(廬)을 짓고 살아 여산(廬山)이 되었다. 또한 광산(匡山)이라고도 한다. 총칭하여 광려(匡廬)라고 한다.

14) 구화(九華) : 중국 안휘성(安徽省) 청양현(青陽縣) 서남에 있는 산. 구명(舊名)은 구자산(九子山)인데 당(唐)나라 이백(李白)이 아홉 봉우리(九峰)가 연꽃모양과 같다하여 구화산(九華山)이라 개칭함.

15) 구당(瞿塘) : 중국 삼협(三峽)의 하나. 일명 광계협(廣溪峽). 사천성(四川省) 봉절현(奉節縣) 동남 장강(長江)가운데 있다.

16) 삼협(三峽) : 중국 사천성(四川省)과 호북성(湖北省) 경계내 양자강(揚子江) 상류에 있는 삼협(三峽). 삼협은 구당

하고 괴이함등 천하의 진귀하고 거대하며 특출나고 뛰어난 볼 거리가 아닌 것이 없었다.

　무릇 그간에 군읍(郡邑)·시장(市場)·사찰(寺刹 : 琳宮)·도가(道家)의 사원(寺院 : 道觀)·고금의 명승고적(名勝古蹟)과 무릇 백성들의 민요(民謠)와 풍속·풍토(風土)·물산(物産)을 기록하지 않는 것 없이 「입촉기(入蜀記)」[17]를 썼다. 내 일찍이 그 고증과 논거(論據)가 정치(精緻)하고 해박(該博)하며, 문장이 고아하고 간결하며, (글을 잘 쓰려고) 마음을 많이 쓰지 않고 손가는 대로 써내려가서, 절로 일단(一段)의 담일(澹逸)한 기운이 있으며, 붓과 먹으로 쓴 글씨(筆墨)의 좁은 길 밖으로 뛰어넘어, 처음엔 공려(工麗)하게 하려는 뜻이 없었으나 그 공려함이 자연히 이와 같이 된 것을 좋아했다. 만약 육무관(陸務觀)으로 하여금 공려하게 꾸미는데 뜻을 두게 하고, 점점 성정(性情)을 구속하고 마음을 조심하게 했다면[18], 비록 이와 같이 하고자 해도 어찌 그렇게 될 수 있었겠는가? 그래서 글을 쓰는 방도는 항상 의식하거나 의식하지 않는 사이에(有意無意之間) 공려함을 기대하지 않아도 저절로 공려하게 된 후에 바야흐로 천하의 진문(眞文)이 될 수 있다. 원소수(袁少修)[19]가 "구공(歐公 : 歐陽修)의 「귀전록(歸田錄)」[20]·동파(東坡 : 蘇軾)의 「지림(志林)」[21]·방옹(放翁 : 陸游)의 「입촉기(入蜀記)」는 모두 공려하려하지 않았어도 공려한 것이니, 이것이 천하(天下)의 진문(眞文)이 된 까닭이다."라고 했으니 어찌 그 말을 믿지 않겠는가?

　지난 해 시월, 내가 남하하여 강진(康津)에 갔다가 돌아온 것이 불과 2,000리이며, 또한 산천이 낮고 얕으며 고을들이 쓸쓸하며, 진귀하고 거대하며 특출나게 뛰어난 볼 거리가 있는 것이 아니었으니, 비록 육무관(陸務觀)의 문장력이 있더라도 진실로 그것을 발휘할 수 없었을텐데, 하물며 나의 졸렬한 문장으로야 표현을 다할 수 있겠는가? 그러나 설중에 일찍이 천관산(天冠山)[22]에 들어가 보고, 남해(南海)에 임하여 한라산(漢拏山)을 바라보니, 또한 장관이라 하지 않을 수 없다. 한스러운 것은 육무관(陸務觀)의 문장력이 없어, 육무관(陸務觀)의 「입촉기(入蜀記)」와 같이 그 승경을 본떠 묘사하지 못함이라. 비록 그렇긴 하지만 나의 「남행기

협(瞿塘峽)·무협(巫峽)·서릉협(西陵峽)을 꼽기도 하고, 무협(巫峽)·서릉협(西陵峽)·귀협(歸峽). 또는 무협(巫峽)·명월협(明月峽)·광택협(廣澤峽)을 꼽기도 한다.

17) 입촉기(入蜀記) : 송(宋)의 육유(陸游)가 송(宋) 건도(乾道) 6년(1170)에 춘추전국시대에 오(吳)나라 땅이었던 산음지방(山陰地方)으로부터 촉(蜀)나라 땅이었던 기주(虁州)까지 여행하는 동안 견문한 내용을 기술한 기행일기이다.

18) 성정(性情)을~했다면(긍지 矜持) : 긍지(矜持)는 성정(性情)을 구속하고 마음을 조심하게 함.

19) 원소수(袁少修) : 중국 명(明)의 원중도(袁中道 1557~1630)의 자(字). 형인 종도(宗道)·굉도(宏道)와 함께 삼원(三袁)이라 일컬어지며 공안파(公安派)의 일원. 삼원은 명(明)나라 전·후(前·後) 칠자(七子)의 숭고의고(崇古擬古)를 반대하고, 변고창신(變古創新)을 제창함. 원중도의 문학 주장은 그의 두 형과 기본적으로 일치함.

20) 귀전록(歸田錄) : 구양수가 벼슬을 마친 후 전원으로 돌아가서, 전에 조정에서 있었던 일과 사대부들의 담론 및 해학을 2권 110여조로 기록하였다.

21) 지림(志林) : 소식이 손가는 대로 기록한 것으로, 본래 저작된 것이 아니었는데, 後人들이 모아서 편집하여 동파수택(東坡手澤)이라 이름했다. 이것을 동파집을 간행하는 사람이 동파지림(東坡志林)이라 개제했다. 내용은 역사평론임.

22) 천관산(天冠山) : 지금 전남 장흥군 관산면(冠山面)과 대덕면(大德面) 사이에 있는 산.

(南行記)」는 또한 여행길에서 보고 들은 것을 곧 바로 끌어썼으며, 다시 생각하지 않고 손가는 대로 써내려갔다. 내 스스로 이르기를, 자못 육무관(陸務觀)을 배웠으나, 간혹 억제하고 의식하며 조심한 면이 없지 않으니, 이것은 끝내 나의 문장이 공려하지 못한 까닭이다. 아! 육무관(陸務觀)으로 하여금 그것을 쓰게 했다면 반드시 볼 만한 것이 있었을 것이다.

○ 남행집서(南行集序)

시(詩)는 성조(聲調)[1]의 고하(高下), 자구(字句)의 공졸(工拙)을 막론하고 경(境 : 풍경)을 묘사할 때는 참되고 정(情 : 감정)[2]을 서술할 때는 실(實)해야, 이것이 천하(天下)의 좋은 시라 할 수 있다. 이백(李白)·두보(杜甫) 이후에 백락천[3](白樂天 : 白居易)·소자첨[4](蘇子瞻 : 蘇軾)·육무관(陸務觀 : 陸游)같은 여러 시인은 그 성조(聲調)가 반드시 높은 것도 아니며, 자구(字句)가 반드시 공교한 것도 아니나, 또한 일찍이 진(眞)하지 않게 경(境)을 묘사하지 않았으며, 실(實)하지 않게 정(情)을 표현하지 않음이 없었기 때문에, 사람이 그것을 읽으면 진짜 그 땅을 밟고 그 말을 받들며 마주 대하는 듯하게 느껴지니, 대개 또한 천하의 좋은 시인 것이다. 그래서 내가 일찍이 말했다. "시를 짓는 것은 정말 화공(畫工)이 초상화(肖像畫 : 寫眞)를 그리는 것과 같다. 털끝하나 머리카락 하나를 똑같이 닮지 않음이 없어야 하는데, 만약 터럭 하나라도 닮지 않으면, 즉 단청(丹靑)이 비록 지극히 공려하더라도 신정(神情)[5]이 문득 서로 연관되지 않으니, 어찌 그 사람을 그렸다 할 수 있겠는가?" 왕안도(王安道)[6]가 말했다. "문장은 마땅히 변화하고 바뀌어야 하나(移易) 동요(動搖)되지 말아야 하는 것이니, 삼가 말머리에 매달려있는 고삐만을 따라가는 것 같이 해서는 안된다.[7]"고 했는데, 정말 이것이 나의 뜻이다.

내가 호남에 여행 갔다가 돌아온 3개월 동안 무릇 250여 수의 시를 얻었는데, 다만 산천풍토의 이채로움과 계절의 변화, 그리고 말을 타고 여행하며 본 소감을 서술한 것일 뿐이며, 성조(聲調)와 자구(字句)에 다시 얽매이지 않았다. 비록 감히 스스로 경(境)을 묘사할 때는 진(眞)하고, 정(情)을 서술할 때 실(實)하게 했다 할 수 없다 하더라도, 또한 털끝 하나 머리카락 하나를 온전하게 묘사하듯이 하지 못한 것이 아니므로, 후대의 독자가 이 시(詩)로 인하여 호남지방의 (南土)의 대강을 생각해 볼 수 있을 것이다. 드디어 이 책을 『남행집(南行集)』이라 하고 서한다.

---

1) 성조(聲調) : 한자(漢字)의 평성(平聲), 상성(上聲), 거성(去聲), 입성(入聲)을 말하며, 그 성음(聲音)의 장단(長短), 고저(高低), 강약(强弱), 경중(輕重)과 성음(聲音)의 조화(調和)등을 총칭함.

2) 여기서 "경(景)"이란 객관적(客觀的) 경물(景物)이며, "정(情)"이란 인간의 주관적(主觀的) 정심(情心)을 가리키는 것으로 봐야한다. 이런 견해는 중국측에도 보인다. 『中國詩話詞話選』「情景」條, 中國 武漢大學出版社, 1984, p.153. "客觀事物與詩人之關係, 客觀事物是景(物), 詩人的思想感情是情(心), 他門之間的關係就是客觀與主觀的關係."

3) 백락천(白樂天) : 당(唐)나라 시인 백거이(白居易)의 자(字).

4) 소자첨(蘇子瞻) : 송(宋)나라 문장가 소식(蘇軾)의 자(字).

5) 신정(神情) : 신정(神情)이란 객관 사물의 정신(精神)을 가리킨다. 즉 묘사 대상이 내재하고 있는 본질·특징·본색을 말한다. 또한 작자의 정신을 가리키는 것이다. 袁行霈, 7인 공역, 『중국시가예술연구』, 148면, 아세아문화사. 1990. 中國武漢大學 中國古典文學理論研究室編, 『歷代詩話詞話選』「形神」, 武漢大學出版部, 1984. 등 참조.

6) 왕안도(王安道) : 명(明) 곤산인(崑山人) 왕리(王履)의 자(字). 호는 기옹(奇翁). 의술(醫術)에 정예하였으며, 또 시문(詩文)을 잘하고 그림을 잘 그렸다.

7) 마수지락(馬首之絡) : 말이 전진하는 길을 따라서 조금도 어긋남이 없이 따라가는 행위를 말함. 뒤에 자기의 주관없이 남을 추종하거나 아부하는 행위를 비유하는 말로 쓰임. 『左傳』 襄公 14년 "荀偃令曰 鷄鳴而駕 塞井夷竈 唯余馬首是瞻"

「남유록(南遊錄)」과 「남행집(南行集)」

    임인년(1722년) 봄 정월, 옥오(玉吾)[1]선생이 당쟁(黨爭)에서 한 말로 말미암아 강진(康津)에 귀양가게 됐다. 나는 과천(果川)에 이르러 전송하면서, 9월에 찾아뵐 것을 약속드렸다. 나는 또한 시 한 수를 지어 올렸다. "강진이야 응당 하늘처럼 멀지 않으니, 9월이 오기를 손꼽아 기다려 찾아가 뵈오리라."[2] 기약한 때가 되었으나 부리는 종이 병이 나서 떠나지 못했다.

    10월 초, 남쪽 금계(金溪)[3]로 돌아와 수 일 동안 행장을 꾸려 출발하려는데, 이필만 군일(李必萬 君一)이 또한 여산(礪山)과 고창(高敞)에 볼 일이 있다며, 함께 가게 해달라고 하여, 그와 청주(淸州)에서 만나기로 약속하였다.

1722년 10월 13일

    일찍 출행하여 청주에 이르러, 이 고을의 아전 이수홍(李壽弘)의 집에서 여장을 풀고 묵었다. 군일(君一)이 도착하고 또 행곤(行坤)형이 왔다. 목사(牧使) 정혁선 현보(鄭赫善 顯甫)가 누차 사람을 보내 만나보기를 원해, 저녁에 가서 사례하고 근민헌(近民軒)[4]에서 함께 잤다.

---

1) 옥오(玉吾) : 담헌(澹軒)의 장인 송상기(宋相琦 1657~1723)의 호. 본관은 은진(恩津). 판서(判書) 규렴(奎濂) 아들. 이조판서와 판돈령부사를 지내다가, 신임사화(辛壬士禍)로 1722년(경종 2년) 전라도 강진에 유배되어 그 곳에서 죽음.

2) 담헌의 호남 기행시집인 『남행집(南行集)』권 9에 실린 「(추서별회봉정옥오선생)追敍別懷奉呈玉吾先生)」 제 3수의 시이다.

3) 금계(金溪) : 담헌의 고향앞에 흐르는 개천. 지금 충북 진천군 초평면(草坪面) 용정리(龍井里) 양촌(陽村)이다. 당시 담헌은 서울집과 고향집을 왕래하며 생활하였다.

4) 근민헌(近民軒) : 충청북도 청주에 있던 목사가 정무(政務)를 보던 정당(政堂). 최근까지 충북도내에서 발행된 각종 향토지(鄕土誌)에 정확한 근거를 제시하지 않은 채, 이 근민헌은 1731년 현감 이병정(李秉鼎)이 창건하였으며 그후 목사(牧使) 이덕수(李德秀)가 중건한 후 '청녕각(淸寧閣)'이라 개칭했다고 기록하고 있다. 그러나 「남유록(南遊錄)」의 기록에 의하면 근민헌은 1722년 당시에도 존재했던 것이 확실하므로 그 창건년대는 마땅히 재고되어야 할 것이다.

    편역자는 1987년 '청녕각(淸寧閣 : 지방문화재 15호)'으로 알려져 왔던 청주 중앙공원의 2층 루각은 진짜가 아니라고 주장한 바 있다. 이는 일제(日帝)의 소행으로 추정하고 있는데, 주권을 상실하면 역사문화유적도 말살 왜곡된다는 준엄한 교훈을 주는 사례이다.

    그후 학계에서는 '청녕각(淸寧閣)'으로 알려져 왔던 건물은 '충청병영(忠淸兵營)의 정문(正門)'으로 규명하고, 진짜는 청원군청 뒤에 있는 지방문화재 19호인 동헌(東軒)이라 알려져왔던 건물로 밝혀내, 지금은 '청녕각'이라는 현판을 그리로 옮겨 달았다.

    李相周, 「現存 淸寧閣의 眞僞에 관한 연구」, 『충청문예』 1987년 6월호. 朴相佾, 「忠淸兵營門考」, 『박물관보』 3, 청주대학교, 1989 참조.

청녕각 : 『사진으로 보는 근대한국』 하권에서 전재

1988년 11월까지 '청녕각(淸寧閣)'이란 현판이 걸려 있던 청주 중앙공원의 2층 한옥건물.
왼쪽부터 역주자, 아내 박정규, 아들 용재, 딸 혜라.

1988년 11월 10일, 청원군청 뒤 동헌이라 전해오는 건물로 옮겨붙인 '청녕각(淸寧閣)' 현판

▣ 율봉(栗峰)을 지나며

시월이라 호서(湖西)지방의 날씨 썰렁한데,
저녁하늘가 아득히 기러기떼 빙빙 도네.
고향소식은 구름따라 자꾸 멀어져가는데,
호남(湖南)으로 가는 길녘엔 눈이 나릴 것만 같네.

유랑길에 오른 지금 오직 믿을 건 말 뿐이니,
나그네 수심 둘 데 없어 문득 누대에 오르네.
채찍 휘둘러 천리길 훌쩍 떠나가서,
장춘동(長春洞)의 매화나무숲을 감상하리라.
　　장춘동(長春洞)은 대둔산(大芚山)에 있다.

　　<栗峰5)道中>
十月湖西氣候哀,　　暮天漠漠鴈飛廻.
故園書息雲俱遠,　　南路山川雪欲來.
浪迹卽今唯信馬,　　羈愁何處更登臺.
揮鞭已自輕千里,　　要賞長春萬樹梅.
　　長春洞在大芚山

■ 공북루(拱北樓)는 허물어지고 무너진 지 이미 오래되었다. 유독 기울어진 주춧돌 몇몇 개가 석양의 시들은 풀더미 속에 놓여있어, 사람으로 하여금 둘러볼 마음이 없어지게 한다.

　　그 옛날 공민왕(恭愍王)께서 이 누대에 머무시며,
　　신하들과 지은 시 지금도 남아있네.
　　산천은 도리어 천고(千古)에 의구(依舊)한데,
　　초목은 앙상해져 또 한해 가을이 가네.
　　흥망성쇠는 시운(時運)이 따르니 한탄해 무엇하리?
　　올라가 내려다 볼 곳 없어 절로 수심만 쌓이네.
　　왕조(王朝)의 흥망 원래 뒤바뀌기 쉬운 것,
　　만월대(滿月臺)도 다만 황량한 구릉이 되었다네.

　　<拱北樓6)頹廢已久. 獨有敗礎數四, 立於斜陽衰草中, 令人不勝俛仰之感.>
昔日麗王駐此樓,　　侍臣題壁至今留.
山川鬱鬱還千古,　　艸木蕭蕭又一秋.

---

5) 율봉역(栗峰驛) : 위치는 지금 충북 청주시 상당구 율량동(栗陽洞) 중리(中里)마을로 추정하고 있다.
6) 공북루(拱北樓) : 지금 충북 청주시 상당구 수동(壽洞) 근처에 있었던 것으로 추정되는 누대. 고려 31대 공민왕이 홍건적의 난을 피해 남행하다가 이 공북루에 올라 신하들과 시를 지었다.

成毀有時那用恨,　　登臨無地自生愁.
市朝7)變換元容易,　滿月臺荒只一丘.

▣ 청주(淸州)

오년만에 다시금 찾아온 청주(淸州)땅,

일찍이 목은(牧隱)선생이 이곳에 유거(留居)했었네.

그 신이한 자취 아직도 압각수(鴨脚樹)에 남아 있고,

청아한 유흥(遊興) 망선루(望仙樓)에 남아있네.

귀익은 다듬이소리 온마을 울리고 찬바람 몰아치는데,

한 밤중 화각(畵角)소리 들리고 조각달빛도 스산하네.

옛부터 지세가 군사의 요충지로 일컬어지는데,

엄중하게 관방(關防)시설 설축하니 또한 훌륭한 계책일세.

　　　<淸州>

五年今復到淸州,　　書劍8)曾從此地留.

異蹟尙存鴨脚樹,　　淸遊多在望仙樓9).

古砧萬戶寒風急,　　畵角10)三更片月愁.

自昔地形稱用武,　　重關設險亦良籌.

---

7) 시조(市朝) : 군왕이 건국하면 조정(朝廷)을 전면에 세우고 후면에 시장(市場)을 건설하여 음양상합을 도모함. 전의(轉意)되어 왕조(王朝)를 지칭함.

8) 서검(書劍) : 서적(書籍)과 검(劍)을 일컫는데, 이 두 가지는 모두 고대에 문인(文人)이 몸에 지니고 다니던 물건. 따라서 문사(文士)를 지칭함. 여기서는 고려시대 이색(李穡)등을 가리킴. 지금 충북 청주시 상당구 남문로 1가 중앙공원에는 은행나무인 압각수(鴨却樹)가 있다. 고려말 공민왕 때 정도전은 재상자리에 있으면서 이성계를 왕으로 옹립할 기회를 엿보고 있었다. 이에 반대적 입장을 보이는 이색 등을 모반했다는 혐의를 씌워 청주성에 가두고, 혐의 사실을 시인하도록 엄중히 문초했다. 그런데 폭우가 나려 삽시간에 청주성안을 물바다로 만들어, 건물이 유실되거나 침수되었다. 이때 옥관(獄官)과 죄수들은 이 압각수에 올라가서 화를 면했다. 이 사실이 왕께 보고되자, 왕은 이와 같은 일이 일어난 것은, 이들에게 죄없다는 것을 하늘이 증명하는 것이라 하여 이색 등 여러 중신들을 석방했다는 일화가 전해옴. 3구에 나오는 압각수의 신이(神異)한 자취는 이 일화를 지칭하는 것으로 사료된다.

9) 망선루(望仙樓) : 망선루는 청주 객관(客館) 동쪽에 있었으나 일제시대에 청주경찰서 유도관(柔道館)을 건립하기 위해 철거하려하자 1923년 김태희 장로(金泰熙 長老), 이명구 도지사(李明求 道知事)등이 주선하여 지금 충북 청주시 상당구 남문로 1-154번지 제일교회(第一敎會)자리로 이건하였다. 이후 청남학교(淸南學校)와 세광고등학교 교사(世光高等學校 校舍)로 활용되었으며, 제일교회 교육관으로 사용해왔다. 그러다 1999년 11월 초 청주 중앙공원으로 이전 복원하기 위하여 철거했다

10) 화각(畵角) : 고대의 군악기(軍樂器). 처음에 직선으로 불었으나 후에 횡(橫)으로 불었음. 옛날에 군중(軍中)에서 아침 저녁에 사령(司令)할 때 불었음.

압각수

망선루 上 : 청주객관 동쪽에 있던 망선루를 1923년 제일교회자리로 이전했는데, 1999년 청주 중앙공원으로 옮기
전의 옆모습.
망선루 下 : 1999년 청주 중앙공원으로 이전 복원한 정면 모습

10월 14일

현보(顯甫)가 몹시 만류해서 청주에 체류했다. 박민웅(朴敏雄)[11]군이 내가 먼 지방으로 여
행을 떠난다는 말을 듣고 전별하러 찾아왔기에, 온화한 대화를 나누며 하루를 보냈다. 이날
밤 달빛이 낮과 같이 밝은데, 현보가 주안상을 마련하고 기생을 불러 음악을 성대히 베풀었
다. 영장(營將)[12] 이경지(李慶祉)가 또 찾아왔는데, 월산대군(月山大君)의 후손이다. 풍월정유
고(風月亭遺稿)[13]가 지금도 집에 수장되어 있다고 한다.

---

11) 박민웅(朴敏雄1674~1732) : 본관은 순천(順天). 박팽년의 아우인 인년(引年)의 후예. 청주출신. 1728년(영조 4년)
이인좌(李麟佐)의 난를 평정하여 공훈을 세움. 그후 1729년 창성부사(昌城府使), 1732년 강계부사(江界府使)를 역
임함.
12) 영장(營將) : 이조시대 병영(兵營)등 지방군대의 관리를 위하여 설치한 진영(鎭營)의 장관.
13) 풍월정(風月亭) : 조선 성종(成宗)의 형님인 월산대군(月山大君)의 호(號).

■ 박민웅(朴敏雄)이 내가 도착했다는 소식을 듣고, 고을 관아로 찾아와서 여행중의 무료함을 좀 위안해주기에 이를 시로 지어 보여주었다.

하루 종일 높다란 누각에서 비파소리 듣는데,
하물며 날 반겨주는 친한 벗을 만났음에랴?
며칠 동안이나마 기생연으로 흥을 돋워 주려하네만,
지금 백발이 성성하니 어찌하리요?
둘러 쌓은 성곽은 수많은 나무 위에 떠있는데,
난간에 기대어 문득 멀리 날으는 기러기떼 바라보네.
가슴속 불평의 응어리 깨끗이 씻어버리고자,
손들어 술잔 잡으니 나무라지 마시게.

<朴敏雄聞余至, 見訪於州衙, 稍慰客中無聊, 書此以示>
盡日高樓聽瑟歌,　　況逢靑眼14)故人過.
非無少日紅裙15)興, 其奈今來白髮何.
繞郭欲浮千樹出,　　憑欄忽送遠鴻多.
胸中磈磊須澆得,　　到手今杯且莫呵.

■ 청주의 목사 현보(顯甫) 정혁선(鄭赫先)이 밤에 조촐한 주안상을 마련해놓고, 기생과 즐긴 연회석에서의 소감을 140자로 술회해본다.

청주(淸州)는 정말 웅대한 고을,
천험의 요새지(要塞地)로 영남·호남을 방어하는 곳.
국가에서 중진(重鎭)을 설치하여,
관방(關防)시설 구비하니 걱정이 없네.
분첩(粉堞)은 촘촘하고 튼튼하며,
성중엔 수많은 군사 주둔해 있네.
군영의 깃발 늦도록 펄럭이고,
우렁찬 함성소리 성안을 울리네.

---

14) 청안(靑眼) : 기뻐하는 눈빛. 진(晉)나라 초, 노장사상(老莊思想)을 숭상하는 완적(阮籍)이 지나치게 형식과 예속에 얽매인 사람을 보면 눈을 흘겨보아 백안시(白眼視)하고, 자유분방하고 허식이 없는 사람을 보면 달가워하는 눈으로 청안시(靑眼視)했다는 고사가 있음.
15) 홍군(紅裙) : 미인, 기생을 일컫는 말.

으리으리한 집 좌우에 즐비하고,
갖가지 물건 밤낮없이 팔고 사네.
화려한 옷입은 사람 곳곳에 나
다니고,
북치고 나팔불며 즐기네.
도회는 한껏 번화하니,
옛부터 이곳 살기좋은 곳이라네.
이 고을 어진 목사(牧師) 정혁선
(鄭赫善)이,
주안상 차려 나의 흥을 돋우네.
밤깊자 고아한 연회 벌이는데,
달이 떠올라 금술병을 비추네.

청주읍성 남문루(『사진으로 보는 근대한국』 하권에서 전재)

정다운 손님들 사방에 뺑 둘러 앉고,
미인들이 청아한 노래 부르네.
실로 정(鄭)목사의 후의 덕분에,
고적한 나그네의 회포 거의 풀어지네.
백성들 흉년들어 곤궁해지고,
가난한 사람들의 원성(怨聲) 들리니,
청컨데 그대는 어진 정치 베풀어,
세금 적게 거두고 형벌 관대히 하시게.
이런 점을 생각한다면 음식 먹을 때,
꼭 기름지고 맛있는 음식만 바라서는 안 되지.

<清州使君, 鄭顯甫 赫先, 夜設小酌, 觀妓席上, 述感得一百四十字.>
上黨[16]信雄府, 天險控嶺湖.
國家置重鎮,　　關防備不虞.
粉堞鬱嵯峨,　　中藏萬甲夫.
旌旆晚逶迤,　　危譙俯長衢.
華屋夾左右,　　萬貨日夜趨.
綺羅艶東南,　　擊鼓吹笙竽.

---

16) 상당(上黨) : 백제시대 청주(淸州)의 호칭.

都會盛繁華,　　自昔稱勝區.
良牧得鄭侯,　　置酒佐我娛.
夜深張高宴,　　月出照金壺.
佳賓匝四座,　　美人發淸謳.
實愧主意厚,　　庶免客懷孤.
黎元困荒歲,　　白屋聞寃呼.
請君垂仁惠,　　徵稅寬刑誅.
感此欲投筯,　　綺食非所須.

10월 15일

현보(顯甫)와 작별하고 문의현(文義縣)[17]에 도착하였다. 점심을 먹고 느즈막하게 형강(荊江)[18]을 건너노라니, 물이 맑아 바닥의 흰 모래가 훤히 보이고, 푸른 절벽의 그림자가 좌우에 비치는데, 때마침 갈겨울인지라 풍경과 만물들이 더욱 소슬해 보인다. 눌어(訥魚)[19]를 파는 사람이 있기에, 동전 여덟 닢과 바꾸었다. 또 남쪽으로 30리를 가서 날이 어둑어둑해져서야 회천(懷川)[20]에 도착하였다.

10월 16일

뇌절(腦癤)[21]이 고통스러워 회천에 머무는데, 송필훈 집중(宋必勳 集仲)[22]과 그 아우 필겸 달보(必兼 達甫)가 왔다.

10월 17일

오후에 진천현감(鎭川縣監)을 지낸 송지경(宋持卿)을 찾아가서 뵈었다. 이 날 가랑비가 늦게서야 개었다.

---

17) 문의현(文義縣) : 지금 충북 청원군 문의면. 대청댐 건설로 옛 문의현 자리는 수몰되었으며, 면사무소를 미천리(米川里)일대로 이설하였다.
18) 형강(荊江) : 지금 충북 청원군 문의면(文義面)과 대전광역시 대덕구(大德區) 미호(渼湖)인근. 지금 대청댐을 축조한 근처.
19) 눌어(訥魚) : 누치 또는 눌치라고도 함.
20) 회천(懷川) : 지금 대전광역시 회덕(懷德).
21) 뇌절(腦癤) : 뇌저(腦疽)를 지칭. 목덜미 뒤에 머리털난 경계부분에 생기는 종기로 후발치라고 함.
22) 송필훈 집중(宋必勳 集仲 1686~1744) : 자(字)는 집중(集仲). 호는 은청(隱淸). 그 아우는 송필겸(宋必兼 1686~1744). 자(字)는 달보(達甫). 1765년에 사마시에 합격 참봉에 제수되었으나 나아가지 않음.

■ 지경(持卿)씨가 옥오(玉吾)선생이 유자후(柳子厚 : 唐 柳宗元의 號)시에 차운한 시를 보여주는데, 마음이 매우 처절해져 화운하여 보여주었다.

청아한 시 읽고나니 마음이 처절해지네,
그 누가 선생을 외떨어진 해변으로 귀양 보냈나?
장기(瘴氣) 에워싼 머나먼 강진(康津) 땅에 가서,
광랑(桄榔)나무 무성한 집아래에 여러 해 머무시네.
다만 남쪽지방에서 구름이 해를 가린 것을 걱정하셨으며,
서강(西江)의 물결이 하늘에 치솟는 것을 내버려두시네.
용태(容態)가 아마도 전보다 나아지셨으리니,
문닫고 귤나무 그늘아래 주역(周易)을 검토하시리라.

현암사에서 내려다본 '형강'나루 근처. 대청댐과 오른쪽위편 골짜기 안에 '청남대' 건물 지붕이 보인다.

<持卿氏投示玉吾先生次柳子厚韻, 意甚愴然, 和韻示之.>
清詩讀罷意悽然,　誰遣先生絶海邊.
瘴癘窟中行萬里,　桄榔23)菴下臥長年.
但愁南國雲遮日,24)　一任西江25)浪拍天.
髭髮應知還勝昔,　閉門註易橘林烟.

10월 18일

송요화 춘유(宋堯和 春囿)26)가 찾아오고, 집중(集仲)형제가 또 찾아와서 재미있게 얘기(劇談)를 나누다보니 밤이 늦었다. 성장(聖章)이 연포(軟泡)27)를 마련하여 자리에 있는 사람들과

---

23) 광랑(桄榔) : 야자과에 속하는 상록 교목.
24) 운차일(雲遮日) : 구름은 간신배, 해는 임금에 비유된다. 이백(李白)의 시 봉황대(鳳凰臺) "摠爲浮雲能蔽日, 長安不見使人愁."
25) 서강(西江) : 지금 서울 마포 아래쪽의 한강(漢江)을 지칭.
26) 송요화(宋堯和 1682~1764) : 자(字)는 춘유(春囿). 호(號)는 소대헌(小大軒). 본관은 은진(恩津). 준길(浚吉)의 증손. 병하(炳夏)의 아들. 장악원정(掌樂院正)·지중추부사(知中樞府使)를 지냄.
27) 연포(軟泡) : 꼬챙이에 꿴 두부를 닭국에 끓인 것. 벗끼리 모여서 이것을먹는 놀이를 연포회(軟泡會)라 함.

함께 먹었다. 송필습 휘중(宋必熠 輝仲)이 와서 함께 잤다.

■ 제월당(霽月堂)[28]에서의 감회를 읊어 주인인 성장(聖章)에게 보여주다.

> 달은 계족산(鷄足山)에서 떠올라,
> 이곳 제월당(霽月堂)을 비추네.
> 당(堂)의 주인 제월당(霽月堂)선생,
> 긴 세월 신선처럼 노닐었네.
> 목소리와 용모는 이미 아득히 사라졌으나,
> 그 명성은 세상에 널리 알려졌네.
> 벼슬을 헌 신짝처럼 던져버리고,
> 초야에 기꺼이 묻혀 청아하게 사셨지.
> 삼십년 동안 고고하게 은거하며
> 소인배들 아귀다툼 비웃었네.
> 유령(劉伶)이 맑고 깨끗이 은거하였으니,
> 옛날과 지금을 서로 견줄 만하네.
> 손수 소나무와 대나무 심어놓아,
> 지금 울창하고 푸르구나.
> 맑은 지조 방불케하니,
> 굽어보고 우러러보아도 한결같이 가이 없어라.
> 미호천(渼湖川)가의 사당에 배향되니,
> 오랜 세월 광영이 이어지리.

> <霽月堂感懷, 示主人聖章.>
> 月出鷄足山[29], 照此霽月堂.
> 堂上老先生,   仙游歲月長.
> 聲容已杳邈,   姓名空芬芳.

---

28) 제월당(霽月堂) : 담헌(澹軒)의 처 조부(妻 祖父)인 송규렴(宋奎濂 1630~1709)의 호(號). 예조참판, 지돈령부사(知敦寧府事) 역임. 학문이 뛰어나 송시열, 송준길과 더불어 삼송(三宋)이라 일컬어진다. 송규렴이 강학하던 별당건물로, 그의 호를 따서 지은 제월당(霽月堂)은 대전광역시 대덕구 읍내동에 있다.
29) 계족산(鷄足山) : 지금 대전광역시 대덕구 장동에 있는 높이 399m의 산. 충남도기념물 제 77호인 백제시대 돌로 쌓은 산성이 있음. 백제부흥군이 이 성을 거점으로 신라군의 진로를 차단하기도 하였으며, 조선말 동학농민군의 근거지가 되기도함.

軒冕棄如屣,　丘壑甘退藏.
高臥三十載,　笑閱蠻觸30)場
劉家31)清淨退,　今古足相方.
手自種松竹,　至今鬱靑蒼.
髦髯見清操,　俛仰一茫茫.
俎豆美水32)曲,　千載垂耿光.

10월 19일

뇌절(腦癤)의 고통이 줄어들지 않
아서 침을 맞았다. 또 나그네의 향
수 때문에 문득문득 서글픔이 자못
져며왔다.　목은(牧隱 : 李穡1328~
1395)의 글을 읽으니, 물 흐르듯 유
연하고 심후(深厚)하여, 우리나라사
람들의 천박한 기미가 전혀 없어서
좋았다. 다만 지공(指空)33)과 나옹(懶
翁)34) 두 승려의 비문(碑文)에 쓴 언
어는 광탄하고 망녕됨이 많았다. 목
은(牧隱)이 중국에 유학하여, 자못

계족산성

우백생(虞伯生)35)과 구양원공(歐陽元功)36)과 같은 부류의 여러 이론을 들었으며, 선지(禪旨)에

---

30) 만촉(蠻觸) : 조그만 일로 싸우는 것을 비유함.
31) 유가(劉家) : 진(晉) 때 죽림칠현(竹林七賢)중의 한 사람인 유령(劉伶)을 지칭하는 듯함. 유령은 진(晉) 패국인(沛
    國人). 자(字) 백륜(伯倫). 일찍이 건위참군(建威參軍)의 벼슬을 하였음. 대책(對策)에 좋은 의견을 냈으나 무위(無
    爲)가 되고 파직되어 완적(阮籍)·혜강(嵇康)등과 은거함.
32) 미수(美水) : 한시(漢詩)의 평측(平仄)을 맞추기 위해 미(渼)를 미(美)로 썼음. 지금 대전광역시 대덕구 미호동(渼
    湖洞)을 지칭. 대청댐과 신탄진 사이 강 가까이에 있는 마을.
33) 지공(指空) : 원(元)나라 순제 때의 고승. 원래 인도 마갈제국(摩竭提國) 사람. 충숙왕 말년에 고려에 들어와 머
    무르기도 했다. 다시 원나라에 건너가 그곳에서 고려승과 접촉하였으며, 고려 여인 김씨(金氏)를 아내로 들였
    다. 연경(燕京)에 절을 지어 법원(法院)이라 했다. 경기도 양주(楊州) 회암사(檜巖寺)에 부도(浮屠)가 있다.
34) 나옹(懶翁) : 고려 공민왕 때 왕사(王師). 중국 지공화상(指空和尙)의 심법(心法)의 정맥(正脈)을 받아 왔으며, 지
    공·무학(無學)과 삼대(三大) 화상(和尙)이라 칭한다. 이색(李穡)이 글을 지어 세운 비와 부도가 양주(楊州) 회암
    사(檜巖寺)에 남아있다.
35) 우백생(虞伯生) : 백생은 우집(虞集)의 자(字). 원(元)나라 초기의 문학자. 규장시서학사(奎章閣侍書學士)에 이르
    렀으며, 명을 받아 경세대전(經世大典)을 수찬(修纂)했음. 저서에 『도원학고록(道園學古錄)』 50권이 있음.
36) 구양원공(歐陽元功) : 원공은 구양현(歐陽玄)의 자(字). 원(元)나라 노릉인(盧陵人) 8세에 일기(日記) 수 천어를 썼

빠져들어 스스로 벗어나지 못했는데, 이런 면에서 포은(圃隱 : 鄭夢周1337~1392)에게 부끄러운 면이 많다.

10월 20일

지경댁(持卿宅)에 가서 온화한 대화를 나누었다. 저녁에 지경(持卿)이 또 찾아왔기에 고맙다고 인사했다.

10월 21일

송필복(宋必復)[37]을 찾아가서 위문하고 돌아오는 길에, 감역(監役)[38]을 지낸 송하명(宋夏明)[39]을 뵈었다. 이 어른은 연세가 이미 70인데, 얼굴모습과 머리카락의 색깔이 20년 전과 비교해볼 때 다르지 않으니 이상하다. 다만 주량이 좀 줄었다고 한다. 식사 후에 40리를 가서 두기(豆歧)[40]에 이르렀다. 계룡산(雞龍山)의 비취빛이 말안장에 스쳐와 사람으로 하여금 깨닫지 못하는 사이에 기분이 흔쾌해져, 지난날 군혁(君赫)등과 함께 용추(龍湫)[41]에 놀러가서 물가에 앉아 홍시를 먹던 일이 곱절로 생각나게 한다.

주점에서 조금 쉬었다가 말먹이를 먹이고, 또 서쪽으로 15리를 가서 개태사(開泰寺)[42] 옛터에 이르렀다. 세속에 전해오기를, 고려 태조가 견훤(甄萱)을 정벌하려고 할 때 전주(全州)의 지형이 북과 같아서 절을 지어 제압하려 하니, 전주지방이 삼일 동안 천지가 어두컴컴해서 변별할 수가 없었다고 한다.

유시(酉時)에 연산(連山)에 도착했다. 안동부사를 한 백온(伯溫) 김진옥(金鎭玉)[43] 어른이 마

으며, 성장하여 경사백가(經史百家)를 궁구하지 않음이 없음. 한림학사(翰林學士), 승지(承旨)에 이르렀음. 저서에 『규재문집(圭齋文集)』이 있음.

37) 송필복(宋必復) : 자(字)는 자심(子心). 유고(遺稿)가 있음.

38) 감역(監役) : 이조 시대의 관직. 명종 때 선공감(繕工監)에 두었던 종 9품의 벼슬로 건축에 관한 사무를 담당 감독하는 일을 맡아보았으며, 인원은 3명이었다.

39) 송하명(宋夏明 1654~1723) : 자(字)는 익경(翼卿). 감역(監役).

40) 두기(豆歧) : 지금 충남 논산군 두계면(豆溪面)에 있는 호남선 두계역(豆溪驛)일대.

41) 용추(龍湫) : 어딘지 미상.

42) 개태사(開泰寺) : 충남 논산군 연산군 천호리(天護里)에 있던 절. 고려 태조가 후백제 토벌 기념으로 936년에 세운 절. 지금 밭 가운데 석단(石壇)·석조(石造) 삼불(三佛)·석탑(石塔)의 잔석(殘石)·석조(石槽)가 남아 있다. 이 절에 있던 쇠솥은 가뭄 때 이것을 옮겨가면 비가 온다는 전설 때문에 여러 곳으로 옮겨졌다. 이 절에서 개판된 불경으로 『범서총지집(梵書摠持集)』이 있다. 지금 대적광전(大寂光殿)에 모셔져있는 세 개의 석불입상(石佛立像)은 고려초기의 작품으로 선이 굵고 중후한 느낌을 주고 있으며 손과 눈 귀가 얼굴에 비해 너무 크게 표현되었고 두터운 천의(天衣)자락이 발등 위로 돌대(突帶)처럼 가로로 얹혀있는 새로운 기법을 보이고 있다.

43) 김진옥(金鎭玉) : 조선시대 문관. 백온(伯溫)은 자(字). 호(號)는 유하(柳下). 본관은 광산(光山). 판서 익희(益熙)의 손자. 만균(萬均)의 아들. 송시렬(宋時烈)의 문인. 음보(蔭補)로 기용된 뒤 1714년(숙종 40년) 청주 목사 1727년

침 이곳에 우거하고 있어 곧장 그 집으로 달려갔다. 덕조(德祖)와 함께 정원에서 등불을 켜 놓고 담소하고 있는데, 매제(妹弟)인 상량(相良)등이 자리를 함께하여, 완연 서울집과 같은 분위기가 되니, 이 또한 여행중에 기분 좋은 일이다. 군혁(君赫)이 그 조카 시증(始增)과 함께 금곡(金谷)⁴⁴)으로부터 돌아왔는데, 이미 이경(二更)이 되었다.

■ 구봉(九峰)을 지나며

구봉산(九峰山) 산마루에 저녁해는 뉘엿 뉘엿,
북풍은 윙윙 옷깃을 스치네.
돌무더기 사이로 계곡물 세차게 흐르고,
날씨 추워 깊고 긴 골짜기에 행인이 뜸하네.
내 어이 세모(歲暮)에 떠나가야 하나?
날로 기러기는 남으로 날아만 가는데.
한평생 늙어서도 떠돌아 다니는 고생하니,
세상만사 돌아감만 같지 못하네.

<九峰⁴⁵)途中>
九峰山頭西日微,　　北風蕭蕭吹我衣.
亂石磊砢溪水急,　　天寒峽深行侶稀.
我行胡爲當歲暮,　　日與鴻鴈共南飛.
人生百年老征役,　　世間萬事不如歸.

■ 개태사(開泰寺) 옛터에서의 감회

개태사(開泰寺)는 고려시대의 절,
황량한 누대 위에 다만 저녁노을만 가득하네.
청산(靑山)은 천고(千古)에 의구한데,
고목나무 아래 얼마나 많은 사람이 살았을까?
돌부처는 흥망성쇠를 알고 있으며,
녹슬은 큰 솥은 시비(是非)를 알겠지.

강원도 관찰사가 되었다.
44) 금곡(金谷) : 지금 논산시 연무읍 금곡리.
45) 구봉(九峰) : 지금 대전광역시 서구 관저동과 봉곡동의 경계에 있는 산.

삼한을 통일한,
왕건(王建)은 또한 신성한 위엄
있네.

개태사 쇠솥

　세상에 전해온다. "고려 태조
가 견훤(甄萱)을 정벌하려할 때,
전주지방의 지형이 북과 같아
귀두(龜頭)에 개태사(開泰寺)를
창건하여 그를 제압했다고 한다.
절에 매우 큰 쇠솥이 있는데, 연
산(連山)지방의 향교 앞에 있다.
가뭄이 드는 해에 솥을 옮기면 문득 천둥치고 비가 내린다."

<過開泰寺舊址, 有感>
開泰前朝寺,　荒臺只夕暉.
青山千古意,　老木幾人扉.
石佛知廢興,　苔蘚有是非.
三韓歸統一,　王建亦神威.
　世傳. 麗太朝, 欲伐甄萱, 以
全州地形似鼓,　創開泰於龜頭,
以壓之云. 寺有鐵鑊甚巨, 在連
山鄉校前. 歲旱移動, 輒致雷雨.

개태사 용화대보궁(龍華大寶宮)

■ 병이 나서 연산(連山)에 머물며 심회를 적다

　이 때 김덕조(金德操) 집에 머물
렀다.

인생은 친분로 맺어지는 것,
머나먼 길에서도 끊어지지 않네.
세모의 풍상 차기만 한데,
여러날 산넘고 물건너 여행하네.

개태사 석불입상

뇌절(腦癤)이 갑자기 악화되고,
안질도 자못 고통을 주네.
머무는 곳은 이미 타향이건만,
친절한 주인 따스히 보살펴주네.
침뜸질할 때의 고통 참아내는데,
종들도 근심스러워하네.
갈길은 아직도 멀기만 한데,
어찌 말에만 의존하리요?
대장부라면마땅히 스스로 강해져야지,
어찌 쓰러지는 것을 두려워하랴?
망녕되이 행동말고 스스로 보신해야지,
음식을 잘 먹으며 삼가하고 보호해하리.
날이 밝으면 지팡이 짚어봐야지,
달 떠오르자 시험삼아 발자욱 떼어보네.

    <病滯連山書懷>
     時寓金德操家.

人生牽親愛,   不辭騁長路.
歲暮風霜寒,   山川跋涉屢.
腦癤忽肆毒,   眼眚亦頗苦.
留滯旣異鄉,   庇賴有賢主.
針炙耐苦辛,   僮僕懷憂懼.
前途尙不邇,   何以任馳騖.
丈夫當自强,   豈足畏顚仆.
無妄行自瘳,   健飯更愼護.
明當倚筇枝,   月出試展步.

■ 밤에 앉아있자니 돌아가고 싶은 마음이 생기다.

잠자리에 누워서도 내 병을 걱정해야하니,
타향에서 그 마음이 어떠하랴?
황량한 촌가에 풍악소리 들리는데,

은하수가 고목나무가지에 가려져있네.
고향에서의 소식 끊어지고,
차디찬 하늘엔 기러기 떼만 날아가네.
새로 시 지어 근심 떨쳐보려고,
등불켜고 길게 읊조려보네.

　　<夜坐懷歸>
伏枕愁吾病,　　他鄉意若何.
荒村聞鼓角,　　老木隱星河.
故國音書[46]斷, 寒天鴻鴈多.
新詩元遣悶,　　登下一長哦.

■ 집생각

집 떠나온 지 어느덧 한 달인데,
집안 소식 한 통 받지 못했네.
길이 멀고 산천이 아득해,
소식 본래부터 뜸했었지.
아내는 나의 여행길 걱정할텐데,
이곳에 도착하여 눈이 처음 나리네.
나 또한 집사람 생각하며,
서글피 고향집 그리워하네.
딸아이 재롱 눈에 선한데,
어린 아들은 또한 어찌 지낼꼬?
인간은 짐승이 아니니,
어찌 오래도록 함께 살 수야 있으랴?
남행길 아득하고 끝이 없어,
날이면 날마다 수레타고 달리네.
산은 높고 시내는 구비쳐 흐르며,
인가의 연기 마을마다 피어오르네.
삭막한 풍속과 문물이 처연(凄然)하고,

---

46) 음서(音書) : 편지.

맑고 넓은 하늘은 공허하네.
계절은 가을에서 겨울로 바뀌는데,
신라·백제의 장엄한 유적이 남아있네.
둘러보니 금석지감(今昔之感)만 들어,
거의 나그네 서글픈 회포만 늘어놓네.

<思家>

離家已三旬,　　未得一封書.
路遠間山川,　　便信本來踈.
家人念我行,　　值此雪落初.
我亦念居者,　　悵望懷舊閭.
嬌女宛在目,　　稚子復何如.
人生非鹿豕,　　焉得長聚居.
南紀渺無極,　　日日馳我車.
山澤鬱蟠紆,　　人烟靄里墟.
蕭條風物凄,　　曠莽天宇虛.
節序秋冬交,　　壯迹羅濟餘.
俛仰感今昔,　　庶以客懷攄.

■ 문득 체류하게 되다.

오늘은 이곳에 머물게 되니,
타향땅에 나그네 수심만 쌓이네.
병 앓은 후 근력은 줄어들고,
여행길에 종들에게 신세지네.
흙먼지 바람 북쪽 나뭇가지에 희미하고,
눈비는 서쪽나루에 어슴푸레 하네.
열흘이 지나도 집안 소식 뜸하고,
온 가족 서울에 떨어져 있네.

<淹留>

淹留今日事, 愁緒異鄕人.

病後筋力減, 客中僮僕親.

風塵迷北樹, 雨雪暗西津.

經旬家信濶, 百口隔京塵.

10월 22일

뇌절(腦癤)이 또 고통을 주어, 연산(連山)에 체류하면서 군일(君一)을 먼저 여산으로 보내 김만탄(金萬坦)을 맞아와서 침을 놓게 했다. 만탄(萬坦)은 찰방(察訪)을 지낸 김비(金棐)[47]의 손자이다. 식사후 군혁(君赫)이네도 또한 돌아갔다.

10월 23일

또 침을 맞고 지렁이(蚯蚓)로 뜸질을 시도했다. 오후에 김진옥(金鎭玉)어른이 와서 대화를 나누고 있는데, 장령(掌令)[48]을 지낸 김담(金壜)[49]이 또한 왔다. 관직을 그만둔 뒤 고향으로 돌아가지 않고, 김씨어른과 이웃하여 살고자 하여 이곳에서 살고 있는 것이다.

10월 24일

김진옥(金鎭玉)어른이 와서 온화한 대화를 나눴다. 밤에 김진옥(金鎭玉)어른이 또 찾아 왔는데, 닭이 울어서야 돌아갔다.

10월 25일

김만탄(金萬坦)이 또 와서 침을 놓아 줬다. 집으로 편지를 써서 만탄(萬坦)이 서울 가는 편에 부쳤다.

---

47) 김비(金棐) : 1613~?. 조선시대. 문인. 서예가. 자(字)는 사보(士輔). 호(號)는 묵재(黙齋). 본관은 광주(光州). 작품 「성삼문유허비(成三問遺墟碑)」.

48) 장령(掌令) : 이조 때 사헌부(司憲府) 감찰사(監察司)의 종 4품 관직.

49) 김담(金壜) : 1678~?. 조선시대. 문신. 자(字)는 사관(士寬). 본관은 광주(光州). 통덕랑(通德郎) 전(前) 병조좌랑 (兵曹左郎) 우화(遇華)의 아들. 숙종 무오년 (1708년) 사마시에 합격.

10월 26일

아침부터 가랑비가 나리더니 늦게야 개었다. 여장을 꾸려 출발하려고 하는데, 김진옥(金鎭玉)어른이 몹시 만류하여 떠나지 못했다. 오후에 인동부사(仁同府使)를 지낸 김우화(金遇華)를 찾아가서 위로했는데, 곧 담(墰)의 아버지이다. 돌아오는 길에 김진옥(金鎭玉)어른을 뵈었다. 그 어른이 얘기해주었다. "갑인년간(甲寅年間)에 어떤 사람이 우옹(尤翁 : 宋時烈)에게 '허목(許穆)이 종묘에 고하여 처결해야한다는 의론을 힘써 주청했소이다.'라고 하니, 우옹(尤翁)이 웃으며 '허목(許穆)⁵⁰⁾은 연천(連川)에 머물고 있으면서, 평량자(平凉子)를 쓰고 숲 아래서 어슬렁어슬렁 노닐 새, 산새가 품속과 소매사이에서 들락날락하면서도 달아나지를 않으니, 그 기심(機心)⁵¹⁾이 없음이 이와 같은데, 어째서 하필 나를 죽이려 하겠는가?' 했다 한다. 이로 보건데 허목(許穆)은 또한 이인(異人)이다."

밤에 김진옥(金鎭玉)어른이 또 와서 얘기했다. "남응민(南應敏)은 내포인(內浦人)이다. 심기원(沈器遠)⁵²⁾과 친밀하게 지내서 일찍이 심기원(沈器遠)집에 식객(食客)으로 있었다. 그 계집 종과 정을 통하여 첩으로 삼은 후 갑자기 도망쳐서 서로 상종하지 않았다. 하루는 상주목사(尙州牧使)를 지낸 이회(李灰)의 집에 있다가, 밤에 천문(天文)⁵³⁾을 보고는 크게 웃으며 '수지(受之)가 패하여 도망가겠구나.' 했다. 수지(受之)는 기원(器遠)의 자(字)이다, 며칠 있다가 과연 심기원(沈器遠)이 패했다는 보도가 이르렀다. 소현세자(昭顯世子)⁵⁴⁾상을 당하기 일개월 전에, 갑자기 이씨가(李氏家)에 와서는 삼베로 만든 해진 도포를 찾아내서는, 그 양쪽 소매를 잘라내어 가지고 가니, 사람들이 모두 괴상하게 생각했다. 상복(喪服)을 만드는 날에 남응민(南應民)이 착용하고 있는 백립(白笠)을 가리키며 '이것이 바로 집에서 가져간 해진 도포의 소매자락이다.' 했다. 그 전에 이와 같이 될 것을 알았던 것이다. 그후 마침내 안흥첨사(安興僉使)가 되었다."

또 얘기해주었다. "선조(宣祖) 말년에 여러 신하들이 세자책봉문제(世子冊封問題)⁵⁵⁾에 관해

---

50) 허목(許穆 1595~1682) : 조선. 호(號)는 미수(眉叟). 본관은 양천(陽川). 현감 교(喬)의 아들. 문신(文臣). 학자.
51) 기심(機心) : 술수를 부려 남을 해치려는 마음. 기회를 보고 움직이는 마음. 책략을 꾸미는 마음.
52) 심기원(沈器遠 ?~1644) : 조선. 문신. 자(字)는 수지(受之). 본관은 청송(靑松). 군수 간(諫)의 아들. 1623년(인조 1년) 인조반정의 공으로 정사공신(靖社功臣) 1등으로 청원부원군(靑原府院君)에 봉해짐. 1644년 좌의정으로 남한산성 수어사(守禦使)를 겸임하게 되자 심복들을 호위청(扈衛廳)에 두고 회은군(懷恩君)을 추대하여 반란을 도모하다가 부하들의 밀고로 사전에 발각되어 주살됨.
53) 천문(天文) : 천체의 온갖 현상. 이를 토대로 시변(時變)과 운세를 점치기도 함.
54) 소현세자(昭顯世子 1612~1645) : 조선 인조(仁祖)의 장남. 병자호란 후 동생 봉림대군과 볼모로 청나라 심양(瀋陽)에 잡혀갔다가 1644년 귀국. 이 해 다시 북경에 가서 그곳에 와 있던 샤알 아담에게 서구 과학문명에 대한 지식을 배웠다. 그해『천문역산서(天文曆算書)』및 과학, 천주교에 관한 번역 서적, 여지구(輿地球)와 천주상(天主像)을 가지고 귀국하였으나 2개월 후 죽었다.
55) 세자책봉문제(건저사 建儲事) : 건저사(建儲事)는 세자책봉문제(世子冊封問題)

논하는 것을 듣기 싫어 했다. 여러 사람들이 감히 발설하지 못했는데, 송강(松江 : 鄭澈)이 서애(西崖 : 柳成龍)와 함께 올라 힘껏 주청키로 약속했다. 주상 앞에 이르러 송강(松江)이 먼저 발언했으나 주상이 응납하지 않자, 서애(西崖)는 끝내 주청을 계속하지 않고 그만두고 나왔다. 이산해(李山海)[56]가 당시에 수상(首相)이 되자, 앞서 송강(松江)의 이런 논의가 있었다는 사실을 듣고서는 동료인 김공량(金公亮)[57]과 안으로 밀통했는데, 주상이 진실로 그것을 받아들였다. 얼마 안 있어 송강(松江)에게 강계(江界)로 유배보내라는 하명이 내려졌다는 것이다."

10월 27일

연산(連山)을 출발하여 십리를 가다가 군일(君一)을 만났는데, 대개 군일(君一)이 나의 병을 염려하여 온 것이다. 드디어 동행하여 여산(礪山)에 이르렀는데, 해는 아직 지지않았다. 부사(府使) 신명거(申命耈)가 내가 왔다는 말을 듣고 찾아 왔다. 그 아우 명상(命相)이 또 왔다. 이곳에는 명주(名酒) 호산춘(湖山春)[58]이 산출된다. 여기서 부터 호남 땅이 된다.

▣ 연산(連山)을 출발하는 도중에 짓다.

산골 연산(連山)에 우~ 새벽나팔소리 울릴 때,
마을 앞에 이르러 손들며 여러 사람들과 작별했네.
푸른 산은 또 호남길로 이어지고,
멀리 보이는 나무들 금성(錦城) 북쪽 구름과 이어지네.
그 옛날 신라(新羅)가 이곳을 뺏으려 했으며,
계백(堦伯)의 무덤이 외로이 남아있다 전하네.
천년 전의 흥망사(興亡事) 아득한데,
싸늘한 하늘에 나는 기러기떼 보고 쓴 웃음짓네.

　　　　<發連山途中有作>
　　　山縣鳴鳴早角聞,　　村前揮手別諸君.
　　　青山又入湖南路,　　遠樹還連錦北[59]雲.

---

56) 이산해(李山海 1539~1594) : 조선. 문신. 호(號)는 아계(鵝溪). 본관은 한산(韓山).
57) 김공량(金公亮) : 조선. 인빈(仁嬪) 김씨(金氏)의 오빠. 누이가 선조의 총애를 받자 1591년(선조 24년) 영의정 이산해(李山海)와 함께 세자 책봉문제로 정철(鄭澈)을 유배시켰다.
58) 호산춘(湖山春) : 이 술은 조선 중엽이후 선을 보인 술로 추정하고 있다.『한국민속대관』제2권(일상생활 의식주), 고대 민족문화연구소, 1982, p.495 참조.
59) 금북(錦北) : 금성(錦城) 북쪽. 즉 나주(羅州) 북쪽.

舊識新羅爭此地,　　空傳堦伯有孤墳.
悠悠千古興亡事,　　笑指寒空過鴈群.

■ 말위에서 읊조려본다.

북풍 몰아치는 시월 기러기 외롭게 날으고,
말위의 나그네 아득히 저녁 노을 바라보네.
넓은 들 끝없이 이어지는 푸른 산,
날씨는 쌀쌀하건만 맑은 물은 휘돌아가네.
여행중에 오랫동안 몸져누어 병치레하여,
꿈길에 고향으로 달려가지만 아직 돌아갈 수가 없네.
천리 남행길 이미 반을 지났으니,
고향소식 뜸한 것 이상할 것 없지.

<馬上口號>
北風十月鴈孤飛,　　馬上悠悠送落暉.
野濶青山元不斷,　　天寒白水更相圍.
客中臥病長耽臥,　　夢裡歸家未當歸.
千里南程今已半,　　鄉書莫怪寄來稀.

■ 황화정(黃華亭)을 지나며 감회를 적다.

길 북쪽 텅빈 황화정(黃華亭)에 저녁 해는 기울고,
커다란 비석에 붉은 글씨로 황화정(黃華亭)이라 새겼네.
지금 사람들이 중국 가던 길을 가리키는데,
옛일이 돼서 한(漢)나라 가는 뗏목배 아득하네.
우리나라 풍광(風光)이 계수(薊樹)의 수준이었는데,
중원땅엔 호가(胡笳) 소리 가득하네.
이미 예악(禮樂)을 살펴 볼 수 없으니,
문물제도 본래 한 계통이라 말하지 말라.
본(本)은 한편 자(自)로 바꿔도 됨.

<過黃華亭60)有感>

途北空亭落日斜,　穹碑碌字刻皇華.
今人指點朝天路,　古事蒼茫上漢槎.
左海風烟通薊樹61),　中原天地入胡笳.
已知禮樂觀無地,　莫道車書62)本一家.
　　　本一作自.

■ 여산(礪山)에서.

여산부(礪山府)에서 명주(名酒) 호산춘(壺山春)이 산출된다.

이곳 여산(礪山)으로부터 호남(湖南) 땅이니,
성읍(城邑)은 일찍이 백제(百濟)시대부터 있었네.
강경(江景)평야 바다에 닿아있고,
읍청정(挹淸亭)은 하늘가에 우뚝 섰네.
우쭉하고 푸른 대나무 수 이랑에 이어지고,
명주인 호산춘(壺山春) 약간 불그레하나 많이 마시면 취하네.
큰길은 빼어난 솜씨로 자른 듯 잘 나 있어,
일산(日傘)과 가마 날마다 바쁘게 나다니네.

<礪山>
　　府出名酒壺山春.
礪山自是湖南地,　城邑曾從百濟來.
江景野平臨海盡,　挹淸亭逈半天開.
脩篁交翠連千畝,　名酒微紅醉百杯.
孔道更須剗劇手,　紛紛冠蓋日相催.

---

60) 황화정(黃華亭) : 조선시대 관찰사등 관리들이 교체하던 정자이다. 1963년까지 전라북도 익산군 황화면이었으나, 지금은 충남 논산시 연무읍 황화정리가 되었다.
61) 계수(薊樹) : 계문연수(薊門煙樹). 중국 북평팔경(北平八景)의 하나. 계구성(薊丘城)밖의 나무와 안개낀 경치가 아름다움. 경치가 좋은 곳을 일컫는 말로 쓰임.
62) 거서(車書) : 거동궤서동문(車同軌書同文). 수레의 규모가 동일하고 글씨체가 동일함. 동일한 문물을 의미함.

10월 28일

아침 일찍 출발하여 삼례역(參禮驛)[63]에 도착해서 점심을 먹었다. 산천(山川)과 풍기(風氣)가 매우 달라 별다른 지역에 온 것 같았다. 고인(古人)이 "백리가 서로 풍기(風氣)가 같지 않다."고 했는데, 헛된 말이 아니다. 정자가 역 남쪽 5리 쯤에 있다. 앞에는 넓은 들이 임해 있고 시야가 극히 상쾌해지고 활연한데 누구의 정자인지 모르겠다. 후에 들으니, 비비정(飛飛亭)[64]이라 하는데, 올라가서 조망하지 못한 것이 한스럽다.

또 남동 삼십리를 가서 전주(全州)에 도착했다. 잠시 공진루(拱辰樓)[65]에서 쉬었다가, 서성(西城)으로부터 천천히 남문 밖에 박자룡(朴子龍)이 우거하는 곳에 도착했다. 그 종제(從弟)인 봉화현감(奉化縣監) 박사한 계량(朴師漢 季良)이 또한 봉화(奉化)로부터 와서, 서로 온화한 대화를 나누었다. 박자룡(朴子龍)이 이미 금산(金山)에서 묘자리를 잡아놓았는데, 11월 9일 장례를 지내려한다고 한다. 밤에 계량과 나주(羅州) 나씨(羅氏)인 나만우(羅晩遇)[66]가 찾아와서 동숙했다. 나씨는 감여술(堪輿術 : 風水地理)에 정예하기 때문에, 박자룡(朴子龍)이 막 그 집에 묵기를 요청했다. 민향숙(閔向叔)의 아우 민지수(閔志洙)가 왔다.

▣ 삼례역(參禮驛)

> 오래된 역이지만 주민은 많지 않고,
> 엉성한 울타리엔 푸른 대나무 빽빽하네.
> 풍요(風謠 : 民謠)에 백제의 유풍(遺風)이 남아있고,
> 들은 전주(全州)로 통한다네.
> 하늘 탁 트여 먼 산 선명히 보이고,
> 서리는 하얗게 내려 온 나무 앙상하네.
> 호남(湖南)지방의 겨울 또한 따스해,
> 담비가죽옷 다시 필요치 않을 듯.

---

63) 삼례역(參禮驛) : 지금 전북 완주군 삼례읍 후정리 삼례역(參禮驛)일대.
64) 비비정(飛飛亭) : 지금의 삼례역 서편 한내(大川)를 굽어보는 언덕위에 자리가 남아 있다. 비비정은 1573년(선조 6년) 별장(別將)을 지낸 무인(武人) 최영길(崔永吉)이 지은 것인데, 중간에 철거된 것을 1752년(영조 28년)에 관찰사 서명구(徐命九)가 중건하여 관정(官亭)으로 삼았다. 이 명칭의 유래는 최영길의 손자 최랑(崔良)의 부탁을 받고 송시열이 쓴 「비비정기(飛飛亭記)」에 다음과 같이 전해온다. 비비란 원래 지명(地名)에서 취한 것인데, 최씨집안이 무인(武人)가문이기 때문에 장비(張飛)나 악비(岳飛)같은 명장을 본받으라는 의미를 첨가시킨다는 것이다.
65) 공진루(拱辰樓) : 삼례역에서 전주로 오려면 추천대, 덕정거리 그 다음이 공북루(拱北樓)이다. 현재 전주시 태평동에 있는 전주초등학교 서편에 있었다. 이 공북루(拱北樓)를 공진루(拱辰樓)라 표기한 것으로 생각됨.
66) 나만우(羅晩遇) : 1665년(현종4년)출생. 본관은 나주(羅州). 나주출신. 1723년(경종3년) 계묘년 사마시 합격.

<參禮驛>

古驛居人少,　　寒籬綠竹稠.
風謠餘百濟,　　野色入全州.
天濶遙山直,　　霜淸萬木愁.
南方冬亦暖,　　不復戀貂裘.

10월 29일

전주에서 체류하는데, 첨지(僉知) 이대(李岱)가 감사(監司) 황이장령공(黃爾章令公)[67]을 따라서 왔으며, 전라 감영에서도 그 사실을 듣고 와서 알현했다. 식사를 마치고 민군과 경기전(慶基殿)[68]을 알현하러 갔다. 경기전은 남쪽에 있는데, 경내는 넓직하고 트였으며, 전각은 화려하고 위엄이 있어 영희전(永禧殿)[69]보다 훨씬 낫다. 서쪽에 어정(御井)이 있는데, 깊이가 수십 척이 되며 벽돌로 쌓고 쇠로 덮개를 만들었다. 대개 성안의 샘물 맛이 모두 나쁜데, 이곳이 가장 좋아 그 제일이라 한다. 별전(別殿)은 그 동쪽에 있고 또한 정자각(丁字閣)도 거기있다. 정전(正殿)에 혹 유고가 생길 때 이곳에 어용(御容)을 봉안한다. 평상시에 연(輦)과 일산(日繖)[70] 등의 물건을 저장하는 곳으로 정원과 뜰이 매우 넓다. 좌우에 8~9주의 소나무가 나란히 서 있는데, 줄기와 가지가 엉키고 구부러져 마치 규룡(虯龍)이 뒤엉켜 싸우는 듯 하여 지극히 기이한 사물의 형상(形象)이다. 내가 민군을 돌아보면서, "이것이 다리품값을 보상해주는구먼."하니 민군도 또한 웃었다. 어원(御苑)에 고목이 많고, 또 우쭉 솟은 대나무가 곧곧하게 서있어, 그 사이를 바라보니 비취빛이 가득했다. 이 날은 참봉이 모두 자리를 지키고 있지 않아서, 어용(御容)을 참배하지 못하여 한스럽다.

다시 왔던 길을 되밟아 남문(南門)을 거쳐 나가 또 동쪽 3리쯤 한벽당(寒碧堂)[71]에 이르렀다. 석벽이 시냇가에 우뚝 솟아있는데, 그 위에 누대가 서있으며 난간이 모두 허공에 매달려 있어 아찔하고 지극히 위험하다. 절벽아래는 잔도(棧道 : 閣道)를 만들어 놓아 빙빙 돌아서

---

67) 영공(令公) : 남에 대한 존칭.
68) 경기전(慶基殿) : 조선왕조 창업주인 이태조의 영정을 봉안한 곳이다. 일제시대에 그 서쪽 반 이상을 중앙국민학교(지금 중앙초등학교)부지로 쪼개어 부속 건물 일체를 철거했다. 지금 복원공사를 하고 있다. 태조의 영정을 봉안한 것은 1410년(태종 10년)으로 당시에는 경주 평양과 함께 어용전(御容殿)이라 불렸으나, 1442년(세종 24년) 경기전이라 부르게 되었다.
69) 영희전(永禧殿) : 서울 중구 저동(苧洞)에 있던 태조(太祖)·세조(世祖)의 초상을 모셨던 전각. 원래 남별전(南別殿)이었는데, 1677년(숙종 3년) 재 중건하여 1690년(숙종 16년) 영희전으로 개칭함.
70) 연(輦)과 일산(日繖)은 현재 경기전에 보존되어 있다.
71) 한벽당(寒碧堂) : 한벽루(寒碧樓)를 일컬음. 승암산(僧巖山) 기슭인 발산(鉢山)머리의 절벽을 깎아 세운 누각으로 옛 사람들은 한벽청연(寒碧晴煙)이라 하여 전주(全州) 8경의 하나로 꼽았으며, 그 서쪽일대는 자만동(滋滿洞) 또는 옥류동(玉流洞)이라 불렸다.

올라가면, 남쪽으로 남고사(南高寺)[72]를 대할 수 있으며, 동쪽으로는 만마곡(萬馬谷)[73]에 임하니, 곧 견훤이 성을 쌓은 곳이다. 올려다 보고 내려다보며, 감개무량한 뜻을 자못 억누를 수가 없다. 민군이 "속전에, 견훤이 행궁(行宮)을 북쪽 봉우리 정중간(頂中間)에 축조하고 철교를 가설하여 왕래하였으며, 지금은 지방인들이 사당(祠堂 : 叢祠)를 건립하여 왕왕 기도하면 감응이 있다고 합니다."라고 한다. 민군과 이대(李岱)첨지가 술과 과일을 가지고 와서 대접하는데, 뇌절(腦癤)이 쾌차하지 못했기 때문에 경계하여 술을 마시지 않았다.

또 앞 개울을 건너 남고사(南古寺)를 향해, 산을 반쯤 올라가다보니, 절의 중들이 남여를 가지고 왔다. 남여를 타고 수 백 보 올라가다가 만경대(萬景臺)에 이르렀는데, 곧 절 앞에 있는 작은 봉우리이다. 정상에 큰 바위가 있어 천연적으로 대를 이루었는데 기상이 활원하다. 내려다보니 전주부내(全州府內) 일천 가호가 땅을 메웠으며, 흐릿하게 보이는 나무가 가물거린다. 서쪽으로 평야를 바라보니 눈이 다하여도 끝이 없고, 바닷가의 여러 산(群山)이 내달리는 듯한데 그 형세가 마치 만 마리의 말이 물을 마시는 것 같다. 변산(邊山)이 가장 큰데, 마치 소가 누워 있는 것처럼 융기해있고, 고군산(古群山)의 여러 봉우리들이 기이하고 수려하며 특출하여 더욱 좋아 보였다. 하늘은 맑게 개어 흰 명주를 펼쳐놓은 것 같다. 중들이 손으로 가리키며 "이곳이 남쪽 바다(南海)[74]외다."라고 말했다. 유자후(柳子厚 : 柳宗元의 字)가 일컬은 바 "푸른 빛이 감돌며 흰빛이 드리워져 있네."[75]라는 구절과 "천리와 같이 먼 곳의 경치가 한자 한치의 거리에 있는 것처럼 가깝게 보이네."[76]라는 구절이 더욱 절묘하게 느껴진다. 오후 늦게 되자 바람이 점점 거세져서 누대에서 내려와 절로 들어갔다. 절은 매우 누추했으며, 중도 또한 완악하고 속되어 말을 나눌 만한 사람이 없었다. 혹 포은(圃隱)의 시에 "청산은 은밀하게 부여국(夫餘國)에 약속했는데, 누런 낙엽이 백제성(百濟城)에 어지러이 휘날리네"[77]라는 일련(一聯)이 매우 아름답게 느껴졌다.

---

72) 남고사(南高寺) : 남고산(南高山) 산복에 위치하고 있으며, 관왕묘(關王廟)·만경대(萬景臺)·천경대(千景臺)·남고산성(南高山城)터가 남아있다. 1300여년전 신라 문무왕 8년 명덕화상(明德和尙)이 창건하였다 한다. 처음에는 남고연국사(南古燕國寺)라 하였으며, 후일에 남고산(南古山)이라 하였는데, 조선 성종이후 현재의 남고사라 했다 한다. 지금은 남고사(南固寺)라 쓴다.

73) 만마곡(萬馬谷) : 지금 전북 완주군 상관면 전주천 상류지역의 골짜기를 옛날에 만마곡이라 불렀다. 전주에서 남원가는 큰 고개 슬치재(임실군 관촌면과 완주군 상관면 경계)부터 전주시 색장동까지의 계곡을 말한다.

74) 지금의 기준으로는 하자면 전남 목포에서 부산 해운대인근까지를 남해라 해야한다. 그러나 당시의 개념으로 남과 북 대칭의 개념으로하여 호남이라하듯이, 이곳부터 남해라 한 것으로 생각된다. 이를 통해 당시의 지리적 구분에 대한 일면을 알 수 있다.

75) 푸른 빛~있네(요청타백 繚靑拖白) : 요청타백(繚靑拖白)은 산위에 푸른 나무와 덩굴들이 구름에 둘러쌓인 모양을 형용함. 유종원의 「始得西山宴游記」 "索靑繚白, 外與天際, 四望如一, 然後知是山之特出."에 보이는 "索靑繚白"을그렇게 표기한 것으로 생각됨.

76) 천리와~보이네(척촌천리 尺寸千里) : 척촌천리(尺寸千里)는 천리되는 먼 곳의 경치가 한자 한치 거리에 있는 것처럼 가깝게 보인다는 뜻. 유종원의 「始得西山宴游記」에 보임. "其高下之勢, 岈然洼然, 若垤若穴, 尺寸千里, 攢蹙累積, 莫得遯隱."

돌아오는 길에 만화루(萬化樓)78)에서 조금 쉬었다. 민군의 초당(草堂)에 이르러, 한 식경 쯤 앉아 있었다. 또 박자룡(朴子龍)네 집엘 들렀더니, 감사가 내가 우거하는 곳을 들렀다가 만나지 못하고 돌아갔다고 한다. 저녁을 먹은 후 감사에게 가서 사례하니, 안주와 과일을 대접하는데, 차린 품세가 지극히 정결했다. 대화하다가 이경(二更)이 되어 돌아왔다. 대본영(大本營) 중군(中軍)79) 정문빈 첨지(鄭文彬 僉知)가 찾아와서 김의원(金醫員)에게 침을 맞을 것을 요구했는데, 곧 민군의 문객이며 이름은 진택(振鐸)이다.

▣ 전주(全州)

전주(全州)의 특이한 정기 옛부터 왕기(王氣)가 일어,
호랑이 웅크리고 용이 트림하는 듯 뛰어나다네.
예로부터 산에선 동(銅)나고 바다에선 소금 고았으며,
지금은 관방(關防)의 요충지라네.
숲으로 둘러싸인 촌락엔 대나무 무성하고,
기름진 시냇가 밭엔 모두 생강을 심었네.
호남(湖南)의 풍토 특이한 것 더디 깨달으며,
해질녘에 공진루(拱辰樓)에 올라보네.

　　　<全州>
　　完山異氣昔興王,　　虎居龍盤地勢長.
　　從古銅鹽擅山海,　　卽今藩翰80)壯關防.
　　林深村落多生竹,　　土沃溪田盡種薑.
　　頓覺南州風壤異,　　拱辰樓上倚斜陽.

---

77) 『포은집』 권 2 「登前奏望景臺」라는 시이다.
78) 만화루(萬化樓) : 최초의 만화루는 화산기슭 향교옆에 1497년(성종 10년) 세워졌는데, 임진왜란 후인 1603년 향교를 지금의 자리로 옮기자, 1627년(인조 5년) 만화루도 이건하였다. 만화루는 지금 향교 외삼문(外三門) 남쪽 전주천(全州川)냇가에 서 있었으나 1913년 철거되어 그 자리에 하마비(下馬碑)만 남아 있다.
79) 중군(中軍) : 조선시대 훈련도감·금위영·어영청·총융청·총리영·수어영·관리영 등 군영(軍營)의 종 2품 또는 정3품의 벼슬.
80) 번한(藩翰) : 번(藩)은 막는 것. 한(翰)은 근간(根幹). 즉 국가를 수비방위(守備防衛)하는 것

■ 전주(全州)는 견훤(甄萱)이 웅거하던 옛 도읍지이다. 지방인들이 그 한 두 가지 고사(故事)를 아직도 숭상하여 전하고 있어, 그 느낌을 또 읊는다.

아직도 견훤(甄萱)이 활거하던 당시 상상할 수 있으며,
지금 이곳의 성과 연못(城池) 장엄하네.
수 많은 집과 누각에 석양이 기울고,
숱한 전쟁치른 산하에 저녁 나팔소리 서글프게하네.
시들어버린 풀잎만 이미 어지러이 만마곡(萬馬谷)을 뒤덮고,
찬 구름만 감도는데 오히려 영험하다는 사당에 빌어대네.
구릉에 철교(鐵橋) 가설한 일 참으로 어리석은 일인데,
이곳의 주민들과 그걸 기이한 일이라 말하네.

　고을 동쪽에 만마동(萬馬洞)이 있는데, 세상에 전해오기를 견훤(甄萱)이 이곳에 말을 숨겨놨었다고 한다. 속언(俗諺)에 전해오기를 견훤이 서산 봉우리에 별궁(別宮 : 離宮)을 짓고 남쪽 높은 봉우리에 철교를 가설하여 문득 옛 궁터를 왕래했다고 한다. 이 지방사람들이 돌을 쌓고 사당을 지었는데, 기도를 하면 제법 감응이 있다고 한다.

　　<全州甄萱舊都也. 土人尚傳其一二故事者, 感而又賦.>
尚想甄萱割據時,　　至今此地壯城池.
千家樓閣斜陽遠,　　百戰山河暮角悲.
衰草已迷藏馬谷,　　寒雲猶護乞靈祠.
鐵橋架壑眞愚事,　　留與居人話作奇.
　　州東有萬馬洞, 世傳, 甄萱藏馬於此地云. 諺傳, 甄萱, 作離宮於西山峰, 自南高峰架鐵橋, 以便往來舊宮基. 土人壘石爲祠, 有禱輒應.

■ 전주(全州) 풍속토산을 오체(吳體)로 희작한다.
진퇴격.

전주(全州)라 풍요롭기 팔도에 드물고,
토속민풍(土俗民風) 과연 서울과 다르네.
누렁머리 추녀 다리머리(高髻) 틀어올리고,
뽀얀 얼굴 재롱동이 꼬까옷 입었네.
전주사람들 평량자(平凉子) 즐겨 쓰고,

저자거리엔 유초나박산(油炒糯薄散)이 풍성해.
생강으로 담근 김치(薑鬚菹) 그 맛 너무나 좋아,
북쪽 나그네 새로운 맛에 젖어 돌아가기 싫다네.

<述本州風俗土産戲爲吳體>

進退格81).

全州饒富八道稀,　　土俗民風異京師.
醜女髮黃偏大髻,　　狡童面白更鮮衣.
居人愛戴平凉子,　　列肆都排薄散兒.
薑鬚作菹味最美,　　北客新嘗頓忘歸.

■ 경기전(慶基殿)에 배알하러가면서의 느낌

경기전(慶基殿)은 태조(太祖)의 진용(眞容 : 肖像)을 모신 곳,
유적지에다 영정각(影幀閣)을 창건했네.
솟아오르는 신령한 샘물(靈泉) 쇠덮개로 덮어 놓았으며,
아름다운 기운 떠올라 푸른 송림 속에 서려있네.
햇살이 꽃무늬 벽돌에 비치는데 용좌(龍座)만 바라보고,
구름이 어실(御室)에 깊어 용안(龍顔)을 가로 막네.
태조의 신공성덕(神功聖德) 비할 데 없으니,
요순(堯舜)같은 정치 해동(海東 : 朝鮮)땅에 펴려하셨네.

경기전(慶基殿) 서쪽에 어정(御井)이 있는데, 둘레를 담으로 쌓아 사람들이 물을 길러 오지 못하게 했다. 전주(全州) 성안에 있는 우물중에 이 우물이 가장 좋다. 쇠로 뚜껑을 해서 항상 덮어 놓는다. 경기전(慶基殿) 안에 노송이 구불렁구불렁 기어다니

경기전

---

81) 진퇴격(進退格) : 시를 지을 때 용운(用韻)의 한 격식. 시 한 수가 4운(四韻)일 때 수련(首聯)과 경련(頸聯)을 동운(同韻)으로하고, 함련(頷聯)과 말련(末聯)을 동운(同韻)으로하는 용운법(用韻法).

는 듯한 형상이, 삿갓이나 덮개와 같은 모양을 하고 있어 지극히 기이하다. 이날 참봉(參奉)이 모두 자리를 비워 진용(眞容)을 우러러 참배하지 못했다.

<往謁慶基殿志感>

太祖大王有眞容,　　卽從遺址創影宮.
靈泉湧出金爲盖,　　佳氣浮來翠入松.
日映花甍瞻黼座,　　雲深瑣闥隔重瞳[82].
神功聖德知無比,　　坐挽唐虞[83]變海東

宮西有御井, 周遭築垣, 禁人來汲. 城中泉眼中, 此井味最佳. 以鐵爲盖, 常覆之, 宮庭有老松, 盤屈跂蔚狀如偃盖,[84] 極奇. 是日參奉皆不在, 不得瞻拜眞容.

■ 한벽당(寒碧堂)에서 벽위에 있는 싯구에 차운하다.

이 정자 원래 명승지로,
오똑한 곳에 자리 잡았으며 고을에서도 빼어나다네.
얼음은 얇게 얼어 연못 빛 맑고,
하늘엔 구름 끼어 들 경치 그윽하네.
지금서야 올라보는 이 한벽당(寒碧堂),
오랜 세월동안 자리잡고 있었네.
술에 취하여 옷자락 풀어헤치고,
돌아오는 길에 다시 북루에 올라보네.

한벽당

<寒碧堂次壁上韻>

兹亭元勝地,　　危搆擅雄州.

---

82) 중동(重瞳) : 눈 가운데 두 개의 눈동자가 있는 것. 순(舜)임금의 이름을 중화(重華)라한 것은 겹 눈동자이기 때문에 그렇게 부르게 된 것이라고 한다. 여기서는 태조의 영정을 지칭함.

83) 당우(唐虞) : 요(堯)임금이 도(陶)땅에서 살다가 당(唐)땅으로 이사하였기 때문에 도당(陶唐)이라 일컬음. 순(舜)임금이 요(堯)임금에게 선양받기 전 우(虞)에서 나라를 세웠기 때문에 유우씨(有虞氏)라고 함. 따라서 당우(唐虞)는 요임금과 순임금을 지칭함.

84) 언개(偃盖) : 언송(偃松), 와송(臥松), 입송(笠松)이라고도 함. 소나무 모양이 뚜껑이나 덮개 또는 삿갓모양으로 생긴 소나무를 지칭.

氷薄潭光淨,　　天陰野色幽.
登臨還此日,　　割據自千秋.
醉後開襟好,　　歸時更北樓.

▣ 남고사(南高寺) 만경대(萬景臺)에 올라 포은(圃隱)의 시에 차운하다.

해산(海山)이 가로보이는 높다란 대(臺)에서 한참 휘파람 불며,
만경대에 오르니 절로 감개가 무량하네.
석양에 갈까마귀 금마국(金馬國)으로 날아가고,
세찬 바람 부는데 낙엽만 견훤성(甄萱城)에 날리네.
평평한 들 멀리에 나무들 여러 겹 둘러 싸여 있고,
탁트인 하늘엔 뜬 구름만 끝없이 두둥실 떠가네.
이곳에서 비로소 왕도(王都)의 터를 다졌으니,
빽빽히 들어찬 아름다운 정기(精氣) 신경(神京)일세.

　　　<登南古寺萬景臺, 用圃隱韻>
　　危臺長嘯海山橫,　　自有登臨感慨情.
　　斜日歸鴉金馬國85),　高風落木甄萱城.
　　野平遠樹千重出,　　天濶浮雲萬里生.
　　王迹肇基元此地,　　鬱葱佳氣接神京.

11월 1일

　일찍이 밥을 먹은 후 전주(全州)를 떠나려는데, 민군(閔君)과 이첨지(李僉知)가 함께 와서, 박자룡(朴子龍)의 집을 찾아가서 작별을 고했다. 또 민군(閔君)의 집에 들려 포은(圃隱)의 시에 화운하여 쓴 글을 보여주었다. 30십리를 가서 금구현(金溝縣)86)에 이르렀다. 고을 원 임퇴백(林退伯)87) 어른께서 여러 차례 사람을 보내 만나보기를 원해 봉성관(鳳城館)88)에 들어가

85) 금마국(金馬國) : 전북 익산군에 위치. 본래 마한 땅이고 백제 온조왕 때 금마저(金馬渚)라 부르고 신라 신문왕 때 금마군으로 고쳤다.
86) 금구현(金溝縣) : 지금 전북 김제시 금구면 소재지. 지금 금구면 소재지를 옛날에 봉성(鳳城)이라 했음. 봉성온 씨(鳳城溫氏) 시조를 봉성군(鳳城君)이라 봉했음.
87) 임퇴백(林退伯) : 임세양(林世讓 1659~1733)의 자(字). 조선. 본관은 나주. 지금 충남 연산(連山) 출신. 1696년 (숙종 병자년) 사마시 합격. 부평부사(富平府使) 역임. 이조(吏曹) 참의(參議)에 추증됨.
88) 봉성관(鳳城館) : 옛날 관용건물인 객사(客舍)인데, 지금 금구초등학교 운동장에 있던 건물. 1911년경 사립 금구

뵈오니, 임씨어른께서 매우 기뻐하시며 무릎이 서로 닿을 정도로 바싹 다가 앉아 온화한 담화를 나눴다. 운봉(雲峰)[89] 현감(縣監) 박중규(朴重圭)가 무시관(武試官)에 차임(差任)되어 김제(金堤)로 가는 길에 또 찾아 왔다. 이 사람은 명청하여 지극히 우스꽝스러웠으며, 못 본지 몇 십년이 되었다. 수염이 희끗희끗하나 습성은 오히려 말이 광탄(狂誕)한 면이 많은데 고치지 못해서, 사람으로하여금 자못 반성하는 마음이 들게 한다. 공자(孔子)께서 "어진 사람을 보면 그와 같아져야 되겠다는 생각을 하고, 옳지 못한 자를 보거든 스스로 반성하라."[90]고 하셨으니, 바로 이와 같은 부류를 지목하여 발언한 것이다.

북쪽에 작은 누각이 있는데 응향(凝香)[91]이라는 편액이 걸려있다. 네모진 연못가에 자리하고 있으며 중앙에 연꽃이 심어져 있고, 연못 둘레엔 자잘한 대나무와 오래된 버드나무가 둘러싸고 있어 그윽하지 않은 것이 없었다. 만약 봄이나 여름철이라면, 꽃이 붉고 버드나무가 푸르러 또한 서늘할 것이며, 시를 읊을 만하겠다. 조금 서쪽으로 수 십보를 걸어가니 소렴당(泝濂堂)[92]이 있는데, 어느 때에 창건했는지 알 수가 없다. 벽에 서사가(徐四佳)[93]·박눌재(朴訥齋)[94]의 시판(詩板)이 걸려있는데, 또한 오래되었음을 알 수 있다. 앞에 작은 연못이 펼쳐지는데, 대나무가 사방을 둘러싸고 있어 또한 저절로 즐거움을 느끼게 한다. 토담으로 쌓았으며, 담의 북쪽에 작은 언덕이 띠처럼 둘러싸고, 소나무가 그 위에 무성히 덮고 있다. 눌재(訥齋)의 시에 "연못은 서북으로 치우쳐 있어 서늘한 빛이 감돌고, 산은 동남쪽을 안고있어 시원한 기운이 몰려오네. 바람이 건듯부니 연꽃 줄기 가냘프게 하늘하늘, 안개 드리우니 소나무 짙푸르러 멀리서 보아도 울창해라."라고 읊었는데, 대개 이런 정황을 일컫은 것으로, 그 시어(詩語)가 기발하고 헌걸차다. 또한 택당(澤堂)[95])이 "조박(粗粕)[96] 같은 도서(圖書)는 마음을 전한 것이 없고, 여악(廬岳)[97] 계곡의 근원은 따라 올라갈 수가 없네. 이 가운데서 참된 기상을 살펴본다면, 하늘가에 밝은 달과 연못의 연꽃이라네."[98] 라고, 읊은 절구(絶句) 한 수

보통학교를 만들어 명륜당을 빌어 개교하였다가 바로 '봉성당'이란 객사로 사용하던 건물로 이전했다. 지금은 건물은 없고 터는 학교 운동장임.

89) 운봉(雲峰) : 지금 전북 남원시 운봉면.

90) 『論語』 「里仁」 "見賢思齊焉, 見不肖內自省焉."

91) 응향(凝香) : 1892년경에 발간된 『금구읍지(金溝邑誌)』와 1961년에 발간된 『봉성지(鳳城誌)』에는 이름이 올라있으나, 지금 그 건물은 남아있지 않다.

92) 소렴당(泝濂堂) : 1892년경에 발간된 『금구읍지(金溝邑誌)』와 1961년에 발간된 『봉성지(鳳城誌)』에는 이름이 올라있으나, 지금 그 건물은 남아있지 않다.

93) 서사가(徐四佳) : 사가는 서거정(徐居正 1420~1488)의 호. 조선시대 문신. 학자. 본관은 달성. 저서 『太平閑話』. 『筆苑雜記』. 『東人詩話』. 편서 『東文選』.

94) 박눌재(朴訥齋) : 눌재는 박상(朴祥 1474~1530)의 호(號). 조선. 문신. 본관은 충주. 저서 『눌재집』.

95) 택당(澤堂) : 택당은 이식(李植 1584~1647)의 호(號). 조선. 문신. 본관은 덕수. 저서 『택당집』. 한문학 사대가의 한 사람.

96) 조박(粗粕) : 술을 거르고 난 거칠은 지게미.

97) 여악(廬岳) : 여산(廬山). 중국 강서성(江西省) 구강현(九江縣) 남쪽에 있는 산.

98) 『택당집 속집(澤堂集 續集)』권6에 「제소렴당(題泝濂堂)」이라는 제목으로 실려있는데, 담헌이 인용한 것과 몇

가 역시 읊을 만하다. 밤에는 기생중에 조예경(曹禮卿)과 사사로이 정을 통하는 기생을 만나보았는데, 이름이 취정(翠貞)이라 한다.

▣ 금구(金溝)가는 도중

머리돌려 전주(全州)를 바라보니 해저문 산이 아득하고,
말 타고 가며 시 읊조리는데 저녁 해는 이미 기울었네.
삼순(三旬)이 지나도록 고향에서 소식 없고,
호남(湖南)엔 10월인데도 국화를 볼 수 있네.
하늘가에 닿아있는 노령(蘆嶺)은 응당 바다까지 이어지니,
강진(康津)까지만 가면 집에 다다른 기분이겠지.
서경(西京)의 풍속 돈후하다 말하지 말라,
당시 가의(賈誼) 또한 장사대부(長沙大夫)로 좌천됐다네.

    <金溝途中>
全州回首晩山賒,   馬上哦詩日又斜.
漢北三旬無白鴈,   湖南十月有黃花.
連天蘆嶺應連海,   到日康津若到家.
莫道西京[99]風篤厚, 當時賈誼[100]亦長沙.

▣ 밤에 금구(金溝)관아에서 술마시며, 율시(律詩)를 지어 주인인 사또에게 보여주었다.

서울 성안에 있을 때도 후의가 깊었는데,
호남(湖南)에서 만나니 이 얼마나 기쁜가?
이곳에 와서 상봉하니 참으로 꿈만 같아,
정겨운 대화 한겨울 밤 은하수 지네.

군데 상이한 곳이 있어 부기한다. "圖書粗粕匪心傳, 廬阜溪源未可沿, 看取小堂眞景象, 滿天明月一池蓮."
99) 서경(西京) : 서한(西漢)의 수도(首都) 장안(長安)을 지칭하며, 후인들이 또 서한시대(西漢時代)를 대신 일컬어 서경(西京)이라 했다.
100) 가의(賈誼) : 한(漢)나라 문제박사(文帝博士)가 되고 태중대부(太中大夫)가 되었다. 복색을 바꾸고, 법도를 제정하며, 예악을 일으킬 것을 청하였으나, 강관(絳灌)등이 꺼리고 헐뜯어 장사대부(長沙大夫)로 쫓겨났다. 가의의 사례를 거론한 것은 어느 시대나 의로운 일을 도모하다보면 본의 아니게 시기와 모함을 받을 수 있다는 점을 강조한 것이다. 또한 가의가 올바른 정책을 제언했다가 축출되었듯이, 올바른 의견을 진언하다 강진(康津)에 귀양와 있는 담헌의 장인인 송상기(宋相琦)의 처지가 가의에 비견된다는 점을 나타낸 것이다.

금술잔 자주 들어 볼그레하고 진한 술 권하며,
은촉대 높이 밝히고 취환가(翠鬟歌) 부르네.
모름지기 단 한번 만나보고 곧바로 헤어질 수 있으랴!
내일 아침 함께 금산사(金山寺)에 가리라.
　　금산(金山)은 절의 이름이다.

　　<夜飮金溝衙軒, 口占長律, 示主人使君丈.>
　城裡過從厚意多,　　湖南相見更若何.
　逢來此地眞疑夢,　　話到寒天欲落河.
　頻把金杯紅露釅,　　高燒銀燭翠鬟歌.
　不須一面忽忽去,　　明日金山並馬過.
　　　金山, 寺名

■ 소렴당(泝濂堂)에서 박눌재(朴訥齋)의 시에 차운하다.

　금구현(金溝縣)관아 서쪽 아늑한 곳에 소렴당(泝濂堂)이 자리잡고,
　그 아래 맑은 연못 나그네 마음 청정하게 해주네.
　지세는 시원스레 트였으나 다만 우쭉한 대나무만 무성하며,
　뜨락은 그윽하여 한 점 속세의 기운이 없네.
　한 여름엔 바람도 시원하고 서늘하련만,
　한 겨울이라 공기 차고 매서운 건 당연하지.
　이다음 다시 이곳에 찾아와서,
　부용(芙蓉)향기 맡으며 옷깃을 떨쳐보리라.

　　<泝濂堂, 次朴訥齋韻>
　縣衙西隙畵堂深,　　下有淸池淨客心.
　地爽但看千竹立,　　庭幽不遣一塵侵.
　應嫌朱夏風凉冷,　　無怪玄冥氣肅森.
　準擬他年重到此,　　芙蓉香裡更披襟.

11월 2일

임씨(林氏)어른과 함께 금산사(金山寺)101)에 놀러가는데, 그 아들 상구(象九)102)가 또한 따라
왔다. 동문으로 나가 남쪽으로 5리를 가니, 귀신사(歸信寺)103)의 중들이 이미 남여를 가지고
와서 주위를 살펴보고 있었다. 남여를 타고 1리 쯤 가니, 계곡이 그윽하고 깊어 돌위로 흐르
는 물소리가 졸졸졸 들을 만하다. 또 2리를 거슬러 남쪽으로 고개 하나를 넘어 총총한 대나
무와 고목 사이를 지났다. 다시 동으로 수 백보를 돌아가서 귀신사(歸信寺)에 이르르니 또한
거찰이다. 다만 거처하는 중이 적고 황락함이 매우 심하다. 불전(佛殿)에 대적광전(大寂光
殿)104)이라는 편액이 걸려있고, 다섯 개의 금부처(金軀)를 봉안했는데 지극히 웅장하고 컸다.
동쪽에 향로전(香爐殿)105)이 있는데, 주승이 마침 외출하여, 부처 앞에 있는 향로엔 아직 불
을 피우지 않았다. 부들로 만든 자리와 불경에 자못 세속 밖의 정취가 깃들어 있다. 절 경내
에 있는 샘물 맛이 또한 비리텁텁하여 좋지 않았다. 대개 호남에 내려온 자들이 항상 장질
(瘴疾)106)로 고생을 하는데, 대개 물로 인해 생긴 탈이다.

절에서 나와 또 시내를 지나, 남여에 올라 서쪽으로 산허리를 따라 구불구불 돌길을 오르
는데 자못 험하다. 해상의 여러 산들을 바라보니, 지극히 상쾌하고 삽상하나 오히려 만경대
(萬景臺)의 통활함에는 미치지 못했다. 길이 봉우리 꼭대기로 나있는데 위로 올라갈수록 더
욱 험준했다. 중들이 다섯 발자국 가다가 쉬며, 목구멍에서 거릉 거릉 톱으로 나무켜는 소리
가 나는데, 그 모습을 보니 측은하다. 산 정상을 지나가는데 길이 또한 경사지고 지세가 수
직으로 내려 빠져서, 남여가 앞은 낮아지고 뒤는 높아져서 장차 떨어질 것 같아 위험과 공
포를 심하게 느꼈다. 온 산이 모두 대나무인데, 대개 현청(縣廳)에서 봉식(封植)107)을 받아 심

---

101) 금산사(金山寺) : 지금 전북 김제시 금산면 금산리소재. 599년(백제 법왕 1년)에 창건, 766년 (신라 혜공왕 2년)
   진표율사(眞表律師)가 중건했으나 임진왜란 때 불타고, 1626년(인조 4년)에 재건되었다. 경내에 진표가 만들었다
   는 미륵상·13층탑 등이 있으며, 신라(新羅) 법상종(法相宗)의 근본 도량이었다. 대웅전 건물은 1986년 소실되어
   재건함. 그외 불전(佛殿)도 재건하거나 신축함.
102) 상구(象九) : 임상구(林象九 1704~1765). 임세양(林世讓)의 아들. 이조참판에 추증됨.
103) 귀신사(歸信寺) : 지금 전북 김제시 금산면 청도리에 있는 절. 676년(신라 문무왕 16년)에 의상대사가 창건했
   다함. 1985년 보물 제826호로 지정된 대적광전은 정면 5칸 측면 3칸의 맞배집 다포계 건물이다. 전북유형문화
   재 제 62호인 고려시대에 세워졌을 것으로 보이는 백제계 삼층 석탑이 있다. 전북유형문화재 제 64호인 개모
   양 또는 사자모양으로도 보는 석수(石獸)가 있는데, 등위에 2단의 남근석을 올려놓았다. 풍수지리설에 따르면
   이곳의 지형이 구순혈(拘脣穴)이라 터를 누르기 위해 세웠다고 한다. 임진란 때는 승병의 집결장소로도 활용되
   었다.
104) 대적광전(大寂光殿) : 임진왜란이후 지어진 다포계 맞배지붕으로 안에는 천장까지 닿을 만큼 거대한 삼신불
   (三神佛)이 모셔져있다. 모두 소조불(塑造佛)인데 1980년 금물을 입혔다. 건물은 보물 826호이다.
105) 향로전(香爐殿) : 지금은 남아있지 않다.
106) 장질(瘴疾) : 산과 습지 또는 불결한 곳에서 발생하는 나쁜 공기로 인하여 생기는 열병이나 피부병.
107) 봉식(封植) : 봉식(封殖)을 말함. 봉역(封域)을 다스려 작물을 재배케하는 것.

은 것인데, 매년 영장(營將)이 베어내어 모두 사사로이 써버리고 관청에는 한 가지도 들이지 않았다. 그러나 중들은 이것을 부지런히 보호 감시해주는데 힘쓰고 있으며, 오히려 죄를 얻을까 두려워 하고 있다. 근일에 외방사무(外方事務)의 폐단이 산승(山僧)에 까지 미치지 않음이 없으니 자못 한탄스럽다.

절앞쪽에 물과 돌멩이들이 자잘한 것이 눈에 들어온다. 나무 아래서 조금 쉬고 있는데 나이 많은 중 4~5인이 와서 맞아주었다. 절에 이르르니 승사(僧舍)[108]는 무너지고 쓰러졌으며 깨진 기와며 썩어버린 석가래가 우리 고장에 있는 공림사(空林寺)[109]와 같으니, 말운(末運)의 폐해가 유독 우리 유가(儒家)에만 일맥(一脈)하는 것이 아니다. 사천왕상(四天王像)은 험상궂고 무서우며, 불전은 또한 웅장하고 화려하다. 조금 동쪽에 미타전(彌陀殿)이 있고 계곡(谿谷)[110]이 쓴 시판이 걸려있다. 또 동쪽 10여 보 쯤에 3층 각이 있어 그 가운데에 장육불(丈六佛)[111] 삼구(三軀)를 봉안해 놓았는데, 높이가 모두 수 십 척이 되었다. 일찍이 속리산(俗離山) 법주사(法住寺)에 장육불(丈六佛)이 있는 것을 보았는데 그 높이가 40,50자는 아니었다. 생각컨데 불상을 만드는 사람은 지극히 웅대하게 만드는데 힘을 써서 다시 장육(丈六)을 기준으로 삼지 않은 것이다. 중이 말하기를 "신라시대에 자장선사(慈藏禪師)[112]가 창건한 것이다." 『동국여지승람』에 "견훤이 이 절을 창건했다."고, 했는데 어느 것이 옳은 지 자세하지 않다. 다만 절 뒷편에 세덕왕사진응대사비(世德王師眞應大師碑)[113]가 있는데, 세덕(世德 : 慧德이 옳음-역자주)은 신라시대 왕호(王號)이다. 이로 보건데 신라시대로 부터 이 절이 있었던 것 같다. 중간에 서있는 것이 미륵불로, 순전히 철로 주조되었고 아래에 두 개의 철확을 사용했으며, 돌로 깍은 벽돌로 받침대를 만들었는데, 그 외에도 매우 많은 비용(巨 萬金)을 들여 이것을 제작했으니 어찌 웅장하지 않겠는가? 사방에 못[114]을 파서 화재에 대비했으니, 옛사람들

---

108) 승사(낭요 廊寮) : 낭요(廊寮)는 승사(僧舍).

109) 공림사(空林寺) : 지금 충북 괴산군 청천면 사담리(沙潭里)에 있는 공림사(公林寺). 신라 경문왕(景文王) 때 자정(慈淨)이 창건했으며, 임진왜란 때 불탄 것을 숙종 14년 중건 했다. 1950년 공비 토벌을 하던 국군이 모두 태워버렸는데, 1963년 극락전 등을 재건했다. 숙종 14년에 건립한 공림사 사적비가 남아 있어 사찰 내력을 알 수 있다. 절이름에 '공(空)'자가 들어 있어 불이 자주 난다는 일설이 있어 지금은 '공(公)'자로 바꾸었다.

110) 계곡(谿谷) : 계곡은 장유(張維 1587~1638)의 호. 조선. 문신. 본관은 덕수. 저서 『谿谷漫筆』. 『谿谷集』.

111) 장육불(丈六佛) : 몸의 길이가 일장(一丈) 육척(六尺)되는 불상임. 석가(釋迦) 출생시에 인도인(印度人)들의 키는 8척이었는데, 후세에 불교도는 석가를 존경한 나머지 그 상을 만드는데 일반인의 배를 하여 일장(一丈) 육척(六尺)으로 하였다 한다. 『後漢書』 「西域傳」 "西方有神名曰佛, 其形丈六尺而黃金色"이라 하였다.

112) 자장선사(慈藏禪師) : 신라시대의 중. 성은 김(金). 황룡사 9층탑을 완성하고 통도사(通度寺)를 창건했다. 전국 각처에 10여개의 사탑을 건조했고, 중국제도를 따라서 신라에서 처음 관복을 입게 했으며, 650년(진덕여왕 4년) 당나라의 연호를 사용할 것을 건의했다.

113) 세덕왕사진흥대사비(世德王師眞應大師碑) : 보물 24호. 세덕(世德)이 아니라 혜덕(慧德)이다. 담헌이 착각하거나 오기한 것 같다. 혜덕(1038~1096)은 소현(韶顯). 성명은 이민(李民). 1070년 김제 금산사 수좌(首座)가 되고, 금산사에 광교원(廣敎院)을 창설했다. 왕사(王師)에 추증(追贈)되고, 시호(諡號)는 혜덕(慧德), 탑명(塔名)은 진응(眞應)이다.

이 일을 할 때 이와같이 깊이 생각해서 한다. 여래사리대(如來舍利臺)가 북쪽에 있다. 잘 다듬은 돌로 축대를 쌓았는데, 지극히 네모 반듯하다. 네 귀퉁이에 네 개의 작은 귀신상(鬼神像)이 서서 그것을 받치고 있는데, 그 제작 솜씨가 정교하다. 그 위 부도(浮屠)[115]에 사리(舍利)를 안치했으며, 그 앞에 하나의 작은 탑을 건립했다. 동쪽과 서쪽에 서있는 두 개의 회(檜)나무가 3,4백년은 된 것 같다. 세상에 전해오기를 여래사리가 우리 동국에 도래한 것이 세 개인데, 그 하나는 오대산(五臺山)에 안치했으며, 하나는 양산(梁山)의 통도사(通道寺)[116]에 안치했으며, 여기 있는 것과 더불어 세 개다라고 하나 그 신빙성 여부를 알 수 없다. 사리대 동쪽 10여보쯤에 진응비가 서있으나 문자가 깎여나가고 부서져서 읽을 수가 없다. 또 소요당경열비(逍遙堂景悅碑)[117]가 있는데 재상을

귀신사 대적광전

귀신사 대적광전에 안치된 불상

지낸 백헌(白軒)[118] 이경석(李景奭)이 찬한 것이다.

---

114) 현재 남아 있지 않다.

115) 부도(浮屠) : 흔히 돌로 만든 종(鍾)모양을 하고 있어 석종형(石鍾形) 부도(浮屠)라하며 보물 26호이다. 석단 위 한가운데, 네귀퉁이에 사자의 머리가 조각된 한장의 판석이 놓여 석종형 부도를 받치고 있다.

116) 통도사(通道寺) : 지금은 보통 통도사(通度寺)라 표기함. 경남 양산군 하북면(下北面) 영취산(靈鷲山)에 있는 절. 신라시대 자장율사(慈藏律師)가 당나라에서 부처의 가사(袈裟)와 사리(舍利)를 받아 귀국하여 646년에 창건 하였다. 해인사(海印寺)·송광사(松廣寺)와 함께 우리나라 3대 사찰이다.

117) 소요당경열비(逍遙堂景悅碑) : 소요당대사부도비명(逍遙堂大師浮屠碑銘)으로 그의 문인(門人) 경열(景悅)이 건 립했다. 朝鮮國賜國一都大禪師慧鑑大師逍遙堂浮屠碑銘并序.

118) 백헌(白軒) : 이경석(李景奭 1595~1671)의 호. 조선. 문신. 자(字)는 상보(尙輔). 본관은 전주. 왕족 덕천군(德泉 君) 후생(厚生)의 6대손. 1636년 병자호란 때 청나라에 굴복하자 삼전도비(三田渡碑)를 찬진(撰進)하였으며, 1642 년 김상헌(金尙憲)과 함께 척화신(斥和臣)으로 심양(瀋陽)에 잡혀가 봉성관(鳳凰城)에서 1년간 감금당했다. 김자 점(金自點)의 밀고로 효종의 북벌 계획이 청나라에 알려져 추궁당하자, 책임질 것을 자청하여 청나라 백마성에 감금되었다. 그 뒤 석방 되어 영돈령부사가 되어 기로소에 들어갔다. 문장과 글씨에도 뛰어났다.

서비전(西碑殿)의 중 회경(懷瓊)이 와서 알현했는데, 조금 문자를 아는지라 말을 나눌 만했다. 산중에 유명한 암자가 많고 또한 운치(韻致)가 있는 승려가 있다고 들었으나, 날이 저물어 찾아가볼 여가가 없었다. 밤에 연포탕(軟泡湯)을 곁들였다. 밤에 동쪽 요사채에서 자는데, 방이 비록 정결하지는 못하나, 불등(佛燈)을 밝히고 선탑(禪榻)에 앉아, 중들과 함께 산중고사(山中故事)를 말하다 보니, 생각이 초탈해져 속세의 생각이 무디어지고 사그러져, 어제 밤과 비교하니 또 하나의 경계가 되며, 그 번잡소란함과 청담함이 하늘과 땅처럼 큰 차이가 나는 것만이 아니었다.

| 귀신사 삼층석탑 | 귀신사 석수 정면 | 귀신사 석수 후면 |

▣ 귀신사에서

　쌀쌀한 산골에 눈이 올 듯하여,
　나무 우거진 골짜기 어슴프레하네.
　말타고 짙은 구름 헤치고 들어가니,
　중이 고목 앞에 나와 맞이하네.
　안개 속에 암자 모습 어른거리고,
　대숲 속으로 울려퍼지는 풍경소리 은은하네.
　땅이 청정하여 원래 장기(瘴氣)가 없는 곳,
　마음 깨끗이 씻어버리고파 대홈통의 물 받아 마시네.

<歸信寺>
山寒有雪意,　　林壑自蒼然.
馬入深雲去,　　僧迎古木前.
烟中菴影遠,　　竹裡磬聲圓.
淨地元無瘴,　　澆心乞覓泉.

■ 귀신사(歸信寺)에서 금산사(金山寺)로 향하는데, 돌서덜 길이 너무 험하나, 바다와 산의 승경을 모두 볼 수 있어 자못 쾌활하다.

산허리 깎고 파내 새들도 쉬어 넘는 길,
남여는 기우뚱 오래된 삼나무도 기울어져있네.
산은 말이 물마시려 다투어 바다로 달려가는 형상,
나무들은 떠가는 구름같이 하늘을 뒤덮었네.
천리 먼길 호남(湖南)에 와서 눈비 맞는데,
고향이 북쪽으로 멀어져가니 풍속도 다르네.
평생 금강산(金剛山)유람 장엄하다 마냥 자랑했거늘,
지금의 호남(湖南)여행도 오래도록 기억되리.
　(古)자는 한편 (老)자로 바꾸어 써도 됨.

<自歸信向金山, 磴道極峻, 覽盡海山之勝, 殊覺快活.>
鑿破靑峰鳥道懸,　　藍輿橫度古杉顚.
山如飮馬爭趨海,　　樹似浮雲盡合天.
千里南來逢雨雪,　　故園北去隔風烟.
平生最說東游[119]壯,始信玆行足百年.
　古一作老.

---

119) 동유(東游) : 동유는 금강산 유람을 가리킴. 담헌은 1714년 금강산일대를 유람하고 시와 문을 남긴다. 「동유록
(東游錄)」이 그것이다.

◼ 금산사(金山寺)

금산사(金山寺) 본래 신라(新羅) 때 부터 있던 절,
기묘한 산 모악산(母岳山)이라네.
구름 감도는 곳에 사리탑이 서 있고,
고목나무아래 진응대사비(眞應大師碑) 서있네.
돌서덜길에서 귀신사(歸信寺)로 갈리는데,
금부처 속리산(俗離山)불상과 맞먹겠네.
계곡(谿谷)의 훌륭한 싯구 남아있는데,
나 또한 시를 지었네.
　　속리산(俗離山 : 法住寺)에도 장불(丈佛)이 있는데, 지극히 웅대하여 서로 대적할
만하다.

　　<金山寺>
寺自新羅有,　　山稱母岳[120]奇.
雲深舍利塔,　　木老祖師碑[121].
磴道分歸信,　　金身敵俗離.
谿翁留好句,　　吾亦續題詩.
　　俗離亦有丈佛, 極雄偉, 堪爲勍敵.

◼ 서비전(西碑殿)에 진응대사비(眞應大師碑)가 있다. 대나무숲을 따라 길을 가며 바라보다가 돌아 오는 길에 잠시 회경상인(懷瓊上人)의 방에서 쉬었다.

아늑한 대숲에 진응대사비(眞應大師碑) 서있고,
눈나리는 한 겨울 산자락에 홀로 앉아있네.
중들은 동서 요사채에 나누어 사는데,
고목과 안개에 가려 알아볼 수가 없네
　　또 동비전(東碑殿)은 비석 동쪽 백 여보 쯤에 있다.

<西碑殿有眞應大師碑. 從竹林, 取徑往觀, 歸時, 少憩懷瓊上人房.>

---

120) 모악산(母岳山) : 지금 전북 김제시 금산면과 전북 완주군 구이면의 경계를 이루고 있는 산. 해발 793m로 노
　　령산맥의 중앙부에 위치하고 있다. 1972년 12월 도립공원으로 지정되었다.
121) 조사비(祖師碑) : 금산사(金山寺)에 있는 진응대사비(眞應大師碑)를 지칭함.

穿入幽篁問古碑,　　寒山獨坐雪來時.
居僧分住東西寺,　　老木烟深兩不知.
　　又有東碑殿, 在碑東百餘步.

▣ 장육불(丈六佛)

쇠로 주조했는데, 높이가 20여 척은 되겠다. 아래는 철확(鐵鑊)으로 쌍 받침을 했다.

호남에서 최고로 유명한 절은 금산사(金山寺)라,
첫번째 보이는 건 동편의 장육불(丈六佛)이라네.
손가락 끝까지 높이 뻗쳐야 좌대에 닿는 정도요,
고개들어 바라보니 정말 태양이라도 가릴 듯하네.
장엄하게 치장하느라 신라(新羅)·백제(百濟)가 이미 망하였으며,
창설의 공력 귀신에게 뺏길까 두렵네.
대중의 도움으로 힘입어 세워진 줄 알겠으니,
명복(冥福)이 펼쳐져서 우리 백성들에게 미치리라.

　　<丈六佛>122)
　　鑄鐵爲之, 長幾二十餘丈, 下爲鐵鑊以承雙趺.
南方最說金山寺,　　東域初看丈六身.
竪指應將捫帝座,　　擧頭眞恐碍義輪.
粧嚴力已傾羅濟,　　創設工疑奪鬼神.
可識募緣資大衆,　　能推冥福澤吾民.

▣ 승방에서 곧 바로 읊다.

흰구름 감도는 승방에서 무명이불 덮고 자는데,
한 밤중 서쪽 숲에서 범패(梵唄)소리 울려오네.
한 옆엔 대나무 우쭉하고 종소리 멀리 울려퍼지는데,
고목은 하늘을 가리고 탑그림자 더욱 짙어보이네.
사람닮은 괴이한 돌 많은 깨달음 주고,
얼굴까지 비치는 맑은 연못은 선심(禪心)을 자아내네.

---

122) 장육불(丈六佛) : 부처님의 별칭. 부처님은 키가 1장 6척에 몸이 황금색이었다는데서 유래됨.

고승이 머문다는 산 중턱에는,
낙엽이 온 산을 덮어 찾아가기 힘드네.

　　　<僧房卽事>
寄宿白雲一布衾,　　夜聽寒梵發西林.
脩篁地僻鍾聲遠,　　古木天陰塔影深.
怪石如人多悟意,　　淸池照客自禪心.
中峯聞說高僧在,　　落葉空山不可尋.

국보 제62호 금산사 미륵전

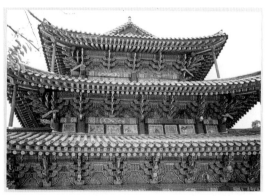
금산사 미륵전 단청

금산사 미륵전 장육불 3구

금산사 미륵전 장육불의 철확으로 만든 받침대

금산사 여래사리대

금산사 여래사리대 기단석에 새긴 불상중의 하나

통도사에 있는 여래사리대

금산사 보물 제23호 석련대

금산사 혜덕왕사진응비

금산사 소요대사부도비명 하단부 비룡상

금산사 여래사리대 상단부

금산사 보물 제25호 5층 석탑

금산사 보물 제27호 점판암 육각 다층석탑

금산사 혜덕왕사진응비 전모

금산사 소요대사부도비명 전모

▣ 산속을 벗어나다.

절 서쪽 2리 쯤에 용추(龍湫)가 있다.

자욱히 찬 구름 끼어 고목은 희미해보이고,
산승은 이별할 때도 아무런 말이 없네.
다정할 손 오직 용추(龍湫)의 물소리만,
은근히 동구 밖까지 날 전송하네.

<出山>

  寺西二里許, 有龍湫.

漠漠寒雲古木昏,   山僧臨別更無言.

多情惟有龍湫水,   送我殷勤出洞門.

11월 3일

임씨(林氏)어른과 작별하고, 2리를 가서 용추(龍湫)에 이르게 됐다. 돌이 약간 기울어져 있는데, 물이 그위로 흘러 세찬 물줄기를 이루고 있다. 아래에 작은 못이 이어지는데, 깊이가 몇 길은 되겠다. 중이 "천둥이 치고 비가 내릴 때 용이 못 가운데로 부터 승천하는 것을 들에 있는 사람들중에 본 사람이 많다. 가뭄이 드는 해에 관청에서 기도를 하면 감응이 있다."고 한다.

점심 때 태인현(泰仁縣)에 이르러, 피향정(披香亭)[123]에 올라보니 정말 명승의 정자이다. 유근(柳近)이 현감으로 있을 때 중수하고 단청을 해서 환히 빛난다. 다만 때가 깊은 겨울이라서 연꽃도 지고 갈대도 시들어 경물이 소슬하며, 연꽃이 한창 핀 것을 보지 못함과, 난간에 기대어 옷깃을 제치고, 물속에서 노니는 피라미를 완상하지 못하는 것을 한탄했다. 동쪽이 최고운(崔孤雲)의 유지(遺址)인데 유상대(流觴臺)가 있다. 또 서원(書院)이 있는데 무성(武城)[124]이라는 편액이 부착되어 있다. 벽에는 점필재(佔畢齋 : 金宗直의 號)의 절구(絶句)가 걸려 있다. 그 아래 시구 중에 "천년 전에 음영하던 혼백 어디서 찾을꼬? 연꽃 송이송이가 모두 최고운(崔孤雲)의 화신(化身)이라네."라고 읊고 있는데, 시의(詩意)가 지극히 절묘하다. 석천(石川 : 임억령林億齡 1496~1568)이 지은 "하이얀 이슬이 붉은 연꽃에 방울지는구나."라는 시어 또한 아름답다. 청음(淸陰 : 김상헌金尙憲 1570~1652) · 문곡(文谷 : 김수항金壽恒 1629~1689)의 시판(詩板)도 또한 절묘하다.

저녁에 정읍현(井邑縣)에서 잤다. 밤꿈에 집에 갔다가 다시 돌아오는 꿈을 꾸다가 잠에서 깼는데, 이웃의 닭이 '꼬끼오'하고 울며, 다만 마구간에서 말이 마른 콩깍지 먹는 소리만 들려와, 나그네의 심회를 자못 언짢게 했다.

---

123) 피향정(披香亭) : 지금 전북 정읍군 태인면 태창리(泰昌里) 101의 1 - 6번지에 있는 정자. 숙종 41년(1715년)에 현감(縣監)인 유근(柳近)이 쓴 중수기에 의하면 현감 박숭고(朴崇古)가 중건한 뒤 퇴폐해져있는 것을 유근(柳近)이 석가래와 기와를 갈고 못을 파냈다고 한다.

124) 무성서원(武城書院) : 전북 정읍군 칠보면(七寶面) 무성리에 있다. 통일신라시대 태산(泰山)고을이었던 이곳에 태산군수를 지낸 최치원의 치적을 기리고자 조선 중종 때 태인현감 신잠(申潛)이 태산사(泰山祠)를 세웠는데 태산서원(泰山書院)으로 불렸다. 그후 숙종22년(1696)에 무성(武城)이란 사액을 받았다. 이 서원에는 성종17년 이후의 봉심안(奉審案) · 강안(講案) · 심원록(尋院錄) · 원규(院規)등의 귀중한 서원(書院)에 관한 연구자료가 보존되어 있다.

무성서원 강당

무성서원의 현가루(絃歌樓)

■ 피향정(披香亭)에서 석천(石川)의 시에 차운하다.

　　최고운(崔孤雲)과 임석천(林石川)은,
　　이미 학타고 승천했다네.
　　홀로 눈나리는 연못가에 왔으니,
　　어디서 가을에 피는 연꽃을 감상하리.

　　　　＜披香亭, 次石川韻＞
　　孤雲與石川,　　駕鶴已歸天.
　　獨來池上雪,　　何處賞秋蓮.

■ 벽에 걸린 점필재(佔畢齋)가 지은 절구(絕句) 한 수가 있다. 그 아래 구절에 "천년
　전에 읊조리던 혼백을 어디서 찾을꼬? 연꽃 만 송이가 모두 고운(孤雲)이라네."라
　고 읊었는데, 말의 표현이 지극히 절묘하여, 드디어 "연꽃 만 송이가 모두 고운
　(孤雲)이라네."라는 시구를 차용하여 이 시를 농으로 지었다.

　　"연꽃 만 송이가 모두 고운(孤雲)"이라는,
　　이 한 마디 분명 절묘한 싯구로세.
　　천년 후 점필재(佔畢齋)가 이렇게 멋지게 읊었는데,
　　우리 동방이 누천(陋賤)하여 문장이 없다고 그 누가 말했는고?

피향정 현판

피향정 전모

피향정 일부 '호남제일정'이라는 현판이 보인다.
(왼쪽 뒷짐 진 분이 이정희 어른, 오른쪽 임영순 어른)

피향정 연지에 만개한 연꽃

<壁有佔畢翁一絶. 下句云 : "千載吟魂何處覓. 芙蕖萬柄萬孤雲." 語意極妙.
遂用芙蕖萬柄萬孤雲,爲起戱成此詩.>
芙蕖萬柄萬孤雲,　一語分明妙解云.
千載畢翁能道此,　吾東孰謂陋無文.

■ 피향정(披香亭)에서 26운의 시를 짓다.

태인읍(泰仁邑)은 호남(湖南)에서 웅성(雄盛)한 곳,
더욱이 피향정(披香亭)은 제일가는 정자라네.
온 고을 굽어볼 수 있는 그림 장식한 날렵한 기둥,
멀리 큰 길 바라보이는 조각한 난간.

웅장하고 화려하게 꾸민 것은 사람의 재주,
삽상(颯爽)하고 개활한 것은 지형이 주는 혜택.
푸른 댕기두른 듯 멀리 뻗힌 산,
뜰 한가운데 맑은 거울 같은 연못.
긴 다리 구불렁하며 물가엔 물오리 꼬리를 물고,
자그마한 누각 영롱하고 모래톱에 학이 깃드네.
해가린 아름드리 느티나무 땅에 드리우고,
안개 머금은 우쭉한 대나무 푸른 하늘 뒤덮었네.
부용(芙蓉)향기 그윽히 풍기니 잠이 달아나고,
수양버들 하늘하늘 술 절로 깨게 하네.
한 여름엔 무더위와 열기를 식혀주리니,
오래도록 자리에 기대 시원함을 맛보네.
비나리는데 붉은 난간에 기대서 낚시 드리우고,
안개속에 채련가(採蓮歌) 부르며 오색 찬란한 배 띄우네.
잠자던 백로 놀라서 날다가 못가운데 비친 달에 부딪칠 것 같고,
헤엄치는 물고기 다투어 뛰어올라 물에 잠긴 별에 받히겠네.
응향정(凝香亭)은 협착하고 누추하여 노복(奴僕)이나 머물 곳,
한벽루(寒碧樓)는 홀로 오뚝 솟아 대단히 엄정해 보이네.
평원한 곳에 있는 광한루(廣寒樓)는 제일간다고 하긴 어렵고,
맑은 숲속에 영벽루(映碧樓)와 또한 아우를만하네.
밝은 조정으로부터 가죽신 하사받은 명사를 배출했으며,
길을 빙돌아 가마를 되돌려가는 사자(使者)들이 머물렀었네.
화려한 술잔치 매번 연못가에서 벌어져,
고운 노래 달밝은 밤에 자주 울렸네.
가인의 아름다운 자태 비파(琵琶) 쓸어앉고,
귀한 손님 호방한 성품 귀한 술병 기울였네.
이곳은 호남(湖南)지방 최고의 명승지이며,
풍류라면 아직도 그 옛날 현인들을 말하네.
고운(孤雲)의 옛집 주인 잃어 텅 비었으니,
점필재(佔畢齋)가 새로 지은 시 참으로 영묘하네.
명문 남긴 재주 높아 일세를 울리고,
학 타고 신선됐다는 전설 아득하네.

홀로 찾아드니 연못엔 찬 물결일고,

한 참동안 난간에 기대있으려니 눈이 올 것 같네.

한 해 저무는 산천이 을씨년스럽고,

차디 찬 겨울 구름도 짙푸르네.

시들은 부평초 못가에 남아있으며 물고기는 물방울을 뿜고,

꺾어진 갈대는 물속에 잠기고 기러기는 깃털을 말리네.

취산(翠傘)위에 구슬이 떨어지듯 빗소리 들리고,

홍방(紅房)에 이슬 나려 가을 기분 드네.

지금 연꽃은 쓸쓸히 자취도 없는데,

매화꽃 어느 때 다시 청초하게 피어날까?

술잔 앞에 빼어난 흥취 채색 붓 휘두르고,

술에 취해 영웅심으로 청평검(靑萍劍) 어루만지네.

석천(石川)은 이미 고래타고 돌아간 이백(李白)보다 나으며,

유근(柳近)은 응당 학되어 하늘로 올라간 정영위(丁令威)라네.

내 또한 지금 여기 와서 멋진 싯구 지으나,

그 누가 비단 상자나 이 누각의 벽에 남겨줄까?

　유자(柳子)는 이름이 근년(近年)이며, 이 고을 원이 되어 이 정자를 중수하고 단청을 새롭게 하여 피향정(披香亭)의 공덕(功德)을 세운 주인공이라 할 만하다.

　　<登披香亭二十六韻>

泰仁爲邑雄南紀,　　遂有披香第一亭.

俯壓千家飛畫棟,　　逈臨大道闢雕欞.

宏華縱是因人設,　　爽塏元來得地形.

山似翠鬟爲遠勢,　　池開明鏡卽中庭.

長橋宛轉連鳧渚,　　小閣玲瓏俯鶴汀.

礙日古槐垂地綠,　　和烟高竹半天靑.

芙蓉香遠眠仍破,　　楊柳風微酒自醒.

六月登臨失炎熱,　　長時几席覺淸泠.

漁竿雨裡憑朱檻,　　蓮唱[125]烟中汎彩舫.

宿鷺驚飛衝印月,　　游鱗競躍觸涵星.

---

125) 연창(蓮唱) : 연(蓮)을 채취할 때 부르는 노래.

凝香(金溝 亭名)狹陋堪奴僕,　　寒碧(在全州)孤危讓典刑[126]

平遠廣寒(南原 樓名)難獨擅,　　清森映碧(在綾州)又兼幷.

明廷[127]賜鳥名流[128]出,　　迁道回軒使者停.

華宴每從池上設,　　纖歌多向月中聆.

佳人妖態挾瑤瑟,　　上客豪情傾玉瓶.

名勝已爲南國最,　　風流尚說昔賢經.

孤雲舊宅空無主,　　畢老新詩覺有靈.

繡虎[129]才高鳴一世,　　驂鸞事遠杳千齡.

獨來池面氷初合,　　久倚欄頭雪欲零.

歲暮山川元慘憺,　　天寒雲物亦青冥.

枯萍粘岸魚吹沫,　　折葦沈波鷗曬翎.

翠盖瀉珠懷雨聽,　　紅房滴露想秋馨.

荷花此日空蕭索,　　梅蘂何時更嫋娉.

逸興尊前飛彩筆,　　雄心醉後撫青萍[130].

石川已逐騎鯨李,　　柳子應同化鶴丁[131].

我亦今來留好句,　　紗籠粉壁有誰銘.

　　柳子名近年, 前爲邑守, 重修此亭, 丹彩一新, 可謂披香功德主也.

■ 말을 타고 가다가 우연히 읊조리다.

10월에 호남(湖南) 여행 왔으나 아직 돌아가지 못하고,

따각따각 한 필의 말을 끌고 태인(泰仁)지방에 머무네.

이 시냇가 모래밭에 버드나무 시들고,

하늘가 외로운 구름 어디로 가는가?

이제 북풍 등지고 기러기 따라 가는 몸,

해질녘 서둘러 떠나가자니 한가로운 갈까마귀 부럽네.

---

126) 전형(典刑) : 상법(常法). 구법(舊法). 전형(典型) : 표준형식(標準形式)

127) 명정(明廷) : 태수(太守) 현령(縣令)을 일컫는 말. 밝은 임금이 머무는 조정.

128) 사석명류(賜鳥名流) : 조선 중종때 태인현감을 지낸 신잠(申潛 1491~1554)을 가리키는 듯 함.

129) 수호(繡虎) : 수놓은 범. 아름다운 글이라는 뜻.

130) 청평(青萍) : 고대의 명검(名劍).

131) 학정(鶴丁) : 화학정(化鶴丁). 고대에 학을 신선으로 여겼는데, 도를 닦고 신선이 된 자가 왕왕 학이 되어 왕래
한다고 생각했다. 요동인(遼東人) 정령위(丁令威)가 영허산(靈虛山)에서 도(道)를 배워 학(鶴)이 되었다고 함.

오늘 밤 초생달 떠오르면,
다시 어느 마을 뉘 집 문 두드릴까?

    <馬上偶吟>
十月南征久未還,　　栖栖匹馬泰仁間.
沙邊衰柳此溪水,　　天際孤雲何處山.
已背北風同鴈去,　　爭歸落日羨鴉閑.
今宵縱有初弦月,　　更向何村叩竹關.

■ 정읍(井邑)에서 유숙하면서 감회를 적다.

대나무창에 띠풀집은 밤되니 쓸쓸한데,
다만 썰렁한 등불만 깜박깜박 잠 못이루네.
슬프다, 서릉(西陵)이 원래 지척에 있건만,
그 누구와 마주 앉아 당대의 일 얘기할꼬?

    <宿井邑有懷>
竹牕茅屋夜蕭然,　　只有寒燈照不眠.
惆悵西陵元尺尺,　　與誰相對話當年.

■ 꿈길에 고향으로 돌아가다.

나의 여행길 날로 남으로 가는데,
밤되어 정읍(井邑)현에 묵게 되었네.
대나무창은 부셔지고 창호지는 떨어져나가,
찬 바람이 휙휙 얼굴을 때리네.
촛불 끄고 잠을 청하나,
이불 끌어안고 이리 뒤척 저리 뒤척.
멀리 떠나온 나그네 집 생각 간절해,
다만 꿈에라도 만나길 바라네.
영혼은 잽싸게 북상하고,
이 내 육체의 수레는 나는 화살같네.

홀쩍 산천을 뛰어넘어,
넓디 넓은 호남(湖南)땅을 지나네.
순식간에 내집에 이르러,
버드나무 아래서 쌍 부채질하며 하품하네.
큰 아이 나를 보고 기뻐하며,
허리 구부리고 앞장서서 인도하네.
어린 아이 더욱 재롱떨며,
옷자락에 매달리며 졸졸 따르네.
집에 오르니 보이는 건,
서책 사이에 놓인 붓과 벼루.
아내 또한 놀라 기뻐하고 반가워하며,
날 위해 안주와 반찬을 장만하네.
마주앉아 여행의 고충 하소연하니,
도란 도란 맞장구치네.
이 순간 느닷없이 새벽닭이 우는데,
찢어진 문 틈으로 별빛만 보이네.
꿈 속에서 있었던 일 되살려 보려하니,
홀연히 번갯불처럼 허공으로 사라져 버리네.
집 떠나온 지 어언 두달,
한 번도 편지 받아보지 못했네.
돌아갈 날 아직 알 수 없는데,
이 생각 저 생각에 속만 끓이네.
벽 하나 사이에 코골며 자는,
주인 노인장이 참으로 부럽네.
묵묵히 날이 밝기를 기다리며,
시(詩)지어 애오라지 근심을 떨쳐버릴까나.

　　<夢歸>
我行日南邁,　　夜宿井邑縣.
竹牕破無紙,　　寒風來射面.
滅燭欲就寢,　　抱衾仍輾轉.
遠客苦思家,　　但願夢相見.

魂氣倏上征,　　尻輪迅激箭.
靡靡越川澤,　　渺渺歷湖甸.
俄頃至吾閭,　　柳下呀雙扇.
大兒見我喜,　　顚倒導我先.
小兒益婉孌,　　索衣以周旋.
上堂何所見,　　書卷間筆硯.
老妻亦驚喜,　　爲我具肴饌.
坐訴客行苦,　　細話意眷眷.
晨雞忽叫喚,　　破屋窺星片.
追理夢中事,　　忽若空裡電.
離家已兩月,　　一未見來便.
歸期尚未卜,　　百慮空相煎.
隔壁聞鼾睡,　　主翁眞可羨.
黙黙待天明,　　題詩聊自遣.

11월 4일

　일찍 천원역(泉源驛)132)에 이르렀다. 입암성(笠巖城)133)이 역의 남쪽 10리쯤에 있다. 산세가 지극히 험준하고 분첩(粉堞)134)이 아득하여, 위로 구름낀 하늘에 닿을 정도이니, 실로 남쪽의 웅장한 관문이다.

　식사후에 1리를 지나 군일(君一)과 갈 길을 나눴다. 또 5리를 가서 노령(蘆嶺)135)에 이르렀다. 길이 자못 험하나 관동(關東)의 여러 고개에 비춰보면, 여러 곳으로 통하는 길목이 된다136). 그 전부터 전해오기를 "장성(長城)에 기생이 있었는데 이름은 노(蘆)였다. 예쁘고 아름다워 한림원(翰林院)137)의 이생(李生)이 사신을 받들고 왔다가 매혹되어 돌아가지 않고 노(蘆)

---

132) 천원역(泉源驛) : 지금 전북 정읍시 입암면 접지리 천원역(泉源驛)일대.
133) 입암성(笠巖城) : 정읍현에서 남쪽 30리 지점에 있는 성. 지금 전남 장성군 북하면 신성리(新城里). 입암산성의 수진관(守鎭官)은 장성부사(長城府使)가 겸임했다. 석축 주위가 1만 2천 28척이고, 사면은 높고 넓직하며 안에 한 시내가 있다.
134) 분첩(粉堞) : 치첩(雉堞)을 말한다. 성위에 쌓은 담을 치(雉) 또는 첩(堞)이라 하는데, 적의 접근을 빨리 관측하고 접근한 적을 정면 또는 측면에서 격퇴시킬 수 있도록 성벽의 일부를 장방형이나 원형으로돌출시켜 내쌓은 축조물을 가리켜 치첩이라 하기도 함.
135) 노령(蘆嶺) : 지금 전북 정읍군과 전남 장성군과의 경계 지역에 있는 노령산맥을 넘는 고개. 높이 276m.
136) 여러 ～ 된다(강장 康莊) : 강장(康莊)은 사통팔달(四通八達)의 번화한 거리. 여기서는 노령이 여러 갈래로 통한다는 뜻.

와 함께 죽어서 고개 아래에 함께 장사지냈다. 그래서 노령(蘆嶺)이라 부르게 된 것은 대개 이런 연유라고 한다."[138]

노령을 지나니 기후가 갑자기 이상하다. 풀빛이 아직도 푸르고 시냇물이 따스하며 얼지 않아 2월의 날씨 같다. 종일토록 거칠은 골짜기를 지나가니, 누르스름한 띠풀과 참대가 무성하여 바라볼수록 더욱 끝이 없다. 샘물 소리는 콸콸 매우 구슬퍼 사람의 마음을 즐겁게 하지 않는다. 고 장성(古 長城)에 이르니, 들빛이 밝고 촌마을은 물가에 자리하고 있는데, 대나무 울타리와 띠풀집이 그림처럼 비쳐 정말 아름다운 곳이다. 또 남쪽 10리 지점이 청암역(靑巖驛)[139]이 되는데, 또한 돌틈에서 솟아나오는 샘물과 대나무 수목이 승경을 이루고, 주민 수가 고 장성(古 長城)에 비해 더욱 많다.

입암산성 「한국민족문화대백과사전」에서 전재

■ 입암산성(笠巖山城)을 바라보다

입암산성(笠巖山城) 우뚝 솟아 하늘을 가로 지르니,
호남(湖南)지방의 웅대한 관방시설 바로 이 성이라네.
그 기세 옆으로 노령(蘆嶺)으로 연결되고,

---

137) 한림원(翰林院) : 고려시대 임금의 명을 받아 문서를 꾸미는 일을 맡아보던 관청. 1362년 (공민왕 11년)에 예문관(藝文館)으로 개칭. 조선시대 임금의 칙령(勅令)과 교명(敎命)을 기록하던 관청. 한림원은 예문관(藝文館)의 전신.

138) 『국역신증동국여지승람』, 민족문화추진위원회, 1978, p.146. 산천(山川)와 『호남읍지』 1872년경, 1895년. 정읍(井邑) 노령(蘆嶺)조. 『정읍군지(井邑郡誌)』(1974), 제1절 산악(山岳) 및 영치(嶺峙)조, 8절 성지유적(城地遺蹟)조에도 그와 같은 내용은 보이지 않는다. 『장성군사』, 1982, p.767.에 「갈이바위(蘆娥)」란 제목으로 유사한 내용이 수록되어 있다. 현 행정구역상 장성군 소속이기 때문이다.

139) 청암역(靑巖驛) : 지금 전남 장성읍 용강리.

그 낙맥 월출산(月出山)까지 죽 이어지네.
신경(神京 : 王城) 북쪽으로 싸안아 울타리처럼 장엄하며,
푸른 바다가 남쪽에 닿아 기운이 청아하네.
높은 곳에 올라가 조망해 볼 수 없어,
칼집의 청룡검(靑龍劍) 절로 슬피우네.

<望笠巖山城>
笠巖矗出截天橫,　　南路雄關有此城.
氣勢旁連蘆嶺去,　　兒孫下撫月出平.
神京140)北拱藩屛141)壯,　　滄海南臨氣祲淸.
縱目未登高處望,　　匣中龍劍自悲鳴.

▣ 천원역(泉源驛)

입암성(笠巖城) 북쪽 언저리,
노령(蘆嶺)땅 동쪽 모퉁이.
나무 모습 시냇가 마을 멀리 바라보이고,
인가에 연기 들가운데 역(驛)에서 피어오르네.
모래벌은 평평하여 소들 제멋대로 뛰놀고,
하늘은 광활한데 기러기 서로 부르네.
눈앞엔 우쭉한 대나무 숲 늘어서 있으나,
어디고 함께 웃어줄 사람 없네.

<泉源驛>
笠巖城北脚,　　蘆嶺地東隅.
樹色溪村遠,　　人烟野驛孤.
沙平牛自散,　　天闊鴈相呼.
到眼千竿竹,　　能供一笑無.

---

140) 신경(神京) : 경성(京城). 수부(首府).
141) 번병(藩屛) : 울타리를 만들어 왕실(王室)을 가림. 때로 전(轉)하여 제후(諸侯)를 가리킴.

■ 노령가(蘆嶺歌) 3수

입암성(笠巖城) 북쪽으로 노령(蘆嶺)이 길게 뻗어있고,
북풍은 소슬한데 산마루에 해는 뉘엇 뉘엇.
띠풀은 누렇고 우쭉 솟은 대나무 하늘을 가리고,
험한 산길 높은 바위 말이 엎어지려 하네.
고개는 길어 끝이 보이지 않고 기러기 날아오는데,
북쪽에서 온 나그네 슬픈 노래 옷깃을 적시네.
여기서 한양은 천리나 되는데,
언제나 고향엘 돌아가게 될까?

고개 마루 절벽은 무너져내릴 듯,
고개아래 깊은 시내 얼음만 꽁꽁 얼었네.
하늘을 오르듯 고개 오르다가,
말에서 내려 가쁜 숨 몰아 쉬며 가슴을 치네.
전에 금강산(金剛山)유람할 때 여러 험한 곳 지난 걸 생각해보니,
학령(鶴嶺)이 높아 또한 오르기 어려웠었지.
내 다리 비록 힘은 없지만 원숭이처럼 날렵해,
다시 의관 정제하고 겹겹이 쌓인 눈길 밟으며 오르네.

산엔 나무들 앙상하며 하늘은 눈이라도 뿌릴 듯하고,
노령 산마루엔 오가는 길손 끊겼네.
먼 길 떠난 말과 시종배들 애처럽게 울먹이는데,
산아래 흐르는 샘물도 함께 목놓아 우네.
그 누가 호남(湖南)의 겨울 따스하다 했는가?
매서운 북풍 칼로 얼굴을 에는 듯하네.
인생살이 먼 길 떠나지 말아야 하는 것을,
세모에 집 떠나오니 돌아가고 싶은 생각 간절하네.

　　　<蘆嶺歌三首>
笠巖城北蘆嶺長,　　北風蕭瑟山日黃.
黃茅苦竹上蔽天,　　怪石巉巖馬欲僵.
山長不見鴈南來,　　北客悲歌涕沾裳.

此去漢陽一千里,　　何時可得歸故鄉.
嶺頭絶壁勢欲崩,　　嶺下深溪橫長氷.
我行上嶺如上天,　　下馬長歎坐撫膺.
憶昨東遊屢歷險,　　鶴嶺之高亦難登.
我脚雖老捷如猿,　　更整布襪截雪層.

山木慘慘天欲雪,　　蘆嶺嶺上行人絶.
征馬顧群鳴蕭蕭,　　下有流泉共幽咽.
孰云南州冬亦暖,　　北風如刀面如刮.
人生且莫行遠道,　　歲暮離家歸思切.

■ 고 장성(古 長城)

추운 날 황량한 골짜기 지나는 나그네 마음 서글픈데,
장성(長城)읍에 도착하기도 전에 저녁해가 기우네.
겹나는 길 노령(蘆嶺)까지 험하게 이어지고,
청산은 이미 아득하고 입암성(笠巖城)이 길게 보이네.
바쁜 여행길에 두 눈 휘둥그레지게 하는 대나무,
갈증에 시달려도 샘물 한 모금 마시기 두렵네.
오랫동안 머물 수 없고 곧 바로 떠나야지,
해남(海南)의 풍토 내 고향 땅과 다르네.

　　　<古長城>
天寒荒峽客魂傷,　　未到長城落日黃.
畏道自穿蘆嶺險,　　青山已送笠巖長.
行忙見竹開雙眼,　　病渴逢泉悩一嘗.
不可久留須去矣,　　海南風土異吾鄉.

■ 노령(蘆嶺) 이남의 기후가 매우 이상하여 본 바를 기록한다.

아침에 노령(蘆嶺)을 올라올 땐 정말 얼음이 많았었는데,
노령(蘆嶺)이남은 과연 어떨런지 궁금하네.
남쪽지방 풀들 겨우 내내 푸르러 죽지 않았으며,

남쪽지방 시내 따스한 날씨에 오히려 물결까지 이네.
남북의 기후가 서로 다르다는 건 이미 알고 있었지만,
음양의 기묘한 조화 절로 깨닫게 하네.
만물의 이치 자세히 추구하면 곧바로 유익하니,
내 자신 섭생(攝生)외에 다른 것은 필요없네.

<嶺下氣候頓異, 書所見>
朝登蘆嶺氷正多,　蘆嶺之南更若何.
蠻山[142]凌冬青不死, 炎溪[143]漾日暖猶波.
已知氣候分南北,　自覺陰陽有慘和.
物理細推直有益,　吾身攝養更無它.

▣ 말위에서 외치며 감회를 적다.

장성(長城) 서쪽으로 가면서 험한 산 많아지니,
북쪽에서 온 나그네 호남에 온 심정 어떠하겠나?
한강(漢江) 남산(南山)으로 한 번 머리돌려 바라보니,
떠가는 구름 지는 해에 절로 슬픔만 져며오네.
고개마루 나무가 가로막아 정신이 희미해지는데,
집안 소식은 오지 않는데 하늘가에 기러기만 날아가네.
또 절기(節氣)는 동지가 가까워오는데,
타지에서 보내는 세월 유수와 같네.

<馬上口號書懷>
長城西去亂山多,　北客南來意若何.
漢水終南一回首,　浮雲落日自悲歌.
夢魂已迷嶺樹隔,　家信難得塞鴻過.
又見天時冬至近,　殊方歲月易流波.

---

142) 만철(蠻中) : 만(蠻)은 본래 남방(南方)의 종족(種族)을 가리켰으나 남방(南方)이라는 뜻으로 쓰임. 만인(蠻人)은
　　남방인(南方人). 만방(蠻方)은 남방(南方). 만철(蠻中)는 남쪽 지방의 풀이라는 뜻으로 쓰임.
143) 염계(炎溪) : 오행(五行)에서 화(火)는 염상(炎上). 화(火)는 남방(南方) 고로 염천(炎天)은 남방(南方). 여기서 염
　　(炎)은 남방(南方)이라는 뜻으로 쓰여 염계(炎溪)는 남쪽지방의 시내라는 뜻.

11월 5일

장성(長城)에서 일찍 출발하였는데, 길이 고목 가운데로 몇 리 이어져 나있다. 박시경(朴始燦)이 부사(府使)로 있는 곳이다. 주변에 붉은 느릅나무를 심어 놓아 울창하게 숲을 이루었다. 가운데로 관도(官道)144)가 나 있는데, 여름에 집채같은 녹음이 우거져 거의 불볕더위를 알지 못할 것 같다는 생각이 들었다. 관청자리 또한 청아한 승경지이다. 백암산(白巖山)145)의 일맥이 휘달아 서쪽으로 와서 주봉이 되니, 지극히 아름답고 기묘하다. 앞에 평야가 펼쳐지고, 큰 시내가 북쪽으로부터 흘러들어 둘러싸고 있는 것이, 마치 띠를 두른 것 같다. 인가의 연기가 대나무 숲사이로 파르스름하고 흐릿하며 은은히 비쳐오는데, 사람의 마음을 기쁘게 하여 이곳에다 집을 지어 살고 싶은 마음이 생기게 한다. 말위에서 서석산(瑞石山)146)을 바라보니, 높기가 하늘에 반쯤 솟아있고 기세가 웅위하다. 다만 안개가 허공에 흠치름하여 그 진면목을 분명히 볼 수가 없다.

나주 북창촌(北倉村)147)에 이르러 점심을 먹었다. 형세가 지극히 평원하고 강산이 맑고 수려하며, 인가가 옹기종기 모여있고, 그 사이에 고목과 우쭉 솟은 대나무가 또한 그 정취를 더해주어 또한 아름다운 곳이다. 대저 남방에는 죽림이 많아 울타리사이에 총총히 자라고 있어, 그것을 바라보면 푸르디 푸른데, 이것이 더욱 아름다운 풍경이 된다. 길에서 나만우(羅晩遇)를 만나 동행하는데, 물 남쪽에 있는 마을(水南村)을 가리키며 말했다. "이곳은 양씨(梁氏)148)가 살고 있는 곳이외다. 임진왜란 때 부녀자 3인이 왜적을 꾸짖으며 정조를 더럽히지 않고 죽어 조정이 정려각(旌閭閣)을 세우게 했오이다. 팽손(彭孫)149)이라는 사람이 살고 있었는데 문장하는 선비였답니다. 소시적에 과거에 합격하여 한림원(翰林院)150)에 들어 갔으나 일찍 죽었다고 하오이다." 나주(羅州) 북문(北門)에 이르러 오대하(吳大夏)를 만나 말을 탄 채로 잠시 얘기했다. 군일(君一)이 고창(高敞)으로부터 돌아왔으며, 남문 밖 주점에서 숙박했다.

---

144) 관도(官道) : 정부가 개설하고 관리보수하는 도로.
145) 백암산(白巖山) : 지금 전남 장성군 북하면 약수리(藥水里)에 있는 741m의 산.
146) 서석산(瑞石山) : 지금의 무등산(無等山).
147) 북창촌(北倉村) : 나주 북쪽 40리 지점. 지금 광주광역시 광산구 본량출장소(本良出張所) 소재지에 있는 '북창부락'. '북생이'라고도 부름.
148) 전남 광산군 임곡면 박산리(博山里 : 박뫼)였으나, 지금 광주광역시에 편입됨. 원래 박씨(朴氏)가 많이 살아 박뫼라 불렸으나, 양팽손(梁彭孫)의 작은 아들 양응정(梁應鼎)이 박씨집에 장가들면서 양씨가 정착 번창하게 됐다.
149) 팽손(彭孫) : 양팽손을 가리키는 듯함. 양팽손(梁彭孫 1480~1545)은 호는 학포(學圃). 본관은 제주. 1519년 교리(校理)로 재직중 기사사화(己卯士禍)로 삭직되었다. 1544년 용담현령(龍潭縣令)을 지내다 사직했으며 글씨를 잘 썼으며, 그림도 잘 그렸다. 국립중앙박물관 소장 <山水圖>가 그의 작품으로 밝혀졌다.
150) 한림원(翰林院) : 예문관(藝文館)의 별칭. 여기 나오는 양한림은 전반적 상황으로 보아 양팽손이 아니고, 그 후대에 한림을 지낸 양만용(梁曼容)으로 보아야 한다고, 임영순(林英淳 1930~)씨는 말한다. 역주자가 담헌의 여행길을 두번 답사하는데 안내를 잘 해주어 짧은 기일동안 많은 곳을 돌아볼 수 있었다.

■ 장성(長城)에서

길게 우거진 숲 관아문 앞까지 이어지고,
물가에 닿은 엉성한 울타리에 저녁노을 비쳐드네.
여러 개 작은 다리는 들길로 통하고,
반쯤 쓰러질듯 우쭉한 대나무 사이로 인가의 연기 피어오르네.
 소와 양 날 저물자 아늑한 마을로 몰아들이고,
찬 모래밭 한 줄기 시냇가에 물오리 우굴거리네.
이곳으로 이사오고 싶은 맘 간절하나,
그 누구에게 산(山) 살 돈을 빌릴까?

　　<長城>
長林穿入縣門前,　　臨水疎籬夕照邊.
多置小橋通野逕,　　半依脩竹有人烟.
牛羊村黑歸深巷,　　鳧鴨沙寒滿一川.
極欲移家來此土,　　向誰乞與買山錢.

■ 또 장성(長城)을 노래하다.

넓은 들가운데 수많은 집들이 다닥다닥,
호남의 고을중 이곳도 웅대한 곳일세.
푸른 느티나무 큰 길가에 죽 늘어서 있고,
파릇한 대나무 빽빽이 우거져 허공에 솟았네.
시장거리엔 제주도 물건(濟州産 物貨) 풍성하고,
주민들은 아직도 마한(馬韓)의 유풍 띠고 있네.
암석에 미인상(美人像)이 남아있다는 말 들었는데,
환상처럼 나타난 노아(蘆娥) 나라안에서도 아름다웠다네.

　　<又賦得長城>
撲地千家濶野中,　　南來郡邑此爲雄.
靑槐夾植通長道,　　綠竹森生出半空.
市肆多居濟州貨,　　民人尚帶馬韓風.

更聞石[151)有蛾眉[152]好, 幻出蘆娥艶海東.

▣ 말 위에서 서석산(瑞石山)을 바라보다.

닭우는 새벽 일찍이 장성읍(長城邑)을 출발하여,
마상에서 멀리 무등산(無等山)을 바라보네.
안개 자욱히 피어올라 서석산(瑞石山) 희미하나,
봉우리가 죽 이어져 그 진면목 짐작되네.
아직도 지팡이 짚고 다니니 어딘들 못 다니랴?
철쇄를 허공에 늘어놓았으나 휘어잡고 오르지 못해 한스럽네.
일찍이 기옹(畸翁)의 사부(詞賦)를 읽고 마음에 들어,
오래도록 가슴속에 층층이 쌓아 놓았네.

<馬上望瑞石山>
鷄鳴早發長城郡,   馬上遙看無等山.
烟霧冥濛迷瑞石,   峰巒羅列想眞顔.
筇枝尚在何難到,   鐵鎖空垂恨未攀.
曾讀畸翁詞賦[153]好, 胸中久已置巑岏.

▣ 북창촌(北倉村)을 지나며.

호남(湖南) 곳곳에 아름다운 누대와 정자있어,
이곳에 와보니 오히려 두눈이 확 떠지네.
물가에 인가 옹기 종기 모여있고,
숲밖에 보이는 나무 반은 매화라네.
사방의 산 경치 구름 사이로 돋보이고,
한 줄기 강 풍경 들가운데 펼쳐지네.
또 양씨촌(梁氏村)엔 절개 지킨 열녀 많고,
한림(翰林) 양팽손(梁彭孫) 수많은 인재중의 인재라네.

---

151) 노령기슭에 미인석(美人石)이 있음.
152) 아미(蛾眉) : 누에 나방의 촉수(觸鬚)처럼 털이 짧고 초승달 모양으로 길게 굽은 아름다운 눈썹. 전(轉)하여 미
    인(美人)을 지칭.
153) 기옹사부(畸翁詞賦) : 소쇄옹(瀟灑翁) 양산보(梁山甫)의 「효부(孝賦)」를 지칭함.

물 동쪽에 양가촌(梁家村)이 있는데, 정려문(旌閭門)이 매우 많다. 한림(翰林)은 즉 팽손(彭孫)을 카리키는데 문사(文詞)가 매우 높았다.

<過北倉村>
湖南處處好亭臺,　雙眼還從此地開.
臨水人家皆種竹,　出林烟樹半爲梅.
四圍山色參雲立,　一道江光抱野來.
更說梁村多節義,　翰林又是出群才.
　水東有梁家村, 旌閭甚多. 翰林卽彭孫, 文詞甚高.

11월 6일

금성산(錦城山)이 높다랗게 우뚝 솟아 나주(羅州)의 주산(主山)이 되고, 한 지맥이 서쪽으로부터 남쪽을 싸고 있어 안대를 이루고 두루 성곽과 만난다. 성안에는 주민이 5~6천호가 되어 그 웅대하고 부유함이 전주와 더불어 같을 정도이다. 금성관(錦城館)은 지극히 웅장하고 화려한데, 광해군(光海君) 때에 목사(牧使) 김개(金闓)가 창건한 것이다. 대체로 광해군(光海君)이 스스로 죄가 누적되고 악이 극에 달해 장차 화가 미칠 것을 두려워하여 미리 빠져나가 피하려는 계책을 세워 김개(金闓)로 하여금 이를 창건하게 했으며, 박엽(朴燁 1570~1623)으로 하여금 성천(成川)에 강선루(降仙樓)154)를 창건케 하였다. 두 사람은 광해군(光海君)의 뜻에 아첨하기 위해 건축공사를 지극히 공려하게 했다. 그래서 그 화려하고 사치스러움이 이와 같다고 한다.155)

나주성(羅州城)에서 십리를 가면 영산강(靈山江)이니, 일명 금강(錦江)이다. 성을 둘러싸고 있어 해자(垓字)156) 역할을 하고 있으며, 서쪽으로 바닷물과 통하여 돛단배들이 무리로 모여

---

154) 강선루(降仙樓) : 지금 평남 성천군 성천읍에 세운 정자. 박지원은 중국 고북구(古北口)밖에서 이 성천(成川)의 강성루(降仙樓) 현판을 목격한다. 이것은 본디 명(明)나라의 서예가 미만종(米萬鍾 1570~1628)의 글씨라고 밝히고 있다. 또한 우리나라 사람들이 미불(米芾 1051~1107)은 알아도 미만종은 모르기에 이를 기록한다는 것이다. 그리고 이 강선루 현판이 어떻게 해서 그곳까지 오게 됐는지 뒷날의 연구를 기다린다고 기술하고 있다. 박지원 『열하일기』「구외이문(口外異聞)」, 강선루(降仙樓)조 참조. 이로볼 때 강선루 현판은 어떤 연유인지 알 수 없으나 중국쪽으로 유출됐음을 알 수 있다.
155) 『국역신증동국여지승람』, 민족문화추진위원회, 1978, p.163에 "錦城館在銀杏亭南, 牧使李有仁構"라 기록돼 있다. 錦城邑誌(1897년, 李承旭 編) 乾卷宮室欄에 "客舍, 牧使 李有仁構, 後 牧使 朴奎東重修."라는 기록이 있다. 『나주군지(羅州郡志)』, 1980, p. 833참조. 그러나 위의 문헌엔 담헌이 청취한 내용과 같은 일화는 보이지 않는다.
156) 해자(垓字) : 성둘레에 적의 공격에 대비하기 위해 만들어 놓은 수로(水路).

있어 서울 한강(漢江)과 다름 없다. 산세가 강가에 까지 닿아 모두 높고 바위와 깎아지른 절벽으로 용이 서리고 호랑이가 뛰는 듯한 형세다. 백온(伯溫) 김진옥(金鎭玉)어른이 일찍이 "나주(羅州)의 지형이 말릉(秣陵)157) 같아 도읍을 세울 만하다."고 했는데, 이 말 정말로 식견이 있는 말이다.

오후에 쌍계사(雙溪寺)158)에 이르렀다. 절은 나주 고을 남쪽 60리에 있는데, 절의 규모가 웅장하고 화려하나, 거주하는 중들이 완악하여 손님을 맞을 마음이 없다. 향화승(香火僧)이 막 오재(午齋)을 올리느라 독경소리가 멀리 밖에까지 들린다. 불상은 매우 작고 동쪽으로 안치해놓은 것이 다른 절과의 차이점이다. 향화전(香火殿)에 들리니, 주승이 사적(寺蹟)을 보여주는데, 그글에 적혀있다. "신라시대 백운대사(白雲大師)가 태백산(太白山)에 올라 남방을 바라보니 이상한 기운이 있어 드디어 이곳에 석장(錫杖)을 짚고 왔다. 옛날에 불전(佛殿) 아래 용추(龍湫)가 있었는데, 대사가 신부(神符)로써 용을 물리치려하니, 이날 밤 천둥이 치고 비가 많이 내려 용이 옮겨 갔다. 대사가 제자들에게 일러 말하기를 '명일 이상한 중이 와서 나를 도울 것이니 너희들은 그를 알아보도록 하라.'고 했다. 이튿날 오후에 중이 과연 왔는데 외모가 지극히 남다르고 이상하여 모두 용이라 일컬어 드디어 절을 세웠다고 돼있다. 원(元)나라 지정년간(至正年間)에 승려인 아대사(阿大師)가 중수하였다." 이로부터 아대사(阿大師)를 큰 공적을 이룬 주인공으로 여겨 산중의 여러 암자에 그 초상화를 안치하여 높이 받들었다. 이 절에도 또한 하나를 봉안한 것이 있어 나에게 보여주었다. 짙은 눈썹에 큰 눈이며 체격이 우람한데, 근세에 안치한 것 같아 완악한 중의 기롱이 아닐까 하여 피식 웃었다. 내원(內院)159)과 상원(上院)160), 천축대(天竺臺)가 가장 아름답다고 들었으나, 갈 길이 바빠서 올라가서 관람하지 못했다. 식사후에 남여에 올라 절 뒤에 있는 고개를 지나서, 다시 30리를 내려가 강진에 도착하니, 날이 이미 저물었다. 선생이 바야흐로 병영(兵營)161) 동성(東城)162) 밖 민가에 우거하고 계셨는데, 촛불을 밝히게 하고 마주 대하니, 꿈만 같아 얼떨떨했다.

---

157) 말릉(秣陵) : 대략 지금의 중국 남경(南京)지역이다. 진(秦)나라가 처음 치소(治所)를 설치하였으며, 한(漢)·진(晉) 등도 치소(治所)를 설치했음.

158) 쌍계사(雙溪寺) : 지금 전남 나주군 쌍계산에 있던 절. 854년(신라 문성왕 16년) 백운(白雲)이 창건, 1263년(고려 원종 40년)에 아대사(阿大師)가 절앞의 못을 메우고 큰 절을 지었다 함. 지금은 폐사되었다. 그터 입구에 1719년 경이나 18세기 중엽에 건립된 것으로 추정하는 돌 장승 두 개가 서 있다.

159) 내원(內院) : 도솔천(兜率天)에 내원과 외원(外院)이 있는데, 내원은 선법당(善法堂)이라 하며 미륵보살이 이곳에 상주하며 법(法)을 설(說)한다함.

160) 상원(上院) : 대사원(大寺院)의 경내(境內)에서 높은 위치에 있는 지역.

161) 병영(兵營) : 전라도 병마절도사영. 조선 태종 때 병마절도사영(兵馬都節制使營)을 광주(光州)에 설치하였다가 강진현(康津縣) 작천(鵲川)위로 이주하였다. 다시 선조 32년에 장흥으로 옮겼다가 37년에 다시 강진으로 돌아왔다. 지금의 강진군 병영면(兵營面)은 여기서 유래된 것이다.

162) 동성(東城) : 지금 전남 강진군 병영면 성동리(城東里) 동성(東城)마을.

나주(羅州) 2수

금성산(錦城山) 풍광 푸르고 높디높아,
산 아래 웅대한 고을 나주(羅州)라네.
오로지 소금과 어류는 남해의 산물,
향목과 망아지는 제주(濟州)산이 많다.
문장하면 원래 임씨(林氏)가문 맞 설 자 없고,
충의하면 김천일(金千鎰)보다 더 나은 자 누구랴?
승지명촌(勝地名村)에 절로 인물이 나는 법,
민풍과 고을의 역량 타지방과 논할 수 없네.
　　석천(石川)·백호(白湖)·금호(錦湖)·창계(滄溪) 모두 나주(羅州) 임씨(林氏)이다.[163]
창의사 김천일(金千鎰) 역시 나주(羅州) 출신이다.

나주(羅州)는 전주(全州)마냥 웅대한 고을,
전라도(全羅道)란 지명 여기서 유래했네.
성곽따라 피어오르는 연기 속에 수많은 인가 감춰져있고,
마을 감싸고 흐르는 시내 수많은 논에 봇물되네.
쇠보다 단단한 대나무 세 고을에서 산출되고,
쟁반만한 전복 여러 섬에서 따내네.
이 고을에 찾아오지 않았다면 어찌 이런 것 알았으랴?
자장(子長)도 역시 아마 이같은 날은 놀았을 것일세.
　　결구(結句)는 한편 "영산포(靈山浦)의 푸른 무우(菁根) 더욱 상큼하고 감칠맛 나, 애
석하게도 이로 부터 모름지기 배만 찾은 것은 아니었네." 라는 싯구로 바꿔도 된다.

　　<羅州二首>
錦城山色碧嵯峨,　　下有雄州號發羅.
利擅鹽魚南海盡,　　貨通香馬濟州多.
文章林氏元無敵,　　忠義金公更孰過.
形勝自能産人物,　　民風邑力莫論他.

---

163) 석천(石川 : 林億齡)은 본관(本貫)이 선산(善山), 금호(錦湖 : 林亨秀)는 본관(本貫)이 평택(平澤)인데 담헌(澹軒)이
　　착각한 듯하다. 석천은 해남에서 출생해 나주에서 수학했으며, 금호는 나주에서 출생해 나주에서 거주해, 두
　　사람 모두 나주와 인연이 있음.

石川·白湖·錦湖·滄溪皆羅州人. 倡義使金千鎰亦羅人.

羅州雄富似全州,　　地號全羅自有由.
附郭人烟藏萬屋,　　抱村渠水漑千疇.
竹堅勝鐵三鄉出,　　鰒大如盤十島收.
不到此邦那曉此,　　子長[164]當日亦須遊.
　　結句一作 靈浦菁根尤爽口, 哀梨從此不須求.

■ 영산포(靈山浦)

일명 금강진(錦江津)이다.

나주성(羅州城)에서 하루 밤을 자고,
새벽에 영산포(靈山浦)를 건넜네.
자욱한 안개 걷히려고 하는데,
아침해는 아직 떠오르지 않네.
바람이 쌩쌩 불자 바다에 범선 떠나가고,
어렴풋이 촌마을의 나무들 드러나네.
뒤쪽으로 층층이 절벽을 이루고,
인가는 푸른 강언덕에 자리잡았네.
느릅나무 버드나무 울타리에 우거지고,
소나무 대나무 집주위를 둘러쌓네.
문전에 펼쳐진 수많은 전지,
한 떼기 한 배미가 모두 옥토일세.
쌀밥에 생선국은,
반드시 부자(上戶)만 먹는 것이 아닐세.
푸르스름한 무우(菁根) 배보다도 더 달콤하여,
한입 물어떼니 속까지 다 후련하네.
이런 걸 가지고 있으며 늙으막이 좋으리니,
또한 벼슬살이 부러워하지 않으리.
관청에 이미 가을 세금 냈으니,
독촉하거나 말거나 맘쓸 것 없네.

---

164) 자장(子長) : 사마천(司馬遷)의 자(字). 20세에 남유(南遊)하여 도읍지(都邑地)를 조사한 적이 있음.

내가 수천리를 남행하여,
수 십여 고을을 지나왔는데,
만약 살기좋은 곳 꼽으라면,
이곳은 실로 보기 드문 곳일세.
여행길 힘겹고 촉박해서,
거슬러 되돌아 볼 겨를이 없으나,
강가에 집짓고서,
집식구들 모두 거느리고 와서 살고싶네.

<靈山浦>
一名, 錦江津.

夜宿羅州城,　　晨渡靈山浦.
宿霧消欲襄,　　初日尚未吐.
飄颻赴海帆,　　芊眠出村樹.
層構背絶壁,　　人家綠岸住.
楡柳蔭籬落,　　松篁繞庭宇.
門前千頃田,　　一一皆沃土.
飯稻及羹魚,　　未必盡上戶.
菁根味勝梨,　　一嚼爽心腑.
持此足堪老,　　亦可傲圭組.165)
秋稅已輪官,　　不省鞭朴苦.
我行幾千里,　　郡州歷十數.
若以樂土論,　　玆州實罕睹.
行期苦相迫,　　未暇恣沿泝.
擬置臨江屋,　　盡室此來寓.

■ 남유(南遊)

이 내몸 호남유람하다 보니 한 해가 저물어가고,
애처로이 백발만 갓 끝까지 치미네.

---

165) 규조(圭組) : 규(圭)는 상서로운 옥(玉). 임금이 벼슬을 내릴 때 서옥을 줌. 조(組)는 규를 묶는 인끈. 따라서 규
　　조(圭組)는 벼슬을 비유하는 말.

세월은 유수같은데 영웅은 속절없이 늙고,
산천은 아득한데 갈길은 험난하네.
멀리 포구의 돛대사이로 아침해 떠오르는데,
외떨어진 마을 울타리에 밤새 찬 서리만 내렸네.
홀연히 월출산(月出山)이 하늘가에 나타나기에,
웃으며 말타고 가며 눈 비비고 바라보네.

<南遊>
書劍南遊歲欲殘,　　蕭蕭白髮滿危冠.
乾坤滾滾英雄老,　　山海悠悠行路難.
遠浦帆檣初日上,　　孤村籬落夜霜寒.
忽逢月岳浮天色,　　一笑憑鞍刮目看.

■ 말위에서 춘자(春字)로 시를 짓다.

동짓달인데도 호남(湖南)의 날씨 봄처럼 따스하고,
풀빛 시냇가에 푸르디 푸르러라.
내 문득 머나먼 길 내려온 줄 깨달았으나,
도리어 고향 소식 30일이나 단절되어 근심되네.
나주(羅州)의 지세 서쪽으로 바다에 닿고,
노령(蘆嶺)은 하늘가에 높이 솟아 북으로 사람을 막아놓네.
이 길로 강진(康津)으로 가 귀양가신 분 찾아뵈려하는데,
서로 대하게 되면 다만 눈물로 옷깃을 적시겠지.

<馬上得春字>
湖南至月煖如春,　　艸色青青野水濱.
忽覺吾行來萬里,　　還愁鄉信隔三旬.
羅州地下西臨海,　　蘆嶺天長北阻人.
此去康津逢謫客166),　　只應相對淚沾巾.

---

166) 적객(謫客) : 강진으로 귀양간 담헌(澹軒)의 장인인 송상기(宋相琦)를 지칭.

■ 쌍계사(雙溪寺)를 찾아가다.

　　홀로 야윈 말타고 차거운 시냇물 건너노라니,
　　우쭉솟은 대나무 사이로 해는 서산에 지네.
　　낙엽이 온 산을 덮어 갈길을 헤매게하고,
　　저녁 구름 피어오르는데 절은 어느 곳에 있는가?

　　　<訪雙溪寺>
　　獨騎瘦馬渡寒溪,　　苦竹林中日欲西.
　　落葉滿山迷去路,　　暮雲何處有招提[167].

■ 쌍계사(雙溪寺)

　　오래된 쌍계사(雙溪寺) 우쭉 솟은 대숲에 가려있는데,
　　홀로 시내물소리 들으며 걸어가네.
　　저녁노을 석문(石門) 서쪽을 물들이고,
　　전각이 하늘 높이 솟아 있네.
　　부도(浮屠)는 고색이 창연하고,
　　소나무 삼나무 허공을 찌르네.
　　거주하는 중들 손님맞이 늑장부리고,
　　선방은 모두 문닫아 걸었네.
　　오후 예불소리 행랑에서 울려퍼지고,
　　불상은 동쪽을 향하고 있네.
　　쌍계사는 나주(羅州)의 제일가는 절로,
　　아공(阿公)이 창건했다네.
　　신부(神符)와 이상한 짐승(龍)의 출현이 맞물려,
　　천둥번개치고 용궁으로 옮겨 갔다고,
　　중들 기이한 일이라 자랑하는데,
　　너무 허황되게 결부시키지 마시라.
　　다시 내원암(內院菴)에 가서 들으니,
　　운치있는 승려가 고풍(高風)을 띄고 있다하네.

---

167) 초제(招提) : 본래 사방이라는 뜻이 있음. 사방의 승려들이 거처하는 곳을 초제승방(招提僧坊)이라 했는데, 위 (魏) 태무(太武) 때부터 가람(伽藍)을 초제(招提)라 칭함. 따라서 사원(寺院)의 이칭.

명료한 설법 들어볼 시간 없으니,
내 여행길 고단하고 바쁘디 빠쁘도다.
감탄을 연발하며 오래된 탑을 어루만다가,
고개돌리니 동쪽 봉우리가 바라보이네.

<雙溪寺>
古寺隱脩竹,　　獨行溪聲中.
日色石門西,　　殿閣出穹崇.
浮屠歲月古,　　松杉翠浮空.
居僧懶迎客,　　禪房閣戶同.
午梵出長廊,　　金仙[168]面向東.
名刹冠羅州,　　創造自阿公.
神符檄異獸,　　雷雨移龍宮.
僧輩詑異事,　　恍惚理莫窮.
更聞內院菴,　　韻釋有高風.
未暇咨了義,　　我行苦忽忽.
三歎撫古塔,　　回首望東峯.

■ 강진(康津)이 점점 가까워지자, 기분이 좋아 그 느낌을 읊다.

서로 그리움으로 지낸 세월 벌써 반 여년,
한 마리 말타고 호남으로 내려와 귀양처 물어보네.
장질(瘴疾) 심한 호남지방에서 주역(周易) 공부하시는데,
근래 용태(容態)는 어떠하신지 알 수 없어라.

<康津漸近喜而有感>
相思已復半年餘,　　匹馬南來問謫居.
瘴癘窟中聞註易,　　不知髭髮近何如.

---

168) 금선(金仙) : 불상을 지칭함. 『宋史』 「徽宗紀」. 선화 원년(宣和 元年) 불상을 대각금선(大覺金仙)이라 하라는
　　 조서를 내림.

11월 7일

이곳에 사는 사람 정지석(鄭之碩)과 그 아들 정몽설(鄭夢說), 최치완(崔致完)과 양한원(梁漢源)도 또한 왔다. 밤이 되자 비바람이 처량하고 대나무 창문과 띠풀집에 등불이 푸르고 빛나[169], 완연히 동파(東坡)의 책가운데에 나오는 말과 같다.

■ 비바람 몰아치는 밤에 앉아있자니, 처량하여 절구를 읊조리어 옥오(玉吾)선생께 봉정한다.

> 촛불 차디찬 창가에 밝히고 잠 못 이루는 두 사람,
> 비바람소리 대숲을 울리는 밤 처량도하구나.
> 강진(康津) 땅 본래 하늘 끝처럼 먼 곳인데,
> 무슨 일로 이 해변에 함께 와 있단 말인고?

> <夜坐風雨凄然, 口占一絶, 奉呈玉吾先生.>
> 剪燭寒窓兩不眠,　　竹林風雨夜凄然.
> 康津自是天涯地,　　豈意同來此海邊.

11월 8일

군일은 장흥(長興)으로 갔으며, 식사후에 공북루(拱北樓)[170]에 올랐다. 돌아오는 길에 또 남문루(南門樓)에 올랐는데, 윤각(尹慤)[171]이 건축한 것이다. 진남(鎭南)[172]이라는 편액이 걸려있으며 이층으로 된 누대의 단청이 환히 빛난다. 함박눈이 하늘을 뒤가려 바다와 산이 아득히 보이는 것이 기이한 장관이었다. 등불을 밝힌 후 감시(監試)[173]의 초시(初試)에 합격한 사람들의 명단(監試初試榜目)을 살펴보니, 재창(載昌)[174]이 생원과(生員科)와 진사과(進士科) 양과에 합격되어 기뻤다.

---

169) 등불이~빛나(등화청형 燈火靑熒) : 등화청형(燈火靑熒)은 등불이 빛나는 것을 말함. 「誠齋雜記」 "東坡云, 歲行盡矣, 風雨悽然, 紙窓竹屋, 燈火靑熒, 時於此間, 得少佳趣." 성재(誠齋)는 송(宋)나라 양만리(楊萬里)의 호.
170) 공북루(拱北樓) : 전남 장흥읍 동동리(東洞里) 장흥 객사문하(客舍門下)에 있다.
171) 윤각(尹慤 1665~1724) : 조선. 문신. 자(字)는 여성(汝誠). 본관은 함안(咸安). 전주영장(全州營將)을 거쳐 전라도(全羅道) 수군절도사(水軍節度使), 1720년 삼군수군통제사(三道水軍統制使)를 거쳐 총융사(摠戎使)가 되었으나, 신임사화(辛壬士禍)로 인해 1724년 의금부(義禁府)에 투옥되어 곤장을 맞아 죽었다. 이해 영조(英祖)가 즉위하자 신원(伸寃)되고 병조판서에 추증됨. 시호는 충민(忠愍)
172) 진남루(鎭南樓) : 지금 전남 장흥읍 남동리(南洞里) 소재. 장흥읍성의 남문루(南門樓)이자 거기에 걸렸던 현판.
173) 감시(監試) : 생원과(生員科)와 진사과(進士科)의 시험.
174) 재창(載昌) : 담헌(澹軒)의 막내 동생 이명곤(李明坤)의 자(字).

■ 눈나리는데 진남루(鎭南樓)에 오르다.
　이는 병영성(兵營城)의 누(樓)이다.

　　　우습다. 평생토록 떠돌아 다니는 신세,
　　　하늘 끝 호남(湖南)땅에 필마로 떠도네.
　　　인가의 연기 협소한 성안에 자욱하고,
　　　눈보라 휘날려 나그네 수심만 쌓이누나.
　　　오래 세월 문무(文武)를 닦다가 머리털만 빠졌는데,
　　　바닷가 멀리 와 다시 진남루(鎭南樓)에 오르네.
　　　여러 신하들 다만 자신의 부귀 영화만을 추구할 뿐,
　　　누가 밤낮으로 임금님 근심 헤아려드릴꼬?

　　　　　<雪中登鎭南樓>
　　　　是兵營城樓.
　　　自笑平生喜遠遊,　　天涯匹馬又南州.
　　　人烟撲地城還窄,　　風雪橫空客欲愁.
　　　書劍百年有短髮,　　海山萬里更高樓.
　　　諸公但戀昇平樂,　　宵旰誰寬聖主憂.

■ 다시 누(樓)자를 써서 짓다.

　　　남쪽 바다에 발 씻으며 먼길 유랑하노라니,
　　　슬픈 노래 나와 옛 성터 머리맡에 기대섰네.
　　　온 세상 푸르게 바다에 떠있고,
　　　눈보라 몰아치는데 또 누대에 오르네.
　　　세모에 신룡(申龍)은 원래 저절로 승천했는데,
　　　겨울 하늘 백학(白鶴)은 또 근심에 쌓였어라.
　　　늘그막에 이 내 몸 세속사 떨쳐버리고,
　　　여기서 뗏목 타고 십주(十洲 신선세계)로 떠나 볼까.

<又用樓字>
濯足南溟萬里流,　　悲歌來倚古城頭.
乾坤莽蒼長浮海,　　風雪縱橫又入樓.
歲暮神龍元自蟄,　　天寒白鶴亦應愁.
老夫欲棄人間事,　　從此乘桴到十洲[175].

11월 9일

강진(康津)에 머무는데, 종일동안 몸이 좋지 않았다. 눈이 한 자 가량 쌓였는데 그 지방사람들이 "근년에 보기 드문일이라."고 했다. 집에서 편지가 왔다.

11월 10일

병영(兵營) 사람 중에 서울에 가는 사람이 있어 집으로 편지를 보냈다. 여러 사람들이 연포탕(軟泡湯)[176]을 차려놓고 죽림사(竹林寺)[177]에서 환영연회를 베풀었다. 오후에 비로소 나서는데, 이곳에 사는 사람들이 승씨집(昇家)에 만들어놓은 석가산(石仮山)[178]의 승경을 매우 예찬하기에 길을 우회하여 그곳을 들렸다. 초당(草堂)앞에 작은 연못을 파고서 못가에 주먹만한 돌을 깔아 놓았는데 볼 만한 것이 없었다. 다만 쭉 솟은 많은 대나무가 집을 둘러싸고 빽빽히 서있는 것이 자못 눈에 번쩍 들어올 뿐이다. 절은 수인산(修因山) 서쪽에 있으며, 병영에서 4리 떨어져 있는 곳인데 누추하여 거처할 수가 없다. 하나의 망대(望臺)[179]가 가장 시원스레 탁 트였다는 말을 들었으나, 날이 저물어 오르지 못했다.

---

175) 십주(十洲) : 신선이 산다는 열 곳의 섬. 곧 조주(祖洲)·영주(瀛洲)·현주(玄洲)·염주(炎洲)·장주(長洲)·원주(元洲)·유주(流洲)·생주(生洲)·봉린주(鳳麟洲)·취굴주(聚窟洲).
176) 연포탕(軟泡湯) : 두부를 꼬챙이에 꿰어 닭국에 끓인 것. 벗끼리 모여서 이것을 먹는 놀이를 軟泡會라 함.
177) 죽림사(竹林寺) : 어디에 있었는지 알 수 없음.
178) 석가산(石仮山) : 정원가운데 돌을 모아 쌓아서 조그맣게 만든 산. 가산(仮山). 이를 통해 당시 정원 조경 풍속을 짐작할 수 있다.
179) 망대(望臺) : 수인산(修因山)에 있는 요망대(瞭望臺)를 가리킴.

강진 수인산과 병풍바위에 새겨 놓은 병마절도사 이정규(李廷珪)의 이름
(「강진마을사 병영면편」에서 전재)

강진 병영의 홍교 : 유형문화재 129
(「강진군정 50년사」에서 전재)

강진 병영성 잔존 성벽

강진 병영 복원 현장(성문터 2000년 촬영)

■ 눈나린 후에 죽림사(竹林寺)를 지나다.

강진병영성(康津兵營城) 인근에 있는 죽림사(竹林寺),
봉우리 높아 지세가 절로 돋보여라.
차디찬 눈발 하나 있는 오솔길을 덮어버리고,
맑은 풍경소리 은은히 하늘가에 흩어지네.
중들은 눈 덮힌 대나무 아래 기거하고,
탱화(幀畵)는 풍연속에 희미하네.
세속밖에 널마루 있으니,
그대와 함께 한나절 잠이나 자볼까나.

<雪後過竹林寺>
野寺隣城府,　　峰高地自偏.
寒雪初一逕,　　清磬忽諸天.
居僧依雪竹,　　畵佛暗風烟.
世外繩床在,　　同君半日眠.

11월 11일

정몽설(鄭夢說)과 내일 천풍산(天風山)[180]에 놀러가기로 약속했는데, 군일(君一)이 장흥(長興)에서 돌아 왔다.

11월 12일

아침 일찍 천풍산(天風山)을 향해 떠났다. 천풍산(天風山)은 장흥부 남쪽 40리 지점에 있으며 일명(一名) 천관(天冠), 일명(一名) 지제(支提)라고도 한다. 『여지승람(輿地勝覽)』에 기록되기를 "산에서 이상한 기운이 나오니 하얀 안개구름 같다."고 했다. 구정암(九精庵)[181]·탑산사(塔山寺)[182]·곤유암(坤惟庵)이 가장 아름답다. 속칭, 월출산(月出山)은 비단으로 속을 싼 헤어진 도포와 같고, 천풍산(天風山)은 삼베로 속을 싼 비단 도포와 같다고 하는데, 이로써 두 산

---

180) 천풍산(天風山) : 지금 전남 장흥군 관산읍(冠山邑)과 대덕읍(大德邑)사이에 위치함. 해발 723m. 기암괴석으로 풍광이 뛰어난 명산. 일명 천관산(天冠山). 지제산(支提山).
181) 구정암(九精庵) : 지금 전남 장흥군 관산읍(冠山邑) 농안리(農安里). 천관사에 딸린 암자였으나. 지금 유허지만 남아 있다.
182) 탑산사(塔山寺) : 지금 전남 장흥에 있던 절로 폐사됨.

의 우열을 정했다. 내가 풍악산(楓岳山)[183]에 놀러갔을 때 재총(載聰)이 강조하기를 "이 산의 승경이 거의 풍악산(楓岳山)과 서로 백중지세(伯仲之勢)외다." 라고 했다. 재총(載聰)은 호남지방의 중이었다. 그 스승을 따라 일찍이 산중에 들어 갔다. 그런 까닭에 그런 것을 매우 잘 알고 있는 것이다. 내가 이 말을 듣고 매번 홀로 가 볼 생각을 했는데, 다만 남북이 아득하고 세상사에 얽매어서 한 밤중에 몰래 천대(天臺)의 정상에 오를 수도 없었다. 예컨데 서하곡(徐霞谷)[184]이 "무릇 바위가 삐쭉삐쭉 솟아있고 길이 창자처럼 꼬불꼬불하다(槎牙腸腑)."고 했는데, 천풍산(天風山)을 가리켜 한 말이 아닐 수 없다. 이곳에 이르니, 날씨가 춥고 얼음도 얼었으며 눈이 매우 나려서, 또한 강력히 만류하는 사람이 많았으나, 나는 흔쾌히 놀러가려고 마음 먹었는데, 유독 정몽설(鄭夢說)만이 따라왔다. 군일(君一)이 또 북으로 돌아간다기에, 동문 밖에 이르러 서로 작별했다. 다시 남쪽으로 10리를 가서 백양촌(白羊村)[185]에 이르렀다. 옛날에 처사(處士) 김응정(金應鼎)[186]이 살았는데, 송강(松江)과 서로 벗하며 은거하고 벼슬에 나아가지 않았다. 문사(文詞)에 능하여 소령(小令)[187]을 더욱 잘 지었으며, 창작한 여러 곡이 아직도 그 손자[188]의 집에 비장되어 있다고 한다.

어느새 장흥(長興) 땅에 이르렀다. 이곳은 신라시대의 무주군(武州郡)이다. 들 가운데 산이 둘러싼 것이 큰 고리 같다. 그 동쪽이 조금 이지러져 축성한 곳과 두루 만나니, 그 이지러진 곳이 문이 되고, 고을의 관아가 반은 산에 의지하고 있으며, 누각이 자못 웅장하고 화려하다. 예양강(汭陽江)[189]이 남쪽으로 흘러 성을 둘러싼 것이 띠와 같다. 인가가 모두 물가에 인접해 있으며, 무성한 수풀과 우쭉한 대나무가 있어 바라보니 그림같다. 그 지세가 시원하게 탁트이고 강산이 맑고 길어 장성(長城)과 비교하니 더욱 좋다.

---

183) 풍악산(楓岳山) : 가을의 금강산(金剛山)을 일컫는 명칭.

184) 서하곡(徐霞谷) : 원문에 하곡(霞谷)으로 돼있으나 하객(霞客)이 옳음. 하객(霞客)은 명말(明末) 서굉조(徐宏祖 1586~1641)의 호. 육유(陸游)의 「입촉기(入蜀記)」의 영향을 받아 많은 유기(游記)를 지어 『서하객유기(徐霞客游記)』를 남긴 인물인데, 담헌의 유기(游記) 저작에 영향을 주었음.

185) 백양촌(白羊村) : 지금 전남 강진군 병영면 삭둔리(朔屯里) 백양촌(白羊村). 백운선사(白雲禪師)가 마을 뒷산에 백양사(白羊寺)를 지어 유래한 이름이며, 백양사는 빈대로 인하여 폐사되었다하며, 산중턱에 백양사지(白羊寺址)가 있다.

186) 김응정(金應鼎 1527~1620) : 본관은 강진. 지금 전남 강진군 병영면 삭둔리(朔屯里) 출생. 지금 그의 문집 『해암집(懈菴集)』2권 1책이 전하는데 명종(明宗)의 승하소식을 듣고 지은 「문 명묘승하작(聞 明廟昇遐作)」, 일명 서산일락가(西山日落歌)등 8수의 가곡(歌曲)이 실려있으나 가사(歌詞)는 실려 있지 않음. 가곡(歌曲)은 오늘날 지칭하는 시조(時調)의 노랫말. 가곡(歌曲)이나 시조(時調)는 그 노래말은 같으나 시조(時調)는 종장(終章) 끝부분을 부르지 아니함. 예를 들어 " … 하노라."하면 "하노라"를 부르지 않음. 李秉岐, 「時調의 발생과 歌曲과의 구분」, 『진단학보』1, 1934, p.143 참고.

187) 소령(小令) : 가사(歌詞)의 노랫말.

188) 원문에 손(孫)으로 되어있어, 후손(後孫)으로 풀지 않고 손자(孫子)로 풀었다.

189) 예양강(汭陽江) : 탐진강의 상류로 가지산(迦智山)에서 발원하여 장흥읍 감천교에 이르는 강. 그 이하 강진(康津) 구십포(九十浦 일명 구강초)까지의 강을 탐진강(耽津江)이라 함.

부춘정   부춘정 옆 용호(龍湖)

여산부사(礪山府使)를 지낸 김수하(金壽河)[190]가 고을 동쪽 천곡리(泉谷里)[191]에 살고 있었
기에 찾아가 보니, 지난 겨울에 불행히도 죽었다고 한다. 그 말을 들으니 애처러운 마음이
들어, 그 집에 들어가서 그 고아(孤兒) 하구(夏龜)를 위로했다. 식사후 김하구(金夏龜)와 함께
부춘정(富春亭)[192]에 갔다. 김가네 집에서 10리 떨어졌는데, 예양강 상류에 있다. 아래에는 몇
개의 큰 돌이 반들 반들 깎여 낚시터를 이루고 있는데, 앉아서 낚시를 드리울 만하다. 강물
은 푸르고 맑아 침을 뱉을 수 없을 정도이다. 서쪽 언덕에 큰 소나무가 있는데 막 그 그림자
가 강가운데에 거꾸로 비쳐 물빛과 서로 흔들리고 돌며, 수인산(脩因山)의 여러 봉우리가 또
한 높고 빼어난 것이 좋아 보인다. 정원 가운데 백일홍(百日紅)이 줄지어 심겨져 있는데, 큰
것은 모두 몇 아름된다. 정원뒤에 총총히 대나무가 덮고 있어 지극히 그윽한 정취를 이루고
있다.[193] 주인되는 문필동(文必東)[194]은 정자 동쪽 수 십 보의 거리에 거처하는데, 병치레하
느라 나와보지 않았다. 내가 휘파람을 불며 지름길로 지나가니, 자못 자유(子猷)의 풍류[195]가

---

190) 김여산 수하(金礪山 壽河) : (1652~1721). 여산(礪山)은 호(號). 자(字)는 징서(澄瑞). 숙종 병진년(1676년)에 무과
    하고 여산도호부사(礪山都護府使), 전주진영병마동지첨추절제사(全州鎭營兵馬同知僉樞節制使)를 역임.
191) 천곡리(泉谷里) : 지금 전남 장흥군 부산면(夫山面) 내안리(內安里)에 있는 샘골.
192) 부춘정(富春亭) : 전남 장흥군 부산면(夫山面) 부춘리(富春里) 칠리탄(七里灘)가에 있는 정자. 300년전에 문희개
    (文希凱)가 건립하였으며 지금은 청풍김씨 소유이다. 낚시터의 암석들이 기이하며 강가의 수목들이 아늑하여 여
    름철에 시원하고 그윽한 정취가 있어 시인 묵객이 끊이지 않는다.
193) 백일홍(百日紅)은 학명(學名)으로 '배롱나무'라 하는 다년생 나무. 지금은 백일홍도 없으며 대나무가 뒤덮고
    있지도 않다.
194) 문필동(文必東) : 문필징(文必徵). 묘소는 충남 부여군 규엄면(窺巖面) 탄촌리(灘村里) 임좌(壬坐)에 있다. 아들
    삼형제 덕룡(德龍 : 出系함)·덕귀(德龜)·덕린(德獜) 모두 문과에 급제했다.
195) 자유(子猷)의 풍류 : 자유(子猷)는 진(晉)나라 왕희지(王羲之)의 셋째 아들인 왕휘지(王徽之)의 자(字). 왕휘지가
    산음(山陰)에 살았는데, 대설(大雪)이 나린 날 밤흥이 나서, 그 친구 대달(戴達)의 집에 가다가 그 집 문앞까지
    가지 않고 흥이 다하여 돌아왔다는 고사. 『진서』「열전」50권. 여기서는 문필동이 병 때문에 담헌 자신을 만나
    러나오지 않았지만 절로 흥이 났다는 것.

있는데, 주인이 곧 옛사람에게 부끄러워하는 기색이 많았다. 돌아와 김씨(金氏)의 모재(茅齋)196)에서 자는데, 이날 달이 낮과 같이 밝아 어슬렁 어슬렁 거닐었다.

▣ 눈나리는 후 천관산(天冠山)에 놀러가서 말타고 가며 읊조리다.

죽장(竹杖)에 무명버선 신고 설중에 여행하는데,
천풍산(天風山) 가려하니 발걸음 가뿐해지네.
호기(豪氣)는 비록 주자(朱子)만 못 하지만,
열광하여 외치노니, 왕면(王冕)에게 질소냐?
　왕면(王冕)이 설중에 남악산(南岳山)에 올라가서 열광하며 외쳤다. "두루 천지가 백옥세계(白玉世界)를 이루었네"

　　　<雪後往遊天冠馬上口占>
竹筇布襪雪中行,　　欲向天風試脚輕.
豪氣縱難追晦老197),狂呼應不讓王生.
　　王冕雪中, 登南岳198), 狂呼曰, 遍天地作白玉世界.

▣ 백양촌(白羊村)을 지나며.

바람은 살랑 날씨는 포근하여 장기(瘴氣)조짐 이는데,
시냇가 모래톱에 풀빛은 이미 푸르구나.
어지러이 뒤엉킨 대나무 숲밑엔 눈 쌓이고,
높다란 봉우리 기암괴석 위로 구름이 피어오르네.
시냇물 맑아 그림자 비치고 피라미 노는 모습 보기 좋으며,
탁트인 들판 돌아보니 학 울음 소리 들리네.
이런 일이 유람길을 절로 기쁘게 하여,
나의 여행길 신선된 기분일세.

---

196) 김씨(金氏)의 모재(茅齋) : 김하구로 모재(茅齋)였던 것으로 보임. 지금 전남 장흥군 부산면(夫山面) 내안리(內安里)에 있는 영광(靈光) 김씨(金氏)의 재실(齋室)이 있음.
197) 회노(晦老) : 송나라 성리학자 주희(朱熹)를 지칭함. 회암(晦庵)은 주자가 강학했던 곳. 자칭하여 회옹(晦翁)이라 했으며 타인들이 회암선생이라 했음.
198) 남악(南岳) : 호남성(湖南省)에 있는 다섯 산중의 하나. 즉 형산(衡山).

<過白羊村>
風和日暖瘴烟分, 　已見汀沙艸色紛.
亂竹林深猶帶雪, 　危峯石老欲生雲.
溪淸窺影游儵玩, 　野濶回頭過鶴聞.
自喜客途能得此, 　吾行合與列仙群.

▣ 장흥(長興)가는 도중.

봉우리가 시내를 감싸도니 만감이 교차하는데,
나그네 막막하게 홀로 동쪽으로 떠나네.
말타고 해질 무렵 떠나려하니,
시정(詩情)이 선뜻 떠오르는데 죽림은 공허해라.
겨울이 따스해 땅엔 잔설(殘雪)조차 남아있지 않고,
바다 가까워지니 하늘엔 오히려 따스한 바람스치네.
내일이면 아무쪼록 탑산사(塔山寺)를 볼 수 있겠지,
한라산이 아득히 망망 대해 가운데 푸르게 솟아 있네.

<長興途中>
峰回溪複意無窮, 　客路悠悠獨向東.
馬影欲穿夕陽去, 　詩情先會竹林空.
冬暄地不留殘雪, 　海近天猶送烈風.
明日塔山須着眼, 　漢挐遙翠杳茫中.

▣ 부춘정(富春亭)
장흥군(長興郡) 북쪽 예양강(汭陽江)가에 자리잡고 있는데 맑고 깨끗하여 좋다.

예양강(汭陽江)물 동강(桐江)처럼 맑고,
위험스러워 보이는 낚시터 또한 절로 부르네.
부춘정(富春亭) 일찍이 명승지로 소문났는데,
흥취아는 나그네 멀다한들 어찌 그냥 지나치랴?
눈 녹자 산의 모습 너무 산뜻하고,
못은 맑아 나무 그림자 일렁이네.

남여타고 가는 나그네 지나는 길에,
홀로 쓸쓸한 대숲에 쉬어가네.

　주인 문생(文生)은 이름이 필동(必東)인데, 병을 앓아 나와 보지 않기에, 결구(結句)에 자유(子猷)의 고사를 써서 그를 조롱했다.

　<富春亭>
　在長興群北汭陽江上, 瀟洒可愛.
水似桐江[199]好, 危磯亦自超.
亭名曾擅勝,　客興豈辭遙.
雪盡山光潤,　潭空樹影搖.
藍輿客徑造,　獨坐竹蕭蕭.
　主人文生, 名必東, 托疾不出, 結句用子猷事, 以嘲之.

■ 달밤에 죽림사(竹林寺)에서 거닐다.
　이날 밤 김하구(金夏龜)집에서 자다.

　남쪽 봉우리에서 떠오르는 뽀얀 달,
　맑은 빛 대숲을 비추네.
　대숲 속에 자리잡은 작은 모옥(茅屋)에,
　가지런히 옷깃 여미고 홀로 앉아있네.
　밤공기 제법 매섭디 매서우나,
　적막한 이런 풍경 좋아한다네.
　평생토록 대나무를 너무 좋아해,
　애오라지 지음(知音)으로 삼았어라.
　나의 속기(俗氣) 씻어줄 뿐 아니라,
　또 내마음을 청아하게 해주네.
　우리집 주변 금계(金溪)가에도,
　또한 몇 군데 나무 그늘 있다오.
　북으로 갈수록 늘상 추위가 심해서,
　가냘픈 대줄기 바늘처럼 가늘다네.

---

199) 동강(桐江): 절강(浙江) 동려현(桐廬縣) 경계에 있으며 동계(桐溪)와 합류하는데 또한 동강(桐江)이라고도 함. 동려현 서쪽에 부춘산(富春山)이 있는데, 이곳에서 한(漢)나라 엄광(嚴光)이 밭갈이하며 낚시질하고 살았음.

어찌 남쪽 바닷가의 종자와 같이,
칼끝처럼 뾰죽히 몇 길씩 자라겠는가?
포르스름한 잎 비취를 잘라놓은 듯,
맑은 바람소리 옥 구르듯하네.
고고한 세속밖의 정취,
한 점 티끌도 찾아볼 수 없도다.
올려다보니 아래보고 절하는 양,
그 절개 정말로 본받을 만하네.
주인을 돌아보며 말했네,
"시내 남쪽 한 자리 빌려주시게.
대나무 천 이랑 심어두고,
해지는 저녁 시 한 수 읊조리며,
한 겨울 추위에 홀연히 결실을 맺으면,
아마도 선금(仙禽 : 鶴)이 깃들리라."

　　<月夜步竹林>
　　　是夜, 宿金夏龜家.
皓月出南峯,　　淸光照竹林.
竹裏小茅屋,　　獨坐整幽襟.
夜氣非不嚴,　　愛此影蕭森.
平生癖此君,　　聊以托知音.
不但醫我俗,　　又能淸我心.
我家金潭曲[200], 亦有數叢陰.
北地常若寒,　　枯莖細如針.
豈如海南種,　　劍拔長千尋.
綠葉剪翡翠,　　淸籟響球琳.
亭亭風塵外,　　不見一塵侵.
仰之欲下拜,　　氣節誠所欽.
回顧語主人,　　欲借溪南潯.
買竹種千畝,　　日夕恣嘯吟.

---

200) 금담곡(金潭曲) : 담헌의 고향에 있는 금계계곡(金溪溪谷). 지금 충북 진천군 초평면 용정리 양촌 앞 개울.

歲寒倘結實,　　庶可宿仙禽.

■ 달빛이 너무도 아름다워, 일어나 뜰 가운데를 거니는데, 대나무 그림자가 삐쭉이 엇갈려 사람으로 하여금 자못 집 생각을 나게 한다.

말타고 광활한 남쪽 바다에 이르니,
북쪽 고향소식 대하기 더욱 어렵네.
밝은 달빛도 함께 따라왔는데,
다시금 대숲을 바라보네.
고목나무에 바람 오히려 세차게 불어대고,
우뚝한 산봉우리엔 눈이 아직 녹지 않았네.
고향의 아내 오늘 밤도,
응당 병약한 남편 혹한에 떨까 걱정하겠지.

<月色佳甚, 起步庭中, 竹影蕭森, 令人頗有懷家之思也.>
鞍馬南溟闊,　　音書北地難.
同來明月在,　　更向竹林看.
老木風猶緊,　　危峰雪未殘.
閨中201)當此夜, 應念病夫寒.

■ 김하삼(金夏三)과 여러 사람들이 등잔불 가에 둘러앉아 천풍산(天風山)의 승경에 대해 얘기하다가, 밤이 깊어도 잠을 자지 못했다.

모재 한가운데 깜박이는 등불켜고 빙둘러 앉았는데,
달이 텅빈 뜰을 비추니 대나무 그림자 이리저리 겹치네.
일찍이 장흥(長興)이라 천리 길 멀다고 들었는데,
오늘 밤 장흥(長興)에서 자게 될 줄 누가 알았으랴?

<與金夏三諸人, 圍燈而坐談天風之勝, 夜分不寢.>
茅齋圍坐共寒燈,　　照空庭竹影層.
曾道長興千里遠,　　豈知今夜宿長興.

---

201) 규중(閨中) : 규(閨)는 부녀(婦女)의 거실(居室)또는 부인(婦人)을 지칭.

■ 여산부사(礪山府使)를 지낸 김수하(金壽河)는 30년간의 옛 친구이다. 이번 천풍산(天風山) 가는 길에 그가 사는 곳을 들렀더니, 김(金)은 이미 죽고 홀로 그 상주(喪主)인 아들이 남아 있을 뿐이다. 서로 만나보니 슬픔을 이길 수 없어 이를 읊어 그에게 보여주다.

남북으로 헤어진지 이미 십년이 흘렀는데,
다만 대숲속에서 잠을 자는가?
지금 와서 홀로 그 상주(喪主)와 대화하며,
싸늘한 등잔 앞에서 하염없이 눈물만 흘리네.

　　<金礪山 壽河 三十年舊知也. 今於天風之行, 過其居, 金已歿, 獨其孤在耳. 相對一慟, 不勝愴然, 書此以示.>
南北分離已十年,　　只疑長向竹林眠.
今來獨對諸孤語,　　一盞寒燈涕泫然.

11월 13일

노봉사(老峰祠)[202]를 배알했는데, 둔촌(屯村)이 또한 배향되어 있다. 건물이 화려하고 정연하며, 정원과 섬돌사이에 푸르른 소나무와 대나무가 뒤섞여 더욱 아름답다. 재임(齋任) 김수강(金壽岡)과 선진복(宣晋復)이 술상을 차려내 서로 주거니 받거니 했다. 돌아와서 김씨네집에서 식사를 하고 드디어 20리를 가다가, 한 고개를 지나는데 도중에 가랑비를 맞았다. 산 정상을 바라보니 안개구름이 흠치름하며, 석봉(石峰)은 뾰족하기가 서릿발 같이 날카로운 창을 세워놓은 것과 같은데, 혹 움푹 들어가기도 하고 솟아난 것도 있어 기이한 장관이었다. 산기슭에 이르니, 산길이 구비구비 감아 돌아가는데 아마 6~7리는 되겠다. 낙락장송(落落長松)이 좌우로 우쭉 솟아, 푸른 색이 하늘을 덮어 몇 만 가지인지 알 수 없다. 내가 풍악산(楓岳山)·속리산(俗離山) 등 여러 명산을 많이 다녀봤지만, 소나무가 여기처럼 많은 것은 보지 못했다. 송림이 끝나자 날렵하고 높은 전각이 시내에 걸터 앉았다. 전각 가운데를 지나 수십 보를 지나가니 고목이 수 십 주가, 용처럼 구불렁 구불렁 서려 있는데, 모두 수 백년된 나무들이다. 촘촘하고 무성하게 자란 대나무와 오래묵은 등나무가 조밀하게 서로 뒤얽혀있

---

202) 노봉사(老峰祠) : 지금 전남 장흥읍 연곡리(淵谷里)에 있는 연곡서원(淵谷書院)을 말함. 숙종24년(1698년)에 건립하고, 영조2년(1726년)에 사액(賜額)되었다. 노봉(老峰) 민정중(閔鼎重)과 둔촌(屯村) 민유중(閔維重)을 쌍벽(聯璧)으로 배향하고, 1988년에 수제자(首弟子)인 만수재(晩守齋) 이민기(李敏琦)를 추가로 배향했다.

고, 아늑한 샘물이 퐁퐁 솟아 오르고 있었다. 그 아래로 다시 백보 쯤 가서 절에 이르렀다. 전각(殿閣)이 비록 웅장하지는 않았으나, 절 마당이 매우 넓고 밝았다. 그 중간에 작은 석탑이 서 있고, 동서에 승방이 우쭉 자란 대나무 사이로 보일 듯 말 듯 비쳐 지극히 그윽한 맛이 있다. 세상에 전해지기를, 호남지방에는 보림사(寶林寺)·송광사(松廣寺)·징광사(澄光寺)과 같은 정람(精藍)203)이 많다고 하는데, 비록 그곳을 아직은 다녀보지 못했으나, 이 절 또한 정람이라 칭하지 않을 수 없다.

향화승(香火僧)204) 옥혜(玉惠)가 와서 배알하기에 함께 향로전(香爐殿)205)에 이르니, 노승 3~4인이 또 연이어 왔다. 산중의 명승지에 대한 얘기를 하며, 문을 열고 앞에 늘어선 몇 봉우리를 바라보니, 모두 토산(土山)인데 위 부분은 큰 암석이 갓처럼 덮혀있어, 칼처럼 삐쪽하게 수 천길 높게 솟은 기세는 자못 결여되어 있다. 그러나 돌 색깔은 희끄무레하며, 바다산은 벌건 민둥산이라서 또한 볼 게 없으니, 다만 재총이 한 말이 크게 지나치다. 여러 불전들을 둘러보고 청운요(靑雲寮)206)에 이르니, 방이 자못 청결하다. 중이 저녁밥을 제공하여 식사를 마치고, 남여에 올라 절 남쪽 샛길을 따라 깊은 대나무 숲을 뚫고 사이로 들어가니, 푸른 빛이 사람의 옷소매에 비쳐든다. 동백나무가 높이가 8~9 길은 되는데, 비록 꽃은 피지 않았으나 눈속에 푸른 잎이 나니 기이한 나무이다. 4~5리를 가다가 문득 산마루에 걸린 석양을 바라보니, 자주 빛과 푸른 빛이 명멸되고, 바닷물빛이 아득히 가물거리는 것이, 마치 천 겹의 흰구름이 감싸인 것 같고, 여러 산들이 둘러싸여 있는데, 물빛과 서로 어울려져 비치는 것이, 마치 맑은 거울 속에 비치는 십 여개의 많은 머리모양 같아, 그 광경이 매우 기이하다. 좀 위로 1~2리 올라가니 길이 점점 험준하여, 중들이 피곤해하고 남여가 뒤집어 질 듯해서 왕왕 옆에 기대었다. 깎아지른 골짜기에 이르니 매우 무서워져, 혹은 걷기도 하며, 혹 남여를 타고 가기도 했다. 또 수 리를 가니 큰 나무가 있어, 그 아래서 잠깐 쉬면서 구정암(九精庵)을 올려다보니, 구름 사이에 있다. 서서히 산비탈을 올라 매우 오래 지나서야 비로소 구정암(九精庵)에 이르렀다. 뒤쪽은 큰 석벽에 둘러싸였고, 아래는 깊은 골짜기에 임해있는데 풍악산(楓岳山)의 보덕굴(普德窟)207)과 지극히 같았다. 차디찬 샘물이 돌 사이에서 흘러나오는데 맛이 좋고 차거웠다.

잠시후 달이 떠오르자, 여러 봉우리들이 문득 솟아올라 기이하고 웅장함을 뽐내니, 그 장엄함이 마치 여러 신선들이 서로 향해 받들어 읍(揖)하고 있는 것 같다. 이어 눈빛이 기이함을 도와 발산하니, 현란하고 영롱하게 빛이나 은색을 이룬다. 여러 중들과 수염·눈썹·옷·

---

203) 정람(精藍) : 정진수행(精進修行)하는 자가 있는 절.
204) 향화승(香火僧) : 향을 사르고 불을 켜는 일을 담당하는 중.
205) 향로전(香爐殿) : 천관사 (天冠寺) 향로봉(香爐峯)에 있는 불전(佛殿).
206) 청운요(靑雲寮) : 천관사(天冠寺)에 있던 요사채로 짐작됨.
207) 보덕굴(普德窟) : 금강산 표훈사(表訓寺)에서 만폭동(萬瀑洞)가는 도중의 산비탈에 있는 암자.

두건을 서로 돌아보고 자세히 살펴보니, 모두 희끗희끗한 것이 얼음병 안에 있는 것 같으며, 주변경계의 그윽하고 신비로운 기운이 맑고 썰렁하여 거의 인간세계같지가 않았다.

노봉사 즉 연곡서원 전경

연곡서원 현판

보덕굴(유홍준 편, 「금강산」에서 전재)

■ 노봉사(老峰寺)를 배알하다.
  둔촌(屯村)이 또한 배향되어 있다.

　청아한 선비 세상에 나기 어려운데,
　이미 나와 세상에 기필코 명성 떨쳤네.
　노봉은 기개가 영특하여,
　명성 품행 일찍 연마했네.
　둔촌(屯村) 역시 형님과 우열을 가리기 어려웠으니,

천품이 실로 공손하고 단아했네.
청아한 의론은 퇴폐한 풍조를 쇄신하게 했으니,
사림(士林)의 근본이 되었지.
은하수 위에 현무성(玄武星)이 연이어지듯,
훌륭한 명성(名聲) 밝은 성군(聖君)의 태평성대에 떨쳤네.
관복을 정제하고 단정히 조정에 나가면,
국세를 튼튼히 할 기상있었지.
예양강(汭陽江) 북쪽에서 패옥(佩玉)을 울렸으며,
문교(文敎)가 호남지방 사림(士林)에 까지 미쳤지.
국정에 참여한지 몇 해이던가?
백성들이 깊은 은혜 칭송하네.
형제(兄弟)가 나란히 사당에 배향되어,
제수 차려 많은 사림(士林)들이 제사지내네.
내 한 겨울에 찾아왔으나,
푸른 대나무 정원에 청초하네.
평생 우러러 사모하며,
애오라지 파초(芭蕉)와 협지(荔芝)를 바치고 싶네.
선배가 남긴 풍류는 유원한데,
후배중에 어느 누가 다시 계승하리?
우러러보고 굽어보니 금석지감(今昔之感)이 들고,
세도(世道)가 날로 피폐해져가네
문밖에 나서서 큰 강물을 바라보니,
북풍이 몰아쳐 눈물마저 옆으로 흐르게 하네.

　　<謁老峰寺>
　　屯村亦配享.
淸士不世出,　　旣出必名世.
老峰氣英特,　　名行夙砥礪.
屯村亦難弟,　　天稟實愷悌.
淸議激頹波,　　士林有根柢.
聯武[208]霄漢上, 蜚英[209]明盛際.

正笏立朝端,　　足可壯國勢.

泣玦沕水陽,　　文敎210)被南裔.

秉旄211)在何年,遺民誦深惠.

昆季並祠宮,　　俎豆多士祭.

我來値深冬,　　蒼竹夾庭砌.

平生景仰意,　　聊欲薦蕉茘.

先輩風流遠,　　後生誰復繼.

俛仰感今昔,　　世道日淪替.

出門眺大江,　　北風吹橫涕.

▣ 장흥부(長興府)

촌락은 절벽 쪽에 의탁해있고,

나팔 산성에 울려퍼지네.

대나무 온 마을에 푸르고,

강물 흘러 한 고을을 맑게 감싸네.

바다엔 어패류와 소금이 풍족하고,

겨울이라 장기(瘴氣) 뜸하네.

천풍산(天風山)은 나라안에서도 빼어나,

정말 고을 명성 자랑스럽네.

<長興府>

閭閻仍絶壁,　　鼓角復山城.

竹色千家碧,　　江流一郡清.

魚鹽專海足,　　瘴癘入冬輕.

方内天風秀,　　眞堪詫邑名.

---

208) 연무(聯武) : 무(武)는 현무칠수(玄武七宿). 북방의 일곱 별자리. 북두성(北斗星)·견우성(牽牛星)·직녀성(織女星)·허성(虛星)·위성(危星)·실성(室星)·벽성(壁星)등의 별. 밝은 별로 북쪽의 대표적 별자리. 남보다 탁월하다는 것을 비유하기 위하여 끌어왔음.

209) 비영(蜚英) : 꽃다운 명성(名聲)이 오래도록 드날림. 비영등무(蜚英騰茂)에서 따온 말. 『漢書』「司馬相如傳」 "俾萬世得激淸流, 揚微波, 蜚英聲, 騰茂實."

210) 문교(文敎) : 문치(文治)로 백성을 교화(敎化)함.

211) 병모(秉旄) : 모는 얼룩소 꼬리로 장식한 지휘기(指揮旗). 국정에 참여한다는 뜻. 『서경』「牧書」에 "王(武王 : 역자주)左杖黃鉞, 右秉白旄以麾曰,"

■ 천풍산(天風山)으로 향하는 도중에 비를 만났다.

어제는 날씨가 봄처럼 따스하더니,
오늘은 보슬비가 보슬보슬 나리네.
하늘의 변화 순식간에 달라지니,
땅에 사는 사람 누가 하늘의 변화 헤아리겠는가?
평생 오늘이 오기를 두 눈 뜨고 기다려,
야윈 말타고 설중에 먼 길 달려왔네.
천관산(天冠山) 우뚝 솟아 하늘을 찌르고,
산 정상엔 안개 구름 흠치름하여,
도리어 수많은 봉우리 그 진면목을 못 볼까 마음 졸이며,
두 눈동자 유리알처럼 굴리네.
내 지금 정결한 마음으로 묵묵히 하늘에 기도하노니,
강풍 불어와 먹구름 싹 거둬가주소서.
지팡이 짚고 단숨에 구룡봉(九龍峯)에 올라,
거울같은 창공 아래서 흔쾌히 남해를 굽어보리라.

<向天風道中逢雨>
昨日之日煖如春,　　今日之日雨濛濛.
天公變化在俄頃,　　下民誰能測上穹.
平生爲此雙瞳子,　　瘦馬百里行雪中.
天冠屹然上入天,　　峰頂烟霧空朦朧.
却恐千峰失眞面,　　兩眼如合琉璃同.
我今齋心黙禱天,　　願掃陰翳吹長風.
一筇直造九龍峯,　　快看南海如鏡空.

■ 천관사(天冠寺)에 들어가서, 마힐(摩詰)[212]의 시「향적사(香積寺)」[213]에 차운하다.

유서(由緖)깊은 절은 어느 곳에 있는가?
거주하는 중들은 높은 봉우리에 산다네.

---
212) 마힐(摩詰) : 중국인 왕유(王維)의 자(字).
213) 향적사(香積寺) : 중국 서안(西安) 남쪽 종남산(終南山)에 있음. 왕유시의 원제는「과향적사(過香積寺)」임.

삼나무끝을 가듯 오솔길은 빙 감아돌고,
구름 밖에 맑은 종소리 울려퍼지네.
눈 속에 하늘 높이 암석이 우뚝 솟고,
하늘은 몇 리 정도 소나무로 뒤덮혔네.
절(禪門)을 세운지 얼마나 되었나?
오래된 고목 모두 용이 서린 듯하여라.

<入天冠寺, 用摩詰香積寺韻>
古寺知何處,　　居僧寄上峯.
杉梢盤一逕,　　雲外落淸鍾.
雪立千尋石,　　天陰數里松.
禪門閱幾世,　　木老盡如龍.

■ 천관사(天冠寺)

푸르른 동백나무숲 이미 꽃이 활짝 피고,
석문(石門)에서 천관사(天冠寺)까지 많은 눈이 쌓였네.
중들은 정좌하고 육신를 괴롭게 하는데,
산이 화려한 차림새 부끄러운 줄 새로이 깨우쳐주네.
한 낮의 종소리 멀리 대숲에서 울려퍼지고,
하늘이 음침해서 바위가 모두 노을인가 했네.
다시 남여타고 동쪽 암자로 가서,
서남쪽을 바라보니 한라산(漢拏山)이 선명하네.

<天冠寺>
冬栢林靑已着花,　　石門深雪到禪家[214].
僧皆靜坐悲形役[215], 山是新知愧髮華.
日午鍾聲遙出竹,　　天陰石勢盡疑霞.
藍輿更欲東菴去,　　快目西南了漢拏.

---

214) 선가(禪家) : 불가(佛家). 즉 불가사원(佛敎寺院). 여기서는 천관사(天冠寺)를 가리킴.
215) 형역(形役) : 형(形)은 육체. 형역(形役)은 육체를 고역스럽게 함. 여기서는 좌선(坐禪)하는 것을 일컬음. 도연명의 「귀거래사(歸去來辭)」 "旣自以心爲形役."

천관사 삼층석탑

천관사 범종각

천관산 탑산사 옛터

천관산 극락보전과 석등

천관산 일부

천관산 아육왕 탑

천관산 수정구룡봉

천관산 석선봉

천관산 구룡봉

천관산 석선

천관산 구정봉

천관산 아육왕 탑

천관산 관련 사진은 광주광역시 송정문화사 제공

■ 구정암(九精菴)을 향해 가는 도중에 바다를 바라보다.

우쭉한 대나무 사이로 잔잔한 시내 흐르고,
그 가운데 굽이 돌아올라가는 한가닥 오솔길.
기우뚱거리는 남여를 타고,
아찔한 돌 서덜길 오르네.
석양은 아직 산마루에 걸려있고,
멀리 소나무에 이미 어둠이 내리네.
머리돌려 문득 동쪽을 바라보니,
산과 바다가 서로 어울어져있네.
드디어 험한 산에 올라와 있다는 것도 잊고,
유독 배 띄우는 흥취에 젖어버렸네.
두둥실 떠가는 짙은 구름속에서,
남쪽 암자의 청아한 풍경소리 들리네.

<向九精菴道中, 望海>
脩篁夾幽溪,　　中盤一線徑.
搖曳扶藍輿,　　縹緲上石磴.
夕陽猶在山,　　遙松已欲暝.
回首忽東顧,　　山海互相亘.
遂忘陟山險,　　獨有汎舟興.
去去度深雲,　　南庵送淸磬.

■ 구정암(九精菴)의 달밤

선방(禪房)에서 유숙하려는데,
적적하게 한 번 풍경소리 들려오네.
송림사이로 샘물소리 졸졸,
달 비치자 돌에 무늬 아롱지네.
아름드리 고목 나이를 알 수 없고,
중은 스스로 고승(高僧)이라하네.
하산할 길 곰곰히 생각하다보니,

이미 구름만 겹겹이 밀려오네.

　　<九精菴月夜>
　　欲寄禪房²¹⁶⁾宿,　寥寥一磬聞.
　　泉鳴松有韻,　　月照石生文.
　　木老不知歲,　　僧高自絶群.
　　細思下山路,　　已隔萬重雲.

■ 구정암(九精菴)에서 자는데, 달이 낮과 같이 밝았다. 사방 산들의 엄숙한 모양이
　수많은 신선같아 바라보니, 정말 천하의 기이한 장관이었다.

　　1
　　거센 바람에 뜬 구름은 밀려가고,
　　해면위의 달은 하늘 높이 떠있네.
　　호쾌한 기운 바위골짜기를 시원하게 해주고,
　　싸늘한 광채 도깨비라도 나올 듯하네.
　　산봉우리 바위 모두 영롱하여,
　　바라보니 기이한 생각 떠오르네.
　　맑고 시원하게 바람 불어오는데,
　　석간수(石澗水) 흐르는 소리 요란하네.
　　온 하늘이 휘황찬란해지고,
　　몸과 마음이 너무도 상쾌해지누나.
　　뭇 별들이 발아래 보이고,
　　은하수(漢上)위에 호젓하게 서있네.
　　호탕하게 노래하며 인간세상 굽어보니,
　　온 세상에 다만 황혼이 찾아드네.

　　<宿九精之夜, 月色如畫. 四山儼若群仙, 相對, 眞天下奇觀也.>

　　其一
　　長風掃浮雲,　　海月湧千丈.

─────────────
216) 선방(禪房) : 승려들이 참선하는 방. 승려가 기거하는 방.

瀬氣蕩岩谷,　　寒光逼魍魎.
山石盡玲瓏,　　相對發奇想.
泠然天籟作,　　亂以石泉響.
恍若聆勻天,　　不覺心神爽.
衆星在脚底,　　獨立霄漢上.
浩歌俯人世,　　萬里但昏坱.

2
암석들이 마치 도 통한 사람처럼,
모두 세속의 자태를 벗어나,
환한 달빛 아래 서있는데,
수염과 눈썹을 갖추고 위엄있네.
나를 보고 말을 하려는 듯하니 ,
의태가 기이하지 않은 것이 없네,
선지(禪旨)를 말하는데 속기(俗氣)를 면치 못했으나,
함께 신시(新詩)를 논하려 하네.
내가 절묘한 뜻을 펴니,
그대는 절로 웃음짓네.
절경(絕景)이 속세(俗世)의 인간에게,
알지 못했던 것을 강하게 일깨우쳐 주네.
누가 그대를 완악하다했나?
이처럼 신령스럽고 빼어난 것을.
너무 황홀하여 의심했네. 중향성(衆香城)이,
하늘 밖 한구석에 떨어져 나왔나.
너무도 그 형상(形狀)이 오묘하여,
내 조물주에게 그 이유를 물어보고 싶네.

其二
石如得道人,　　皆有拔俗姿.
皓然月中立,　　儼若俱鬚眉.
見我欲吐語,　　意態無不奇.

談禪未免俗,　欲與論新詩.
我能發妙義,　汝可自解頤.
絕勝與俗子,　强曉所不知.
孰謂汝爲頑,　靈秀乃若斯.
怳疑衆香城[217],　天外落一支.
狡獪太多端,　吾欲問化兒[218].

3
이 내몸 무명옷 걸치고,
흰 구름 감도는 곳에서 자려하는데,
호젓한 암자는, 외로운 배가,
중심 잃고 흔들흔들하는 것 같네.
달이 바위봉우리 위로 쑥 솟아오르니,
해맑은 달빛이 온 세상에 산뜻하게 비치네.
넓은 하늘 제 모습 드러내고,
멀리까지 잔 구름 걷히었네.
항아(姮娥)가 신통술 부려,
온 세상을 백옥세계로 변화시켰네.
머나 먼 광한궁(廣寒宮)의,
붉은 계수나무도 훤히 볼 수 있겠네.
산에 쌓인 눈 아직 녹지 않아,
영롱하게 그 운치를 더해주네.
하늘이 밝고 창문이 널직해,
바닷가에 누워있는 듯하네.
열흘이나 장기머금은 안개가 자욱해,
어둠침침하게 하늘을 뒤덮었었네.
하늘이 내 눈을 즐겁게 해주기 위해,
오늘밤 하늘을 쾌청하게 해주었네.
소나무 그림자 아래서 춤추는데,
양 소매끝으로 싸늘한 기운 스며드네.

---

217) 중향성(香城) : 금강산에 있는 봉우리 중향성(重香城)을 가리킴.
218) 화아(化兒) : 조화소아(造化小兒)의 준말. 즉 조물주(造物主).

가려운 곳 긁어주듯이 상쾌하니,
비로소 하늘의 혜택을 알겠네.
신시(新詩)로 하늘에 감사하노니,
너무 천기(天機)를 발설하는 건 아닌지.

其參
隨身一布被,　　夜宿白雲際.
危菴似孤舟,　　搖搖無根蔕.
月從石尖出,　　寒芒森萬銳.
長空露本色,　　萬里脫玷翳.
嫦娥有神術,　　白玉幻一世.
迢遙廣寒宮,　　洞澈見丹桂.
山雪尙未消,　　玲瓏助厥勢.
空明蕩牖戶,　　如臥積水219)澨.
連旬苦瘴霧,　　昏昏天宇閉.
天公爲吾眼,　　今宵快淸霽.
起舞松影下,　　泠然振兩袂.
快如痒得搔,　　始覺天公慧.
新詩謝天公,　　天機220)恐太泄.

4
계림(桂林)은 교남(嶠南)땅에 있고,
광려(匡廬)는 광서(廣西)땅에 있어,
서로 만여리나 떨어져 있으니,
가고 싶어도 어찌 갈 수 있으리?
고인이 그 승경을 기록하여,
문자로 오히려 상고할 수 있으나,
지나치게 미화하고 과장이 지나쳐,
명성과 실제가 혹 서로 차이가 있는 건 아닌지?

---

219) 적수(積水) : 바다.
220) 천기(天機) : 천지 조화의 심오한 비밀이란 뜻도 있으나, 여기서는 본래부터 가지고 있는 진성(眞性).

나는 조선땅 한 편에 태어나,

국량이 초파리(醯鷄) 정도일세.

일찍이 풍악산(楓岳山)을 한번 본 적이 있으며,

속리산(俗離山)은 또한 여러번 등산했네.

돌이켜보면 국내에 있는,

산중에 이 두 산만한 산이 어디 있는가?

천풍산(天風山) 또한 그 다음은 가니,

재총(載聰)의 품평한 말 또한,

가슴속 깊이 꼬옥 새겨두고,

십년을 꿈속에서 헤맸는데,

오늘밤 구정암 앞에서,

밝은 달과 함께 노닐게 됐네.

영롱함이 은빛 찬란하고,

무수한 봉우리 비녀처럼 뽀족하네.

동쪽 봉우리가 가장 기이하고 위엄있어,

성난 사자라도 물리칠 듯 하늘로 솟았네.

산승(山僧)도 또한 경탄하고 절규하며,

뒤로 물러서서 다만 눈을 돌리지 않네.

비록 문장대(文壯臺)에 섞어 놓는다해도,

밀려나지는 않을 것 같네.

황홀하기 거센 바람 타고,

하늘 끝으로 몸이 날아오르는 듯,

아득히 하늘 밖 멀리,

뭇 별들이 발아래 있는 걸 알겠네.

상쾌한 기분 정말 듬뿍 맛보았는데,

하필 오계(惡溪)를 건너가야 하리요?

내일 아침 구정봉 정상에 올라,

청려장(靑藜杖) 짚고 눈길을 밟으리.

　총(聰)은 즉 재총(載聰)이다. 일찍이 금강산(金剛山)에 있을 때, 나를 위해 천관산(天冠山)의 승경을 말해주어, 내가 천관산(天冠山)의 명성을 알게 된 것은 이 때부터다. 문장대(文壯臺)는 속리산(俗離山)의 최고봉이다.

其四

桂林[221]處嶠南[222], 匡廬[223]在廣西.

相去萬里餘, 欲往焉得梯.

古人記其勝, 文字尚可稽.

溢美語多誣, 名實或相睽.

我生海東偏, 局促類醯鷄[224].

楓岳嘗一覽, 俗離亦屢躋.

顧惟域內山, 孰與二山齊.

天風[225]亦其亞, 聰[226]也亦品題.

槎牙[227]肺腑間, 十載魂夢迷.

今夜九精菴, 好月亦同携.

晶熒爛銀色, 千峯立簪笄[228].

東峯最奇偉, 天半搏怒猊.

山僧亦驚叫, 却立但凝睇.

縱厠文壯[229]間, 似不見攙擠.

恍如御長風, 跳身出天倪.

濛濛積氣[230]外, 翻覺衆星低.

快意良已足, 何必涉惡溪[231].

明朝九峯頂, 蹋雪還杖藜[232].

聰卽載聰也. 曾在楓岳, 爲余, 道天冠之勝, 余識天冠之名, 始此. 文壯, 在俗
離山最高峯也.

---

221) 계림(桂林) : 광서성(廣西省)에 있음. 양자강이 흐르고 산천이 수려하여 계림의 산수가 천하에 제일이라 함.
222) 교남(嶠南) : 오령(五嶺)의 남쪽인 영남(嶺南).
223) 광려(匡廬) : 중국 여산(廬山)의 이칭.
224) 혜계(醯鷄) : 초·간장·된장·술 따위에 잘 덤벼드는 파리. 초파리.
225) 천풍 : 천풍산(天風山). 천관산(天冠山)의 이칭(異稱).
226) 총(聰) : 담헌이 금강산에서 만난 호남에 거주하는 중 재총(載聰).
227) 사아(槎牙) : 나무가지가 깎은 것처럼 모질게 얽힌 모양.
228) 잠계(簪笄) : 비녀.
229) 문장(文壯) : 문장대(文壯臺). 지금 충북 보은군 속리산에 있는 봉우리.
230) 적기(積氣) : 하늘.
231) 오계(惡溪) : 오계(惡溪)는 본래 이름이 호계(好溪). 중국 절강성(浙江省)에 있는 승경지. 거울처럼 물이 맑고 험
난한 여울이 많음.
232) 장려(杖藜) : 청려장(靑藜杖). 명아주를 말려서 만든 지팡이. 일년생 풀로 완전히 자라서 목질화되면 단단하고
가벼움.

11월 14일

해가 돋지 않은 시각에 남여를 메고 갈 중들이 이미 모였다. 식사를 서두르고, 암자 아래를 따라 남쪽으로 약 1리쯤 가니 산길이 이미 험준하다. 거칠은 돌들이 여기저기 놓여있고, 얼음도 또한 미끄러워 거의 발길을 디딜 수가 없었다. 남여를 놔두고 걸어 가다가, 다리의 힘이 없어 또 남여를 탔다. 이와 같이 하면서 6~7리를 가서 비로소 산 정상에 이르자, 석범봉(石帆峯)[233]이 갑자기 앞에 닥치는데, 그 모양이 뾰족한 칼날(卓劍)같아 탁검봉(卓劍峯)이라 부르는 것이 마땅할 듯하다. 중들은 매번 황탄(荒誕)한 말로 사람을 속이기를 "미륵(彌勒)이 세상에 올 때에, 천풍산이 당연히 제불설법도량(諸佛說法道場)이 되고, 세존(世尊)이 돌로 만들어진 배(石舡)에 팔만대장경을 실어 이 산에 보낼 것인데, 저 석범봉(石帆峯)이 돛대가 된다."고 한다. 봉우리 옆에 둥글 넓적한 하나의 암석을 가리켜 말하기를 "이곳이 곧 배에 해당되는 곳이라."고 하니, 그 괴이하고 망녕됨이 가소롭기가 이와 같다.

다시 서쪽으로 수 십 리 가니 산이 문득 솟아 봉우리를 이루었으며, 돌이 그 위에 덮혀 있으며 높이 솟은 것이, 마치 노룡이 머리를 쳐들고 있는 것 같은데, 중이 구룡봉(九龍峰)이라 했다. 위는 넓고 평평하여 앉을 수 있으며, 왕왕 돌이 움푹 패인 자욱이 절구의 확과 같이 생겼는데, 중이 또 지적하기를 아홉마리의 용이 꿈틀 꿈틀 지나간 자리라고 한다. 사방 멀리까지 두루 바라보니 시계가 광활하다. 이날 마침 날씨가 청명하여 제주도를 분명하게 볼 수 있었다. 한라산이 우뚝 솟은 것이 하늘가에 마치 높은 담과 같다. 눈빛이 희며, 그 남쪽으로 하늘과 물이 서로 이어져, 허공이 희미하고 푸르스름하여 끝을 볼 수가 없었다. 아침 해가 내리비쳐 바닷빛이 변하며, 만경창파가 수은색을 띄고, 여러 섬들이 해면에 점철되어, 수 백 마리의 물오리가 뽀얀 파도속에서 잠겼다 떠올랐다하는 것 같으니, 정말 천하의 장관이다. 가슴 속이 쾌활해져 문득 바람을 타고 파도를 가로지르고 싶은 마음이 생겼다. 지난 해 김삼연(金三淵)[234] 어른이 바다를 건너 제주도에 가자고 했을 때, 내가 그것을 강력하게 말렸는데, 지금 생각하니, 김씨어른과 함께 남하하여 범선을 타고 8백리 구름 낀 파도를 지나 한라산 정상에 올라 백록담(白鹿潭)의 물을 마시고, 남극노인성(南極老人星)[235]이 앞 부분이 빛나는 모양을 흔쾌히 바라보지 못한 것이 한이 된다.

또 동쪽으로 백 여 보를 가서 고 탑산사(古 塔山寺)[236]에 이르렀는데, 절이 폐해진지 이미

---

233) 석범봉(石帆峯) : 지금 석선봉(石船峯)이라 부르는 천관산의 한 봉우리.

234) 김삼연(金三淵) : 삼연(三淵)은 김창흡(金昌翕 1653~1722)의 호. 1689년 기사환국으로 아버지 김수항이 사사되자 경기도 포천군 영평(永平)에 은거했다. 1709년 부터 5,6년간 치열했던 호·락 논쟁(湖·洛 論爭)에서 낙론(洛論)에 가깝다. 호·락 논쟁(湖·洛 論爭)은 인성(人性)과 물성(物性)의 동이(同異)를 따지는 논쟁이었는데, 낙론(洛論)은 인물성동(人物性同)을 주장한 계열이다. 또한 그는 문(文)을 하는데 있어서 도습(蹈襲)과 조탁(彫琢)을 탐탁하게 여기지 않았으며 신정(神情)과 실(實)이 있는 문(文)을 할 것을 주장하였다.

235) 남극노인성(南極老人星) : 남극 가까이에 있는 수명을 맡아보는 별. 남극성(南極星)이라고도 함.

오래됐으며, 다만 무성한 대숲과 깨어진 주춧돌이 남아있을 뿐이다. 우뚝 서있는 돌이 곧고 높아 수 십 길은 되는데, 소위 아육왕탑(阿育王塔)237)이다. 다시 동쪽으로 곤유암(坤維庵)에 이르니, 또한 폐해지고 중이 없다. 앞에 깎아 세운 듯한 돌이 서있는데 대(臺)와 같다. 위에 자단목이 자라서 높이가 3자는 안 되나, 굵기는 한 아름은 되고 가지와 잎이 사방으로 뻗어 나와 옆으로 그늘이 몇 이랑은 되는데, 아마도 천 여년은 된 것 같다. 나무 뿌리를 베고 누워 남쪽 바다를 굽어보니, 잔에 물이 고여 있는 것 같다. 한라산이 또한 가로 질러 궤안(几案)을 이루어, 빼어난 빛을 잡고 영기(瀯氣)를 흡취할 수 있으니, 자첨이 "훌훌 세상을 떠나 홀로 서서 날개가 돋아난 신선이 되어 오르는 것 같다."고 읊은 것은, 거의 오늘의 나를 두고 한 말인 것 같다. 탑산사(塔山寺)238)는 그 동쪽 10보에 있는데, 누대가 지극히 높고 시원스러우며, 난간은 아득해 나무끝으로 삐져나와 있어, 그 승경을 관람하니 곤유대(坤維臺)보다 못하지 않아, 유명한 암자(庵子)라 일컫는 것은 거의 헛된 말이 아니다.

다시 몇 길을 따라 돌아오다가 덕현(德玄)과 도징(道澄)에게 들리니, 두 사람의 방이 모두 대나무 숲 깊은 곳에 있어 지극히 아늑하고 정결했다. 덕현선사(德玄禪師)는 자못 불경에 능통하고 시에 능하다. 수연대사(修緣大師)의 문도(門徒)인데, 중년에 기이한 병에 걸려 학문을 폐하고 이 절에 물러나 살고 있다고 한다.

밤에 청운요(靑雲寮)에서 잠을 자려고 하는데, 달빛이 낮과 같다. 정생(鄭生)과 방에 있는 중과 함께 일어나 탑그림자 가운데를 거니는데, 익재(益齋)239)선생의 "누대 그림자 산위에 떠 있는 달빛 아래 더욱 짙고, 두레박소리 샘이 깊어 더욱 멀리까지 들리네." 라는 시구가 더욱 절묘하게 느껴졌다. 내일이면 동지(冬至)인데 몸은 하늘 끝에 있다. 고향을 돌아 보니 구름낀 산이 아득한데, 돌이켜 생각해보니 나도 모르게 서글퍼진다.

▣ 탑산사(塔山寺)

절앞에 누(樓)가 있는데, 지극히 높고 오똑하다. 큰 바다가 눈앞에 펼쳐지고, 한라산(漢拏山) 여러 봉우리를 바라보니, 손바닥 안에 있는 과일같다. 아유타왕탑(阿有王塔)이 처마뒤에 있어 바라보니, 지극히 기이하고 위엄있다.

---

236) 고 탑산사(古 塔山寺) : 천관산에 있던 옛 탑산사로 유허만 남아 있으며, 현재 별개의 신 탑산사(新 塔山寺)가 건립되었다.

237) 아육왕탑(阿育王塔) : 천관산에 있는 천관사(天冠寺) 주위에 있는 탑.

238) 탑산사(塔山寺) : 보물 제 88호인 탑산사의 동종(銅鍾)이 전남 해남군 대흥사 경내에 건립된 성보박물관 겸 서산대사(西山大師) 유물전시관에 보존되어 전한다.

239) 익재(益齋) : 고려 이제현(李齊賢 1287~1367)의 호. 우정승, 문하시중을 역임. 정주학(程朱學)의 기초를 확립했으며, 원나라 조맹부의 서체(書體)를 도입하여 널리 유행시켰다. 고문(古文)을 창도하였으며, 「소악부(小樂府)」에 고려 민간가요 17수를 한역시(漢譯詩)로 수록해놓고 있어 고려가요 연구의 귀중한 자료가 된다.

오똑한 누대 무척이나 높아,
넓은 바다가 창사이로 보이네.
암석들 처마끝으로 드러나고,
파도소리 풍경소리 따라 들려오네.
해는 대마도(對馬島)에서 떠오르고,
눈은 한라산(漢拏山)을 뒤덮었네.
눈들어 하늘 끝 멀리 바라보니,
근원을 찾고 싶은 마음 모두 없어지네.

　　역(亦)은 한편 지(只)로 바꾸어 써도 된다.

　　<塔山寺>
　　寺前, 有樓, 極高危. 大海在眼前, 見漢拏諸山, 如掌中果. 阿有王塔, 在簷後,
望之, 極奇偉.

危樓高百尺,　　滄海一窓間.
石勢簷端出,　　潮聲磬裡還.
日浮對馬島,　　雪疊漢拏山.
擧目天倪盡,　　尋源亦等閑.
　　亦一作只.

■ 덕현상인(德玄上人)에게 주다.

　　이는 성총(聖聰)의 뛰어난 제자이며, 수연(守緣)의 문인이다. 불경의 뜻을 좀 이해한
다고 하며, 중년에 기이한 질병에 걸려 물러나 약사전(藥師殿)에 기거한다.

대숲 아래서 상봉했는데,
을씨년한 산 저녁에 풍경소리 은은하네.
이끼가 석장(錫杖)에 침범해들고,
돌빛이 스님의 눈썹에 비치도다.
절묘한 말로 참신한 뜻(新義)을 펴며,
재주가 청아하여 이전의 시(舊詩)를 암송하네.
남종(南宗)의 한 후예있으니,
바로 성총선사(聖聰禪師)라네.

<題德玄上人>
是, 聖聰高足弟子, 守緣門人也. 稍解經旨, 中年奇疾, 乃退去藥師殿.
竹裡相逢地,　　寒山暮磬遲.
苔痕侵錫杖,　　石色映厖眉.
語妙開新義,　　才清誦舊詩.
南宗[240]知有嗣, 相對說聰師.

■ 도징(道澄)이 매우 열심히 시를 요구하기에, 이를 적어 그를 놀렸다.

도징(道澄)은 이 절의 주지이다.

그대의 고고한 자태 모두 신선의 형상,
오랜 세월 기이한 취미가진 사람 없네.
산신령을 위해 좋은 싯구 짓는 것이지,
그대 도징(道澄)을 위한 것이 아니라네.

<道澄索詩, 甚勤, 書此, 以戲之>
澄, 是寺住持也.
瑤簪[241]千朶盡仙姿, 曠劫無人發此奇.
要慰山靈留好句,　　新詩元不爲澄師.

■ 또 앞에 지은 시의 뜻을 반복하여 하나의 절구를 지어 도징(道澄)을 놀렸다.

송관(松冠)에 무명가사(布衲) 모두 산속에 수도하는 이의 자태,
신시(新詩)를 부탁하니 다시 기이한 시 한 수 떠오르네.
천풍산(天風山)이 원래 그대 소유물인 걸 안다면,
산신령을 위한 것 바로 그대를 위한 것이 아니리요?

<又反前詩之意, 作一絶, 爲澄解嘲>
松冠布衲儘山姿,　　爲乞新詩更一奇.

---

240) 남종(南宗) : 선종(禪宗)의 한 계통으로 여겨짐.
241) 요잠(瑤簪) : 사물의 미칭(美稱).

知是天風元爾物,　　慰山靈是爲澄師.

■ 밤에 뜰 가운데를 거니는데, 달빛과 어우러지는 대나무 그림자가 사람의 마음을 착잡하게 한다. 즉 내일이면 동지가 되는데, 자못 나그네의 서글픈 심회가 떨쳐지지 않는다.

동지가 내일인데 매우 서글프다,
좋은 날 홀로 남해 바닷가에 와있다니.
몸은 일 천리 밖 멀리 와 있고,
보름날 밤 달은 정말 둥글다.
풍속을 지키느라 승방에서 팥죽 쑤어먹고,
책상 위에 촛불 밝히니 잠이 오지 않네.
명산을 두루 관람한 여흥이 아직도 남아,
다시 지팡이 짚고 탑그림자 앞을 어슬렁이네.

　　<夜步中庭, 月色竹影, 甚可人意. 明日卽冬至也, 殊不免客懷之悄然也>
冬至明朝最可憐,　　佳辰獨在海南天.
一千里外身方遠,　　十五宵中月正圓.
豆粥僧齋聊效俗,　　蠟燈禪榻自無眠.
名山踏遍猶餘興,　　又曳筇枝塔影前.

■ 덕현사(德玄師)가 지자(遲字)에 차운하여 와서 보여주기에 또 그 운자에 차운하다.

절집 문앞(山門)에서 이별하려할 때,
아쉬워 얼굴 마주보고 머뭇거리네.
밤 깊도록 좋은 애기 나누노라니,
새벽달이 어느새 짙은 눈썹 비치네.
때 늦은 만남 오직 꿈인 듯하여,
서로가 생각하는 마음 각각 시에 담았네.
가슴속엔 천악산(天岳 : 天風山)을 간직해두고,
일찍이 우리 덕현사(德玄師)를 잊지 않을 거라오.

<玄師次遲字來示 又次之>
欲別山門去,　　翻愁見面遲.
深宵話了義,　　落月在長眉.
後會唯憑夢,　　相思各諷詩.
胸中有天岳,　　曾不離吾師.

■ 길을 떠나는데, 만원(萬圓)이 또 시를 요구하기에 곧바로 지어 보여주다.

　　　꿈속에 지제산(支提山：天冠山)에서 노닐기 10년,
　　　지금 지팡이 짚고 구룡봉(九龍峰)에 서있네.
　　　곤유대(坤維臺) 위에 올라 그대 손 잡고,
　　　하늘 멀리 구름 파도사이로 제주도를 바라보네.
　　　이 산을 일명 지제(支提)라고도 한다.

　　　<臨行, 萬圓又索詩, 走艸242)以示>
　　　十載支提夢裡遊,　　一笻今日九龍頭.
　　　坤維臺上憑渠手,　　天半雲濤見濟州.
　　　　是山, 一名支提.

11월 15일

　　덕현(德玄)과 도징(道徵)이 전송하려고 절의 누문(樓門)까지 따라와서 서로 작별했다. 남여를 타고 하산해서, 비로소 말을 타고 10리를 갔다. 고개 하나를 지났는데, 골치(骨峙)243)라는 고개였다. 또 북쪽으로 30리 지점이 강진현(康津縣)이 된다. 산천이 맑고 수려해, 대저 장흥(長興)과 같으며, 구십호(九十湖)가 현 남쪽 5리에 있다. 조수가 들어와 크고 맑은 거울을 펼친 것 같으며, 호수 위에 비치는 모든 산이 푸르러 매우 좋다. 어촌의 집들이 항구의 나무와 의지하여 점으로 이어진 것이 그림 가운데 있는 것 같다. 청조루(聽潮樓)244)에 올라, 그 승경

---

242) 주초(走艸) : 붓을 재빨리 놀려 글을 쓰는 것을 주필(走筆)이라 한다. 주초(走艸) 역시 달려가듯이 붓을 재빨리 움직여 시를 짓는 것을 말한다.
243) 골치(骨峙) : 지금 전남 장흥군 관산읍(冠山邑) 부평리(富平里)에서 강진군(康津郡) 칠량면 명주리로 넘어가는 고개로 꽃이 많음.
244) 청조루(聽潮樓) : 지금 전남 강진군 강진읍 목리 괴동 근처. 1491년 1월 강진현감으로 부임하여 1495년 10월에 이임한 오순종(吳舜從<宗>)이 창건하였으나 정유재란 때 불 타버렸다. 그뒤 1664년에 중건했으나 1794년에 무너진 뒤 복원하지 못했다. 백광훈(白光勳)·이진은(李震殷)·이현기(李玄紀)의 시가 전해온다.

을 모두 바라보니 더욱 아름답다.

이 고을의 원 진익한(陳翼漢)이 왔기에, 대략 술 한잔을 마시고 진군과 작별했다. 남당촌 (南塘村)245)으로 가서 김선연(金善連)의 집에서 유숙했는데, 윤춘 경택(尹春 卿澤)의 종이다. 달빛을 타고 걸어서 호숫가에 이르니, 파도가 아득하고 별과 달그림자가 모두 거꾸로 드리워져 또 하나의 기이한 풍경이다. 장사배에서 푸닥거리하는 북소리가 둥둥둥 밤새도록 그치지 않았다.

강진 구십호

강진 남당포

11월 16일

조반 상에 주인이 복어를 구워 대접하기에 맛을 보니, 달작지근하고 연한 것이 절미(絶味) 였다. 숙종 신미년(辛未年)에 돌아가신 나의 아버지246)가 어사로 잠입하여 이곳(南唐村)에 이르렀다. 촌사(村舍)에 투숙하게 해주기를 청하니, 주인집에서 부리는 노파가 그 주인에게 학대당한데 대한 분이 쌓여 문을 가로 막으며, 들어가지 못하게 하면서 말하기를 "양반을 보는 것은 원수를 보는 것과 같다."고 하여, 선군이 웃으면서 다른 곳으로 갔다. 이 말은 일찍이 들은 바 있는데, 김선연(金善連)이 또 그런 얘기를 해주었다.

저녁에 해남(海南) 백련동(白蓮洞)247)에 이르러, 윤효언(尹孝彦)248)의 집에 들렀는데, 효언은 죽은 지 오래다. 그 아들 덕희 경백(德熙 敬伯)249)이 반가이 맞아 주어 서로 따스한 정을 나

---

245) 남당촌(南塘村) : 지금 전남 강진군 강진읍 남포(南浦)마을.
246) 선군(先君) : 담헌의 부친 이인엽(李寅燁 1656~1710)을 가리키는데, 이조판서와 대제학을 지냈다.
247) 백련동(白蓮洞) : 지금 전남 해남읍 연동리(蓮洞里).
248) 윤효언(尹孝彦) : 효언(孝彦)은 윤두서(尹斗緖 1668~1715)의 자(字). 호는 공재(恭齋). 본관은 해남. 윤선도(尹善道)의 증손. 시문에 능했으며, 동식물 인물화를 잘 그렸다. 현재(玄齋) 심사정(沈師正)·겸재(謙齋) 정선과 함께 조선의 삼재(三齋)라불린다. 그 집은 지금 전라남도 해남읍 연동리(蓮洞里) 82번지.
249) 덕희 경백(德熙 敬伯) : 경백(敬伯)은 윤덕희(尹德熙 1685~1776)의 자(字). 호는 낙서(駱西). 도사(都事)를 역임.

녔다. 밤에 녹우당(綠雨堂)[250]에서 잠잘 채비를 하고 나서, 경백이 그 부친의 화권(畫卷)을 보여주는데, 이는 평생의 득의필(得意筆)[251]이다. 효언의 그림은 온 세상이 보배로 여겨 매 한 장을 그릴 때마다 사람들이 가지고 가서 집에 남아 있는 것이 없었다. 경백(敬伯)이 다른 그림을 가지고 가서, 그 취득해갔던 사람집에 소장한 것을 바꾸어와서, 그 중 잘된 작품을 모아 화권(畫卷)을 만들었으며, 하나의 범필(凡筆)도 없다고 한다. 또『생황급당금(笙簧及唐琴)』[252]을 보여주는데 체제가 극히 정교하나, 다만 동금(東琴)과는 약간 다르다. 경백이 나를 위해 주안상을 마련했으나, 나는 본디 술을 좋아하지 않아 억지로 몇잔 마셨다. 주인이 가노(家奴)를 내어 비파(琵琶)를 연주케하여[253] 즐거움을 북돋우었다.

녹우당 전경

녹우당 현관

▣ 강진현(康津縣)

신기루(蜃氣樓)보다 더 아름다운 누대,

맹영광(孟永光)의 영향을 받아 말과 신선을 잘 그렸다.
250) 녹우당(綠雨堂) : 사적 제 167호. 실학자 이익(李瀷)의 형인 옥동(玉洞) 이서(李漵1662~1723)가 쓴 글씨이다.
251) 득의필(得意筆) : 자기가 마음먹었던 대로 만족하게 잘 그려진 그림.
252)『생황급당금(笙簧及唐琴)』: 해남의 녹우당 종가에 현존 여부를 확인해 줄것을 의뢰했으나, 서책이 많아서 확인하지 못했다고 함. 1996년 1월 30일, 역주자가 담헌이 여행했던 지역을 답사하면서 이곳을 들려 종손을 만나보려 했으나 외출중이었다. 후에 전화로 존재 여부를 확인해달라 요청했는데, 현재 그집에는 남아 있지 않다고 한다.
253) 가무(歌舞)를 담당하는 노복이었던 것으로 짐작된다. 악노(樂奴)로 지칭되는 가무노비(歌舞奴婢)가 부유한 사대부가에 존재했다.「송실솔전(宋蟋蟀傳)」에 영조(英祖) 때 서평군(西平君) 이표(李標 : 조선왕조실록에는 橈로 기록되어 있다.)는 악노(樂奴) 10여 명을 양성했다는 사실이 보인다. 이우성・임형택 역편,『이조한문단편집』中, 일조각, 1981. 221면. 原出典. 李鈺『담정총서』「문무자문초(文武子文抄)・가자(歌者) 송실솔전(宋蟋蟀傳)」. 위처럼 부유했던 일부 사대부 집안에 금가지비(琴歌之婢)나 악노(樂奴)로 지칭되는 가무노비(歌舞奴婢)가 존재했다는 사실은 다음 논문에서 몇몇 사례를 들어 언급하고 있다. 임형택,「17세기 전후 육가형식의 발전과 시조문학」,『민족문학사연구』6, 1994.

북소리 호각소리 구름 낀 바다로 울려퍼지네.
들을 가로지르는 강 양옆에 자리잡은 마을,
조수는 산기슭에 부딪치네.
멀리 안개 속에 나무들 드러나고,
석양무렵 고기잡이 배 돌아오네.
한없이 난간에 기대어 있으려니,
백사장 갈매기야 너의 한가로운 모습 부럽구나.

<康津縣>
樓臺蜃氣外,　　鼓角海雲間.
江割兩州野,　　潮通一面山.
遠烟分樹出,　　落日送帆還.
無限憑欄意,　　沙鷗羨爾閑.

■ 청조루(聽潮樓)에 오르다.

아름다운 계절에 여행길 떠나,
또 타향인 이곳을 유람하네.
먼 곳의 산에서 도리어 술을 마시며,
넓은 바다가에서 홀로 청조루(聽潮樓)에 오르네.
난간 밖의 사방이 드넓으며,
근심은 쌓여도 세월은 흐르네.
조각배 눈 앞에 떠있으니,
문득 영주(瀛洲)로 떠나고 싶어지네.

<登聽潮樓>
令節仍爲客,　　他鄕復此遊.
遙山還把酒,　　滄海獨登樓.
欄外乾坤大,　　愁邊歲月流.
扁舟眼前在,　　更欲向瀛洲[254].

---

254) 영주(瀛洲) : 신선이 산다는 십주(十洲) 중의 하나.

■ 남당촌(南塘村)에서 자다.

동짓날 남당촌(南塘村)의 밤,
쌀쌀한 날씨에 지팡이 짚고 가네.
해면은 밝은데 파도 위로 달이 떠오르고,
섬은 거므스름한데 나무는 안개에 싸였네.
어촌에 북치는 소리 둥둥둥,
고기잡이 등불 번쩍번쩍.
누가 생각이나 했나? 오늘 밤,
남쪽지방에서 잠 설치게 될 줄이야.

　　　 <宿南塘村>
冬至南塘夜,　　寒天倚杖前.
海明潮吐月,　　島黑樹沈烟.
村鼓蔆蔆擊,　　漁燈的的懸.
誰知當此夜,　　伴宿壽星255)邊.

■ 달빛 아래 파도 밀려오는 해안으로 걸어 나가다.

달은 떠오르고 파도는 처음 밀려오는데,
안개어린 파도 지극히 아득하네.
은하수는 하늘 높이 멎어있고,
산과 바다 아득히 이어져있네.
이 내 몸 어인 일로 예까지 와서,
오늘 밤 홀로 감흥에 젖어있나?
영주(瀛洲)는 원래 지척에 있으니,
그곳에 가서 신선이나 되어 볼까나.

　　　 <月下步出潮岸>
月出潮初上,　　烟濤極渺然.
星河高不動,　　山海莽相連.

---

255) 수성(壽星) : 수명(壽命)을 관장한다는 별. 즉 남극노인성(南極老人星).

此地身何到,　　今宵興自偏.
瀛洲元咫尺,　　欲去學神仙.

■ 이 곳의 거주민들이 내 아버지가 암행어사 때의 일을 말하니, 울적한 마음을 억제할 수가 없어 절구 한 수를 지어 노래한다.

일찍이 가전(家傳)하는 문집을 통해 남당촌(南塘村)을 알고 있었는데,
어찌되어 남은 생애에 이곳에 오게 됐나?
홀로 거주민들과 지나간 사연 얘기하다보니,
하염없이 눈물만 나는데 달이 기우네.

　숙종(肅宗) 신미년(辛未年)에 내 아버지가 암행어사로 내려와서 호남 여러 고을을 아울러 조사하다가, 미복(微服)으로 본현에 당도했다. 남당촌(南塘村)을 지나다가 투숙을 요청하자, 주인 아주머니가 문을 가로 막으며 들여보내주지 않고, 손가락질을 하며 말했다. "우리 상전이 아침 일찍이 잠시 나가면서, 집안에 있는 물건을 모두 싸가지고 나가, 집안이 씻은 듯하다. 나는 양반 보기를 원수 보는 것 같다. 생원이 비록 우리의 상전은 아니나, 양반을 다시 상대하기도 싫다."고 했다 한다. 선군이 웃으며 다른 곳으로 갔다. 이 말은 「남행록(南行錄)256)중에 상세히 기록했다. 주인 김선연(金善連)이 또 그런 얘기를 들려주었다.

　　<居民, 能道先君子暗行時事者, 不勝愴然, 賦成一絶.>
曾從家集識村名,　　何意餘生向此行.
獨與居民談往事,　　紛紛感淚月中傾.
　肅宗辛未, 先君以繡衣, 兼問湖南諸邑, 行到本縣以微服257). 過南塘村, 欲投宿, 主婦拒門不納, 戟手東指曰, 上典朝才出門去矣, 括盡家藏, 室中如洗. 吾見兩班如見仇. 生員, 雖非吾家上典, 不可復對兩班云爾. 先君笑而之它. 此說詳記「南行錄」中. 主人金善連, 亦道之如此.

---

256) 남행록(南行錄) : 담헌의 호남여행일기인 「南遊錄」을 가리킴.
257) 미복(微服) : 어떤 목적이 있어 남이 잘 알아보지 못하게 하거나, 남의 눈에 잘 띄지 않도록 하기 위해 남루하게 입는 옷.

■ 앞 호수에서 달을 바라보고 회포를 읊다.

이곳에 와 술취한 채 청조루(聽潮樓)에 올라보고,
또 남당촌(南塘村)에서 하룻밤을 유숙하네.
다만 단장 하나로 머나먼 길 여행하는데,
유독 호젓한 배에 비치는 밝은 달빛이 좋아.
천지가 꼭지점이 없으니 어찌 끝이 있으리?
넓고 넓은 바다 허공에 떠있음을 깨닫겠네.
남극의 노인성(老人星)이 나를 응당 비웃네,
어쩐 일로 내 머리엔 눈이 나렸는지 알 수 없다고.

　　<前湖望月書懷>
　　來時醉上聽潮樓,　又向南塘一宿留.
　　只有短筇行萬里,　獨憐明月照孤舟.
　　乾坤無蒂終何極,　溟渤盈科自覺浮.
　　南極老星應笑我,　不知何事雪渾頭.

■ 남당가(南塘歌)

　1
　남당(南塘)호숫가의 마을 모두 어촌인데,
　달 뜨자 철석이는 파도소리 벌써 문전을 때리네.
　장사배에서 밤새도록 북치는 소리들리고,
　안개 속으로 돛단 배 자취도 없이 가버리네.

　<南塘歌>
　其一
　南塘湖上盡漁村,　月出湖聲已打門.
　商舶夜行聞伐鼓,　烟中不見去帆痕.

　2
　구십포(九十浦)에 어린 달빛 마냥 밝고,

남쪽 바다는 다만 안개어린 파도만 일렁이네.
고기잡이 등불 몇 개가 나는 듯이 지나가니,
청산 그림자 가로 질러 깨뜨려지네.

其二
九十浦前明月多,　　海門南望但烟波.
漁燈數點如飛去,　　橫破靑山影却過.

3
개 어금니 같이 양 언덕으로 솟아 있는 청산,
조수 머리에 일 만 병사의 수레가 들이닥치는 듯하네.
어부 노저으며 파도 따라 가버리며,
스스로 평생 바닷가에 사는 것 자랑하네.

其三
兩岸靑山似犬牙,　　潮頭撞入萬兵車.
漁人搖檝迎潮去,　　自詫平生海作家.

4
대울은 호수쪽으로 비스듬이 기울어져있고,
장사배 바다로부터 새로 돌아오네.
백발노인 앞에서 말하네,
"일생동안 세 번이나 제주(濟州)에 다녀오는 길이라오."

其四
竹籬欹側向湖開,　　販舶新從海上廻.
白首老翁前有語,　　一生三見濟州來.

5
해 저물자 전복 따다가 돌아가자 부르고,
일엽편주 아득히 청산기슭 지나가네.

아롱무늬 두건 쓴 앞 마을 아낙네,
말없이 미소지며 대사립에 기대 섰네.

其五
日暮爭呼採鰒歸,　　扁舟蕩過靑山磯.
斑巾帕首前村女,　　微笑無言倚竹扉.

6
포구의 여인 푸른 치마 길게 땅에 끌며,
바다밑에 잠수하느라 머리결 누렇게 변했네.
작살로 새로 잡아올린 살아있는 전복 소반만한데,
맛보라 손님상 아침반찬으로 끓여내네.

其六
浦女靑襦曳地長,　　潛向海底髮偏黃.
新叉生鰒如盤大,　　熟煮朝來勸客嘗.

7
전복은 돌 옆귀퉁이 붙어 살아,
바닷물 밑 몇 길을 잠수하네.
해마다 진상해도 폐해가 되지 않으나,
일생동안 가장 두려운 곳은 병영(兵營)이라네.

其七
鰒魚偏着石傍生,　　潛行千尋海水行.
進上年年無弊事,　　一生最怕是兵營.

■ 해남(海南)으로 향하는 말위에서 우연히 읊다.

동지(冬至)지나면 해는 다시 길어져,
남쪽지방 날씨 점점 화창해지네.
인가의 연기 옥천(玉泉)땅에 피어오르고,

눈빛은 대둔산(大芚山)에 짙어라.

환절기에 부질없이 검(劍)을 튕기며,

산수유람하다 절로 노래를 부르네.

오늘 백련동(白蓮洞)의 달밤은,

얼마나 청아하고 흥취있을까?

　　옥천(玉泉)은 지명으로 영암(靈巖)지역이다. 백련(白蓮)은 효언(孝彦)이 사는 마을 이름이다.

<向海南馬上偶成>

冬至陽初復,　　南州日漸和.

人烟玉泉258)澗, 雪色大芚多.

時序空彈劍259), 湖山自放歌.

白蓮今夜月,　　清興復如何.

　　玉泉, 地名, 是靈巖地. 白蓮, 是孝彦所居洞名.

■ 녹우당(綠雨堂)에서의 감회를 오언 절구로 지어 주인 윤경백(尹敬伯)에게 보여주다.

　　경백(敬伯)은 효언(孝彦)의 아들이다.

1

해남(海南)에서의 상봉은 본래 기약없었던 일,

근래의 인간사 절로 슬픔을 자아내네.

매화가지에 등불 켜달고 마주 앉으니,

자못 종애(鍾崖)와 밤에 대화하던 기분일세.

---

258) 옥천(玉泉) : 지금 전남 해남군 옥천면 옥천마을. 영암군 소속이었으나 조선말 해남군에 편입되었다. 옥천시면과 옥천종면으로 나뉘어졌었다.

259) 탄검(彈劍) : 자신의 재주를 알아주는 이 없어 그 재주를 발휘하지 못하는 신세를 빗대어 탄식하는 말. 객이 검을 치며 탄식하기를 큰 칼을 가지고 돌아왔으나 나다닐 남여(藍輿)가 없다고 하니 맹상군(孟嘗君)이 그를 대사(代舍)에 천거하여 남여와 수레를 타고 다녔다는 고사가 있음.『사기』,「맹상군전」."客復彈劍而歌曰, 長鋏歸來乎, 出無輿. 孟嘗君遷之代舍, 出入乘輿車矣."

<綠雨堂感懷作五絶, 示主人尹敬伯> 孝彦子.

其一

海上相逢本不期,　　今來人事自生悲.
梅花枝上懸燈坐,　　頗似鍾崖[260]夜話時.

2

긴 수염 넓은 이마의 번듯한 얼굴,
십년 세월 가슴 속에 그 몇 번이나 오갔나?
모든 풍류 거둬가지고 세상을 떠났으나,
유독 화권(畵卷)만 인간세상에 남겨 놓았네.

其二

長髥廣額好容顔,　　十載胸中幾往還.
盡斂風流歸地下,　　獨留畵卷在人間.

3

붓끝에 원래 신품(神品)의 조화 붙었고,
흉중에 훌륭한 경륜과 기특한 재주있었네.
한 번 종애(鍾崖)와 헤어진 후로 부터,
세상간에 함께 다정히 회포 풀 사람 없네.

其三

筆端造化元神品,　　腹裡經綸更異才.
一自鍾崖分手後,　　世間無與好懷開.

4

육신을 바쳐 금란지계(金蘭之契) 맺었으나,
인간사 중간에 도리어 처량해졌네.
오늘밤 달밝은 녹우당(綠雨堂)에서,

---

260) 종애(鍾崖) : 종애(鍾厓). 공재(恭齋) 윤두서(尹斗緖 1668~1715)의 또 다른 호(號). 본관은 해남으로 윤선도(尹善道)의 증손. 숙종 19년에 진사에 합격했다. 시문에 능했으며 인물·산수·동물화를 잘 그려 현재(玄齋) 심사정(沈師正)·겸재(謙齋) 정선(鄭歚)과 함께 삼재(三齋)라 불렀다.

오직 그 아들과 지난 애기만 나누네.

其四
撥棄形骸托契偏261), 中間世事却悽然.
今宵綠雨堂前月,　獨與阿郎話昔年.

5
높다란 봉악산(鳳嶽山) 비취빛 감도니,
그대의 고풍(高風)을 보는 듯 하외다.
창밖에 손수 심은 겨울매화나무,
맑은 향기 문득 나그네가 맡는다오.

其五
鳳嶽262)千尋翠色分,高風猶似見吾君.
牕前手種寒梅樹,　留得清香便客聞.

■ 녹우당(綠雨堂)에서 효언(孝彦)을 생각하다.

　　효언(孝彦)은 천하의 뛰어난 선비,
　　그 의기(意氣) 고금에 떨쳤네.
　　한 가지 물정에 막힘이 없어,
　　가슴 속까지도 훤히 들여다볼 줄 알았네.
　　헌걸찬 성품으로 왕도(王道)와 패도(覇道)를 말하니,
　　식견있는 사람들이 깊은 관심을 표명했네.
　　여기(餘技)로 서화(書畵)에도 절묘한 재주가 있어,
　　그 풍류 온 세상사람이 흠모했네.
　　친교를 맺은 것이 비록 늦었지만,
　　철석같은 우정 쇠라도 끊을 만했지.
　　아! 살았을 때나 죽었을 때나,
　　남북이 너무나도 멀기만해,

---

261) 계편(契偏) : 금란지계(金蘭之契). 금란지교(金蘭之交)와 같음. 돈독하고 의리있는 우정을 말함.
262) 봉악(鳳嶽) : 지금 전라남도 해남군 장촌리에 있는 산. 지금 봉황산(鳳凰山)이라고 부름.

지금 녹우당(綠雨堂)에 찾아오니,
한 겨울 느티나무 고목만 음산하네.
다시금 유창한 담화 들을 수 없고,
다만 갑속에 용트림 소리만 들리네.
등불 밝히고 화권(畵卷)을 펼치니,
옥구슬(球琳)처럼 빛나네.
평생 지녔던 호탕한 기상,
구원(九原)에 깊이 묻혀버렸네.
하염없이 눈물만 흘리네,
달빛어린 대숲에 누워.

<綠雨堂懷孝彦>
孝彦天下士,　　意氣橫古今.
一物不芥滯,　　洞達見胸襟.
軒眉263)談王伯264),　識者有深心.
餘事妙書畵,　　風流爲世欽.
結交雖云晩,　　其利庶斷金265).
嗚呼存歿間,　　南北隔雲岑.
今來綠雨堂,　　天寒老槐陰.
不復聆雄談,　　但見匣龍吟.
張燈展畵卷,　　解目耀球琳.
平生湖海氣266),　埋却九原267)深.
淚下不能收,　　月出臥竹林.

---

263) 헌미(軒眉) : 마음이 명랑하여 눈살을 폄. 활달한 성품을 일컬음.
264) 왕백(王伯) : 왕패(王霸)와 같은 뜻. 왕도(王道)와 패도(覇道).
265) 단금(斷金) : 견고하고 강한 것을 파괴할 수 있는 힘이 있다는 것을 비유하는 말.『주역』「繫辭」上. "二人同心, 其利斷金."
266) 호해기(湖海氣) : 초야에 살며 호탕한 기풍을 갖추고 있는 것.
267) 구원(九原) : 전국(戰國)시대 경대부(卿大夫)의 묘지였으나, 뒤에 묘지나 황천(黃泉)의 뜻으로 쓰임.

11월 17일

경백(敬伯)과 함께 대둔산(大芚山)에 놀러갔다. 윤씨집에서 20리 떨어져 있는데, 온 산이 동백나무로 뒤덮였다. 매년 깊은 겨울에서 이른 봄까지 설중에 피어나, 현란한 것이 더욱 기이한 장관이라서 장춘동(長春洞)이라 부르게 됐다고 한다. 대둔사(大芚寺)[268]에 도착하기 몇 리 못 미치는 지점에, 두 개의 노송이 마주 보고 서 있어 마치 문같은데, 푸른 빛이 시내에 비친다. 시내를 건너 조금 서쪽으로 서산대사 휴정(西山大師 休靜)[269] 및 여러 명승의 비석이 있다. 담을 둘러쳤는데, 말에서 내려서 그것을 읽어보았다. 또 동쪽으로 위태로워 보이는 다리를 건너니 고목이 좌우에 꽉 서있다. 다시 수 백보를 가니 나는 듯한 누각[270]이 시냇가에 자리잡고 있는데 지극히 넓고 앞이 탁 트였다. 승사(僧舍)는 회랑곡방(回廊曲房)과 연결되어 있기 때문에 혼미하여 가는 길을 알 수가 없다. 거주하는 중이 일 천 명 가량되며 웅대하고 부유하기가 남방에서 제일 간다. 중들이 서산대사의 필적(筆蹟)과 금선가사(金線袈裟)·벽옥(碧玉)으로 만든 바리때[271] 등 여러 법보(法寶)를 보여주었다. 또 적시원감도(寂時圓鑑圖)[272]를 보여주었는데, 대개 태극권자(太極圈子)의 하나이다. 필세(筆勢)가 달과 같이 원만하여 그 참선(參禪)의 역량[273]을 알아볼 수 있다. 사명대사 이후에 법사(法嗣)가 쇠미해졌으나, 지금 절에 비장해둔 것이라 한다.

점심을 마치고 남여에 올라 위쪽으로 미륵전(彌勒殿)에 오르는데 돌길이 극히 험하다. 절에서 부터 암자까지 약 10리 가량되는데, 앞 난간에 앉아 바다를 바라볼 수 있다. 동쪽에 거석이 있는데 미륵상(彌勒像)[274]을 새겨놓았다. 석가래를 단청칠을 해 설치했는데, 그 규모와

---

268) 대둔사(大芚寺) : 지금의 대흥사(大興寺). 전남 해남군 삼산면(三山面) 구림리(九林里) 대둔산(大芚山)에 있는 고찰로 산의 이름을 따서 대둔사라 했다. 백제 구이신왕(久爾辛王) 7년(426년)에 정관존자(淨觀尊者)가 창건한 사찰이다. 임진왜란 때 승장(僧將) 처영(處英)이 의승군(義僧軍)을 일으킨 곳이다. 대흥사를 대도량으로 중흥시킨 사람은 서산대사(西山大師)였다. 이런 연유로 서산의 유물이 이곳에 남아 있었던 것이다. 지금은 서산대사 유물전시관에 보존되어 있다.

269) 휴정(休靜 1520~1604) : 조선 시대 승군장(僧軍將). 1592년 임진왜란이 일어나자 전국의 승병 1500을 규합하였다. 이듬 해 명군(明軍)을 도와 서울을 탈환하는데 공을 세웠다. 교(敎)를 선(禪)의 과정으로 보고 선종(禪宗)에 교종(敎宗)을 포섭함으로써 이후 조선 불교는 선종(禪宗)인 조계종(曹溪宗)으로 일원화됨.

270) 누각 : 침계루(枕溪樓)이다. 원교(圓僑) 이광사(李匡師)의 필적이라 한다.

271) 금선가사(金線袈裟)와 선조(宣祖)가 하사한 벽옥(碧玉)으로 만든 바리때등은 지금 대흥사 경내에 건립된 서산대사유물전시관에 보존되어 있다.

272) 적시원감도(寂時圓鑑圖) : 적시원감도는 태극도(太極圖)의 일종인 것으로 짐작된다. 1978년대흥사(大興寺) 경내에 서산대사유물전시관을 건립하고 그 유물을 전시하고 있으나 적시원감도는 소장되어 있지 않다. 현재 서산대사유물전시관에 소장돼 있는 서산대사의 친필은 사대사어(四大師語 : 四家錄精選)이 남아있을 뿐이다. 이는 마조(馬祖)·백장(百丈)·황벽(黃蘗)·임제(臨濟)등 네 사람의 선구(禪句)를 요약한 것이다.

273) 정력(定力) : 참선(參禪)의 힘.

274) 미륵상(彌勒像) : 대흥사 북미륵암(北彌勒庵). 미륵전을 용화전(龍華殿)이라 했다. 고려전기에 조성된 것으로 추정되는 마애여래불좌상으로 보물 제 48호이다. 고려시대 제작된 것으로 보이는 삼층 석탑은 보물 제 301호

체제는 지극히 풍악산(楓岳山)의 안양암(安養庵)과 같으나, 웅장하고 화려함은 그 보다 낫다. 돌아오는 길에 잠시 준극상인(峻極上人)의 방에서 잠시 쉬었는데, 이는 동갑내기 중이다. 조금 문자를 알기에 그에게 시 두 편을 지어 주었다. 또 20리를 가서 백포(白浦)[275]에 이르렀는데, 밤이 1경(一更)이 되었다.

대흥사 대웅보전

대흥사 침계루 현판

측면에서 본 대흥사 침계루

　　이다. 석수상은 개를 조각한 것 같기도 하다.
275) 백포(白浦) : 지금 전남 해남군 현산면(縣山面) 백포리(白浦里). 백방산(百房山) 밑의 포구(浦口)라 하여 백포(白浦) 또는 백방포(百房浦)라 한다.

대흥사 대웅보전에 안치된 불상

대흥사 서산대사유물전시관에 소장된 서산대사 금선가사

대흥사 서산대사유물전시관에 소장된 서산대사 금선가사

대흥사 입구의 서산대사 부도

대흥사 입구의 부도군

■ 대둔사(大芚寺)

1

노송이 나그네를 맞아주고,
위태한 외나무다리 비스듬히 걸쳐있네.
장춘동(長春洞)에 눈이 쌓였건만,
동백(冬柏)꽃 나무가지마다 활짝 피었네.
승방(僧房)은 물가 대나무에 가려 있고,
비석은 노을안개 속에 희미하네.
매우 괴이하도다, 신라의 망녕된 처사가,
부처만 믿다가 나라 망쳤지.

<大芚寺>
其一
老松迎客入,　　危彴渡溪斜.
積雪長春洞,　　山茶276)萬樹花.
僧居迷水竹,　　碑版老烟霞.
深怪新羅妄,　　傾邦爲釋迦.

2

서산대사(西山大師) 옛적에 도를 깨우쳐,
사리(舍利)를 여기에 안치했네.
안개 서린 절에 나무 푸르고,
눈 쌓인 산엔 꽃이 붉게 피었네.
잠깐 들렸다 가자니 나그네 늑장부릴 새 없고,
바로 가려니 승려들의 느긋함에 부끄럽네.
서산대사의 의발이 좋다고 자랑하는 걸 보니,
오히려 그대들 완악하단 생각만 드네.

　　절에 서산대사의 금선가사(金線袈裟), 벽옥으로 만든 발우(鉢盂), 필적(筆蹟), 적시원
감도 (寂時圓監圖) 등 여러 법보(法寶)가 보존되어 있다. 사명(四溟)이 열반한 후 법통

---

276) 산다(山茶) : 동백(冬柏)나무의 이칭.

이 끊어져 지금 절에 있는 중들은 다만 나그네에게 자랑거리로만 내보인다.

其二
休靜昔悟道,　　舍利埋此間.
樹碧烟中寺,　　花紅雪裡山.
暫來忘客倦,　　徑去愧僧閑.
衣鉢誇人好,　　翻嫌爾輩頑.
　　寺有西山大師金線袈裟·碧玉鉢盂·筆蹟·圓鑑諸法寶. 四溟之後, 法嗣頓絶,
至今藏弆, 寺中僧輩, 徒以誇示過客.

3
대둔사(大芚寺)는 큰 바다 북쪽에 자리잡았는데,
한겨울 나그네가 들렀다 가네.
거처하는 중은 거의 천 명,
좌불(坐佛)은 신라 때 만든 것이라네.
운대(雲碓)는 온 산을 울리고,
동백꽃이 온 골짜기에 활짝 피었네.
호남지방의 웅대한 절이라 함께 명성이 있는,
송광사(松廣寺)와는 정녕 어떨까?

其三
金刹277)滄溟北, 玄冬遠客過.
居僧足萬指,　　坐佛自新羅.
雲碓278)千峰響, 山茶一洞多.
南方雄並峙,　　松廣定如何.

---

277) 금찰(金刹) : 절을 이르는 말. 여기서는 대둔사.
278) 운대(雲碓) : 운모(雲母)로 장식한 방아. 여기서는 움푹한 홈안으로 떨어지는 물이 운모빛으로 튀기고 퍼지는
　　모양을 형용한 것임.

■ 북미륵(北彌勒)

암자의 이름인데, 절 동쪽 봉우리 정상에 있으며, 지극히 높고 험준하여 바다를 바라볼 수 있다. 돌에 미륵을 새기고 건물을 지어 덮었는데, 자못 화려하고 사치스럽다.

암자는 높고 높아 하늘가에 가물거리며,
창문 열고 망망대해 바라보니 절로 웃음이 나네.
해무리 수평선에 드리워 온 바다 붉게 물들고,
산엔 시들지 않은 나뭇잎 제법 푸르네.
절은 그 옛날 신라시대(新羅時代) 지었으며,
마애불 오랜 풍우에도 선명하네.
올라보니 무궁한 감회가 교차하는데,
어둠속으로 거센 구름만 단장한 미륵각(彌勒閣)에 밀려오네.
　(自)字는 한편 (盡)字으로 바꾸어도 된다.

북미륵암 미륵상　　　　　　　　　북미륵암 미륵상협시불

<北彌勒>

庵名, 在寺東峰頂, 極高峻, 可以望海. 有石刻彌勒, 仍覆以棟宇, 頗華侈.

庵子高高寄杳冥,　　開囪一笑卽滄溟.

日輪欲墮海俱赤,　　木葉不凋山自靑.

寺闢新羅歲月古,　　岩開彌勒雨風靈.

登臨翻有無窮感,　　暝裡雲濤指碧亭279).

　　自一作盡.

북미륵암 용화전

북미륵암 탱화

북미륵암 석수(石獸)

북미륵암 요사채

---

279) 벽정(碧亭) : 푸른 색으로 채색단장한 정자. 여기서는 미륵을 보호하기 위해화려하게 장식한 미륵의 보호각을 가리키는 것임.

북미륵암 4층 석탑 앞에서 내려다 본 안개에 싸인 대흥사 전경

북미륵암 3층석탑

북미륵암 4층석탑

■ 대둔사(大芚寺)에서 준극상인(峻極上人)을 만났는데, 나와 동갑이다. 자못 불경의 뜻을 이해하고 있어, 그와 함께 대화할 만하여 절구(絶句) 두 수를 지어 보여주다.

1
그대와 나는 우연히 한 해 태어나,
벌써 마흔 여섯이나 되었네.
우습다. 평생 어떤 일을 했나?
덧없이 일개 유생으로 백발이 되었네.

<大芚寺, 逢峻極上人, 是同庚也. 稍解經旨, 可與語, 書示二絶>

其一

爾我偶同墮地辰,　　已過四十六年春.
自笑平生何事業,　　蕭然白髮一儒巾[280].

2

시내 남쪽에서 이별할 때 서로 웃으며 머뭇거리다가,
송림에서 지팡이 짚고 서서 만날 날 기약해보지만,
언제 함께 장춘동에 묵으며,
만발한 동백꽃 실컷 볼 수 있으리?

其二

相送溪南一笑遲,　　松間拄杖問前期.
何當共臥長春洞,　　飽看山茶花發時.

11월 18일

백포(白浦)는 경백(敬伯)의 해안 별장이 있는 곳으로, 그 아우 덕훈(德勳 1694~1757)과 덕후(德煦 1696~1750)[281]가 사는 곳이다. 자못 못과 누대가 있어 볼 만한 승경인데, 귤나무·유자나무·대나무 등으로 둘러싸여 있어, 작은 풍치가 없는 것은 아니었다. 다만 외따로 바닷가에 있기 때문에 적막하고 황량하여 부춘정(富春亭)·남당호(南塘湖)[282]와 비교하여 당연히 그만 못한 풍취이다. 식사 후에 경백(敬伯)과 작별하고 옥천촌(玉泉村)에서 점심을 먹었다. 석성령(石城嶺)[283]에 올라보니, 지는 해가 해수면과 겨우 몇 자 남짓 떨어져 있다. 태양 주위에 어려있는 구름의 색깔이 저녁 노을빛을 받아 붉게 빛나는 것이 불타는 것 같았다. 조수가 막 쓸려가는 것이 전쟁에서 패한 병졸들이 갑옷을 축 늘어뜨리고, 무기를 질질 끌며 돌

---

280) 유건(儒巾) : 유생이 쓰던 두건의 일종. 명대(明代) 이후에 과거에 벼슬못한 사람이 썼음. 따라서 벼슬하지 못한 사람을 지칭함.

281) 지금 덕후(德煦)의 가옥은 퇴락한 채 남아있는데, 최근 문화재로 지정되어 곧 보수될 것이라고 그 9대손 윤영유(尹泳有)가 전한다. 귤나무·유자나무·대나무는 남아있지 않고, 연못은 논으로 변해있다.

282) 남당호(南塘湖) : 지금 전남 강진군 강진읍 남포마을 앞의 해호(海湖). 근세까지 강진의 중요한 항구기능을 해 왔던 곳으로 제주를 오가는 항구였음.

283) 석성령(石城嶺) : 지금 전남 해남읍에서 해남군 마산면으로 넘어가는 '돌재고개'. 석천(石川) 임억령(林億齡)이 살던 집이 이 근처에 있었다. 해남현감이 부임해오면 해남면 마산리쪽에 사는 토호들에게 아침마다 문안을 드리러 넘어다녔다 하여 '아침재'라고도 부른다.

아가는 것 같아 또한 기이한 장관이다. 등불을 켤 시간이 되었을 때 만덕사(萬德寺)[284]에 이르러 서쪽 요사채에서 잤다. 밤이 깊자 달이 떠오르자, 호숫빛이 맑고 하얀 것이, 한 필의 고운 명주를 가로 펼쳐놓은 것 같다.

백포에 있는 윤덕후의 고택   백포에 있는 윤덕후의 고택 연못자리

▣ 백포(白浦)에서 묵으며 주인에게 시를 지어 주다.

백포(白浦) 바닷가에 있는 별장,
외떨어진 모재(茅齋) 죽림에 가려져있네.
창을 여니 달빛이 은은히 비쳐드는데,
베개베고 누워 파도소리 듣네.
바닷가라서 해산물은 풍족하고,
촌락엔 귤나무 유자나무 우거졌네.
나도 이곳에 별장 하나 짓고,
속세 떠나 그대와 함께 한적하게 살고 싶네.

---

284) 만덕사(萬德寺) : 만덕사는 지금 전남 강진군 도암면 만덕리에 있는 백련사를 일컫는다. 『전라남도지』③ 1984, 806쪽에, 만덕사는 지금 전남 강진군 도암면 만덕리에 있었으나, 지금은 폐사되었다고 설명해놓았는데, 이는 착오인 것 같다. 중종 때 윤회(尹淮)가 찬한 『만덕산 백련사 중수기(萬德山 白蓮寺 重創記)』, 지금 백련사(白蓮寺)에 남아있는 조종저(趙宗著 1631~1690)가 찬한 '백련사사적비(白蓮寺事蹟碑)', 정약용(丁若鏞)과 그 제자들이 찬한 『만덕사지(萬德寺誌)』에 의하면 다음과 같다. 839년 구산선문 중 충남보령 성주사문을 개창했던 무염선사(無染禪師)가 창건했다한다. 고려 말기에 폐사되었던 것을 임진왜란이후 행호(行乎)스님이 중창했다. 그런 상태로 유지되어 오다가 1760년 화재로 소실하고 2년에 걸쳐 재건한 결과 지금의 모습을 갖추게 되었다.
　　전남 유형문화재 제 136호인 대웅보전은 정면 3칸 측면 3칸의 팔작지붕이고 추녀마다 4개의 활주(活柱)를 세워 건물을 받치고 있으며 앞면 2개의 주두(柱頭)에 용두(龍頭)를 장식했다.

<宿白浦贈主人>
丙舍[285]臨滄海, 孤齋隱竹林.
開窓延月色,　　欹枕聽潮音.
浦近魚蝦足,　　村暄橘柚陰.
卜隣吾有意,　　逃世共君深.

■ 아침 일찍 백포(白浦)에서 출발하다.

진도(珍島)를 바라보다.

북으로 한양 길 얼마나 되나?
외떨어진 남쪽 바닷가 백포(白浦)에 한 번 들렸네.
하늘가 멀리 나무들 안개로 뒤덮혔고,
다도해 뭇 산엔 눈이 소복히 쌓였네.
파도넘을 재주 지녔지만 도리어 백발 성성하고,
고향 생각에 괴로운 맘 절로 서글퍼지네.
이(李)충무공의 장엄한 무훈 세웠단 말듣고,
다시 일엽편주 타고 푸른 파도에 나아가 조의를 표하고 싶네.

<早發白浦>
望見珍島.
北走漢陽路幾何,　　南窮白浦一相過.
天邊遠樹烟初合,　　海上千山雪正多.
破浪志雄還白髮,　　望鄕心苦自悲歌.
李公勳業聞猶壯,　　更欲扁舟弔碧波.

■ 석성령(石城嶺)에서 구십호(九十湖)를 바라보다.

저녁 해 지려하니 호수가 환해지고,
호수에 비치는 청산 또 다시 일렁이네.

---

285) 병사(丙舍) : 후한(後漢) 시대 궁중의 삼등급(三等級) 집. 여기서는 윤덕희의 별장을 가리킴. 「남유록」에 그의
별장이 백포(白浦)에 있다고 기술하고 있음.

남쪽 해안 몇 집 안 되는 어가(漁家)에,
한겨울 대울 사이로 저녁 연기 피어오르네.
구십호(九十湖) 앞에 돛단 배 한 척 돌아오고,
석성령(石城領) 고갯마루엔 인적이 드물다.
멀리 구름사이로 절이 바라보이는데,
솔바람에 저녁 종소리가 울려퍼지네.

    <石城領望九十湖>
落日欲落湖水明,　　湖上青山復縱橫.
南岸漁村凡幾家,　　天寒竹籬夕烟生.
九十湖前一帆歸,　　石城領頭少人行.
遙望招提在雲際,　　松風吹落暮鍾聲.

■ 길을 가는데 조수가 처음 밀려가고, 서산에 해가 떨어지는 광경을 바라다보니 매우 기이하다.

해변가 안개머금은 나무들 저 멀리 희미하고,
노을빛도 붉고 해무리도 아롱지네.
산은 성난 용이 길게 갈기를 치는 듯하고,
조수는 전마(戰馬)들이 군대를 이끌고 돌아오는 듯하네.
백사장 평평하며 물가의 어촌은 파도 위에 떠있고,
하늘은 탁 트이고 돛단 배 드믄드믄 포구(浦口)로 들어오네.
서쪽 숲(西林)에 투숙하니 종소리 멎어버리고,
밤깊자 그윽한 달빛만 승사(僧舍)에 비치네.

    <道中望見潮水初退, 山日欲落, 光景, 甚奇也>.
海門烟樹遠依微,　　霞氣飜紅受落暉.
山似怒龍張鬣動,　　潮如戰馬曳兵歸.
沙平漁舍浮潮盡,　　天濶風帆入浦稀.
投宿西林鍾磬歇,　　夜深幽月照僧扉.

11월 19일

    사루(寺樓)에 만경(萬景)[286]이라는 편액이 걸려있으며, 앞에 구십호(九十湖)가 임해 있어 풍경이 지극히 아름답다. 송연청(宋延淸)[287]의 "누대에서 푸른 바다의 해를 바라보고, 문에서 절강호(浙江湖)를 마주 대하네."라는 시어가 이 절의 형세를 그대로 그린 듯하다. 선배들이 그 승경이 지극히 영은(靈隱)[288]과 같다고 일컫은 것이 과연 헛된 말이 아니다. 세상에, 김생(金生)[289]이 사방(寺榜)[290]을 썼다고 전해오나, 그 결법(結法)을 백월비(白月碑)[291]와 비교해보면 같은 류의 필법이 아닌데, 김생의 진필(眞筆)이 아닐까 두렵다. 그러나 필세(筆勢)가 맑고 강한 것을 보니 신라·고려년간의 명필이다. 중이 누대 남쪽 석체(石砌)[292]을 가리키며 또한 신라시대 축조된 것이라 한다. 잡석으로 쌓았으나 표면이 깎은 듯하며 지금까지 수 천년 동안 견고하고 치밀한 것이 옛날과 같다. 대개 절안에 삼절(三絶)이 있는데, 김생(金生)의 글씨, 서원(西院)의 산다수(山茶樹 : 冬柏)와 이것을 합하여 삼절로 삼는 것이다. 동백나무 또한 기이하고 그 굵기가 몇 아름된다. 그늘이 정원 가득하며, 꽃이 바야흐로 반은 피었다. 식사를 마치고 세심암(洗心庵)[293]엘 갔는데, 절뒤 1리 지점에 있다. 고목과 우쭉 자란 대나무가 그윽하고 깊어서 좋다. 창을 열고 바라보니 호수빛이 아득하고 가물거려 바로 하늘과 닿아있어서, 사루(寺樓)에서 보는 것과 비교해보니 더욱 기이하다. 원중랑(袁中郎)[294]이 "도광(韜光)[295]의 승경이 영은

---

286) 만경루(萬景樓) : 지금 남아있는 만경루(萬景樓)라는 편액은 동국진체(東國眞體)를 완성한 원교(圓嶠) 이광사(李匡師 1705~1777)의 글씨이다. 이하곤이 본 만경루란 편액이 이광사의 글씨였는지는 확실치 않다.

287) 송연청(宋延淸) : 연청(延淸)은 당(唐)나라 송지문(宋之問)의 자(字). 시에 공려해서 심전기(沈佺期)와 함께 시명(詩名)이 있었다. 5언 율시(律詩)는 심·송(沈·宋)에 와서 더 한층 완숙해졌고, 7언 율시의 체재는 심·송(沈·宋)에 와서 창제되고 완성되었다.

288) 영은(靈隱) : 중국 절강성(浙江省) 항주(杭州) 서호반(西湖畔)에 있는 산. 일명(一名) 영원(靈苑). 남쪽에 비래봉(飛來峰)이 있는데 또한 기묘하다. 산록에 영은사(靈隱寺)가 있다. 고대(古代)에 허유(許由)·갈홍(葛洪)등이 은거한 곳임.

289) 김생(金生 711~791) : 신라시대의 명필. 예·행·초(隷·行·草)에 능하여 해동의 서성(書聖)이라 칭해졌음.

290) 사방(寺榜) : 만덕산백련사(萬德山白蓮社)라는 여섯 자를 일컫는 것이다. 백련사는 만덕사로 불렸으며 신라 문성왕 1년(839년) 무염선사(無染禪師)가 창건했다고 전해진다. 그후 절은 없어지고 터만 남아있었는데, 고려후기 무신정권 시절 요세(了世 1163~1245)가 중창하고 천태종의 수행결사(修行結社)인 백련사(白蓮社)의 터전으로 삼으면서 거찰이 되었다. 이하곤은 서법을 비교하여 신라·고려년간의 명필의 글씨라 평한다.

291) 백월비(白月碑) : 신라 효공왕(孝恭王)과 신덕왕(神德王)의 국사(國師)인 낭공대사(朗空大師)의 탑명(塔名)을 새긴 비. 원래 경상북도 봉화군 태자사(太子寺)에 세웠던 것을 영주군으로 옮겼다가 지금의 경복궁(景福宮)으로 이건했다. 원래 백월서운탑비(白月栖雲塔碑)이며, 김생(金生)의 글씨를 모아 새긴 것이다.

292) 석체(石砌) : 석체(石砌)는 돌로 쌓은 축대인데, 지금도 남아 있다.

293) 세심암(洗心庵)은 지금 남아있지 않다. 만덕사지(萬德寺志) 회운덕활세심암안중수기(會雲德潤洗心菴重修記)에, 처음 창건한 사람은 세심조사(洗心祖師)이며 그 나머지는 고증할 수 없으며, 건륭(乾隆) 44년(1779년)에 또 중건했다고 기록했다.

294) 원중랑(袁中郎) : 명(明) 원굉도(袁宏道 1568~1610)의 자(字). 공안파(公安派)의 일원. 『원중랑전집(袁中郎全集)』이 있음.

295) 도광암(韜光庵) : 절강성(折江省) 항현(杭縣) 영은산(靈隱山) 운림사(雲林寺) 서쪽에 있는 암자. 옛이름은 광암암

(靈隱)보다 더 낫다."고 성대히 극찬했는데, 내가 이 암자를 일컫는 것이 또한 그러하다.

돌아오는 길에 명해(明海)가 기거하는 방에 들려 좀 쉬었다. 명해사(明海師)는 영남인인데, 사람됨이 순박하고 삼가하는 면이 있고, 불경의 뜻에 대략 통하여 향화승(香火僧)이 되었다고 한다. 명해사(明海師)와 작별하고 선문(禪門) 밖에 이르러 말을 타고 다시 10리를 갔다. 강진 북문(康津 北門)296)을 지나가다가 송하정 반형(宋夏楨 班荆)을 만나 잠깐 얘기했다. 황혼이 되어 병영촌(兵營村)에 이르니, 성장(聖章) 신보(信甫)가 회천(懷川)으로부터 어제 저녁에 이르렀단다. 신보(信甫)의 이름은 상윤(相允)297)이니, 선생(先生 : 宋相琦-역주)의 종제(宗弟)이다. 집에서 편지가 왔다.

백련사 전경

백련사 대웅보전 현판(동국진체를 완성한 이광사의 글씨)

백련사 만경루 현판(한국문화유산답사회
『답사여행의 길잡이 5 전남』에서 전재)

백련사 동백나무 숲

(廣巖庵)이었으나, 당(唐)의 중 도광(韜光)이 머물던 곳이라 도광암이라 함.
296) 북문(北門) : 강진에 있던 병영의 북문인듯. 장인 송상기가 병영 동쪽에 귀양살이 하고 있었음.
297) 송상윤(宋相允 1674~1753). 자(字). 신보(信甫). 호는 위와(韋窩). 권상하(權尙夏)의 문인. 참봉에 제수되었으나 나아가지 않음. 『위와집(韋窩集)』

백련사 사적비(비신은 조선 숙종 것이고 이수와 귀부는 고려시대 것)　　백련사 사적비 측면 연화문　　백련사 석체(石砌)

■ 만복사(萬福寺)의 달밤

1

밤 이슥하자 비로소 달은 떠오르고,
바람소리 한참동안 소나무에 스치네.
산봉우리 이미 조금씩 하야지고
바닷가는 오히려 푸르디 푸르네.
바닷물 밀려가자 뭇 산이 드러나고,
달 밝은 호숫에 한 줄기 빛이 나네.
이런 경치 알아볼 사람 없어,
홀로 문열고 어슬렁거리네.

　　<萬福寺月夜>
　　其一
夜深月始生,　　風吹松聲長.
峰頂已微白,　　下渚猶蒼蒼.
潮落群山出,　　明湖一線光.
無人識此景,　　開戶獨彷徨.

2
달은 송림 사이로 떠올라,
호수에 밝게 내리 비치네.
호숫빛 거울처럼 맑아,
산그림자 거꾸로 보이네.
손뼉치며 기이한 절경 환호하니,
놀란 기러기 울며 날으네.
산사의 중은 고목처럼,
가부좌(跏趺坐)하고 앉아 극락 왕생 꿈꾸네.

其二
月出松林間,　　下照湖水明.
湖光澹如鏡,　　倒寫山影橫.
拍手呌奇絶,　　驚起鴻鴈鳴.
山僧如枯木,　　方坐念往生.

3
구름 사이에 자리잡은 동쪽 암자,
한가닥 맑은 풍경이 적막하게 매달려있네.
풍경소리 호수 위에 울려퍼져,
호수 가운데 교룡(蛟龍)이 듣고 있네.
공허한 모래톱에 안개빛 짙고,
달 뜨자 어둠이 걷히네.
남쪽 누대 위에 서성이다가,
피시시 웃으며 여흥을 즐기네.

其三
東庵雲水間,　　寥寥一清磬.
磬聲落湖底,　　中有蛟龍聽.
空洲烟色深,　　月出破遙暝.
徘徊南樓上,　　一笑有餘興.

4

인생 한평생동안,

청아한 경치 몇 군데나 유람할까?

오늘밤 달빛 아래서,

뭇 봉우리에 자신을 맡겨버렸네.

호수는 고요히 물결 일지 않아,

수많은 별빛이 비치네.

사람 없어 텅빈 산은 고요해,

맑은 밤 한참동안 호젓하게 서있네.

其四

人生百年間,　　能遇幾淸景.

邂逅今夜月,　　寄身萬峰頂.

湖光靜不搖,　　錯落星斗影.

山空悄無人,　　獨立淸夜永.

■ 만덕사루(萬德寺樓)에 오르다.

눈아래 넓은 바다가 펼쳐지는,

오똑한 사루는 예나 지금이나 변함없네.

신라시대에 창건된 이 절에,

늙은 이 내몸까지 올랐다네.

섬들은 하늘 멀리 이어지고,

햇빛은 호수 깊이 스며드네.

오래묵은 동백나무 우거져,

정원 가득 그늘 드리우네.

강진 만덕사 부도

<登寺樓>

眼底滄溟大,　　危樓橫古今.

新羅有此寺,　　老子復登臨.

島勢侵天遠,　　湖光抱日深.

千年冬柏在,　　能作一庭陰.

▣ 만덕사(萬德寺)

오래된 절이나 승려가 적어,
밤이 되자 선방은 적막하네.
누대는 전망좋아 멀리 바다를 바라보노라니,
달 뜨자 밀물소리 들려오네.
사루(寺樓)의 제호(題號)는 김생(金生)의 묘필(妙筆)이라 하며,
축대는 그 옛날 신라시대(新羅時代)에 축조하였다 하네.
동백꽃은 막 피려하고,
비자잎은 시들지 않았네.
우뚝한 탑은 연무(烟霧)속에 서있고,
맑은 종소리 대숲밖으로 흩어지네.
서쪽 암자에서 다시 종소리 들려오니,
내일 아침 또 지팡이 짚고 가보리라.

<萬德寺>
古寺居僧少,　　禪房夜寂寥.
樓明看遠海,　　月出聽歸潮.
題榜金生抄,　　築除298)羅代遙.
山茶花欲發,　　榧子葉難凋.
危塔烟中直,　　淸鍾竹外飄.
西庵聞更好,　　倚杖且明朝.

▣ 명해사(明海師)의 방에서 시를 짓다.

주지스님 명해(明海)는 불경의 뜻을 잘 이해하고 있으며, 성품이 지극히 순후했다.

십리 맑은 호수에 밝은 달이 잠기었는데,
불등(佛燈) 그림자 속에서 파도소리 듣네.
그 누가 천향어(天香語)를 잘 알고 말하여,
빛이 감추어 지지않게 하면서 다시 명성을 떨칠까?

---

298) 축제(築除) : 만덕사에 앞 마당 끝에 쌓은 축대.

<題海師房>

住持僧明海, 解經旨, 極醇厚.

十里澄湖浸月明,　佛燈影裡聽潮聲.

阿誰解道天香語[299], 不使韜光[300]更擅名.

■ 동파(東坡)의 문자(門字)에 차운하여, 신보 성장(信甫 聖章)과 함께 시를 짓다.

부슬부슬 저녁비 내려 누추한 처소는 음산한데,
찾아온 해변가 마을 강진(康津) 땅이라네.
이젠 대나무 바람결에 울리는 소리 역겹고,
유독 달빛어린 매화가 아름답게 보이네.
흐릿한 샘물 눈섞여 텁텁하여 오히려 꺼림직하고,
장기(瘴氣)머금은 연무같은 안개 절로 따스히 느껴지네.
구름에 가려진 나무 겹겹이 노령(蘆嶺)과는 멀어져,
꿈길에 고향가다 길 잃을까 두렵네.

　　<次東坡門字韻, 與信甫聖章, 同賦>
蕭蕭暮雨暗衡門,　來臥康津海上村.
已厭竹喧風外響,　獨憐梅鎖月中痕.
濁泉和雪猶嫌澁,　瘴霧如烟自覺溫.
雲樹千重蘆嶺隔,　夢中歸去恐迷魂.

■ 동파(東坡)의 원운(元韻)을 붙이다.

엇갈린 산이 빙 둘러싸고 물이 문앞까지 밀려드는데,
몸은 끝닿은 마을 회남(淮南)에 와있네.
몇 이랑 텃밭 일구어 일생 계획 삼고,
집안 구석구석 묵은 먼지 털어내고 새로 단장하네.
어찌 오직 백사장 갈매기와 친숙해지려 하리오?

---

299) 천향어(天香語) : 천향(天香)은 나오는 좋은 향기. 여기서 천향어(天香語)는 훌륭한 불법어(佛法語)를 지칭.
300) 도광(韜光) : 빛을 감추고 밖에 내지 않음. 재덕을 숨기고 감춤.

이미 아노라, 자주 찾는 낚시터 돌에 온기를 .
오랫동안 동풍(東風)과 오늘 일을 약속했는데,
은은한 옥매(玉梅) 향기 먼저 피어오르네.

<附東坡元韻>
亂山環合水侵門,　　身在淮南[301]盡處村.
五畝漸成終老計,　　九重[302]新掃舊巢痕.
豈惟見慣沙鷗熟,　　已覺來多釣石溫.
長與東風約今日,　　暗香先返玉梅魂.

■ 옥오(玉吾)선생 시를 붙여둔다.

적막한 바닷가 남의 집에서 귀양살이하는데,
막다른 겨울 황량한 마을에 눈비 어슴푸레하네.
사위를 만나니 문득 봄이 온 듯한데,
우국충정 헛되어 눈물의 세월 보내네.
등불 심지 다 타도록 정겹게 마주보며,
애끊는 심사 때로 따스한 술로 풀어보네.
손꼽아 보니 돌아야할 날짜는 부득부득 다가오는데,
헤어질 생각하니 벌써부터 넋이 나갈 것만 같네.

<附玉吾先生詩>
寂寞僑居[303]近海門, 窮陰雨雪暗荒村.
逢君[304]忽覺生春色, 憂國空餘拭淚痕.
靑眼共看燈燼落,　　愁膓時喚酒杯溫.
歸期屈指無多日,　　預怕臨歧更斷魂.

---

301) 회남(淮南) : 회수(淮水) 이남. 회수(淮水)는 안휘성(安徽省) 남릉현(南陵縣) 남쪽에 있음.
302) 구중(九重) : 본래 천자가 머무는 왕궁. 여기서는 깊숙하고 아늑한 곳에 자리잡은 소동파(蘇東坡)의 집.
303) 교거(僑居) : 남의 집이나, 타향에서 임시로 붙어삶.
304) 봉군(逢君) : 군(君)은 송상기의 사위인 담헌 이하곤.

■ 또 앞의 운자에 덧붙여 지어 옥오(玉吾)선생께 올린다.

  겨울이 다가도록 홀로 문닫아 걸고 주역(周易)공부하시니,
  선생은 어쩐 일로 남쪽 강진(康津) 땅에 귀양와 계시나?
  옥패(玉珮)차고 조정에 나아가실 길 꿈에도 희미해졌으나,
  눈물이 임금의 성총(聖聰)이 깃든 소매깃을 적셨네.
  귀양살이 감수하며 장기(瘴氣)어린 땅에 거처하며,
  깊은 우국충정으로 이상난동을 탄식하네.
  함께 회포를 토로할 사람없어,
  남쪽가지에 걸린 달빛 향해 외쳐보네.

    <又疊前韻, 呈玉吾先生>
    註易三冬獨閉門,　　先生何事臥蠻村305).
    夢迷玉珮306)趨朝路, 淚濕天香307)滿袖痕.
    素履308)安心居瘴毒, 深憂爲國歎冬溫.
    無人可與論懷抱,　　欲向南枝喚玉魂309).

■ 선생이 나의 시에 차운한 시를 붙여둔다.

  한해 다 가도록 귀양살이에 문밖에 나가지 못하니,
  이몸 장차 남쪽 바닷가에서 늙겠네.
  물가의 난초는 수심에 잠기지 않으며,
  울가의 국화는 모름지기 눈맞아도 의연하네.
  만사가 분잡해도 마음 유독 안정되고,
  동지(冬至)가 다시 돌아오니 처음 같은 기분일세.
  하늘이 아무 뜻없이 비를 내리는 것이 아니니,
  남방(南方)의 온 골짜기까지 씻어버리려하는 것일세.
    명나라 사람이 시에 읊었다. "한 줄기 비 내리니 비로소 온 골짜기가 맑아지는구나."

---

305) 만촌(蠻村) : 만(蠻)은 남쪽지방의 종족. 남만(南蠻). 여기서는 장인 송상기가 귀양살이하는 전남(全南) 강진(康
    津)을 가리킴.
306) 옥패(玉珮) : 왕이 제작한 패물(佩物). 패옥(佩玉)과 같음.
307) 천향(天香) : 천(天)은 임금. 황제. 천향(天香)은 임금의 성총(聖聰) 또는 성은(聖恩).
308) 소리(素履) : 평소의 행동. 현재의 경우에 알맞는 바른 행동.
309) 옥혼(玉魂) : 달의 이칭.

<附先生次韻>

終歲深居不出門,　　此身將老海南村.

汀蘭莫作悲愁思,　　籬菊須看傲雪痕.

萬事糾紛心獨靜,　　一陽[310]來復氣初溫.

天公送雨非無意,　　洗盡炎方萬蟄魂.

　　明人詩曰 一雨初淸萬蟄魂.

■ 앞의 운자로 세 번 거듭 시를 짓다.

초라한 등불 아래 마주하고 있는데 문까지 비가 들이치는,
머나먼 길 남해바닷가에 이몸도 와있네.
이 날 남쪽지방엔 도깨비 쫓는 굿하고,
저번 때는 공교한 말로 상처를 어루만져주었네.
백설이 휘날리니 시어(詩語) 절묘해지고,
춘풍이 오래 부니 담소(談笑) 온화하네.
꽃피는 계절에 다시 찾아뵈리라 약속하지만,
넋이 나가 작별하지 못할 것 같네.

<三疊前韻>

寒燈相對雨侵門,　　千里同來南海村.

此日炎方禦魍魅,　　向來巧舌索瘢痕.

難　白雲詩辭妙,　　長被春風笑語溫.

且待花開留後約,　　不須臨別更銷魂.

11월 20일

　　김하구 상인(金夏龜 喪人)[311]이 그의 두 형과 함께 왔는데 유자(柚子)와 복어(鰒魚)를 가져와서 대접했다. 김하삼(金夏三)이 또 찾아왔다. 오늘이 선생의 생일인데, 다만 우리들 몇 사람이 쓸쓸히 궁벽한 해변에서 서로 마주 대하고 있다. 지난해 이날을 생각해보니 인간사의

---

310) 일양(一陽) : 동지(冬至).
311) 상인(喪人) : 상중(喪中)에 있는 사람. 「남유록」 11월 12일 조에 보면 김하구의 아버지 김수하(金壽河)가 죽었다는 사실을 기술하고 있다.

변화무상함이 이와 같아 그를 한탄했다.

11월 21일

선생이 고금인(古今人)들의 시를 논
하여 말씀하시기를 "문인이 경전(經典)
의 문자를 즐겨써서 시구(詩句)를 지었
다. 목은(牧隱)의 '산의 빛깔이 나를 깨
닫게 해주는구나.'312)라는 시어가 이런
것이다."라고 하셨다. 이어서 말씀하시
기를 "전에 인평대군(麟坪大君)313)이
연경(燕京)314)에 갈 때 안주(安州)에 있
는 백상루(百祥樓)315)에서 큰 연회를
벌이는데, 인근의 군(郡)에서 이름난 기

안주 백상루(『사진으로 보는 근대한국』 하권에서 전재)

생 수 백명과, 기라(綺羅)같은 현악·관악을 하는 사람을 징발하여, 일시의 성대함이 극도에
달했다. 이태서(李台瑞)가 이때에 안주(安州)군수였는데, 그 연회석에서 시를 지어올렸다. '붉
은 치마 미인이 이 자리에 가득한데, 어찌 초(楚)나라에 많이 남아있으리요?316) 성(城)을 기울
게 할 미인317) 제(齊)나라 미녀318) 중에서 골라왔네.' 식암(息庵) 김공(金公)319)이 그것을 듣고

312) 상(商)은 공자의 제자 자하(子夏)의 이름. 자기가 미처 깨닫지 못한 것을 남에게서 주의(注意)를 받아 깨달음
을 이룬다는 뜻. 『논어』「八佾」에 나오는 어구. "起予者商也, 始可與言詩已矣(나를 깨우쳐 주는 사람은 商이니.
함께 詩를 말할 만 하구나)."

313) 인평대군(麟坪大君) 1622~1658) : 인조(仁祖)의 삼남. 효종(孝宗)의 동생. 1650년부터 네 차례 사은사가(謝恩使)
가 되어 청나라에 다녀왔다. 병자호란의 비분을 읊은 시가 전해지며 글씨와 그림이 뛰어났으며, 제자백가(諸子
百家)에도 정통했다. 저서에 『燕行錄』등.

314) 연경(燕京) : 지금 중국의 북경(北京)을 가리킴. 춘추전국시대(春秋戰國時代)에 연(燕)나라의 서울이었기 때문에
그렇게도 부르는 것임.

315) 백상루(百祥樓) : 관서팔경의 하나. 건립시기는 확실치 않으나, 고려 충숙왕이 쓴 시가 전해지는 것으로 보아
그 전에 창건된 것으로 추정하고 있다. 조선 영조 29년(1753) 당시 안주(安州) 병사(兵使) 김윤변(金潤抃)이 중수
했으며, 1917년 다시 개수한 바 있다.

316) 초요(楚腰) : 초(楚)나라 영왕(靈王)이 가는 허리의 여인을 좋아하자 나라안에는 굶는 자가 많았다고 한다. 『韓
非子』「異柄」"楚靈王好細腰, 而國中多餓人." 여자의 가는 허리를 가리키는 말로 미인을 비유하는 말.

317) 성을 기울게 할 미인(경성 傾城) : 경성(傾城)은 나라를 망하게 하면서까지 빠져들게 하는 미인. 『漢書』「外戚
孝武李夫人傳」"一顧傾人城, 再顧傾人國."

318) 제나라~골라왔네(택제 擇齊) : 제(齊)나라 여인들이 가창(歌唱)을 잘한 것으로 알려짐. 포조(鮑照)의 시에 "唱
靑齊女, 彈箏燕趙人"이라는 싯구가 있음.

319) 식암(息庵) 김공(金公) : 식암은 김석주(金錫胄 1634~1684)의 호. 조선. 문신. 본관은 청풍. 영의정 육(堉)의 손
자. 병조판서 좌명(佐明)의 아들. 청성부원군(淸城府院君)에 봉해짐. 담헌의 어머니 임천(林川) 조씨(趙氏)의 외삼
촌. 김석주는 조씨의 인품과 학식을 평하여 정덕(貞德) 철범(喆範)하고 서사(書史)에 통하여 여사(女士)라 칭했다

서 말했다. '아름다운 싯구로다. 홍장(紅粧) 두 글자를 섬요(纖腰)로 고치면 더욱 아름다울 것이로다.' 어떤 사람이 이를 태서에게 말해주니, 태서가 막 누워있다가 벌떡 일어나며, '병조판서가 시를 안다고 할 만하구나.'라고 말했다. 이때 식암(息庵)이 병조판서였다고 한다."

11월 22일

오늘 보림사(寶林寺)에 놀러가기로 했으나, 비가 하루 종일 내려 가지 못했다.

11월 23일

아침을 먹고 보림사(寶林寺)를 향해 출발하는데, 정몽설(鄭夢說)과 조만우(趙萬瑀)가 따라왔다. 대암령(大巖嶺)[320]을 지나 5리를 가서 유치촌(有恥村)[321]에 이르렀는데, 문덕구(文德龜)[322]가 사는 곳이다. 덕구(德龜)와 그 아우 문덕린(文德麟)[323]은 함께 문과에 등과하여 관직이 군수에 올랐다. 대문이 맑은 시내에 임해 있으며, 우뚝 솟은 대나무 숲으로 둘러 싸였다. 서쪽에는 기이한 바위가 우뚝 솟아 솥을 엎어 놓은 것 같으며, 소나무 그늘이 드리워져 있는데, 그 바위를 사인암(舍人巖)이라 한다

율현(栗峴)[324]을 지나 여울물 줄기를 따라 동쪽으로 조그만 고개를 넘어 북으로 꺾어 몇 리를 가니, 남여승(籃輿僧)[325]이 이미 와서 주위를 살피고 있었다. 드디어 남여에 올라 천천히 동네 구렁가운데의 아늑하고 깊은 곳을 지나가는데, 소나무 고목이 그윽하고 빽빽하다. 시냇물이 흐르다가 가끔 웅덩이를 이루기도 하는데, 이것이 예양강(汭陽江)이 발원하는 곳이다. 좌우를 살펴보며 감상하다보니, 깨닫지 못하는 사이에 이미 절에 이르렀다. 제도와 규모가 지극히 웅장하고 화려하다. 사중문(四重門)을 지나 동서로 각각 긴 낭요가 있는데, 중들이 식사를 하는 곳이다. 새로 지은 불전과 예전의 불전(新舊 佛殿)이 모두 층각으로, 높이가 수백척인데, 쇠 2천 여근을 사용하여 비로상(毘盧像)[326]을 주조하여 구전(舊殿)에 안치했다. 중

함(李錫杓, 『溯源錄』 「澹軒行狀」 참고.

320) 대암령(大巖嶺) : 지금 전라남도 장흥군 유치면 오복리(五福里)에 있는 "한바위"라 불리는 고개. 강진군 옴천면과 병영면으로 통함. 지금은 사람이 통행하지 않음.'한'은 '크다'는 뜻의 순우리말.

321) 유치촌(有恥村) : 지금 전남 장흥군 유치면(有治面)의 고호(古號). 유치(有恥)가 유치(有治)로 변경된 것은 1914년 8월 27일임.

322) 문덕구(文德龜 1667년~1718년) : 자(字)는 자하(子夏). 본관은 남평(南平). 1705년(숙종 을유년) 문과 합격.

323) 문덕린(文德麟 1673년~1737년) : 자(字)는 성휴(聖休). 본관은 남평. 덕구의 아우. 1708년(숙종 무자년) 문과 합격. 영암군수 역임.

324) 율현(栗峴) : 장흥군 유치면(有治面) 반월과 관동마을 사이에 있는 ' 밤재 '. 강진군 옴천면과 경계를 이룸.

325) 남여승(籃輿僧) : 귀인이 찾아왔을 때 가마를 메는 중.

326) 비로상(毘盧像) : 보림사 대적광전(大寂光殿)에 모신 쇠로 만든 비로자나불좌상(毘盧遮那佛坐像). 높이 2.51m. 1950년 3월 18일 불이 나서 건물은 모두 탔으나 이 불상은 도금만 벗겨지고 오른쪽 귀만 떨어졌음. 머리털은

이 말하기를 "신라시대에 주조한 것이다."라고 했다. 그 건물이 화려하고 아름다워서 쌍계사 (雙溪寺) 대둔사(大芚寺)보다 훨씬 낫다. 향화승(香火僧)[327] 철한(澈閑)의 방에서 쉬고 있는데, 이때 병영(兵營)의 진무(鎭撫)[328] 중에 「춘면곡(春眠曲)」[329]을 잘 부르는 사람이 마침 이곳에 왔다. 앉을 자리를 마련해주고 노래를 부르게 했는데, 이것은 강진(康津)출신의 진사(進士) 이희징(李喜徵)[330]이 지은 것이다. 그 부르는 소리가 너무 구슬퍼 듣는 자가 눈물을 흘렸는데, 호남 사람들이 또 '시조별곡(時調別曲)'[331]이라 일컬었다. 김득삼(金得三)이 저녁에 왔는데 메

나선상(螺旋狀)으로 두 눈썹사이에는 백호(白毫)가 있으며 단정하고 엄숙한 모습임. 신라 헌안왕2년(858년)에 만들었다는 내력이 불상의 왼팔 뒤쪽에 89자 8줄로 새겨져 있음. 국보 제 177호로 지정 보호함.

327) 향화승(香火僧) : 절에 향불을 피우는 일을 맡은 중.

328) 진무(鎭撫) : 조선시대 군영(軍營)에 두었던 무관직(武官職).

329) 춘면곡(春眠曲) : 조선후기 12 가사(歌詞)로 알려졌다. 봄 밤에 꿈 속에서 아름다운 여인을 만나 즐기다 깨는 내용. 「춘면가(春眠歌)」라고도 한다. 작가는 미상으로 알려져 왔는데, 이 「남유록(南遊錄)」의 기록을 단서로 하여, 역주자는 그 작자 이희징(李喜徵 원주이씨세계록과 강진향교 사마안에 이희징<李義徵>으로 기록되어 있음)에 대해 구체적으로 밝혔다.

330) 이희징(李喜徵) : 「남유록」의 기록을 토대로 그의 가계를 추적하였다. 강진(康津) 향교에 보관되어 있는 『사마안(司馬案)』과 전북대 송준호(宋俊浩) 소장(所藏) 『사마방목(司馬榜目)』, 필사본인 『원주이씨세계록(原州李氏世系錄)』에서 그에 대한 기록을 찾았다. 이 세 기록에 그의 본관, 성명, 생원(生員)에 합격한 사실이 일치한다. 이를 토대로 이희징(李義徵 1587~?)은 본관(本貫)은 원주(原州), 자(字)는 문서(文瑞), 1673년에 생원(生員)이 되었다는 사실을 밝히게 되었다. 이 기록대로라면 생원이 된 연령이 너무 고령인데, 뭔가 착오가 있는 듯도 하다. 전반적인 것은 李相周, 「<춘면곡(春眠曲)>과 그 작자(作者) - <남유록(南遊錄)>의 기록을 통해서 -」『우봉 정종복박사 화갑기념논문집(又峯 鄭鍾復博士 華甲紀念論文集)』,1990.에서 상고하였다.

나는 1989년 원주이씨족보 편찬에 참여했던 이동석(李東錫)씨를 만났는데, 그는 다음과 같이 전했다. 『원주이씨세계록(原州李氏世系錄)』은 족보를 편찬하기 위하여 전국 종친으로부터 자료를 수집하는 과정에서 대전에 거주하는 이재의(李在義)가 제출한 것이라고 했다. 이재의는 그 기록을 족보에 첨가록해줄 것을 요청하며 건넸다는 것이라고 했다. 이렇게 모아진 자료들을 『원주이씨대동보』라는 이름으로 1991년 광주(光州)에 있는 낭주(朗州)출판사에서 간행되었다.

1989년 역주자가 이희징(李喜徵)에 관한 자료를 찾기 위해 전라남도 강진군(康津郡) 성전면 금당리의 원주이씨종친회를 찾아갔으나 확인해줄 만 한 자료가 없다하여, 전라남도 해남군 마산면 산막리의 원주이씨종친회를 찾아갔다. 마침 문중에서 족보편찬에 필요한 자료를 수합하고 있었는데, 이갑배(李甲培)씨가 수합놓은 족보 복사본중에서 이희징(李義徵)이라는 이름이 기재된 『원주이씨세계록(原州李氏世系錄)』를 복사해주었다. 역주자가 전해준 사람에 대해서 묻자 서울에 사는 이동석(李東碩)씨라 알려주었다. 그래서 나는 서울로 올라가서 이동석(李東碩)씨를 만나서, 『원주이씨세계록(原州李氏世系錄)』의 수합경위와 소장자에 대해 문의할 결과, 다음과 같이 답했다. "원주이씨(原州李氏) 이예건(李禮建)아래로 후손들은 해남(海南)의 종가(宗家)와 연락이 단절된 상태인데, 그 후손들이 존재가 미미하거나 행방이 불분명하여 그렇게 된 것으로, 문중에서는 추측하고있다. 예건(禮建)계 후손인 이희징(李義徵)도 그런 상태라서 족보에 등재되어 있지 않은 것으로 생각된다. 『원주이씨세계록(原州李氏世系錄)』은 대전에 사는 사람이 소장한 것으로, 대전지역 종친회 대표가 수합해서 보냈다. 대표에게 알아본 결과, 『原州李氏世系錄』을 전해준 사람은 대전에 사는 '명동타운' 주인 李在義라고 했다."

331) 시조별곡(時調別曲) : '당시에 유행하는 가사(歌詞)인 춘면곡'이라는 뜻. 담헌 이하곤의 「남유록(南遊錄)」은 그 의미여하를 막론하고 '시조(時調)'라는 용어가, 「남행집(南行集)」은 '신번(新翻)'이라는 용어가 보이는 현전 최고의 문헌이라는 사실을 밝혔으며, 「남유록」에 보이는 '별곡(別曲)'이란 용어는 1722년 당시에 통상적으로 '歌詞'를 지칭한다는 점도 언급하였다. 아울러 ' 「춘면곡(春眠曲)」'이 신작(新作)이라는 점과 작자 및 그 전파사실을 읊은 「강진잡시(康津雜詩)」 제 9 수는 특정가사의 전파유행양상을 알려주는 중요한 시(詩)로 평가하였다. 이 문

추리 네 마리를 먹었다.

11월 24일

걸어서 동쪽 요사채에 이르니, 책읽는 소리가 문밖까지 들리는데, 장흥(長興)의 유생(儒生) 몇 사람이 막 와서 묵고 있다고 한다. 또 어슬렁 어슬렁 북쪽으로 하나의 원(院)에 이르니, 창문과 벽을 새로 발라 눈처럼 깨끗한 것이 한 점의 티끌도 없다. 주승(主僧) 숙객(肅客)이 들어와 부들로 만든 자리에 앉아 서로 대좌했으나, 맘이 잘 통하지 않아 서먹서먹했다. 부도 암(浮屠庵)[332]의 중 계순(戒淳)이 마침 왔기에, 그와 더불어 선지(禪旨)를 말해보니 자못 아는 것이 있었다. 나이는 80여세인데 용모 또한 그리 늙어 보이지 않았다.

돌아와 남쪽 요사채에서 식사를 하고 또 걸어서 용자각(龍子閣)에 이르렀다. 그 동쪽에 다 시 천자(天子) 불자(佛子) 두 개의 불각(佛閣)[333]이 있는데, 낮은 담을 둘러쌌으며, 대나무와 수목이 정원을 가려 덮고 있었다. 중들은 모두 사립문을 닫고 조용하게 거처하고 있어 사람 이 없는 것 같다. 문을 열고 살펴보니, 방이 밝고 깨끗하고 좋아, 사람으로하여금 머물고 싶 은 생각이 나서 떠나고 싶지가 않았다. 남여를 타고 절의 문을 나서는데, 흙으로 쌓은 돈대 에 이르렀다. 위에 고목 몇 주가 서있으며, 앞에다 네모난 못을 파놓고 산에 있는 샘에서 물 을 끌어 댄다.

보조선사비(普照禪師碑)[334]에 대해서 물으니, 팔상전(八相殿) 남쪽에 있단다. 다시 남쪽 요 사채를 거쳐 또 동쪽으로 꺾어 하나의 작은 문안을 지나니, 안에 비석이 있는데 길이는 7자 가량된다. 이두(螭頭)와 귀부(龜趺)는 제작이 오묘하고 정교하다. 비석에 새겨져 있다. "문림

제에 관해서는 역주자가 「춘면곡(春眠曲)>과 그 작자(作者) - <남유록(南遊錄)>의기록을 통해서 -」『우봉 정종 복박사 화갑기념논문집(又峯 鄭鍾復博士 華甲紀念論文集)』,1990.라는 논문에서 상론했다.

332) 부도암(浮屠庵) : 보림사 소속 암자가 14개 있었을 당시 보림사 소속암자였으나, 현재 전하지 않는다. 현재 동 부도(東浮屠)와 서부도(西浮屠)가 남아있다.

333) 용자각(龍子閣)과 천자각(天子閣) 불자각(佛子閣) 등의 불각(佛閣)은 현존하지 않음.

334) 보조선사비(普照禪師碑) : 보조선사탑비(普照禪師塔碑)이다. 884년 9월 19일(唐나라 中和 4년, 朔旬有九日) 건 립. 비문의 찬자(撰者)는 김영(金穎)이고 서자(書者)는 처음부터 7행 "차지위의(此之謂矣)"까지는 김원(金薳)이, "선사휘체징종성김웅진인야(禪師諱體澄宗姓金熊津人也)"부터는 김언경(金彦卿)이 썼다. 이런 내용을 비문 말미 에 부기했다. "종두제칠행선자이하(從頭第七行禪字以下), 제자 전 병부시랑 입조사전중대감 사자금어대 김언경 서(弟子 前 兵部侍郎 入朝使殿中大監 賜紫金魚袋 金彦卿 書)." 흥륜사(興輪寺) 승(僧) 현창(賢暢) 각자(刻字). 귀부 와 이수는 화강암이고 비신은 녹색의 석재이다. 석재의 마모 방지를 위해 어떤 조치를 했는지 그 여부는 알 수 없으나 1천 백여년이 지났는데, 왼쪽 하단부분에 우측으로 사선의 균열이 생긴 것이외엔, 비신 표면이 마멸 되지 않았으며 자획도 선명하다.

김원(金薳)은 충북 청주시 「용두사 철당기(龍頭寺 鐵幢記)」를 지은 김원(金遠)과 동일한 사람일 가능성이 있 어, 검증자료를 찾고 있다.

보조선사(普照禪師碑 804~880)는 속성은 김씨. 837년 중국에 건너가 도의선사(道義禪師)의 제자로 수도하고 귀국 후 심인종(心印宗)을 세워 가지산파(迦智山派)의 제 3조가 되었다.

랑(文林郎)335) 영변부(寧邊府)336) 사마(司馬)337)를 지낸 사비의대(賜緋衣袋)338) 김영(金穎)이 교시를 받들어 찬술하고, 유림랑(儒林郎)339) 무주(武州)340) 곤미현령(昆湄縣341)令)을 지낸 김원(金蒝)이 교시(敎示)를 받들어 쓰다." 모두 신라사람들이다. 신라는 당나라의 관제(官制)를 모방했기 때문에 사비어대(賜緋魚袋)라는 명칭이 쓰여져 있는 것이다. 비석 동쪽 수 십 보 지점에 층탑342)이 있는데, 그 아래에 보조선사의 사리를 안장했다. 사

장흥군 유치면 보림사 가는 길목. 탐진댐 편입 구역

면(四面)에 불상(佛像)및 사천왕상(四天王像)을 조각했으며, 주위에는 돌로 만든 난간을 둘러쳤는데, 또한 공려한 장인이 조각한 것이다. 사기(寺記)에 "사지(寺址)는 옛날에 연못이었으며, 아홉 마리의 용이 살고 있었다. 보조선사가 신부(神符)를 던지니 용녀(龍女)가 스스로 못에서 나와 보조에게 절을 하며 살 곳을 마련해달라고 청하여 절을 지었다."라고 기록되어 있다. 지금 절의 중들은 용녀에게 제사를 지낸다고 하는데, 그 화상(畫像)을 보니 아마도 근일에 엉성한 장인이 그린 것 같다.

부도암에 이르자 계순(戒淳)이 맞아주어 방에 들어갔다. 벽위에 무자송(無字頌)이 걸려있는데 계순(戒淳) 자신이 지은 것이다. 내가 그 뜻에 반대되는 송(頌)을 짓고 또 하나의 게(偈)를 남겼다. "가려고 하면 갈 곳이 있고, 오려고 하면 올 시간도 있는데, 가지 않아도 되고 오지 않아도 되는 사람343)은, 오직 나와 대사 뿐이요." 계순(戒淳)이 웃으며 "노승이 산에서 60년을 살았으나 한 사람의 진해인(眞解人)344)을 만나지 못했는데, 뜻하지않게 오늘 방거사(龐居

---

335) 문임랑(文林郎) : 중국 수대(隋代)에 설치된 관직으로 원(元)·청(明)·청대(淸代)에 종 6품에 봉해짐.

336) 영변부(寧邊府) : 영변대도호부(寧邊大都護府). 지금 평북 영변군.

337) 사마(司馬) : 중국 수당(隋唐) 때 주부(州府)에 설치했던 관직.

338) 사비의대(賜緋衣袋) : 사비어대(賜緋魚袋)의 오기임. 사비어대(賜緋魚袋)는 중국 당대(唐代)에 5품 이상의 관리가 어부(魚符)를 넣어 차는 주머니.

339) 유림랑(儒林郎) : 원래 중국 수(隋)대에 설치된 관직으로 명(明)·청대(淸代)에 7품에 봉해짐.

340) 무주(武州) : 지금 전남 장흥(長興)의 고호(古號).

341) 곤미현(昆湄縣) : 곤미폐현(昆湄廢縣). 영암군의 서쪽 30리에 있다. 본래 백제의 고미현(古彌縣)인데, 신라 때 곤미현으로 고쳐 속현으로 만들었으며 고려와 조선시대에도 그대로 따랐다. 지금 전남 영암군 삼호면·학산면·미암면 일대.

342) 보조선사 창성탑비(普照禪師 彰聖塔碑)으로 884년(신라 헌강왕 10년)에 건립했으며 탑안에 보조선사의 사리를 안치했다. 지금 보물157호로 지정되었다.

343) 가지 않아도~(무거무래 無去無來) : 석가여래의 법신(法身)은 담연상재(湛然常在)하고 있음을 말함「금강경」. 이하곤이 오고가는데 구애받지 않고 여행하며 자유분방하게 행동하는 처지를 부처의 경지에 해학적으로 비유한 것으로 생각됨.

344) 진해인(眞解人) : 진짜 깨달은 사람.

士)[345]를 만나보게 되었습니다."라고 했다. 대체로 나를 방거사(龐居士)와 같은 사람으로 지목한다. 내가 또 시를 지어 희롱했는데 "세밀하게 무자(無字)를 구하니 도리어 일이 번다해지며, 늙은 내 평생동안 노현(老玄)을 우습게 여긴다."라는 싯구가 있다. 붓을 놓고 길을 떠나 계순이 전송하기 위해 문에 이르렀는데, 내가 그를 희롱하여 말하기를 "대사께서는 보림사를 소각하고 부도대를 타파해야 비로소 도를 깨달은 것이오."[346]라고

장흥 보림사 대적광전(1996.2.29. 촬영) 용마루 중앙과 양쪽에 용두상이 위엄 있다.

했다. 대사가 응답하기를 "노승이 참으로 보림사를 소각하고 부도대를 타파하고 싶으나, 다만 두려운 것은 절의 중들이 저지하여 그렇게 할 수가 없을 뿐이오."라고 하여, 서로 쳐다보며 크게 웃었다. 그 사람됨이 풍류적인 기질을 띄고 있어 결코 용렬한 중이 아니다.

길에서 남석구(南錫龜)를 만났다. 함께 몇 리를 가다가 물 서쪽 벽을 가리키며 말하기를 "세속에 전해오기를, 보조선사(普照禪師)가 용을 몰아낼 때 백룡이 가장 사납고 악해서 머리로 벽을 들이 받아 못을 이루었다고하는데 그곳이 바로 이곳이다."라고 하는데, 과연 벽이 움푹 패인 것이 쇠로 만든 솥모양과 같았다. 정몽설(鄭夢說)과 김득삼(金得三)이 앞서 가서 메추리를 잡는다. 말을 타고 그 광경을 바라보다가 저물어서야 돌아왔다.

---

345) 방거사(龐居士) : 이름은 온(蘊). 자(字)는 도원(道元). 중국 형주(荊州) 형양현(衡陽縣)사람. 석두선사(石頭禪師)와 마조대사(馬祖大師)에게 선지(禪旨)를 물어 도를 통했음. 인도의 유라마힐거사(維羅摩詰居士), 우리나라 신라의 부도거사(浮雪居士)와 아울러 속가(俗家)에 있으면서도 도(道)를 닦아 크게 깨달았고, 또 가족들 모두 불연(佛緣)이 깊은 것으로 유명함.

346) 기관(機關) : 불가(佛家)에서 종사(宗師)가 배우는 사람을 인도함에 있어서 학인(學人)의 능력에 따라 단계별로 인도하는 수단설법(手段說法). 수단설법의 도를 통하게 된다는 뜻.

보림사 대적광전 左 : (1996.2.29. 촬영) '대적광전' 네 글짜가 확인하고 용마루의 용두상이 위용있다.
모자 쓴 분이 임영순 어른, 잠바 입은 분이 이정희 어른

보림사 대적광전 右 : (2000.7.27. 촬영) 용마루 중앙과 양쪽에 있던 용두상이 없어지고 용마루 아래 부분에 가로로
이어지는 연화문으로 보이는 문양도 제거되었다. 문화재보수과정에서 저질러진 원형훼손의 한 사례이다.

▣ 보림사(寶林寺)를 찾아가다.

오래된 절에서 승려와 대화하네.

썰렁한 산에 찾아온 나그네.

무성한 대숲에 잔설이 희끗,

기암괴석 하늘 높이 솟아있네.

해지자 새들도 둥지를 찾고,

나무꾼의 콧노래소리 멀리서 들려오네.

절이 이미 가까와졌음을 알려주는,

그윽한 풍경소리 구름속에서 울려나오네.

<訪寶林寺>

古寺逢僧問,   寒山有客過.

竹深留雪少,   石聳向天多.

夕鳥皆歸意,   樵人自遠歌.

禪門知已近,   幽磬出雲蘿.

보림사 좌측 삼층석탑 상륜부의 문양

보림사 우측 삼층석탑 상륜부의 모양

보림사 대적광전에 안치한 국보 제117호
철조 비로자나불(1996년 촬영)

보림사 대적광전에 안치한 철조 비로자나불
(2000년 촬영)

보림사 대웅전

보림사 대웅전 여래상
'김대중'이란 이름이 보인다.

■ 보림사(寶林寺)

1

보림사(寶林寺)는 서축시대(西竺時代)에 창건된 절로,

특이한 유적 일찍이 보조선사(普照禪師)시대로부터 남아있네.

보조(普照)의 법력(法力)으로 연못굴을 열어놓았는데,

오래된 용이 숨어버렸으며 우뢰소리 시끄러웠네.

중문(重門)의 땅빛깔 검고 사천왕상(四天王像) 고색 창연하고,

층각으로 지은 불각(佛閣)엔 구름이 두텁고 철불(鐵佛)은 우뚝하네.

신라시대 비석 지금까지 남아있어,

석양에 이끼 긁어내며 읽어보네.

<寶林寺>

其一

伽藍已與西竺[347]並, 異蹟曾從普照存.

法力夜翻潭窟改,　老龍潛遁雨雷喧[348].

重門地黑天王古,　層閣雲深鐵佛尊.

羅代有碑今尚有,　夕陽來讀抉苔痕.

---

347) 서축(西竺) : 서방(西方) 천축국. 천축(天竺)은 인도(印度)의 고칭(古稱). 보림사는 신라 헌안왕 4년(860년) 보조선사(普照禪師)가 종래의 초암(草庵)을 확대하여 지은 절.

348) 3,4구의 내용은 「남유록(南遊錄)」11월 24일조에 보이는 보조선사(普照禪師)가 용이 사는 연못에 신부(神府)를 던져 용을 몰아냈다는 설화 참조.

2

명산이라 천관산(天冠山)의 승경 최고라하며,

일찍이 보림사(寶林寺) 가지산(迦智山)의 웅장한 절이라 들었네.

이 둘 모두 장흥(長興) 땅에 있는데,

지금 와서 보니 거의 그말대로네.

천 근의 쇠로 주조한 비로상(毗盧像)이며,

칠 척의 비석에 보조국사(普照國師)의 공적을 새겼네.

보아하니 호남의 승려들 매우 부유하여,

부처모신 절터 천궁(天宮)처럼 호화롭네.

其二

名山最說天冠勝,   寶刹曾聞迦智雄.

二者長興兼得有,   今來所見略相同.

千斤鐵鑄毗盧像,   七尺碑鐫普照功.

看取南僧豪富甚,   粧成佛地似天宮[349].

■ 나이 많은 중 철한(澈閒)이 여러 번 내가 사는 곳을 묻기에 이를 써서 그를 놀렸다.

일생 행색 산승(山僧)같아,

산수좋은 곳 두루 유람다녔네.

이 늙은이 사는 곳 알려달라 하기에,

지금 이곳 장흥에 산다했네.

<老僧澈閒, 累問余所住, 書此, 戱之>

一生行至類山僧,   萬水千山踏遍能.

欲識老夫居住地,   卽今居住是長興.

---

349) 천궁(天宮) : 천제 신선이 거주하는 궁전. 매우 아름다운 생활 환경을 비유하는 말

■ 계순대사(戒淳大師)가 동쪽 부도암(浮屠庵)에 기거하는데, 제법 선지(禪旨)를 이해하여 나에게 무자송(無字頌)을 보여주기에, 내가 또 이를 지어 선기(禪機)를 보여주다.

한 겨울 달이 어찌 무색하랴?
천지자연의 소리(萬籟) 도리어 들려오네.
비단 옷 원래 절로 빛나고,
백초(百草) 본래 깊은 곳에 있지 않네.

    <戒淳大師, 居東浮屠庵, 稍解禪旨, 示余無字頌, 余又作此, 以示禪機也.>
寒月豈無色,　　萬籟還有音.
錦衣元自耀,　　百草[350]本不深.

■ 계순대사(戒淳大師)의 무자송(無字頌)을 붙여둔다.

차디찬 한겨울 달밤,
온 세상 적막하여 소리없네.
금의환향(錦衣還鄉)해서 돌아오는 사람,
백초 깊은 곳에 노래하네.

    <附戒淳大師無字頌>
三冬寒月夜,　　萬籟寂無音.
衣錦還鄉子,　　謳歌百草深.

■ 작별할때에 한 편의 게(偈)를 지어 보여주다.

가려면 갈 곳이 있고,
오려면 올 시간도 있으나,
갈 곳도 없고 올 시간도 없는 이는,
오직 나와 대사(大師)뿐이네.

---

350) 백초(百草) : 갖가지 풀. 지상에 있는 형태를 가진 것을 통털어 말함. 백초장(百草長) : 난초(蘭草)의 별칭.

<臨別, 作一偈以示>
去有去處,　　來有來時.
無去無來,　　惟我與師.

보림사 보조선사부도비 전모 보물 158호

보림사 보조선사비 비문 일부

■ 계순(戒淳)이 나를 노방(老龐)으로 지목하기에 이를 지어 그를 조롱하다.

　선객(禪客)을 만나서 선지(禪旨)를 말하지 않는데,
　구름은 허공에 떠가고 달은 하늘에 걸려있네.
　세세히 무자(無字)를 구하나 도리어 일이 번다하고,
　늙은 내 평생 노련한 도현(老玄)을 가소롭게 여기네.
　　방거사(龐居士)의 자(字)는 도현(道玄)이다.

　　<淳目余, 以老龐, 書此, 解嘲>
　相逢禪客不談禪,　　雲在虛空月在天.
　細求無字還多事,　　老我平生笑老玄.
　　龐居士, 字, 道玄.

보조선사비 이수 중앙부분에 새긴 명문 : 가지산보조선사비명(迦智山普照禪師碑銘)

보조선사비 귀부

보조선사비 이수

■ 귀로(歸路)

동쪽 암자는 또 대나무숲 속에 자리잡고,
사리대 앞에서 웃으며 이별을 아쉬워하네.
맑은 풍경소리 울려퍼지는 울밖에서 멀리 전송받는 나그네,
석양에 남여(藍輿)타고 돌아가네.

<歸路>
東庵又果竹林期,　舍利臺前笑別遲.
蘿351)外淸磬遙送客, 籃輿歸去夕陽時.

---

351) 라(蘿) : 새나 짐승을 기르는 동산에 울타리를 만드는 재료. 라(蘿)는 리(籬)와 통함.

■ 계순(淳師)이 이별할 때 웃으며 말했다. "노승이 보림사(寶林寺)를 소각하고 싶으나 다만 절의 중들이 저지할까 두려워 실행하지 못하고 있습니다." 내가 돌아가는 길에 다시 말을 바꿔 '거(去)'자를 부치니, 그가 그것을 읽어보고는 너무 꼭 맞는 말이라 하며 하하하 하고 크게 웃었다.

보림사(寶林寺)를 소각하고,
부도대(浮屠臺)를 타파하라.
그대 계순(溪淳)은 이와같이 해야,
그 후에 여래(如來)를 볼 수 있으리라.

보조선사 부도 전모. 보물 157호

   <淳師臨別, 笑曰, 老僧欲燒却寶林寺, 但
恐寺僧阻搪不果. 余歸路, 更下一轉語寄去, 渠見之, 定當, 呵呵大笑.>
燒却寶林寺,   打破浮屠臺.
汝淳能如是,   然後見如來.

■ 강진잡시(康津雜詩)

   1
   강진(康津)땅 해지자 장기(瘴氣)머금은 구름만 어슴푸레한데,
   대숲속에 아늑한 인가 일찍도 문닫네.
   우습다.뜬 구름처럼 머무를 데 없어,
   이번 겨울 바닷가 강진(康津)땅에 머무르는 신세라니.

   <康津雜詩> 其一
   蠻天352)日落瘴烟昏, 竹裡人家早掩門.
   自笑浮生無住着,   今冬來臥海南村.

---

352) 만천(蠻天) : 만(蠻)은 남방(南方)의 뜻. 여기서는 강진(康津)을 지칭.

2
평상시엔 남쪽지방 눈 쌓이지 않는데,
금년 겨울은 유난히도 많이 나렸네.
조심스레 수인산정(修因山頂)에 올라보니,
무수한 은색봉우리 하늘가에 솟아 있네.

其二
常時南雪不成堆,　　南雪今年更壯哉.
試向修因山上望,　　銀峰無數倚天開.

3
온갖 돌 모아 오밀조밀 보조성 쌓은 곳,
군사들 주둔하는 이 성(城) 전라병영(全羅兵營)이라네.
거주민 거의 삼천호쯤 되는데,
대개가 군관과 병영의 군속(軍屬)들이라네.

其三
雜石龜文築子城,　　城中駐箚是兵營.
居民恰滿三千户,　　盡是軍官守堞兵.

4
남쪽 강진(康津)지방 토지 비옥하여 살기 좋을시고,
농토마다 가을이면 수확이 풍성해,
드는 길 나는 길에 모두 제주(濟州)말 타고 다니며,
반찬은 보통 덕진산(德津産)의 치어(鯔魚)라네.

其四
南康土沃儘堪居,　　一畝秋收百石餘.
出入皆騎濟州馬,　　盤餐偏喫德津魚[353].

---

353) 덕진어(德津魚) : 덕진(德津)의 명산물인 치어(鯔魚)를 가리킴. 「남유록」 11월 30일조에 "德津之鯔魚 … 亦此地
産者爲佳."

5

병영(兵營)자리는 천혜의 요새지로,
탁 트인 들가운데로 잔잔히 시내 흐르고 사방엔 산,
기암괴석 솟은 봉우리에 바로 수인사(脩因寺),
병영성(兵營城)밖에 기이한 장관(壯觀)은 망대(望臺)라네.

其五

天爲兵營地勢開,　　川平野闊四山回.
峰頭怪石脩因寺,　　城外奇觀一望臺.

6

집집마다 맑은 우물 파놓았으나,
물맛은 대개 비리텁텁하네.
장질(瘴疾)은 거의 샘물이 원인이 되는 법,
모름지기 비나 안개 꺼리지 않아도 된다네.

其六

一家家內一泓泉,　　水味大都腥澁然.
瘴疾多從泉水得,　　莫須罵雨更嗔烟.

7

온통 눈인데 짙푸른 건 동백나무숲,
울타리에도 집주위에도 흔해빠진 삼대 같네.
북쪽 사람들 분재(盆栽)로 감상하다니 정말 우습네,
뒤늦은 봄 붉게 꽃피니 자랑할 것 못되네.

其七

雪裡長淸冬栢樹,　　偏籬縛屋賤如麻.
北人盆景眞堪笑,　　春後舒紅未足誇.

8

백양촌(白羊村)에 은거하는 김응정처사(金應鼎處士),
평생의 지기(知己)는 정송강(鄭松江)이라네.
가사(歌詞)가 회자되어 문명(聞名)이 생존시 같고,
관동별곡(關東別曲)과 쌍벽을 이루네.

其八

白羊村裡金處士, 一生知己鄭松江.
歌詞膾炙聞猶在, 可作關東別曲雙.

9

남녘 땅 번화한 곳 이 고을을 치니,
또 기특한 재주가진 이희징(李喜徵)이 있어,
기생들도 그가 새로 지은 곡조(新曲)을 배워 부르는데,
춘면곡(春眠曲) 한 곡조에 듣는 이 눈물을 주르르.
　　춘면곡(春眠曲)은 강진(康津) 진사 이희징(李喜徵)이 지었는데, 그 부르는 소리가 너무 처절하여, 듣는 사람이 모두 눈물을 흘렸다.

其九

南土繁華說此鄉, 奇才更有李家郎.
妓生學得新飜354)曲, 一闋355)春眠漏萬行.
　　春眠曲, 是進士李喜徵所作, 聲甚悽楚, 聞者皆下淚.

10

승씨(昇氏)집의 석가산(石仮山)이 매우 좋다고들 하는데,
몇 주먹크기 멀건 색깔의 돌이 작은 웅덩이 사이에 놓여있네.
뜰 앞에 유독 우쭉한 대나무만,
눈 속에 푸르디 푸르러 한 번 얼굴을 폈네.

---

354) 신번(新飜) : 신번(新飜)이라는 용어는 현전문헌 가운데는 「남행집(南行集)」에 최초로 보인다. 춘면곡(春眠曲)의 창작행위를 표현한 용어라는 점을 감안할 때 새로 지었다는 뜻이 된다.
355) 일결(一闋) : 가(歌) 일곡(一曲)을 일결(一闋)이라함. 노래 일곡(一曲)을 지칭.

其十

最說昇家石假山[356], 數拳頑石[357]小池間.

庭中獨有千竿竹,　　雪裡靑靑一解顏.

■ 신보(信甫)가 율시(律詩) 한 수로 보림사(寶林寺)를 유람한 소감을 술회하여 보여주기에 그에 화운하여 답하다.

호남(湖南)의 명승지 장흥(長興)이라 말하는데,
보림사(寶林寺) 주변을 청아하게 유람했네.
구름속 헤치고 오지마을 남여타고 가며,
눈을 밟으며 수많은 봉우리 나막신 신고 찾아가네.
멋진 시구(詩句)는 정녕 니불(泥佛)을 웃겼으며,
선기(禪機)는 이미 노승을 부끄럽게 만들었네.
오랜 세월 세 개의 불각(佛閣)에 거처할 수 없으니,
한가로움 누리는 복 끝내 승려만은 못하네.

보조선사 부도 하대석(下臺石)에 새겨진
동물 문양 일부

　절에 불자(佛子)·용자(龍子)·천자(天子)등 세개의 불각이 있는데,
모두 지극히 그윽하고 정결하여 거처할 만하다.

　　<信甫示一律述寶林之游, 和韻答之>
名勝湖南說武州[358], 寶林寺裡又淸遊.
穿雲深洞籃輿去,　　踏雪千峰蠟屐搜.
佳句定敎泥佛笑,　　禪機已遣老僧羞.
長年未辦栖三閣,　　閒福終慙讓禿頭.

---

356) 석가산(石假山) : 돌을 산처럼 쌓아놓은 인공의 산
357) 완석(頑石) : 색깔이 없고 석질이 나쁘며 거칠은 돌덩이.
358) 무주(武州) : 지금 전남 장흥(長興)의 고호(古號).

寺有佛子·龍子·天子三閣, 皆極幽潔, 可居.

보조선사 부도 옥신(屋身)에 새긴 사천왕상   보조선사 부도 옥신(屋身)에 새긴 문비(門扉)

■ 신보(信甫)가 율시(律詩) 한 수로 보림사(寶林寺)를 유람한 소감을 술회하여 보여
주기에 그에 화운하여 답하다.

　호남(湖南)의 수십 고을을 두루 유람했는데,
　평생동안 보아온 기이한 경치 이곳이 최고.
　천풍산(天風山)의 설경 보려 지팡이 하나로 올라가니,
　넓은 바다 구름머금은 파도 한 눈에 들어오네.
　여행중에 자주 승려들의 괴이함 보게되는데,
　속세의 마음으로 매양 부처님 대하니 부끄럽네.
　내일 아침 월출산(月出山)에 그대와 동행하려는데,
　문득 우뚝한 구정봉(九井峰) 정상에 와있네.

　　<信甫示一律寶林之遊, 和韻答之>
　踏盡湖南數十州,　平生最說此奇遊.
　天風雪色孤筇去,　滄海雲濤一目搜.

行李頻遭僧見怪,　　塵心每對佛含羞.
明朝月出同君往,　　更倚危峰九井頭.

11월 25일

우후(虞候)³⁵⁹⁾ 이순좌(李舜佐)가 와서 수인사(脩因寺)³⁶⁰⁾의 승경을 무척 예찬하며 함께 놀러 가자고 요청했다. 대개 나를 위해 연포탕(軟泡湯)³⁶¹⁾을 마련하고 이런 요청을 하는 것이다. 그 사람됨이 이와 같이 친절하고 성의가 있으며 인정이 많다. 신보와 함께 가는데, 송덕성(宋德成)과 정몽설(鄭夢說)도 또 따라 왔다. 산기슭에 이르러 비로소 남여를 탔는데, 길이 지극히 험준하다. 빙빙 돌아서 위로 5리쯤 올라가다가, 문득 구십호(九十湖)³⁶²⁾를 돌아보니, 이미 다리가랑이 아래에 있었다. 석벽이 깎아지른 것이 사방을 석성(石城)으로 두른 것 같다. 위는 평평하여 앉을 수 있는데, 바람이 너무 거세어 올라가서 관람하지 못했다.

수인사(脩因寺)에 이르렀는데, 너무 협소하고 누추하여 볼 게 없었다. 강진 병영(兵營)의 기생 몇 사람이 와서 기다리고 있어, 춘면곡(春眠曲)을 부르게 했다. 잠시후 눈이 별안간 나무숲사이로 휘날려 경치가 지극히 기이했다. 걸어서 석문암(石門庵)에 이르렀다. 앞에 아슬아슬하게 바위가 서있는데, 문과 같이 마주 보고있으며 절벽 낭떠러지에 임하고 있어 시야가 넓고 탁 트였다. 천풍산(天風山)·만덕산(萬德山) 모든 산이 구름 사이로 출몰하고 바다빛이 어슴푸레 밝아, 바라보니 하나의 띠같으며, 모래언덕에 있는 병영성(兵營城)이 달과 같이 둥글며, 인가가 다닥다닥 붙어 있는 것이 더욱 기이했다. 바람이 날이 저물어 갈수록 더욱 거세게 불어 사람이 쓰러질 정도였다. 문을 닫고 화로를 끼고 신보(信甫)와 시를 지으면, 늙은 기생 백매(白梅)가 노래를 잘 불러 시를 짓는 대로 곧 한 곡을 연주하니, 지극히 운치가 있었다. 구양수공(歐陽修公)이 용문(龍門)³⁶³⁾에서 놀았을 때에, 이와 같은 운치가 있었는지 어떠했는지 알 수가 없다.

---

359) 우후(虞候) : 각도의 병사(兵使)·수사(水使) 밑에 있는 부관(副官)에 해당하는 직책.
360) 수인사(修因寺) : 지금 전남 강진군 병영면 지로리(枳路)里 110번지 수인산에 있는 절.
361) 연포탕(軟泡湯) : 원문에 설포(設泡)로 돼 있으나, 11월 2일과 11월 10 일 일기에 설연포(設軟泡)로 되어 있으며, 전반적 상황으로 보아 "연(軟)"자 빠진 것으로 여겨져 설연포(設軟泡)로 풀었다. 연포(軟泡)는 꼬챙이에 뀐 두부를 닭국에 끓이는 요리.
362) 구십호(九十湖) : 지금 강진읍 남쪽 6리에 있다. 근원은 월출산에서 나와 남쪽으로 흘러 강진 서쪽의 물과 합쳐 구십호가 된다.
363) 용문(龍門) : 중국 황하의 상류에 있는 산이름. 또는 그곳을 통과하는 여울목 이름. 산서성(山西省) 하진현(河津縣) 동북쪽에 위치하고 있으며 황하가 여기에 이르면 양안의 깎아지른 절벽이 마주하여 마치 대궐문과 같음.

▣ 수인사(脩因寺)에 올라 신보(信甫)의 시에 차운하다.

몇 구비 도는 가파른 돌길 눈을 헤치고 올라가니,
울 밖에서 맑은 종소리 들려와 절이 가까워진 줄 알겠네.
백사장에 파도 밀려오니 멀리 바다 있는 줄 알겠고,
안개낀 숲사이로 해솟아 나오니 저녁노을 아롱지네.
외떨어진 봉우리 우뚝해 자주 고개 들고 바라보니,
멋진 시구(詩句) 자꾸 떠올라 절로 손놀려지네.
그윽한 대나무 아래 잠시 쉬는데,
산승이 웃으며 솔잎차를 내오네.

<登脩因寺, 次信甫韻>
百盤危磴入雪斜,　蘿外淸鍾認佛家.
沙岸潮歸遙似海,　林霏日出晚成霞.
孤峰忽矗頭頻擧,　好句將圓手自叉.
穿盡幽篁繞歇脚,　山僧一笑進松茶.

▣ 석문암(石門庵)의 서쪽 대에 오르다.

암자는 절 북쪽에 있으며, 앞에 있는 돌로 이루어진 대는 지극히 높아 바다를 바라볼
수 있다.

소슬한 한겨울 나무들 앙상하고,
나그네와 슬픈 노래 부르며 높은 누대에 기대섰네.
산바람 순식간에 거세게 불어 눈발 날리고,
바다물빛 갑자기 밝아 파도 밀려올 듯하네.
여가 있는 날 자주 이런 좋은 모임 마련하여,
오래도록 큰 술잔으로 취해본 지 몇 번인가?
고향을 어디 두고 종남산(終南 : 南山)를 멀리 떠나와,
해질녘 떠가는 구름 홀로 돌아 봐야하나?

<上石門庵西臺>

庵在寺北, 前有石臺, 極高, 可以望海.

蕭瑟寒天萬木哀,　　悲歌與客倚高臺.

山風乍急雪初下,　　海色忽明潮欲來.

暇日卽須頻勝會,　　百年能醉幾深杯.

故園何在終南遠,　　日暮浮雲首獨回.

■ 우후(虞候)인 이순좌(李舜佐)가 함께 수인사(脩因寺)에 올라 자못 열심히 시를 지
어달라하기에 이를 지어 그에게 주다.

　　홍안에 검붉은 수염 정말 소년같고,
　　웅대한 심회 뭇 대장부보다 출중하네.
　　큰 활로 백액호(白額虎) 거침없이 물리치고,
　　촛불 환히 밝히고 황석편(黃石編) 자주 읽어보네.
　　눈 내릴 듯한 날 함께 유서깊은 절에 올라,
　　우뚝한 망대에서 하늘 같은 바다를 바라보네.
　　남아의 만남과 이별 원래 정해진 것 아니니,
　　슬픈 노래 불러 이별하는 자리에 머무르게 하지 마시게.

　　<李虞候 舜佐, 偕登脩因寺, 索詩, 頗勤, 書此, 贈之>

紅面紫髥正少年,　　雄心獨出萬夫前.

長弓自逐白額虎364), 高燭頻開黃石編365).

古寺同來山欲雪,　　危臺一望海如天.

男兒聚散元無定,　　莫遣哀歌瑠別筵.

364) 백액호(白額虎) : 호랑이 중에 특히 사납다고 일컬어지는 것. 주처(周處)는 힘이 남보다 뛰어났으나 방자한 면
　　이 있어 남에게 미움을 샀다. 그런데 주처는 어떤 노인이 두려워하는 백액호를 사살하고 돌아와서 드디어 학
　　문을 좋아했다고 한다.『晉書』「周處傳」
365) 황석편(黃石編) : 진(秦)나라 때의 은사(隱士) 황석공(黃石公)이 장량(張良)에게 주었다는 병서(兵書). 상략(上
　　略)·중략(中略)·하략(下略)의 삼략(三略)을 지었다고 함.

■ 옥오(玉吾)선생이 여자(餘字)에 차운하여 보여주시기에 화운(和韻)하여 올리다

1
지팡이에 삼신 신고 이 십 여일 동안,
날마다 침상 가까이서 문안 여쭀네.
달 밝은 밤에 문장을 논하니 회동(灰洞)에서와 같고,
초라한 등불 아래 눈을 노래하니 옥재(玉齋)에서와 같네.

<玉吾先生, 次示餘字韻, 奉和>
其一
叨陪杖屨兩旬餘,　　日日床前問起居.
夜月談文灰洞366)似, 寒燈賦雪玉齋367)如.

2
성인이 주역(周易)을 저술했으나 우환은 남아있으니,
귀양살이중에도 단정히 주역공부에 힘쓰시네.
처지가 곤궁할수록 모름지기 마음을 근신해야하니,
도(道)가 궁색하다고 하필 울며 눈물 흘리리요?
　오른 글은 주역(周易)을 읽는 분에게 답한 것이다.

其二
聖人作易憂患餘,　　着力端宜在索居368).
處困只須心惕若369), 道窮何必泣漣如.
　　右答讀易.

---

366) 회동(灰洞) : 잿골. 지금 서울 가회동(嘉會洞)·안국동(安國洞)·재동(齋洞)에 걸쳐있던 마을. 단종(端宗)이 그 누님 경혜공주(敬惠公主)의 집인 영양위(寧陽尉) 정종(鄭悰)에게 간 기회를 타서, 수양대군이 한명회 등의 말을 듣고, 단종을 보필하는 신하들을 꾀어들여 학살했는데 그 피가 내를 이루었다. 그 피비린내를 없애기 위해 재를 뿌렸다. 이로 인하여 잿골 또는 회동이라하였는데, 1914년에 잿골의 이름을 따서 재동(齋洞)이라 했음.
367) 옥재(玉齋) : 송상기의 고향(故鄕)인 지금 대전광역시 송촌동(宋村洞)에있던 송상기(宋相琦)의 학재(學齋)인 옥오재(玉吾齋)의 약칭. 이를 호(號)로 삼았음.
368) 색거(索居) : 헤어져 쓸쓸히 삶. 여기서는 귀양살이하는 것을 비유함.
369) 척약(惕若) : 두려워하는 모양. 『역경』「乾」"君子終日乾乾, 夕惕若厲 無咎."

3

세모(歲暮)에 바닷가 강진에 귀양와,

일편단심으로 임금 모시던 시절 그리워하네.

높은 지위와 호화로운 기물 원래 무엇이던가?

인간의 영고성쇠 꿈과 같은 것을.

其三

歲暮江潭搖落餘,　一心長戀玉宸居.

朱厓370)金馬371)元何物,　人世榮枯夢幻如.

▣ 류자(留字)에 화운하여 올리다.

1

장기(瘴氣)심한 남방은 머물고 못되는데,

청산 다한 끝에 바다가 아득하네.

강풍(强風)에 돌 모래 날려 정말 두려운데,

지독한 안개 하늘을 가려 다시 근심에 잠기네.

<奉和留字>

其一

瘴癘372)南方不可留,青山盡處海悠悠.

盲風走石眞堪怕,　毒霧薰天更足愁.

2

처음 서로 수십 일을 체류하기로 기약하였는데,

이 계획이 호남(湖南)에 오고보니 또한 어긋나네.

십일동안 천풍산(天風山) 유람 오히려 이별이 한스럽고,

내일 아침 노령(蘆嶺)으로 향할 생각하니 근심만 가득.

---

370) 주애(朱厓) : 후한(後漢) 때 설치했던 현명(縣名). 지금의 광동성(廣東省) 경산현(瓊山縣).

371) 금마(金馬) : 금마문(金馬門)은 한(漢)나라 궁(宮)의 문(門). 문 옆에 동제마상(銅製 馬像)이 있어서 그렇게 불렀음. 금마옥당(金馬玉堂)은 한대의 금마문과 옥당전(玉堂殿). 후세에 한림원(翰林院)을 일컫는 말이 됨.

372) 장려(瘴癘) : 산람장기(山嵐瘴氣)에 의하여 생기는 전염병. 산람장기(山嵐瘴氣)는 더운 지방의 산과 숲, 안개가 짙은 곳에서 습열(濕熱)이 위로 올라갈 때 생기는 나쁜 기운.

기(豈)는 한편 갱(更)으로 바꿔 써도 된다.

其二
始期相守數旬留,　此計南來亦謬悠.
十日天風猶恨別,　明朝蘆嶺豈堪愁.
　　豈一作更.

3
나의 행보 좀 늦추고 싶으나,
집 떠난지 얼마나 오래되었던가?
하얗게 바랜 대사립 앞에 동백나무,
꿈 속에도 응당 이곳을 걱정하리.

其三
吾行縱欲更遲留,　其奈離家歲月悠.
白竹扉前冬柏樹,　夢魂應向此中愁.

■ 면자(眠字)에 화답하여 올리다.

1
과천현(果川縣)북쪽 객점에서 잠자고 이별하던 일,
당시를 되생각해보니 이미 서글픔이 져며오네.
밝은 달빛을 바라보는 건 천리간에 같건만,
일년동안 바닷가에 따로 떨어져서 바라보았네.

　　<奉和眠字>
其一
果川縣北店中眠,　追記當時已黯然.
千里同看明月色,　一年相望海雲邊.

2
대화하다보니 밤 깊었으나 제대로 잠오지 않고,

대나무창에 등불빛 다시 빛나네.
이곳에서 상봉하니 꿈 만 같은데,
비로소 호남 변방에 유배된 줄 알겠네.

其二
話到深宵自不眠,　　竹囱燈火更熒然.
此地相逢如夢寐,　　始知流落在南邊.

3
망망한 세상사 다만 잠 못 이루어,
하소연 다하고 생각해보니 하염없이 눈물만.
일찍이 월출산(月出山) 천리 길 멀다 말했는데,
강진(康津)은 월출산(月出山)을 더 지나야 되네.

其三
茫茫世事只堪眠,　　訴盡相思一泫然.
曾說月山千里遠,　　康津更過月山邊.

4
이별할 걸 생각하니 이 밤도 이미 잠 설치게 되며,
내일 아침 되면 다시 망연해질 걸 응당 알고 있네.
선생께선 강진(康津) 유배지에서 탄식하고 계신데,
나는 한 겨울 찬 구름 쫓으며 고향으로 돌아가네.

其四
別意今宵已不眠,　　應知明日更茫然.
君吟芳杜留湘岸373),　我逐寒雲向日邊374).

---

373) 상안(湘岸) : 상수(湘水)는 중국 영령현(靈陵縣) 양해산(陽海山)에서 나와 북쪽으로 양자강으로 들어감. 여기서는 물가인 강진(康津)를 지칭.
374) 일변(日邊) : 경도(京都)의 부근. 제왕(帝王)의 좌우. 여기서는 담헌의 집이 있는 고향 진천이나 서울을 가리킴.

5
이별에 임하여 심기 편안히 하시길 축원하는데,
대저 만나고 헤어지는 것이 구름 같네.
머지 않아 임금의 교서가 좋은 소식 전하리니,
미호(渼湖)에서 웃으며 뵙게 되기를 기대해봅니다.

其五
臨分至祝在安眠,　　聚散如雲大抵然.
早晚天書傳喜語,　　相期一笑渼湖[375]邊.

■ 말 위에서 또 면자(眠字)를 사용하여 회포를 적다.

이별의 상심으로 말위에 엎드려 졸다가,
뒤돌아보니 동성(東城)은 이미 까마득하네.
이 사위 떠나보내고 난 뒤 문득 대화할 사람 없어,
다만 병풍가에 기대어 눈물만 흘리시겠지.

　　<馬上, 又用眠字書懷>
離愁如醉抱鞍眠,　　回首東城[376]已杳然.
送後更無人對話,　　只應流淚倚屏邊.

11월 26일

　장차 내일 아침에 북쪽으로 귀향하려 한다. 동성인(同姓人)인 이성하(李成夏) 등 6~7인이 와서 유자와 민어로 대접했다. 이민욱(李敏郁)형제가 또 찾아왔는데 동성인(同姓人)이다. 오후에 우후(虞侯)인 이순좌(李舜佐)가 왔다. 밤에 성장 신보(聖章 信甫)와 촛불을 밝히고 시를 지었다.

375) 미호(渼湖) : 대전광역시 신탄진과 대청댐 사이를 이름. 이곳에 제월당(霽月堂) 송규렴(宋奎濂)의 사당(祠堂)이 있음.
376) 동성(東城) : 지금 전남 강진군 병영면 성동리 동성.

11월 27일

정지석(鄭之碩)·김득삼(金得三)·이민욱(李敏郁)이 와서 작별인사를 했다. 식사후 신보(信甫)와 함께 출발하려하니, 떠나고 머무는 정리 때문에 자못 슬픔이 져며왔다. 진남루(鎭南樓)³⁷⁷⁾에 이르러 조금 쉬었다. 말위에서 월출산(月出山)을 바라보니 기이하고 수려하며 험준하고 뛰어나, 자못 누원(樓院)³⁷⁸⁾ 가는 도중에 도봉산(道峯山 : 지금 서울 도봉산)을 바라보는 것과 같다.

15리를 지나 월남촌(月南村)³⁷⁹⁾에 이르렀는데, 월출산(月出山) 남쪽에 있다고 해서 월남(月南)이라 이름지은 것이다. 옛날에 월남사(月南寺)³⁸⁰⁾가 있어 제법 승경이었는데, 지금은 폐허가 되어 민간인이 살고 있다. 또 서쪽으로 5리에 백운동(白雲洞)³⁸¹⁾이 있는데, 승정원(承政院) 정자(正字) 이언렬(李彦烈)³⁸²⁾의 별장이 있다. 동네 구릉이 아늑하고 깊으며, 나무는 동백나무가 많은데 막 꽃이 피어 현란하다. 정원안에 산의 샘물을 끌어들여 구비돌아가는 물길(曲水)를 만들어 놓았다. 대개 지난날 술잔을 띄우던 곳이었으나, 언렬(彦烈)이 죽은 후 또한 폐허가 된지 오래이다. 남쪽에 작은 언덕이 솟아 있고 큰 소나무를 줄지어 심어 놓았다. 그 아래 단을 만들어놓아 앉아서 구정봉(九井峰)의 여러 봉우리를 볼 수 있으니 더욱 기이하다.

안정동(安定洞)³⁸³⁾은 그 서쪽 1리에 있는데 이은진 석형(李恩津 碩亨)이 일찍이 살던 곳이다. 성장(聖章)이 "그 승경이 나의 열운정(悅雲亭)³⁸⁴⁾보다 훨씬 낫다."고 말하는데, 그 말은 매우 지나치다. 언덕기슭이 둘러싸이지 않아서, 자못 아늑하고 조용한 정취가 없으며, 암석사

---

377) 진남루(鎭南樓) : 지금 전남 강진군 병영면 지로리에 있었으나 지금은 없어짐. 1634년 창건, 1650년, 1768년 중건했었음.

378) 누원(樓院) : 서울에서 의정부로 갈 때 장수원 못 미쳐 전철과 국도가 만나는 부근. 다락원을 카리킴.

379) 월남촌(月南村) : 지금 전남 강진군 성전면 월남리 월남마을.

380) 월남사(月南寺) : 지금 전라남도 강진군 성전면 월남리에 있는 절. 고려시대 제작된 백제 양식의 삼층석탑과, 월남사를 창건한 진각국사(眞覺國師碑)가 남아있다. 진각국사의 법명(法名)은 혜심(慧諶), 속성은 최씨(崔氏).

381) 백운동(白雲洞) : 지금 전라남도 강진군 성전면 백운동. 백운처사(白雲處士) 이담로(李聃老)의 별서(別墅)가 있던 자리로 이언렬은 그의 후손. 지금 백운동에 있던 이언렬(李彦烈)의 별장자리엔 주춧돌과 굵은 동백나무가 남아 있으며, 백운동과 안정동 주변 구릉과 등성이에는 설록차 재배포가 조성돼있다.
   원주 이씨 이덕휘(李德輝)의 아들 자이당(自怡堂) 이시헌(李時憲)은 10세 때부터 다산(茶山)에게 취학했다. 초의선사(草衣禪師 1786~1866)의 백운첩(白雲帖)에 그려져있는 백운동. 이재환(李在桓)소장, 사진 조선일보. 조선일보 2001년 6월 5일 화요일 41판 21면 유홍준의 해설과 30면 김한수(金翰秀)기자의 기사 참조.

382) 이언렬(李彦烈) : 1680년(숙종 6년)출생. 본관은 원주(原州). 자(字)는 열경(烈卿). 강진 출신. 계사년(1713) 증광시 합격. 승정원(承政院) 정자(正字) 역임.

383) 안정동(安定洞) : 안정동(安靜洞)은 청련(靑蓮) 이후백(李後白 1520~1578)의 사패지(賜牌地). 이석형은 그의 후손.

384) 열운정(悅雲亭) : 담헌의 부친 이인엽(李寅燁 1656~1710)이 산수를 좋아하여 휴거(休居)하려 지금의 충북 진천군 초평면 용정리 양촌(陽村) 금계변(金溪邊) 석벽(石壁)위에 쌍오정(雙梧亭)을 건립하였는데, 얼마 후에 열운정(悅雲亭)으로 개명하였다. 지금은 남아 있지 않다.

이에서 솟아나오는 샘물도 또한 볼 만한 게 없었다. 다만 대나무와 수목이 어우러져 있을 뿐이다.

저녁에 무위사(無爲寺)385)에 이르렀는데, 자못 황량하고 누추하다. 남절도사(南節度使)가 "불전(佛殿)의 벽화386)는 오도현(吳道玄)387)이 그린 것이다."라고 말하나, 그것은 옳지 않다. 그러나 붓놀림이 자못 속되지 않아 또한 근대인의 작품이 아니다. 영암의 선비 조윤신(曺潤身)이 아침에 왔다. 그와 함께 월출산에 놀러가기로 하여 이곳에서 만나기로 약속했기 때문이다. 절 서쪽에 원각대사비(元覺大師碑)388)가 있으나, 태반이 깎이고 부서져나가 끝내 누가 찬(撰)한 것인지 알 수가 없다.

▣ 백운동(白雲洞)

정자(正字)를 지내고 죽은 이언렬(李彦烈)의 별장이다. 정원 가운데에 샘물을 끌어 들여 잔을 흘려보내기 위해 굽이 돌아가는 물길(曲水)을 만들었는데, 지금 폐허가 되었으며, 동백꽃이 바야흐로 활짝 피었다.

백운동(白雲洞) 입구에 말매어 놓고,
문안에 들어가보니 소나무만 뜰에 빽빽하네.
꽃도 피고 눈덮인 나무도 그대로 남아 있건만,
인걸은 가고 숲속에 정자만 덩그러니 남았네.
굽이돌게 만든 물길(曲水)은 어느 해에 폐허가 되었는가?
단지 우쭉 솟은 대나무만 제멋대로 푸르러.
고단(古壇)에 찾아와서 지팡이 짚고 서니,
그윽한 심회가 다시 착잡(錯雜)하기만 하네.

---

385) 무위사(無爲寺) : 지금 전남 강진군 성전면(城田面) 월하리(月下里)에 있는 절. 597년(진평왕 19년) 원효대사가 창건한 절인데, 처음에 관음사(觀音寺)라 했고, 1555년 (이조 명종 10년)에 무위사로 개칭했다. 극락보전과 승방만이 남아있으며, 선각대사편관영탑(先覺大師遍光靈塔)과 국보 13호인 극락보전(極樂寶殿), 그리고 극락보전 안에 있는 벽화는 유명하다.

386) 벽화 : 극락보전 안벽에 그려져있는 벽화의 훼손을 방지하기 위해 1974년 韓屋으로 벽화 보존각을 건립했다. 보존각 중앙에 진열대 2열을 서로 맞붙여 설치하고 각각의 진열대 한쪽면에 투명유리를 부착했다. 그 안에 벽화가 그려진 벽을 통째로 옮겨놓고 일반인에게 관람하게 하고 있다.

387) 오도현(吳道玄) : 당나라 때의 화가. 자(字)는 도자(道子). 불화(佛畵)와 산수화(山水畵)에 뛰어나 화성(畵聖)이라 불려짐.

388) 원각대사(元覺大師碑) : 선각대사(先覺大師)의 오기(誤記)이다. 속명(俗名)은 최형미(崔逈美). 864년 출생. 10년간 중국에 유학했으며, 왕건과 가까워 917년 궁예에게 죽임을 당했다.

<白雲洞>

故正字李彦烈別業也. 庭中引泉, 爲流觴
曲水, 今廢, 冬柏方盛開.

駐馬白雲洞, 　入門松滿庭.

花開餘雪樹, 　人去獨林亭.

曲水何年廢, 　脩篁只自青.

古壇來拄杖, 　幽意更泠泠.

강진 월남사 터 보물 제298호 삼층석탑

■ 안정동(安靜洞)에 있는 이씨(李氏)의 정자.

　이징구(李徵龜)참봉의 별장인데, 백운동(白雲
洞) 서쪽 2리 쯤에 있다.

월출산(月出山) 앞에 있는 이씨(李氏)의 정자,
풍연(風烟)머금은 한 골짜기에 한갓
지게 자리잡았네.
우쭉한 대숲에 기암괴석 어우러지고,
오래 묵은 매화나무 아래 맑은 샘물
솟아나네.
지난날 그 명성을 듣고 내 마음 허
공따라 보냈는데,
한겨울에 지팡이 짚고 찾아오니 흥
이 절로 쏠리네.

이언렬 백운동 터

높은 안목으로 응당 작품을 남겼으나,
돌아가신 삼연(三淵)을 어떻게 살아나게 할 수 있으리?
삼연(三淵) 김창흡(金昌翕)어른이 일찍이 이 마을을 지나가다가, 동쪽 암자에서 유숙
하고 떠났으며, 성장(聖章)이 일찍이 그 승경을 매우 예찬했다.

　　<安靜洞李氏亭>

　李徵龜參奉別業也, 在白雲洞西二里許.

李家亭子月山前, 　占取風烟一壑專.

脩竹林中元怪石, 　古梅樹下卽淸泉.

聞名異日神空往,　倚杖寒天興自偏.

高眼定應題品[389]在, 九原何以起三淵.

　淵丈曾過此洞, 宿東庵而去, 聖章嘗盛稱其勝.

▣ 무위사(無爲寺)

절의 벽에 관음상(觀音像)이 걸려 있는데, 필법(筆法)이 지극히 기묘하다. 세상에 전해
오기를 오도현(吳道玄)이 그렸다고 하는데, 이는 옳게 본 것이 아니지만, 또한 신라 고
려간의 명필의 솜씨이다.

백운동. 초의선사(草衣禪師 1786~1866)의 백운첩(白雲帖). 이재환(李在桓) 소장, 사진 조선일보

우뚝 솟은 바위봉우리 모두 빼어나고,
아늑한 대숲속에 자리잡은 절도 아늑하네.
위엄있는 비석은 선각대사비(先覺大師碑)이며,
오래된 벽면엔 관음상(觀音像)이 그려져 있네.
풍경소리는 멈추었으나 바람은 아직도 불고,

389) 제품(題品) : 고하 우열을 품평(品評)함.

달빛은 차디찬 이불속으로 비쳐드네.
거처하는 승려들 모두 범속한 인물들이나,
상대해보니 또한 선심(禪心)이 있네.

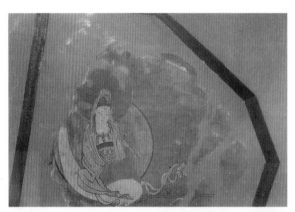

무위사 벽화

<無爲寺>
　寺壁, 有觀音像, 筆法極奇. 世傳爲吳道玄, 非是, 亦羅麗間名筆也.
　立石峯皆秀,　　幽篁寺更深.
　危碑自元覺390),　古壁見觀音.
　磬歌風猶永,　　衾寒月欲侵.

---

390) 원각(元覺) : 선각(先覺)의 오기임

居僧俱俗物,　　相對亦禪心.

■ 최치완(崔致完)군이 무위사(無爲寺)에 전송하러 왔기에, 이별할 때 써서 주다.

정말이지 나의 시상(詩想) 무궁무진하나,
아무에게나 함부로 남발하진 않네.
오늘 아침 그대에게 꼭 시지어 주고 싶은 마음 생겼는데,
그대도 날 위해 무위사(無爲寺)까지 와서 전별하는거지요.

<崔君致完, 送至無爲寺, 臨別, 書贈>
我詩眞似千勻弩[391], 不向人人輕發之.
須識今朝贈君意,　　爲君相送到無爲.

■ 무위사(無爲寺)로부터 도갑사(道岬寺)로 향하다
가 뒤 고개를 오르는데, 길이 지극히 험준했다.
바다를 바라보니 분명하게 보이는 것이 자못
장관이었다.

남여(藍輿)는 매달린 듯 옆으로 기울어지고,
뒤집힐 듯한 층암절벽 하늘을 찌를 듯하네.
넓은 바다가 문득 발 아래 보이고,
구름 한점이 이미 옷깃을 스쳐 지나가네.
무서운 길 마다하지 않고 험난한 길 지나다녔으
니,
기이한 장관 오래도록 자랑하리라 스스로 다짐
하네.
고지대 용암사(龍巖寺)에서 숙박하려고 하는데,
오늘밤도 밝은 달이 산마루에 걸려있네.

무위사 선각대사비

---

391) 천균노(千勻弩) : 천균(千勻)의 쇠뇌를 쏘아대듯이 강하고 많다는 뜻.

<自無爲向道岬, 登後嶺, 道極陟峻, 見海了了, 殊壯觀也>

藍輿欹側勢如懸,　倒上層巓若上天.

大海忽然生脚底,　孤雲已復落襟前.

不辭畏道經千險,　自信奇觀詫百年.

欲向龍巖高處宿,　今宵又了月山緣.

11월 28일

최치완(崔致完)이 전송하기 위해 이곳까지 왔다가 돌아간다고 하기에 시 한 수를 지어 주며 작별했다. 절을 거쳐 서쪽으로 2리를 가니 고개가 지극히 험준하다. 정상에 오르니 바다가 보인다. 도갑사(道岬寺)[392] 중들이 남여를 가지고 와서 맞이한다. 북쪽으로 6~7리를 가서 절에 이르렀는데, 건물이 웅장하고 화려하다. 앞에 종각이 있는데 양쪽 벽에 불상을 그려놓았다. 종각 남쪽에 긴 회랑을 건립했는데 30여간이나 됐으며 밖에 사중문(四重門)이 있다. 대저 보림사(寶林寺)와 비교해보면 규모가 정제된 것이 그 보다는 나은 것 같다.

주승(主僧) 현응(玄應)은 나이가 60여세가 됐는데, 사람이 지혜가 있고 변별력이 있다. 수미대사(守眉大師)[393]의 가사(袈裟) 및 수정(水晶)과 호박(琥珀) 몇 개, 향목(香木)으로 만든 주미병(麈尾柄)[394]을 보여주었다. 또 수정합(水晶盒)에 사리를 안장하여 지극한 보물로 여기는데, 살펴보니 곧 조개에서 나오는 진주였다. 내가 그것을 사리가 아니라고 반박하자, 현응이 자못 실심한 표정을 짓는다. 불전 동쪽에 수미비(守眉碑)가 있다. 성총(聖聰)이 찬한 것인데, 문장투가 승기(僧氣)를 면치 못했다.

고승당(高僧堂)[395] 일명 정단림(旃檀林)이 불전 서쪽에 있는데, 중이 "도선(道詵)이 창건했다."고 말한다. 승방의 설비방법이 궤이하다. 사방을 벽돌로 쌓았는데 높이는 2척 가량이었다. 너비도 그와 같고 아래로 또한 벽돌로 쌓았다. 상하에 다만 구들고래 하나를 설치하고, 불을 때면 방 전체가 따스하게 되는데, 어떻게 해서 이렇게 되는지 알 수가 없다.

식사후 남여를 타고 절을 벗어나 동문으로 10보쯤 가니, 샘이 돌위로 흘러 아래로 떨어져

---

392) 도갑사(道岬寺) : 지금 전남 영암군 군서면(郡西面) 도갑리(道岬里)에 있는 절. 신라말 도선국사(道詵國師)가 창건했다고 전해지는데, 국보 50호인 해탈문이 있다.

393) 수미대사(守眉大師) : 조선. 중. 호는 묘각(妙覺). 성은 최(崔). 본관은 고낭주(古郞州). 13세 월출산 도갑사의 중이 되었다. 선종판사(禪宗判事)가 되어 황폐한 선종(禪宗)을 부흥시키고 종문(宗門)을 정돈했다. 1458년(세조 3년) 왕명으로 경차관(敬差官) 윤찬(尹贊)·정은(鄭垠)을 도와 해인사(海印寺) 대장경 50부를 박아 내는 일을 감독했으며 후에 왕사(王師)가 됨.

394) 주미병(麈尾柄) : 선승(禪僧)이 담화(談話)할 때 손에 들고 흔드는 물건. 불자(拂子). 총채.

395) 고승당(高僧堂) : 도갑사 경내에 있었으나 폐해진지 오래되어 흔적도 없이 대밭으로 있었던 곳을 발굴하여 면모가 드러남(1995년 목포대 발굴).

못을 이루었다. 중이 일컫기를 "돌에 못으로 통하는 구멍이 있다."라고 한다. 무성한 대숲이 그 양쪽 언덕을 덮고 있어 그 물색과 엇갈려 비쳐진다. 강락(康樂)396)이 "푸른 대나무가 푸른 물결위에 아름답게 비치는구나." 라고 한 시구가 비로소 공려함을 깨달았다.

시내를 건너니 백헌(白軒)이 지은 도선비(道詵碑)가 있어, 남여에서 내려 그것을 읽어보았다. 또 물길을 거슬러 동으로 숲위로 안쪽에 있는 산의 여러 봉우리를 바라보니, 조금씩 그 정상이 드러나는데, 기이하고 뾰족하며 높이 깎아솟은 것이, 끝내 밖으로 부터 그것을 바라보는 것만 같지 못하다. 세칭 월출산(月出山)은 가까이서 보는 것이 멀리서 보는 것만 못하다고 한다. 대개 이 산은 위 부분은 돌이고 아랫 부분은 흙인 까닭에 멀리로부터 바라보면, 다만 봉우리만 끝에 돌들이 오똑하고 뾰족한 것을 볼 수 있을 뿐이니, 이로써 기이하다고 여기는 것이나, 산의 안쪽에 이르러 보면 전체가 드러나기 때문에 언뜻 보기에 기상이 천박하다. 파옹(坡翁 : 蘇軾)이 읊기를 "여산(廬山)의 진면목을 알 수는 없는데, 다만 이 몸이 산중에 있네."라고 했으니, 무릇 안과 밖이 경관이 다른 것은 여산(廬山)도 그러하니, 어찌 이 산의 누(累)가 되겠는가?

율령산(栗嶺山)397)을 지나니, 길이 험해 가끔 남여를 버려두고 걸어서 용암사(龍巖寺)398)에 이르렀다. 지세가 지극히 고절(孤絶)하며, 기이한 암석이 둘러싸고 있어 그 승경이 천풍산(天風山)의 구정암(九精庵)보다 못하지 않다. 구정봉(九井峯)399)까지는 아직도 몇 리가 남았다고 들었다. 드디어 신보(信甫)와 함께 지팡이를 짚고 올라가는데, 돌길이 굴곡이 심하고 눈과 얼음이 미끄러워서, 열 발자국 가서는 한 번 쉬었다. 봉우리 밑에 이르러 올려다보니, 큰 돌이 우뚝 솟아 수 백 척은 되겠다. 위는 평평하고 넓으나, 사면이 깎아 세운 듯해서 올라갈 수가 없다. 서쪽으로 동굴이 하나 있는데, 옷을 꿰맨 것 같이 너무 좁아서 사람이 포복을 해야 간신히 드나들 수 있다. 중 하나가 먼저 들어가고 신보(信甫)가 이어 들어갔다. 바위 절벽이 얼어 실족하면 거의 떨어질 것 같아, 바야흐로 눈을 똑바로 뜨고 드디어 용암(龍巖)에 올라 섰다. 중 두상(斗相)이 얼른 쫓아와 소매를 잡아당기며 애써 말리는 바람에, 결국 흥이 깨져 감히 앞으로 나가지 못했다. 우리가 길을 돌아 입산한 것은 대개 구정봉(九井峯) 정상에 올라

396) 강락(康樂) : 사령운(謝靈運 384~433)은 집안이 좋아 일찍이 강락공(康樂公)에 습봉(襲封)되었다. 사령운은 산수를 객관적으로 사실적으로 읊고 있다. 그는 시에 변우법(騈偶法)을 사용하였다. 변우란 상대되는 두 구절 사이에 어법구조, 의미 음악효과에 대칭이 되도록 하는 것. 사령운의 시는 변우법과 경전구를 많이 사용하고 있어 시의 생동감은 적지만 기교는 뛰어나다.

397) 율령산(栗嶺山) : 월출산내에 있는 산. 도갑사에서 용암사로 가는 도중 산고개가 있음. 영암읍 큰골과 도갑사 홍계골과의 경계를 이루고 있음.

398) 용암사(龍巖寺) : 지금 전남 영암읍 회문리(會門里) 산 26-3. 순천시 선암사 중창탑비에 소개되어 있고, 사찰은 남아있지 않으며, 고려초기의 삼층석탑을 복원하였다.

399) 구정봉(九井峯) : 바위틈을 통해 10여 척 되는 정상에 오르면 평평한 바닥에 아홉 개의 웅덩이가 패어 있어 구정봉이라 한다. 그 주변에 20여 명이 앉을 수 있는데, 이 웅덩이는 가뭄에도 마르지 않는다.

서 상쾌하게 바다의 낙조를 보기 위함이었다. 끝내 포기한 것이 아닌데 직전에 차질이 생겼으니, 대저 왕현충(王玄冲)[400]의 무리는 유독 어떤 사람인가? 남쪽에 동석(動石)[401]이 있는데, 중이 작은 나무 작대기를 가지고 그것을 흔드니, 돌끝이 간들간들 저절로 움직인다. 『여지승람(輿地勝覽)』에 소위 "한 사람이 흔들어도 떨어질 것 같으면서도 떨어지지 않는다."고 한 것이, 정말 헛된 말이 아니다.

경천대(擎天臺)[402] 또한 볼 만 했으나, 해가 저물어 올라갈 겨를이 없었다. 동쪽으로 고산사(孤山寺)[403]가 있는데, 문곡(文谷)의 시에 소위 "구름사다리를 평안히 밟고 고산사에 오른다."[404]라고, 한 것이 이것이다. 지금은 폐허가 되었다고 한다.

용암사에 돌아와서 잤다. 암자의 주인인 탄식(坦識)이 불경의 뜻을 제법 알며 성품도 순박하여, 자못 호남지방 승려들의 교활하고 완악한 습성이 없다.

■ 도갑사(道岬寺)에서 문곡(文谷)의 시에 차운하여 현응상인(玄應上人)에게 주다. 현응(玄應)은 나이가 60여인데 도갑사(道岬寺)에 있은 지 이미 50년이 되었다. 사람 됨이 지극히 기개가 있어 용렬한 중이 아니다.

명산을 두루 유람하니 흥취가 끝이 없어,
다시 월출산(月出山)을 오르고자 지팡이 잡네.
샘물은 움푹한 홈안으로 떨어져 운모(雲母)빛 물방울을 튀기며,
돌산은 멀리 소나무 사이로 드러나니 모두 눈덮인 봉우리라네.
오래된 건물에 먼지만 수북히 쌓여 탱화도 희미하고,
길다란 행랑채엔 한낮에 청아한 종소리만 들려오네.
동쪽 암자에서 관람하는 파도가 장관이라 하니,

---

400) 왕현충(王玄冲) : 현충(玄冲)은 진(晉)나라 왕혼(王渾)의 字. 산수유람을 좋아했던 인물.

401) 동석(動石) : 월출산 구정봉층암위에 세 돌이 있는데 높이가 한 길 남짓하고 둘레가 열 아름이나 된다. 서쪽으로는 산 마루에 붙어있고 동쪽으로는 절벽에 임해있다. 한 사람이 흔들어도 흔들리는데, 떨어질 것 같으면서 떨어지지 않는다. 그러므로 영암(靈巖)이라 칭하고 영암군(靈巖郡)이라는 군명(郡名)도 여기서 유래한 것이다.

402) 경천대(擎天臺) : 월출산에 있다. 정천대라고도 부르며 미수(眉叟) 허목(許穆)선생선생의 문집에는 청청대(靑靑代)라고 표기함.

403) 고산사(孤山寺) : 절은 폐허가 되어 흔적이 없음. 경천대에서 향로봉으로 가다보면 아기자기한 자연석으로 층대를 구축하여 오르는 길이 남아있었으나, 지금은 폐허가 되어 없어지고 흔적만 남아있음. 문곡(文谷) 김수항(金壽恒)이 남행하면서 고산사에 들려다가 남긴 시를 통해 고산사의 승경을 대강이나마 짐작할 수 있다. 서설(序說)에 해당되는 부분은 생략하고 본시(本詩)만 제시한다. 『文谷集』권 3 「訪孤山寺 留題示居僧」 "臘日孤山寺, 千秋復此游. 我無坡老韻, 僧有惠師流. 洞雪封巖徑, 溪雲護石樓. 西湖生眼底, 剛不羨杭州."

404) 김수항의 문집 『문곡집』에 실려있는 관련 싯구를 제시한다. 『문곡집』권 3 「숙도갑사 취후 서시계림제인(宿道岬寺 醉後 書示鳩林諸人)」 "危梯直躡孤山寺, 絶磴平臨九井峯."

높다란 누각에 올라 한껏 흥회나 씻어볼까.

　　<道岬寺次文谷韻, 贈玄應上人>
　　應年六十餘, 在道岬已五十年. 爲人極有氣槪, 非庸僧
閱遍名山興不慵,　　欲從月岳更支筇.
泉飛幽竇還雲碓405),　石出遙松盡雪峰.
古屋塵深迷畫佛,　　長廊日午送淸鍾.
東庵聞說觀潮好,　　擬向危樓一洗胸.

▣ 도갑사(道岬寺)

　　웅장한 사찰 규모가 거대해,
　　그 명성 보림사(寶林寺)와 맞먹네.
　　기이한 산 월출산(月出山)이라 불리고,
　　오래된 사찰 도선(道詵)이 창건했다네.
　　벽면에 그린 관음보살상 희미하고,
　　승방에는 독경소리 뜸하네.
　　저녁무렵 이끼긴 돌에 기대어,
　　문득 수미대사비(守眉大師碑) 읽어보네.

　　<道岬寺>
　　雄刹規模大,　　寶林名並馳.
　　山奇月出號,　　寺古道詵爲.
　　畫壁觀音暗,　　鍾廊406)梵誦遲.
　　晚來倚苔石,　　更讀守眉碑.

---

405) 운대(雲碓) : 운모(雲母)로 장식한 방아. 여기서는 움푹한 홈안으로 떨어지는 물이 운모빛으로 튀기고 퍼지는
　　모양을 형용한 것임.
406) 종랑(鍾廊) : 사찰의 종각. 사찰을 지칭함.

도갑사 수미대사비 전모

도갑사 도선수미비 전모

도선수미비 우측면 용 조각

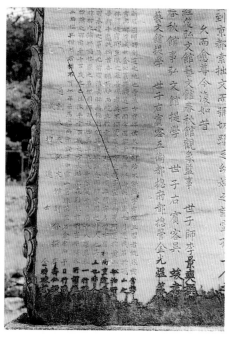
도선수미비신 '세자사 이경석 찬(世子師 李景奭 撰)'이란 명문이 보임

▣ 도갑사(道岬寺)

지인(至人)은 인간세상 밖에 자신을 두고 있으며,
세상을 모두 자기 집과 같이 생각하네.
생사의 원리를 통달한 수준이,
팔꿈치를 오므리고 펴는 것과 같하네.
여래(如來)가 두 발을 드러낸 것은
대개 또한 유희에 나가려는 것.
어리석은 중들이 망년되이 숭고하게 꾸몄으니,
이건 본래 여래(如來)의 뜻이 아니라네.
도선(道詵)이란 중은 또한 특이한 인물,
그 유적 일찍부터 이곳에 남아있네.
승려들은 서로 전해 말하기를 ,
도선(道詵)이 이절을 창건했다하네.
중문(重門)의 규모가 장관이며,
층각은 높고 장대하네.
위엄이 있도다! 정단림(旃檀林)이,
건물들이 아늑하고 깊숙한 곳에 가려져있네.
토목공사 지극히 사치스러우니,
민력(民力)의 낭비를 애석하게 여기지 않았네.
이로써 도선(道詵)의 인품을 알아볼 수 있으니,
오래도록 논의할 것이 많겠네.
왕이 태어날 터라고 계시해주며 왕건(王建)를 보좌한 건,
이미 고승이 해야할 일이 아니었네.
어찌 다시 국가 재정을,
이 쓸모없는 데(無用之處) 버렸는가?
이 절의 승려들 매우 어리석고 망령되어,
조개에서 나온 진주를 사리(舍利)라 칭하니,
가소롭다, 저 속된 무리들,
다시 진위를 논할 것도 없네.
단지 황탄한 말을 믿는 승려들,
영험하고 기이함을 자랑하네.

이를 믿는 중들 또한 완악하여,
음예(淫穢)한 것이 날로 방자해가는구나.
이 또한 부처(佛氏)의 혜택(利澤)이 아닌데,
말법(末法)을 일컬으니 한탄스럽다.
내가 도선을 단죄(斷罪)하노니,
그 죄 도참기(圖識記)를 지은 것 뿐만이 아니다.
식견있는 자가 본다면 ,
내말이 망녕된 질책이 아니라 할 것이다.

도선수미비 상부의 용 조각(오른쪽)

도선수미비 상부의 용 조각(왼쪽)

<道岬寺>

至人[407]外其身,　於世如寓寄.
洞達死生原,　譬若屈伸臂.
如來現雙足,　盖亦出游戱.
愚僧妄崇飾,　本非如來意
道詵亦怪物,　遺跡曾在此.
僧輩相傳說,　詵乃刱是寺.
重門壯觀模,　層閣屹麗廲.
偉哉栴檀林,　堂宇更深邃.
土木極巧侈,　不惜民力費.
以此觀道詵,　平生多可議.

---

407) 지인(至人) : 도덕이 지극히 높은 사람.

種稑[408]左王氏,　已非高僧事.
復何靡國財,　舍此無用地.
居僧愚妄甚,　蚌珠稱舍利.
可笑俗士輩,　不復覈眞僞.
但信僧誕說,　黨僧誇靈異.
恃此僧亦頑,　淫穢日自恣.
亦非佛氏利,　末法可一喟.
我之罪道詵,　不獨作讖記[409].
若令識者觀,　我言非妄喟.

■ 용암사(龍巖寺)로 향하다가, 동천의세석(凍泉依細石 : 얼어붙은 샘물이 잔 돌 사이에 있다)을 운자(韻字)로 삼아 절구(絕句)를 짓다.

　1
동쪽 용암사(龍巖寺)를 찾아가는데,
푸른 산봉우리가 서로 반겨주네.
남여타고 무성한 대숲을 지나는데,
산길은 흰구름마저 얼어붙었네.

---

408) 종제(種稑) : 고려 왕건(王建)의 아버지 세조(世祖)가 송악산 옛집에 여러 해 살다가 또 새집을 그 남쪽에 건설했는데 그 터는 연경궁보원전(延慶宮奉元殿)터이다. 그 때에 전남(全南) 공성에 있는 동리산(桐裏山)에 있던 조사(祖師) 도선(道詵)이 세조의 새 집을 보고 "기장을 심을 터에 어찌 삼을 심었는가?" 하고 가버렸다. 부인이 그 말을 세조에게 전하자 세조가 그를 찾아 만났다. 그 후 산수의 래맥과 천문과 시운을 살핀 다음, 도선은 다음과 같이 말했다. '육육삼십육 구(六六三十六區)'의 집을 지으면 천지의 대수(大數)에 부합되어 슬기로운 아들을 낳을 것이며, 이름을 왕건(王建)이라 지으라했다. 이렇게 해서 세조는 왕건을 낳았다. 왕건이 17세 때 도선이 다시 말했다. 삼국의 창생들은 당신이 구제해주기를 기다리고 있다며, 군대지휘 통솔법, 진치는 법, 산천의 형세를 이용하는 법등을 가르쳐주었다. '기장'과 '왕'은 조선말로 비슷하기 때문에 왕씨를 성을 삼은 것이라 했다는 것이다. 왕건은 「훈요(訓要)」제 2에 사원(寺院)을 건축할 때 도선의 말을 참고할 것을 훈계하고 있다. 『고려사(高麗史)』「세계(世系)」, 「세가(世家) 권제일(卷第一) 태조(太祖) 2」참조. 세조의 새집 터는 가옥을 풍수지리에 맞게 지으면, 군왕이 날 명당이기 때문에, 도선은 세조에게 가옥의 규모를 일러준 것이다.
　"기장을 심을 터를 왕이 태어날 터"라고 비유하여 표현한 것은 『시경』에서 유래한 것 같다. 「王風」「黍離」 "彼黍離離, 彼稷之苗(저곳에 기장이 무성하고, 저곳에 피의 싹이 자랐네)." 이 시는 주(周)나라 왕실이 동천(東遷)한 후 대부(大夫)가 고도(故都)에 왔다가 종묘(宗廟)와 궁실(宮室)이 모두 폐허가 된 것을 보고 그것을 슬퍼한 노래이다.
409) 참기(讖記) : 풍수도참기(風水圖讖記)를 일컬음. 산수지리에 따라 인간의 미래를 예측할 수 있다고 믿는 예언서. 신라말에 도선(道詵)이 중국에서 들여옴.

<向龍巖寺, 以凍泉依細石爲韻, 作絕句>

其一

欲尋東庵去,　　青峰互迎送.
藍輿度深竹,　　山路白雲凍.

2

푸르디 푸른 동백나무,
빨간 꽃잎 눈속에 아름다워라.
잠시 시냇가 바위에 앉아,
차디찬 샘물에 손 담가 보네.

其二

青青冬柏樹,　　紅萼雪中妍.
少坐溪邊石,　　揮手弄寒泉.

3

동쪽 암자는 어디에 있는가?
풍경(風磬)소리 눈속에 희미하게 들려오네.
나이들은 노승은 고목나무처럼 앉아,
다만 관세음보살(觀世音菩薩)만 부르고 있네.

其三

東庵在何許,　　一磬隔雪微.
僧老如枯木,　　觀音但相依.

4

고고한 사람닮은 괴석은,
초연히 속세를 벗어난 것 같네.
머리 돌려 서쪽 봉우리 바라보다가,
드디어 구름낀 오솔길마저 잊어 버렸네.

其四
怪石如高人,　　超然出塵世.
回頭看西峰,　　遂忘雲路細.

5
홀로 호젓한 시냇가를 걸어가노라니,
푸르디 푸른 먼 숲에 저녁기운 찾아드네.
흰구름이 문득 눈 앞에 다가오는가 했더니,
이건 모두 산봉우리 둘러싼 바위돌이라네.

其五
獨行溪路幽,　　蒼蒼遠林夕.
白雲忽滿前,　　盡是峰頭石.

도갑사 미륵상

도갑사 석조(石槽)

▣ 용암사(龍巖寺)

용암사(龍巖寺)로 가서 유숙하려는데,
청아한 종소리 숲속 멀리 울려퍼지네.
높은 봉우리에 바위들 모두 하야스름하고,
중들은 깊숙한 암자에서 늙어가네.
안치된 부처는 속세를 초탈한 모습이며,
밀려오는 파도 소리 예나 지금이나 변함없네.
사루(寺樓)에 오르니 기분이 상쾌해져,
섣달 하늘이 음산해도 꺼리낌 없어지네.

    <龍岩寺>
欲向龍岩宿,　　清鍾落遠林.
峰危萬石白,　　僧老一庵深.
坐佛超塵世,　　歸潮見古今.
寺樓登更好,　　不怕臘天陰.

▣ 구정봉가(九井峰歌)

내가 농암(農巖)선생께서 쓰신 기(記)를 읽고,
이미 구정봉(九井峯)을 알고 있네.
산봉우리 정상에 아홉 구멍 샘이 있는데,
지금도 오히려 구룡의 자취가 남아있다네.
월출산(月出山) 수 많은 석봉중에,
구정봉(九井峯)이 조종(祖宗)이 된다하네.
내 눈길 밟으며 무위사(無爲寺)에서 오는 길인데,
때는 차다찬 한겨울 섣달이라네.
일어나는 흥을 타고 얼어붙은 바위골짜기 꺼리지 않고,
정상을 향해 지팡이를 휘젓네.
송군(宋君)의 호기는 나이먹었어도 약해지지 않았으며,
하물며 정생(鄭生 : 鄭夢說)이 다시 시종들러왔음에랴!
산바람은 소소하게 불고 산마루에 해는 지는데,

구름다리 걸어오르니 돌이 울퉁불퉁하여,
숨을 죽이며 열 걸음 가다가 아홉 걸음 쉬니,
다만 목구멍이 화끈거리고 단내가 나네.
갑자기 눈앞에 오똑한 봉우리 나타나,
바라보니 큰 솥을 엎어놓은 듯 높
다라네.
옆으로 구멍이 펑 뚫려 하늘이 보
이고,
입구가 둥글고 좁아 긴 대통같네.
산승(山僧)이 몸을 움츠리고 기어
들어가서,

홀연히 옆으로 가는 모습이 찰싹
달라붙은 벌 같네.
기이함에 놀라 송군의 어깨를 한
번 탁 치게 만드니,

영암읍에서 바라본 월출산 전경

조물주의 공력에 세번이나 찬탄하네.
얼음이 꽁꽁 얼어 돌서들이 미끄러워,
올라가려하나 올라갈 수 없어 큰 소나무를 붙잡았네.
험을 당하더라도 수당(垂堂)의 계율을 지켜야되기 때문이지,
내가 겁이 나서 뒤로 물러선 것이 아니네.
이 영험한 돌을 흔들어 마주보고 웃는데,
돌 밑둥이 간들간들 허공에서 흔들리네.
바다에 저녁 해가 지려하니,
태양이 뿌연 파도 사이로 숨박꼭질하네.
산이 내달리고 물이 휘돌아나가는 것이,
구름사이로 많은 용들이 놀이하는 것 같네.
하늘과 바다가 드넓고 푸르러 분간할 수 없으며,
발아래 하늘을 내려다보니 공허하고 아득하네.
평생동안 보아온 장관 이곳이 제일이니,
불어오는 거센 바람에 호탕한 노래 실어보내네.
그대 천길 산능선을 향해 앉아, 손을 휘젓지 못한다고 한하지 말게.
하필 매우 험준한 곳을 잡고, 고봉을 넘은 후에야 가슴속이 상쾌해지겠는가?

<九井峰歌>

我讀農巖記[410],　　已識九井峯.
峯頂泉眼成九泓,　　至今猶有九龍蹤.
月出山中萬石林,　　世稱九井爲其宗.
我自無爲蹋雪來,　　是時天寒臘月冬.
乘興不顧巖壑凍,　　欲向絶頂飛一筇.
宋君豪氣老不低,　　況有鄭生更相從.
山風蕭蕭山日夕,　　步上雲梯石巃嵷.
十步九休坐齁息,　　但覺烟火生喉嚨.
忽有孤峯當我面,　　仰之穹然覆巨鏞.
旁穿一竅上通天,　　穴口楕狹如長筒.
山僧匍匐縮身入,　　忽復傍行類粘蜂.
叫奇一拍宋君肩,　　　巧三歎造化功.
玄氷罨㲉石磴滑,　　欲登不登倚長松.
臨危且存垂堂[411]戒,　非我恇怯退之同.
僧搖靈石[412]供我笑,　石根裊裊搖虛空.
海門落日將欲落　　　火輪出沒雲濤中.
山馳水奔相轇轕[413],　有若雲際戲群龍.
天海莽蒼了莫分,　　下視積氣空濛濛.
平生壯觀此第一,　　浩歌萬里來長風.
莫恨不向千仞岡頭坐揮手, 何必秉險絶凌高峰然後快心胸.

구정봉(九井峰)

410) 농암기(農巖記) : 『농암집』권23 「등월출산구정봉기(登月出山九井峰記)」를 지칭.
411) 수당(垂堂) : 수(垂)는 가장자리. 당(堂)위의 섬돌에 가까운 자리에 앉지 말라는 고사가 있음. 좌불수당(坐不垂堂)『사기』
412) 영석(靈石) : 영암(靈巖). 동석(動石). 월출산 구정봉에 높이가 한 길 남짓하고 둘레가 열 아름이나 되는 암석이 있다. 서쪽으로는 산 마루에 붙어있고 동쪽으로는 절벽에 임해있다. 한 사람이 움직이면 떨어뜨릴 것 같으면서 떨어뜨릴 수가 없다. 그러므로 영암(靈巖)이라 칭하고 영암군(靈巖郡)이라는 군이름도 여기서 유래한 것이다.
413) 교갈(轇轕) : 산세가 물 흐름이 내달리고 휘돌아나가는 모양.

■ 탄식선사(坦識禪師)에게 주다.

탄식(坦識)은 용암사(龍巖寺)에 거처하는데, 문자를 좀 알아 함께 대화할 만하다.

그대 얼마동안 용암사(龍巖寺)에 살았오?
긴 눈썹 검푸르게 얼굴을 덮을 정도라네.
아침 저녁 차디찬 암석 대좌하니,
암석들도 그대의 독경(讀經)에 교화(敎化)된 듯하네.
나 짚신 신고 눈길 헤치고 찾아와,
구정봉(九井峰)에 올라 남쪽 바다 보려 하네.
얼음은 미끄럽고 돌마저 얼어붙어 오르기 겁나는데,
다만 부평초(浮萍草)처럼 떠 있는 수많은 섬을 바라보네.
작은 방으로 돌아와 그대와 잠을 청하려하니,
풍경소리 이따금 뎅그렁거리고 등불 밝게 빛나네.
눈 크게 뜨고 주미병을 세워잡고 선지(禪旨)를 말하는데,
정미(精微)한 말 분명한 의미 정말 들을 만하네.
우둔한 나에게 속된 생각 씻어버리게 해주었으니,
이런 일 또한 산신령에게 자랑할 만하네.
아침되자 하산할 생각하니 서글퍼져,
머리 돌려 먼 허공의 흰구름만 바라보네.

<贈識師>
坦識居龍巖, 粗識文字, 可與語.
汝住龍岩問幾年,　　長眉覆面數寸靑.
朝暮相對石泠泠,　　石欲點頭汝誦經.
芒鞋蹋雪我能來,　　欲登九井觀南溟.
氷滑石凍怯不登,　　但看群島如浮萍.
歸來丈室對汝眠,　　鍾磬欲歇燈靑熒.
揚眉竪拂[414]語禪旨,微言了義眞可聽.
使我頓然洗塵慮,　　此事亦足詫山靈.

---

414) 수불(竪拂) : 주미병(麈尾柄)을 세워잡은 상황. 주미병(麈尾柄)은 선승(禪僧)이 담화할 때 손에 들고 흔드는 물건. 불자(拂子). 총채.

朝來惆悵下山去,　　回首白雲空杳冥.

11월 29일

용암사(龍巖寺)로부터 갔던 길을 되돌아와 아래로 율령(栗嶺)[415]에 이르렀다. 북쪽으로 꺾어 몇 리를 걸어가서 백 길이나 될 듯한 절벽에 나있는 실같은 길로 빙돌아 가는데, 지극히 위험스럽고 무서웠다. 무성하게 자란 대나무가 빽빽히 우거져 제멋대로 이리 뚫리고 저리 막혀 더 갈 수가 없었다. 상견성암(上見性庵)[416]에 이르니, 뒤편에 암석으로 된 봉우리가 있는데 식규암(植圭庵)과 같다. 서쪽에 큰 돌이 깍아세운 듯, 대를 이루고 있으며, 노목 몇 그루의 그림자가 어른어른 돌 위에 퍼져있다. 신보(信甫)가 먼저 도착하여 나이 많은 중 3～4인과 나무뿌리둥치에 열지어로 앉아 있는 모습이 거의 인간세상의 사람이 아니었다. 방이 또한 지극히 밝고 정결하며, 햇빛이 기름종이로 바른 창에 비쳐 사방의 벽이 환하게 밝아, 흰 눈으로 이루어진 마을안과 같다. 부들로 만든 자리 · 선탑(禪榻) · 향로(香爐) · 불경(佛經)등 여러 가지 놓여 있어 그윽하고 맑다. 내가 남쪽으로 와서 이름난 암자를 관람하며 들려본 곳이, 전후 누십(累十) 곳이나 이곳이 당연 제일이다. 비록 개골산(皆骨山 : 겨울의 금강산)중에 갖다놓는다해도 결코 영원(靈源)[417]의 진불(眞佛)만 못하지는 않을 것이다. 중 혜정(慧靜)은 사람됨이 조용하며 맑고, 조심하며 주의함이 있는 것 같다. 나이는 80여세인데, 용모는 60세쯤 돼보인다. 향산(香山 : 妙香山)으로부터 와서 바야흐로 여러 중들과 참선하는 것이다. 시한 수를 남기고 돌아오다가 대적(大寂)과 죽전(竹田) 두 암자에 들렸다. 도갑사(道岬寺)에 돌아오니 해가 이미 한낮이 되었다.

동선당(東禪堂)에 문곡(文谷)의 시판(詩板)[418]이 걸려있어, 차운하여 진응대사(眞應大師)에게

---

415) 율령(栗嶺) : 지금 전남 영암군 영암읍 회문리에 있는 고개.
416) 상견성암(上見性庵) : 도갑사 12암자의 하나임. 상견성 · 중견성 · 하견성의 세개의 견성암이 있었으나 6.25때 불태워졌는데 지금 상견성암만 복원하였음.
417) 영원(靈源) : 금강산 명경대(明鏡臺) 인근 황천강(黃泉江) 지류 가까이에 있는 영운암(靈源庵)으로, 신라시대 영원조사(靈源祖師)가 창건했으며, 금강산에서 가장 청정한 도량이라 한다.
418) 문곡(文谷)의 시판(詩板) : 지금 남아 있지 않다. 문곡(文谷) : 김수항(金壽恒 1629～1689)의 호. 조선. 본관은 안동. 김상헌(金尙憲)의 손자. 송시열을 중심한 노론에 소속되어 윤증(尹拯)의 죄를 엄중히 다스렸으며, 1689년 기사환국(己巳換局)으로 남인(南人)이 재집권하게 되어 진도(珍島)에 유배되어 사사되었다. 전서를 잘 썼다. 저서로『문곡집』.
　문곡이 도갑사에 들려 쓴 시는 그의 문집에 세 수가 실려있다.『문곡집』권3「숙도갑사 취후 서시구림제인(宿道岬寺 醉後 書示鳩林諸人)」,「도갑사 서증법한상인(道岬寺 書贈法閒上人)」, 권4「중방도갑사 서증승잠상인(重訪道岬寺 書贈勝岑上人)」등이다. 앞에서 담헌은 문곡이 고산사(孤山寺)에 관해 읊은 싯구를 인용한 바 있다. 이런 점으로 보아 담헌이 언급한 문곡의 시는「宿道岬寺 醉後 書示鳩林諸人」이라 짐작할 수 있다. "淸興悠然起病憊, 石門殘雪試飛筇. 危梯直躡孤山寺, 絶磴平臨九井峯. 陰壑凍泉穿細寶, 上方明月度疎鍾. 千秋豪氣追南嶽, 醉後長風更盪胸."

주었다. 드디어 떠나려 하는데, 진응대사(眞應大師)가 전송하기 위해 문에 이르러 "노승이 50년을 도갑사(道岬寺)를 지키는 종노릇을 해왔는데, 내년에는 하나의 바리때와 석장(錫杖)을 짚고 관동(關東)의 여러 명산들을 두루 유람하고 돌아 오면 죽어도 좋겠습니다."라고 했다. 또 웃으며 "옛날에 구림(鳩林)419)의 기생은 새우 젓을 먹고 도갑사(道岬寺)의 중들은 미음을 먹었는데, 지금 도갑사(道岬寺)가 쇠퇴한 것이 이와 같을 뿐 아니라, 구림(鳩林) 또한 볼 것이 없습니다."라고 했다. 그 중의 골계와 호쾌한 담화가 이와 같다.

또 북으로 2리 못 미쳐 서있는 돌에 국장생(國長生)420) 3자가 새겨져 있고, 동쪽의 서있는 돌 하나에 황장생(皇長生)이라 새겨져 있는데, 모두 도선(道詵)이 한 것이나, 끝내 그 무슨 뜻인지 알 수가 없다. 성기동(聖基洞)421)은 그 남쪽에 있다. 세상에 전해오기를 도선(道詵)이 이 곳에서 출생했다고 하는데, 소위 최씨원(崔氏園)이 과연 이곳인가? 혹 일컬어지기를, 그 어머니가 큰 오이를 먹고 도선을 낳았기 때문에 상서롭지 못하다고 여겨 그를 대숲 가운데 버리니, 비둘기가 와서 그를 날개로 덮어주어, 이로써 이곳의 이름이 구림(鳩林)이 되었다 한다. 그렇다면 최씨원(崔氏園)이 마땅히 구림(鳩林)안에 있었을 것 같다. 또 서쪽으로 1리를 가니 정자가 물가에 임해 있으나 자못 퇴폐하였다. 여기로부터 구림리(鳩林里)가 된다. 남북으로 두개의 언덕이 호수에 닿아 있는데, 모두 엇갈려 감싸 안으로 향하고 있어 사람이 벌려 받들고 있는 것 같다. 가운데로 맑은 시내가 흐르는데, 월출산(月出山)에서 발원하여 어느 곳에서는 좁아졌다가 또 어느 곳에서는 넓어졌다 하며 회사정(會社亭)422)의 왼쪽에 닿는데, 물길을 둥글게 파놓아 물이 많이 고여있다. 마을의 집들이 물을 중심으로 양쪽으로 나뉘어 즐비

---

419) 구림(鳩林) : 지금 전남 영암군 군서면 구림리(鳩林里).
420) 국장생(國長生) : 전남 민속자료 제 18호. 전남 영암군 군서면 도갑리에 있다. 좌측에 도갑사□장생□행□(道岬寺□長生□行□), 우측에 □□육년□□월일(□□六年□□月日), 하단부에 오른쪽에서 왼쪽으로 석표사좌(石標四坐)라 음각돼있다.
421) 성기동(聖基洞) : 지금 전남 영암군 군서면 구림리 성기동.
422) 회사정(會社亭) : 전남 영암군 군서면 서구림리 서호정마을에 있는 정자. 1646년 구림대동계(鳩林大同契)의 집회소(集會所)로 창건되었는데, 6,25동란 때 소실되었던 것을 1985년 주간 3.5 정면 3간 측면 2간의 팔작(八作)와가(瓦家)로 복원했다. 회사정을 설립한 구림대동계는 1565년(명종20년)경 박규정(朴奎精)·임호(林浩)등에 의해 창설된이래 현재까지도 지속되는 호남의 대표적인 동약(洞約)으로, 회사정은 그 상징물이라 할 수 있다. 구림대동계에 관한 자료는 청사(廳舍)인 강수당(講修堂)에 소장되어있다.

2000년 7월 26일 화요일 영암 성기동에 와서 사진을 찍다보니 사진기집이 없어진 것을 깨달았다. 이정희어른 작은 따님 사진기이다. 내 사진기보다 성능이 좋아서 그것을 사용한 것이다. 어디서 떨어뜨렸는지 알 수가 없다. 회사정으로 가서 들려던 곳을 두루 찾아보았으나 얼른 눈에 뜨지 않았다. 지나왔던 길을 거슬러 가다보니 마침 길옆 차를 세워놓았던 자리에 그대로 있었다. 차를 타면서 떨어지는 것을 모르고 탔던 것이다. 정말 극적으로 찾게 된 것이다. 임영순어른께서 "어제 귀신사에 들러서 와서 그런가 오늘은 재미있는 일이 많다."고 불안감에서 안도하는 나의 마음을 어루만졌다. 이정희어른께서 "여행하다 스릴이 없으면 재미가 없어."하셨다. 나는 "귀신사에 다녀와서 그런가 귀신에 홀린 것 같습니다."했다. 귀신사는 한자로 귀신사(歸信寺)라 쓰는데, 귀신(鬼神)과 우리말의 음이 같은 점을 이용하여 농담을 해서 긴장된 분위기를 전환한 것이다.

하게 늘어서 있는데 서로 마주 보고있다. 고목과 대나무 수목사이에 누각이 가리워져 있어 정말 그림같다. 회사정(會社亭)에 오르니, 앞에 평평한 호수와 월출산(月出山)의 여러 봉우리 가 그뒤로 펼쳐져있어, 비취색이 주렴에 가득 스며든다. 노송 10여 그루가 사면에 늘어서 있 는데, 줄기와 가지가 구불구불한 것이 규룡과 같아, 폭염의 여름엔 아름다울 것이라 생각된 다. 벽에 백헌(白軒)과 택당(澤堂)의 시판(詩板)이 걸려있는데, 나머지는 이루 다 기록할 수가 없다.

조윤신(曺潤身)[423]이 어제 도갑사(道岬寺)로부터 먼저 돌아와, 내가 이곳에 도착한다는 말을 듣고 그 종친인 석항(錫恒)·석규(錫奎)와 함께 찾아왔다. 선비 조일구(曺一龜)는 종숙부의 처 남이다. 일찍이 서울에 있을 때 상면했는데, 이날이 마침 사위를 맞아 들이는 날이라 사람을 보내 안부를 물었으나 오지 않았다. 조금후에 들리니 그의 집[424] 천일재(天一齋)에서 맞이했 다. 기뻐하며 지나간 일들을 얘기하다가, 다과를 먹은 후 조일구(曺一龜)군과 작별했다. 윤신 (潤身)과 함께 서호정(西湖亭)[425]에 이르니, 정자는 폐해진지 오래고 다만 유허지만 남아있다. 저녁 조수물이 비로소 밀려오고, 호숫빛은 하늘에 잇닿아 서남쪽의 모든 산들이 아득하며 아름답고 빼어나서 멀리 바라보니 좋다. 이곳의 형승은 대략 명성호(明聖湖)[426]와 같으며, 월 출산은 영취산(靈鷲山)[427]과 같다. 구정봉(九井峰)과 경천대(擎天臺)는 비슷하게 남북 양쪽으 로 높이 솟아 있고, 성기봉(聖基峰)은 더욱 서하령(棲霞嶺)과 비슷하다. 만약 향산(香山)[428]· 설당(雪堂)[429]을 공덕주(功德主)로 삼아, 양쪽 언덕에 두루 복숭아와 버드나무를 심어놓고, 그 림을 그린 기둥과 조각한 난간을 설치하면, 육교(六橋)가 양모정(養茅亭)을 감싸고, 9리의 소 나무숲을 이루고 있는 것과 같을 것이다. 들으니 쌍취정(雙翠亭)[430] 아래 큰 연못이 있어, 여 름철에는 연꽃이 무성하게 피고, 위로 큰 둑을 쌓아 수양버들 만 주를 심었으며, 아래에는 갑문이 설치되어 있어 남쪽 호수로 통하여, 자연히 또 하나의 호수가운데 있는 정자(湖心亭) 가 된다고 하는데, 그 승경이 어찌 무림(武林)[431]의 아래에서 나왔겠는가? 그러나 우리 동국

---

423) 조윤신(曺潤身) : 익산(益山)과 온양(溫陽)의 군수를 지낸 조행립(曺行立 ?~1663)의 후손임.
424) 제(弟) : 제(第)의 가차(仮借). 제(第)는 집.
425) 서호정(西湖亭) : 회사정마을 노인들은 회사정 바로 뒷편 가게가 있는 자리에 서호정이 있었다고 한다. 일설 에는 전남 영암군 서호면에 있었다고 한다.
426) 명성호(明聖湖) : 중국 절강성(浙江省) 항주시(杭州市)에 있는 서호(西湖)의 옛이름. 한(漢)나라 때 호수 가운데 로부터 금우(金牛)가 출현하였는데, 임금의 성덕(聖德)에 상서로움이 있을 징조라 여겨 이로 인하여 명성호(明聖 湖)라 하였다 함.
427) 영취산(靈鷲山) : 중국 절강성(浙江省) 항주시(杭州市) 영은산(靈隱山) 동남(東南) 비래봉(飛來峰)이 있는 산.
428) 향산(香山) : 당나라 백락천(白樂天)의 별호(別號).
429) 설당(雪堂) : 소식(蘇軾)이 호북성(湖北省) 황간현(黃岡縣) 치동(治洞)에 세웠던 초당(草堂). 따라서 소식을 지칭 함.
430) 쌍취정(雙翠亭) : 임억령(林億齡)·임구령(林九齡)형제가 지었던 정자. 지금 전라남도 영암군 군서면 동구림 쌍 취정마을에 있었으나, 70여년 전에 폐허가 되어 없어짐.
431) 무림(武林) : 중국 절강성(浙江省) 항주시(杭州市) 서쪽. 항주(杭州) 이북(以北)의 별칭.

인들은 일을 좋아하지 않으며, 또 추위에 굶주리는 가난한 거지와 같은 생활을 면치 못해, 비록 아름다운 산과 물이 있어도 그 가꾸고 다듬어 꾸미는데 있어서 중국인에게 크게 미치지 못한다. 이런 말을 듣게되면 문득 현실에 맞지 않는다고 지목하니 탄식을 이길 수 있겠는가? 이날 조윤신(曹潤身)의 모재에서 유숙하는데, 이경(二更) 후에 조석항(曹錫恒)이 그 두 아우와 함께 또 찾아와서, 닭이 울 때까지 대화를 지속했다.

국장생

황장생

■ 상견성암(上見性庵)에서 제방(題榜)에 차운하여 혜정사(慧靜師)에게 보여주다.

　　견성(見性)이란 원래 자연 그대로의 천성(天性)을 깨닫는 것,
　　억지로 견성(見性)하려면 오히려 천성이 원만해지기 어렵네.
　　이 암자를 타파하고, 부처머리에 걸터 앉아,
　　한참 술취해 자는 것만 같지 못하네.

　　　<上見性庵, 次榜上韻, 示靜師>
　　見性[432]元來是自然, 若求見性性難圓.
　　不如打破此菴子,　踞着佛頭長醉眠.

432) 견성(見性) : 자기의 타고난 본래의 천성을 깨달음.

■ 또 앞의 운자를 사용하여 신속하게 시를 지어주며 혜정사(慧靜師)와 이별하다.

고승을 대하니 두 사람 맘이 빨리 통해,
불법을 말하지 않아도 뜻이 잘 맞아드네.
남여타고 다시 구름사이를 빠져나가려하니,
잠자리에 들어도 단 하룻밤 잠 못이루네.

　　<又用前韻走草433), 別靜師>
　高僧相對兩脩然,　　不話禪宗意自圓.
　藍輿更欲穿雲去,　　未借繩床一夜眠.

■ 상견성암(上見性菴)

가파른 절벽위에 풍경처럼 매달린 절
흔들흔들 구름 끝에 걸려있네.
고승은 고고하고 뛰어남을 좋아하여,
나무가지 끝을 걷듯 처신하네.
초연히 속세(俗世)를 벗어나,
새집같은 거처에 산다네
청초하게 외길을 가니,
유랑하는 이 몸에겐 까마득한 길일세.
서쪽 봉우리 깎아지른 듯 솟아있고,
깊은 골짜기 아늑하게 펼쳐졌네.
중들 수염과 눈썹이 희끗희끗하고,
가사(袈裟)를 대충 둘렀네.
함께 작은 승방에 드니,
좌불(座佛)이 왜 이리도 작은가?
부들자리는 정결하여 때도 끼지않고,
창밖에 푸른 대나무가지 보이네.
대좌하고 말하지 않으며,
다만 무자(無字)만 생각하네.

---

433) 주초(走草) : 붓을 재빨리 놀려 글을 쓰는 것을 주필(走筆)이라 한다. 주초(走草) 역시 달려가듯이 붓을 재빨리
　　움직여 시를 짓는 것을 말한다.

한결같은 마음 거울처럼 맑아 ,

안으로 참선(參禪)하여 오식(五識)의 경지에 도달했네.

대오각성(大悟覺醒)한 모습 바라보니,

속세의 소요로움 늦거나마 깨닫게 되네.

불법의 오묘한 진리 돌아보니,

이 한몸 터럭만큼 왜소해지네.

한스럽도다. 하루 밤 유숙하며,

함께 앉아 산위에 떠오르는 밝은 달 바라볼 수 없음이.

지팡이 짚고 돌서들 돌아내려오다,

아득히 구름낀 봉우리 서글프게 바라보네.

<上見性菴>

危菴如懸磬,　　搖搖寄雲表.

高僧愛孤絶,　　棲身常木抄.

超然出埃壒,　　巢居類飛鳥.

鑿翠通一往,　　游子行縹緲.

西臺[434]勢削立,　深壑府窈窕.

僧出鬚眉古,　　袈裟自纏繞.

相與造丈室,　　坐佛何其小.

蒲團淨無塵,　　牎影見綠篠.

對坐黙不言,　　但念無字趙[435].

一心湛如鏡,　　內定識了五[436].

目擊似有悟,　　頓覺自塵擾.

顧此法界寬,　　一身秋毫眇.

恨不留一宿,　　坐觀山月皎.

扶策下回磴,　　惆悵雲峯杳.

---

434) 서대(西臺) : 누대(樓臺)가 아니고 서쪽에 있는 봉우리임.

435) 조(趙) : 조(趙)는 어조사(語助詞) 운(云)과 통함. 云可卽曰趙可.

436) 오(五) : 불교용어인 오식(五識)을 가리키는 듯. 오근(五根)에 의하여 일어나는 색(色)·성(聲)·향(香)·미(味)·촉(觸)의 다섯가지 심신(心身)작용. 즉 안(眼)·이(耳)·비(鼻)·설(舌)·신(身)의 지각작용.

■ 회사정(會社亭)에 올라 율시(律詩)를 지어, 주인 처사(處士) 조일구(曺一龜)에게 보여주다.

영암(靈巖)의 명승은 구림(鳩林)이요.
회사정(會社亭) 높이 포구가에 서있네.
월출산(月出山) 푸른 봉우리 첩첩이 펼쳐져 있고,
송림에 끝없이 바람스치고 사시사철 그늘이 아늑하네.
촌락의 연기 대숲 밖 시내 건너까지 퍼져가고,
숲끝으로 보이는 돛대그림자 난간사이를 스쳐 지나가네.
인심좋은 마을 일찍이 풍속이 좋다고 들었는데,
지금 와보니 그 옛날 인심은 찾아볼 수 없네.

도선의 출생지

　　<登會社亭, 口占長律, 示主人曹處士一龜>
靈巖名勝有鳩林,　　會社亭高遠浦臨.
月岳長浮千疊翠,　　風松不盡四時陰.
村烟竹外分溪住,　　帆影林梢過檻深.
仁里437) 曾聞風俗好, 今來不見古人心.

구림대동계 관련 건물

영암 회사정

---

437) 인리(仁里) : 풍속이 아름다운 마을.『논어』「里仁」"里仁爲美."

■ 모정촌(茅亭村)에서 자며 주인 조윤신 덕보(曹潤身 德甫)에게 보여주다.

바삐 선문(禪門)에서 이별했으나,
이 한밤의 심회 그윽하네.
화산(花山)의 몇 몇 친구들 모였으며,
모옥(茅屋)에 등불 하나 빛나네.
깊은 우의(友誼) 친척만큼 도탑고,
도란도란 정겹게 이런 저런 얘기하네.
시간 가는 줄도 모르고 서로 어울리다보니,
그윽한 달빛만 숲사이로 떠오르네.

<宿茅亭村⁴³⁸⁾, 示主人, 曹潤身, 德甫>
草草禪門別,   悠悠此夜心.
花山⁴³⁹⁾數友至, 茅屋一燈深.
厚誼通姻戚,   交情講古今.
相看忘久坐,   幽月欲生林.

영암군 군서면에 있는 조윤신의 선조 조행립 관련 건물

---

438) 모정촌(茅亭村) : 지금 전남 영암군 군서면 모정리임. 모정(茅亭)은 조선시대에 광주목사를 지낸 월당(月堂) 임구령(林九齡)이 지남제(指南堤)를 막고 유거했던 곳이며, 월당(月堂)은 석천(石川) 임억령(林億齡)의 아우임.
439) 화산(花山) : 알아보았으나 어디에 있는 지명인지 확인하지 못했음.

■ 신보(信甫)의 시에 차운하여 또 주인에게 보여주다.

　　산빛 검푸르스름해지는 저녁 모재에 마주 앉았는데,
　　우거진 대 그림자 정원 가득 드리웠네.
　　밤 깊도록 잠 못이루는데 이지러진 달 떠오르고,
　　겨울밤인데 속삭이다 보니 별들도 드문드문.
　　등불 하나 밝혀 놓고 처음 시를 짓는데,
　　멀리 기러기 날아 갈 때쯤 겨우 술이 깨네.
　　또한 봄바람 불어와 호수물이 파랗게 되는 날,
　　그대와 함께 덕진나루에 배 띄우리라.

　　　　<次信甫韻, 又示主人>
　　茅齋對坐暮山靑,　　竹影蕭森蔭一庭.
　　夜久不眠生缺月,　　天寒細語落踈星.
　　孤燈照處詩初就,　　遠鴈過時酒欲醒.
　　且待春風湖水綠,　　期君共汎德津舲.

■ 신보(信甫)가 구림 4장을 지어 나에게 보여주기에 내가 또한 그에게 화답하다. 4언

　　1
　　저 구림(鳩林)땅을 돌아보니,
　　농사지며 살 만한 곳이로다.
　　푸른 대나무가 집을 둘러싸고,
　　낙락장송이 도랑을 덮었네.
　　여기 낚시터에 걸터앉아,
　　노니는 고기떼 굽어보며,
　　평생토록 여유있게 노닐며,
　　시(詩)지어 노래하리라.

　　　　<信甫賦得鳩林四章, 示余, 余亦和之> 四言
　　其一
　　瞻彼鳩林,　　可耕可居.

綠竹繞屋,　　長松蔭渠.
跂茲釣石,　　俯觀游魚.
優游終老,　　以諷我書.

2
회사정(會社亭)왼쪽으로,
시냇물 잔잔히 흐르네.
소나무 아래 지팡이 짚고 서서,
이 내 얼굴 비춰보네.
어찌 오로지 시냇물이 흘러,
밝은 호수되어 오른쪽으로 감도나?.
조윤신(曹潤身)을 돌아보며,
"원컨데 산 한자락 나눠 주시게나."

其二
會社之左,　　溪流其潺.
倚杖松下,　　可鑑吾顏.
豈惟溪流,　　明湖右環.
睠言曹子,　　願與分山.

3
밝은 호수가 오른 쪽으로 감돌아,
또한 이미 출렁출렁.
아름답고 빼어난 월출산,
호수 위에 아득히 비치네.
서호(西湖)와 영취산(靈鷲山)은,
둘이 서로 짝하여 조화을 이루고 있는데,
누가 소식(蘇軾)과 이백(李白)의 문장을 계승하여,
호수와 산을 예찬할 사람 있을까?

其三
明湖右環,　　　亦旣滉瀁.
月出涓秀,　　　縹緲其上.
西湖440)靈鷲441),　　可與爲兩.
誰繼蘇白,　　　爲湖山長.

4
동쪽 산봉우리 특히 빼어난 곳,
그곳이 성기동(聖基洞)이라네.
도선(道詵)이 태어나서,
왕건(王建)의 스승이 되었네.
비록 삼국통일의 공업(工業)을 이룩케했으나,
야만적 풍속을 떨치지 못했네.
도참설(圖讖說) 너무도 망녕되어,
나는 이를 용납할 수 없네.

其四
東峰特秀,　　　厥惟聖基442).
鍾生詵公,　　　爲王建師.
功雖統三,　　　俗未變夷.
讖說多妄,　　　吾不取斯.

11월 30일

　조씨(曺氏)집에서 식사를 했다. 해가 높이 돋아서야 비로소 출행하여 쌍취정(雙翠亭)에 이르렀다. 연못의 물이 모두 얼어붙었으며, 들 경치 또한 지극히 을씨년스러웠다. 다만 창문을 열면 바로 월출산(月出山)의 푸르름을 대할 수 있으니, 이것이 최고의 승경이다. 벽에 문곡(文谷)이 추서(追書)한 석천(石川)의 시가 걸려있는데, 시격(詩格)과 필의(筆意)가 두루 다 볼

---

440) 서호((西湖) : 중국 절강성(浙江省) 항주시(杭州市) 서쪽에 있는 호수. 전당호(錢塘湖)·금자호(金牛湖)·서자호(西子湖)로도 불림. 호수와 산의 풍경이 그림같아 역대 문인들이 서호를 노래한 작품이 많음. 중국의 저명한 유람승지.
441) 영취(靈鷲) : 영취산(靈鷲山). 중국 절강성 항주시 서호 근처에 있는 산. 비래봉(飛來峰)이 있음.
442) 성기(聖基) : 지금 전남 영암군 성기동(聖基洞)으로 도선(道詵)이 태어났다고 하는 곳.

만했다. 조군(曹君)무리들이 이곳에 와서 서로 전별했다. 연못을 따라 위쪽으로 몇 리 가다가 돌아보니, 모든 사람들이 오히려 서성거리며 돌아가지 않고 있는데, 자못 헤어지기 섭섭해서 그러는 것을 알 수 있겠다.

길을 돌아 녹동서원(鹿洞書院)[443]에 들렀는데, 연촌 최선생(烟村 崔先生)에게 제향하는 곳이다. 선생의 휘(諱)는 덕지(德之)요. 태종(獻陵 : 太宗의 陵號)과 세종(英陵 : 世宗의 陵號)을 섬기고 관직은 남원(南原)부사를 하였다. 영암(靈巖) 영보촌(永保村)에 물러나 살면서 하나의 누대를 축조하여, 존양(存養)[444]이라 편액을 붙이고 고고하게 은거하며 관직에 나가지 않았다. 문종(顯陵 : 文宗의 陵號)이 예문관(藝文館) 직제학(直提學)으로 부르셨는데, 조정에 나간지 일년도 못 돼서 곧 돌아오자, 사대부들이 그 뜻을 높다하지 않음이 없었으니, 박취금(朴醉琴)[445]과 성학사(成學士)[446]가 시와 문을 지어 전별할 때 주었다. 그후 신미·계유년에 국가에 많은 변고가 있었으나, 선생은 유독 초연하게 물외(物外)에 있어 세상의 험한 일을 당하지 않았으니, 실로 「대아(大雅)」명철(明哲)[447]의 지혜가 있으신 분이다. 비록 지금 백 년후에도 그 청아한 기풍과 높은 절개(淸風峻節)를 오히려 보는 듯하다. 그의 아들 산당옹(山堂翁)[448]도 배향되었다. 후에 문곡(文谷)과 농암(農巖)[449]선생이 배향되어, 두 가문의 부자(父子)가 같은 서원에서 제향을 받으니, 또한 성대한 일이다. 남쪽에 있는 사당(南廡)에 진용(眞容)을 봉안했기에 문을 열고 살펴보니, 모발이 늠연하여 살아있는 것 같은데, 아마도 명수(名手)의 작품 같다. 착용하고 있는 의관 제도가 별다르며, 좁다란 소매의 도포에다가 가죽띠로 허리를 묶은 것이 또한 다른 점이다. 또한 문곡(文谷)의 41세 때 초상이 안치돼 있는데, 빼어난 용모가 매우

---

443) 녹동서원(鹿洞書院) : 지금 전남 영암군 영암읍 교동리(校洞里) 100번지. 존양사(存養祠)로 창건. 연촌(烟村) 최덕지(崔德之 1384~1455) 봉안. 1665년 산당(山堂) 최충성(崔忠誠), 1695년 김수항(金壽恒), 1711년 김창협(金昌協) 추가 배향. 1713년(숙종 39년) 녹동(鹿洞)이라 사액(賜額). 1868년 훼철. 1977년 복설(復設). 정면 3칸 측면 1칸 맞배 지붕. 목판각이 있음.

444) 존양(存養) : 존양루(存養樓). 지금 전남 영암군 영보리 1구에 있음. 그 후손 최연창(崔然昌)이 살고 있다. 최덕지(崔德之)의 영당 주변에 목백일홍이 무성하다.

445) 박취금(朴醉琴) : 취금(醉琴)은 박팽년(朴彭年 1417~1456)의 호. 본관은 순천. 사육신(死六臣)의 한 사람.

446) 성학사(成學士) : 집현전(集賢殿) 학사(學士)를 지낸 성삼문(成三問 1418~1456)을 지칭. 본관은 창녕. 사육신(死六臣)의 한 사람.

447) 명철(明哲) : 『시경(詩經)』「대아(大雅)」 증민(烝民)편에 나오는 구절인데, 주(周)나라 선왕(宣王) 때의 대신(大臣)인 중산보(仲山甫)의 덕행을 기린 시이다. 이 시에서 중산보가 명철보신(明哲保身)한 것은 임금을 잘 보좌하기 위해서였다. 그런데 이조시대 사대부들은 형세가 불리할 때 현실을 도피하여 자기 일신의 안위를 도모할 때, 이를 합리화 시킬 때, 이 시구(詩句)를 원용하였다. 그렇다고 최덕지가 이런 유형의 인물에 해당된다는 뜻으로 쓴 것은 아니다.

448) 산당(山堂翁) : 최충성(崔忠誠 1458~1491)의 호. 본관은 전주. 김굉필(金宏弼)의 문인으로 학행이 뛰어났다.

449) 농암(農巖) : 김창협(金昌協 1651~1708)의 호. 본관은 안동. 수항(壽恒)의 아들. 기사환국(己巳換局)으로 아버지가 진도(珍島)로 유배되어 사사되자 경기도 포천군 영평(永平)에 은거하였다. 대사성, 청풍부사를 역임했다. 문장과 유학의 대가로 문장에 능했고 글씨도 잘 썼다. 저서로 『농암집』이 있다. 담헌 이하곤은 21세에 농암 문하에서 들어가 수학했다.

단아하고 중후하여 한번만 보아도 선인단사(善人端士)라는 것을 알 수 있다. 세상에서 일컫기를, 귀계(歸溪)[450]는 영롱하고 통철(洞澈)하기가 수정과 같고, 문곡은 온윤(溫潤)하고 정취(精粹)하기가 좋은 옥과 같다고 한다. 이것은 특히 용모를 두고 그것을 말하는 것이니, 두 분의 성행(性行)이 대개 또한 이와 같은 듯하다. 정몽설(鄭夢說)과 조만우(趙萬瑀)가 이곳에서 고별하니, 객지에서 헤어지는 것이 자못 서글프다.

또 2리를 가서 영암남문(靈巖南門)[451]에 이르렀는데, 문지기가 일을 범할까봐 의심하여 고을 원에게 알리며 문을 막고 들여 보내주지 않아서, 이를 회유하는데 매우 오래 걸려서야 비로소 성안으로 들어갈 수 있었다. 성안을 지나 동문을 나와 덕진교(德津橋)[452]를 지나가는데 눈이 조금씩 나렸다. 부소원(扶蘇院)[453]에서 점심을 먹었다. 오후 늦은 시간이 되자 바람과 눈이 더욱 세차게 몰아 친다. 영산강을 건너니, 날이 이미 황혼이 되어 어두어졌다. 다시 10리를 가서 나주에 이르니, 이미 2경이다. 군관(軍官)인 이후재(李厚栽)의 집에서 묵었는데 동성인(同姓人)이다. 본 고을의 목사 정각선(鄭覺先)[454] 도보(道甫) 어른이 그 아들 석휘(錫徽)를 보내 서로 안부를 물었다. 저녁 밥상에 영산포(靈山浦)[455]의 정근(菁根)[456]을 차렸는데, 매우 크며 맛이 달콤하고 즙이 많아, 하늘이 내린 배에 못지 않았다. 호남지방의 음식물 중에 좋은 것 중에서도 최고로 치는 것은 전주(全州)의 강수저(薑鬚菹)[457]・영암(靈巖)의 석화자(石花炙)[458]・덕진(德津)의 치어(鯔魚)・남당(南塘)의 복어(鰒魚)인데, 영산포(靈山浦)의 정근(菁根)도 또한 이곳의 산물로 뛰어난 것이다. 조윤신(曹潤身)이 나를 위해 치어회(鯔魚膾)와 석화자(石花炙)를 진설했는데, 과연 모두 진미이다.

---

450) 귀계(歸溪) : 귀계는 김좌명(金佐明 1616~1671)의 호. 본관은 청풍. 대동법(大同法)을 실시한 육(堉)의 아들. 1662년 병조판서 겸 수어사(守禦使)가 되어 병기 군량을 충실히 하고, 군사훈련을 엄격히 실시 했다. 저서 『歸溪遺稿』.

451) 영암남문(靈巖南門) : 지금 전남 영암읍 남풍리에 있음.

452) 덕진교(德津橋) : 지금 전남 영암군 덕진면 덕진리 덕진포에 있던 다리. 덕진포는 영암군 북쪽 30리에 있다. 옛날에는 석교(石橋)였으며, 일제시대에는 도로를 변경하여 그 윗편에 나무다리를 설치하였으며, 현재는 도로를 확장하여 넓은 고수교가 되었다.

453) 부소원(扶蘇院) : 지금 전남 영암군 신북면 이천리(梨川里)에 있던 "부선장터"자리. 광복전 까지 이곳에 장이 섰었다. '부소원'이 줄어서 '부선'으로 된 것임.

454) 정각선(鄭覺先) : 임인년(1722년) 6월17일 부임, 을사년(1725년) 7월 퇴임.

455) 영산포(靈山浦) : 옛 나주의 영산포임. 지금은 전남 나주시에 속함. 영산포(榮山浦)로도 표기함.

456) 정근(菁根) : 포르스름한 색깔을 띤 무.

457) 강수저(薑鬚菹) : 강수저는 생강뿌리로 생채를 만들어 고추김치나 무우김치에 넣는 요리이다. 『한국민속종합보고서』, 문화재관리국, (전라북도), 1980, p.395 참조.

458) 석화자(石花炙) : 석화자라는 요리에 대한 기록은 역주자가 본 다음 문헌에는 보이지 않는다. 『한국민속대관』, 문공부 문화재관리국, 1982. 『한국문화사대계』, 고대민족문화연구소, 1971. 다만 (『한국민속종합보고서』「향토음식편」, 1984, p.195)에 석화(石花)로 젓을 담근다는 기록이 보인다. 현재 우리가 굴을 가루반죽에 개서 전(煎)을 만들어 먹는데, 이 석화자(石花炙)는 이와 같은 방법으로 기름에 튀겨서 만든 요리가 아닌가 한다. 1998년에는 석화구이가 전국적으로 유행하기도 했다.

▣ 정몽설(鄭夢說)과 이별하다.

정생(鄭生)은 나를 몹시 흠모하여,
이름만 들어도 얼굴을 대하듯 하네.
내가 강진(康津)에 내려오자,
나에 대한 정이 더욱 애틋해졌네.
내가 천관산(天冠山)에 유람할 때,
이 때는 엄동이었는데도,
정생(鄭生) 또한 야윈 말 타고,
눈 길 헤치며 나를 따랐네.
밤에 구정암(九精菴)에서 자는데,
밝은 달이 저 멀리 송림에서 떠올라,
영롱하게 온 바위산을 비추니,
마치 옥부용(玉芙蓉)을 심어놓은 듯하네.
나 제법 흥이나 열광했는데,
정생(鄭生)의 흥취 또한 만만치 않네.
창문 열고 앞산을 바라보노라,
잠 못 이루는데 새벽 종소리 들려오네.
내일 아침 다시 길 떠나,
함께 구룡봉(九龍峰)에 오르리라.
정참봉(鄭參奉)이라고 자칭했으나,
일부러 자기의 자취를 감추려 하네.
산승이 또한 속임을 당하여,
남여 대신 지팡이 짚고 오르네.
이런 일 또한 좋은 웃음거리,
기분이 펄펄 살아나네.
곤유대(坤維臺)를 마주 대하니,
아름다운 경치가 흥회를 호탕하게 해주네.
큰 바다 발 아래 들어오고,
겹겹의 은빛 파도 넘실대네.
눈 뒤덮힌 한라산(漢拏山) 높이 솟아,
하늘가에 붕그런 솥일세.

이런 유람 정말 자랑할 만하며,
평생동안 정말 만나기 힘들겠네.
호수라 구십포(九十浦) 바라보며,
만덕봉(萬德峰)에서 옷깃을 떨치네.
무릇 내가 유람하는 곳 마다,
메뚜기처럼 팔딱 뛰며 따라 나섰네.
잠자리 반드시 몸소 펴주고,
차와 음식도 또한 친히 받들었네.
한 달동안 함께 다니며 시중들 때,
돌봐주는 일마다 마음 더욱 공손히 했네.
내 이제 북쪽으로 돌아가려,
이별의 정 서로 주고 받네.
도갑사(道岬寺)까지 와서 나를 전송하니,
정생(鄭生)의 간곡한 뜻을 더욱 잘 알겠으이.
곽촉(藿蠋)으로 변신할 계획없으니,
내 분봉(奔蜂)류와 같은 신세가 부끄러우이.
정생(鄭生)은 실로 용렬한 인물이 아닌데,
어찌 초야에서 늙겠는가?

녹동서원 현판

영보정

<別鄭夢說>
鄭生慕我甚,　　聞名如見容.
及我來康津,　　向我意愈濃.

我游天冠山,　是時當嚴冬.

生亦騎瘦馬,　蹋雪能相從.

夜宿九精菴,　皓月出遙松.

玲瓏萬石林,　如植玉芙蓉.

我興幾欲狂,　生興亦不慵.

開牖望前山,　不寐到曉鍾.

明朝更理屐,　相與登九龍.

自稱鄭參奉[459],　戲欲閱其蹤.

山僧亦見誑,　藍輿替飛筇.

此事亦好笑,　可見氣橫縱.

對坐坤維臺[460],　壯觀盪心胸.

大海入脚底,　萬頃如銀鎔.

漢拏雪色高,　天半屹崇墉.

玆遊眞可詫,　平生實罕逢.

觀湖九十浦,　振衣萬德峰.

凡我所游者,　相隨如驅蛩.

枕席必躬展,　茶飯亦親供.

從遊浹三旬,　執事心彌恭.

我今將北還,　別意來相攻.

送我至道岬,　尤見生意重.

無計化藿蠋[461],　愧我類奔蜂[462].

---

459) 참봉(參奉) : 이조시대 각 능(陵)·원(園)·종친부(宗親府)·돈녕부(敦寧府)·봉상시(奉常寺)·사옹원(司甕院)·내의원(內醫院)·군기시(軍器寺)등과 기타 여러 관청에 속하던 종 9품 벼슬.

460) 곤유대(坤維臺) : 영암 월출산 곤유암 앞에 있는 깎아세운 듯한 바위 봉우리.

461) 곽촉(藿蠋) : 콩잎에 붙어 그를 갉아먹는 푸른 벌레.

462) 분봉(奔蜂) : 토봉(土蜂). 세요봉(腰細蜂)이라고도 한다. 일명 나나니벌을 가리킴. 이 나나니벌은 허리가 가늘고 검푸른 색깔로 크기가 반 치 가량된다. 흙으로 나무가지나 벽위에 병모양이나 공모양을 집을 짓고 산다. 항상 명령(螟蛉)등을 잡아다가 집에다 낳고 산란 후에 구멍을 봉한다. 자기의 유충이 부화하여 잡아다 넣은 명령을 먹고 성장한다. 명령은 빛깔이 푸른 나방과 나비의 유충. 『장자』 「경상초(庚桑楚)」에 "분봉(奔蜂 : 나나니벌)은 곽촉(藿蠋)이 될 수 없다."고 했음. 이는 재주가 적은 사람으로서는 변화시키기 어려운 사람을 교화(敎化)하기가 불가능하다는 비유로 씀. 여기서 담헌은 자신이 재주가 없어 정몽설이 출세하는데 후원해줄 능력이 없다고 하는말임. 정몽설은 강진에 온 담헌이 공경간(公卿間)에 친분이 있는 것을 알고 자신을 서울의 권문세가에 추천하여 벼슬길을 열어 주기를 바라는 의사를 비쳤음(「贈鄭生夢說序」참고). 그에 대한 담헌의 입장과 의사를 이 시에 밝힌 것임.

生[463]實非庸徒, 豈可老田農.

■ 조만우(趙萬瑀)가 전송하기 위해 영암(靈巖)에 와서 고별하는데, 슬픔을 이기지 못해 이를 적어 그에게 주어, 훗날 얼굴을 대하듯하게 했다.

조만우의 아들은 아직 이십 살이 안 됐는데, 매일 밤 나를 위하여 이부자리를 펴주고 다리를 주물러 주었다.

조만우(趙萬瑀) 아들의 깊은 정성이 아쉬워,
영암(靈巖)에서 이별할 때 눈물을 흘렸네.
오늘밤 홀로 썰렁한 자리에 누워,
외로운 등불 바라보며 그 생각에 젖네.

<趙萬瑀, 送至靈巖告別, 不勝悵然, 書此贈之, 作他日面目>
趙兒尙未加冠, 每夜爲余, 展衾打脚.
深情只有趙家兒,　淚落靈巖送別時.
今夜獨成寒店臥,　孤燈應亦照相思.

존양루 현판　　　　　　　　　　　　　　존양루

---

463) 생(生) : 정몽설(鄭夢說)을 가리킴.

■ 녹동서원(鹿洞書院)을 배알하고 소감을 쓰다.

이곳은 연촌(烟村) 최선생(崔先生)의 서원이다. 문곡(文谷)·농암(農巖)도 함께 제향하는데, 문곡(文谷)의 영정도 봉안돼있다.

녹동서원 최덕지 영정각

월출산(月山山) 북쪽 영암군(靈巖郡) 동쪽에,
부자가 함께 한 사당에 배향되었네.
훌륭한 분들 이미 돌아가셨으나 지난 날 회상하며,
영정(影幀)을 지금 배알하니 봄바람만 스치네.
가문의 명성 유독 오랜 세월 이어지리니,
인간사 이십 년이 부질없어 슬퍼지네.
머리 돌려보나 삼주(三洲)는 어디에 있는가?
저녁 구름에 찬 눈발 몰려오니 마음이 뒤숭숭.

문곡(文谷)이 기사환국(己巳換局)을 당할 때 나는 어려서 그분의 얼굴을 뵙지 못했다. 세전에 문곡(文谷)은 그 의태와 용모가 지극히 단아하고 수려하다고 했다. 지금 그 남아있는 초상화(遺像)를 배알하니 과연 그러하다. 제 4구는 그것을 언급한 것이다.

<調鹿洞書院有感>
是烟村崔先生書院. 文谷·農巖, 俱躋享, 文谷又有影子.
月山之北朗州464)東, 父子同躋一廟宮.
梁木已摧465)懷往日, 畵圖今幸識春風.
家聲獨紹千年遠, 人事空悲卄載中.
回首三洲466)何處在, 暮雲寒雪意無窮.

文谷之受禍在己巳467)而余時幼少, 未及瞻拜顔色. 世傳, 文谷儀容極端麗. 今拜遺像果然, 第四句及之.

---

464) 낭주(朗州) : 지금 전남 영암(靈巖)의 고호(古號).
465) 양최(梁摧) : 위인의 죽음을 비유함. 『史記』 「孔子世家」 "泰山壞乎, 梁柱摧乎.
466) 삼주(三洲) : 삼산(三山)과 같음. 방장(方丈)·봉래(蓬萊)·영주(瀛洲). 신선이 산다는 이상향.
467) 기사환국(己巳換局) : 1680년 경신대축척(庚申大蹴陟)으로 실각되었던 남인(南人)이 기사환국으로 재집권되자, 문곡(文谷) 김수항(金壽恒)이 진도(珍島)에 유배되어 사사되었다.

■ 앞의 시에는 다만 문곡(文谷)·농암(農巖) 두 선생만 말하고, 연촌(烟村) 최선생(崔先生)부자의 사적에 대해서는 언급하지 못해서, 이 시를 지어 네 분 선생의 본말을 아울러 열거하는데, 마지막에 산이 무너지는 느낌을 붙여 나의 뜻을 보이는 것뿐이다.

연촌(烟村) 최선생은 백대의 스승,
뛰어난 절의(節義) 고금에 빛나네.
임금께 벼슬 사양하겠다는 상서올리며,
벼슬에 연연하지 않았네.
호남의 선비들 그 고고한 기풍 기리고,
지금도 또한 남긴 법도(法度) 숭앙하네.
높고 높은 월출산(月出山)기슭에,
영정 모시는 사당있네.
그 뒤 문곡옹(文谷翁)이,
이곳에 벼슬받고 내려와,
제기(祭器) 갖춰 제사지내며,
나라의 지주(支柱)로 삼은 지 오래 됐구나.
인륜을 지키고 간사함을 배척하니,
강직한 지조 더욱 빛나네.
사림들 그 이름 흠모하여,
혼연일체되어 제향하네.
엄숙하고 빛나는 두 초상화(遺像),
그 채색이 사당(祠堂)안에 빛나네.
산당(山堂)선생과 농암(農巖)선생,
어진 명성 두 부친을 계승했네.
같은 사당에 함께 배향되었으니,
실로 보기 드문 성대한 일이라네.
내가 전에 농암(農巖)선생님께 수학할 때,
돋아나는 싹에 때맞춰 비를 흠뻑 내려주듯 하셨지.
스승 농암선생께서 돌아가신 지 이미 몇년,
그 전에 배운 것은 날로 희미해져가네.
눈쌓인 사당문 앞에 홀로 서서,

다만 나무로 만든 신주(神主)에 절하네.

인간사 천번 만번 변하는 것,

서글피 눈물흘리며 우러러도 보고 굽어도 보네.

지하에서 과연 아신다면,

깊은 마음 누구와 토로하실까?

아름다운 영광 오랜 세월 영원하며,

또한 번듯하게 가문을 지켜주리라.

　　<前詩, 只道文谷·農巖兩先生, 而不及烟村崔先生父子事, 又作此詩, 幷擧四先生本末, 而末寓山頹468)之感, 以示余志云爾>

烟村百世師,　　卓節照今古.

上書乞骸歸,　　志不戀圭組.

南士誦高風,　　至今仰遺矩.

峩峩月出麓.　　妥靈有廟宇.

後來文谷翁,　　受玦居玆土.

乃以瑚璉469)器, 久矣邦國柱.

扶倫斥邪憸　　直操尤可取.

士林慕其名,　　一體享籩俎.

肅穆二遺像,　　丹靑映廊廡.

山堂與農巖,　　賢聲紹兩父.

配食躋同堂,　　盛事實罕覩.

我昔及農巖,　　萌甲潤時雨470).

山頹已幾歲,　　舊學日魯莽.

獨立廟門雪,　　但自拜木主.

人事有萬變,　　衰涕迷仰俯.

九原471)果有知, 深心向誰吐.

---

468) 산퇴(山頹) : 위대한 인물의 죽음을 비유함. 『禮記』「檀弓」上 "泰山其頹乎, 梁木其壞乎, 哲人其萎乎 … 蓋寢疾七日而沒." 여기서는 이하곤의 스승인 농암(農巖) 김창협(金昌協)의 죽음을 뜻함. 이하곤은 21세 때 농암의 문하에 들어가 수학했다.

469) 호련(瑚璉) : 기장과 피를 담아서 종묘(宗廟)에 바치는 예기(禮器). 사당에 제사 지내는 그릇을 지칭.

470) 시우(時雨) : 제 때에 나리는 비. 제 때에 비가 나리면 초목이 우쭉 자라 변화하듯이, 적기에 적합하고 훌륭한 교훈을 받았다는 뜻. 『맹자』「진심장 상」"君子之所以教者五, 有如時雨化之者."

471) 구원(九原) : 전국시대 진(晉)의 경대부(卿大夫)의 무덤. 후대에 묘지, 황천(黃泉)이라는 뜻으로 쓰임.

休光永千載,　亦足持門戶.

　연촌(烟村) 최선생(崔先生)은 이름이 덕지(德之)이다. 세종대왕을 섬겼으며 벼슬이 홍문관(弘文館) 부제학(副提學)에 이르렀고, 후에 귀향하게 해달라고 비는 상서를 올렸다. 취금(朴醉琴) 박팽년(朴彭年)과 성삼문(成三問) 승지(承旨)가 시문을 지어 이를 치하했다. 초상화가 문곡(文谷)의 화상과 함께 동쪽 사당에 봉안돼 있는데, 용모가 지극히 고괴(古怪)했다. 산당(山堂)은 연촌(烟村)의 아들이다.

　烟村崔先生, 名德之. 事英陵, 官至弘文館副提學, 後上書乞歸. 朴醉琴成承旨, 作詩文, 以侈之. 有畵像並文谷像, 奉安東廡. 相兒極古怪. 山堂烟村子.

■ 영암군(靈巖郡)

　　성 가운데로 지나가고자 하니, 문지기가 문을 막고 들여보내주지 않아, 많은 고초를 당했다. 영암군(靈巖郡)에는 대월루(對月樓)[472]가 있는데 자못 승경이다.

　　명승이라면 사람들 영암(靈巖)고을을 치는데,
　　월출산(月出山)의 푸른 빛 대월루(對月樓)에 비쳐드네.
　　눈쌓인 황량한 들판에 읍내가 을씨년스럽게 펼쳐지고,
　　조수 밀려오는 긴 다리에 세납선(稅納船) 대기하고 있네.
　　정자에 문곡(文谷)의 시판(詩板)이 남아있고,
　　연촌(烟村)의 고고한 의절 영당(影堂)에 어려있네.
　　성문의 수문장(守門將) 문득 갈길을 막아,
　　오늘 아침 비로소 나그네의 서러움을 느꼈네.

　　　<靈巖郡>
　　　欲取道城中, 閽者拒門不納, 多苦狀. 郡有對月樓, 頗勝.
　　名勝人稱古朗州,　　月山翠色滿官樓.
　　雪迷曠野開虛市,　　潮退長橋閣稅舟.
　　文谷舊亭風玉在,　　烟村高節影堂留.
　　城門忽被閽人拒,　　始覺今朝作客愁.

---

472) 대월루(對月樓) : 소재지와 내력 등 그 전모에 대해서 확인되지 않음.

■ 말 위에서 회포를 적다.

이미 강진(康津)은 멀어져만 가는데,
자꾸 월출산(月出山) 뒤돌아봐 지네.
넓은 하늘에 바람은 기러기와 반대로 불고,
넓은 들판에 쌓인 눈 사람을 홀리네.
막걸리나마 그 누가 서로 권하리요?
구슬픈 노래 홀로 흥얼거려 보네.
강진(康津)에서 귀양살이하는 장인의 초췌한 모습,
다만 꿈속에서나 뵐 수 있겠네.

<馬上書懷>
已去康津遠,　　回看月岳頻.
天長風逆鴈,　　野曠雪迷人.
濁酒誰相勸,　　悲歌獨自陳.
江潭憔悴色473),只向夢中親.

■ 길가던 도중에 눈을 만났는데, 시를 지어 신보(信甫)에게 보여주다.

해질 녘 북풍은 거세게 불어,
싸늘하게 나그네의 옷깃에 스미네.
먼 산 하늘이 어두컴컴해지고,
외로운 기러기만 눈발 속에 날아가네.
지나는 곳 호남(湖南)땅은 멀어지고,
나 지금 북쪽 한양(漢陽)으로 돌아가네.
신보(信甫) 그대가 동행하지 않았다면,
여행길에 그 누구에게 의지하리요?

<道中逢雪, 示信甫>
日暮北風急,　　蕭蕭吹客衣.

---

473) 강담초췌색(江潭憔悴色) : 굴원이 귀양가서 안색이 파리해졌다는 고사에서 따온 말로, 담헌의 장인 송상기가 귀양온 것을 비유적으로 표현한 것임. 『楚辭』 「漁父辭」“屈原旣放, 遊於江潭, 形容枯槁, 顔色憔悴.”

遙山天際黑,　　孤鴈雪中飛.
地是湖南遠,　　人今漢北歸.
非君同此役,　　旅泊更誰依.

■ 눈이 많이 내리다

한 달 동안 호남(湖南)지방에서 체류했는데,
오늘 아침 또 나주(羅州)를 향해 떠나네.
엷은 구름 나루 북쪽 멀리 나무끝에서 피어오르고,
음산한 눈발이 말앞에 휘날리고 험한 산이 가로막네
숲속 갈가귀 유독 어둠 속으로 날아가는데,
종들의 얼굴에도 수심이 가득하네.
여정길 급히 재촉했으나 한 해가 저물어가는데,
늙은 이 내 몸 평생토록 어느 때나 한가할까?

　　　<雪甚>
一月棲棲湖海間,　　今朝又向羅州還.
雲迷津北出遠樹,　　雪暗馬前橫亂山.
林鴉獨歸自暮色,　　僮僕相看多愁顔.
征途滾滾歲欲盡,　　老子百年何時閑.

■ 영산강(靈山江)을 건너다.

해저문 영산포(靈山浦)에,
외로운 배 한척 강 건너는 소리.
파도는 잔잔하고 백사장 널찍하며,
눈발 뜸해지니 해저문 산이 훤해지네.
나무끝 멀리 지나가는 사람 가물거리고,
안개 자욱한데 기러기 소리 들리네.
강가에 자리잡은 어촌을 바라보니,
문득 이곳에서 여생을 보내고 싶네.
　수원(樹遠)은 한편 독대(獨樹)로 바꿔도 되고, 연심(烟深)은 한편 한연(寒烟)으로 바꿔도 된다.

<渡靈山江>

落日靈山浦,　孤舟喚渡聲.

潮平沙岸濶,　雪淺暮山明.

樹遠迷人去,　烟深隱鴈鳴.

臨江有漁舍,　更欲寄餘生.

　　樹遠一作獨樹, 烟深一作寒烟.

12월 1일

정(鄭)목사에게 사례하고 함께 관아에서 식사를 했다. 신보(信甫)와 함께 금성관(錦城館)으로 가서, 유색루(柳色樓)에 올라 동쪽으로 서석산(瑞石山)을 바라보니, 눈이 온 후라서 더욱 아름답다.

남문을 나가 서쪽으로 꺾어 15리를 가서 회진(會津)에 이르렀다. 지형이 대략 마포강(麻浦江)과 같고, 정면이 매우 협소하여 거주민들은 언덕이 높고 낮은 지대에 집을 짓고 사는데, 그 모습이 굴이 붙어 있는 것 같다. 강 남쪽 일대에 버드나무 만 여 그루가 심겨져 있어, 여름이 되면 녹음이 정말 좋겠고 꾀꼬리 소리를 들을 수 있겠다. 마을에는 단지 임·박(朴·林) 두 성씨만 거주하고있다.

창계댁(滄溪宅)474)은 서촌(西村)475)에 있는데, 아들 동(董)476)도 또한 학문을 좋아했으며, 그 가문을 잘 이어 왔으나 천연두를 앓다가 근자에 죽었다고 한다. 신보(信甫)와 임매(林邁)는 둘 다 고씨(高氏)의 사위다. 그 성산서재(城山書齋)에 들렀으나, 마침 이웃집에 가고 유독 두 어린이가 있는데, 그 아들과 조카였다. 드디어 함께 영모당(永慕堂)477)에 이르니, 이는 임씨(林氏)의 정자이다. 지극히 높고 시원스러우며, 월출산이 하늘가에 아득한 것이, 삼각산(三角

---

474) 창계댁(滄溪宅) : 창계는 노소분당시 소론(少論)의 중추적인 인물인 임영(林泳 1649~1696)의 호. 숙종 임술년 신범화(申範華)가 정원로(鄭元老)의 역모사건에 연루되었을 때 김석주(金錫胄)는 자기가 신범화에게 반역음모를 정탐하도록 시켰다고 변호하여 신범화를 공훈록에 추록되게 했다. 이에 창계(滄溪)는 김석주의 처사를 비난했다. 그후에도 창계는 조지겸(趙持謙)등 젊은 명관들과 함께 청의(淸議)를 주장하고 무슨 일을 당하면 용감히 비판하면서 차차 훈척을 배척하고 자립했는데 소론(少論)이란 명칭이 이로부터 비롯되었다고 한다. 李建昌(李民樹 譯),『黨議通略』, 乙酉文化社, 1980, pp.64~66 참조. 창계는 현 성균관대학교 한문교육과 임형택(林熒澤)교수님의 선조이다. 현재 창계댁은 남아있지 않다.

475) 서촌(西村) : 지금 전남 나주시 다시면 회진리(會津里) 백하촌(栢下村).

476) 동(董) : 임동(林董 1687~1722)을 가리킴.

477) 영모당(永慕堂) : 영모정(永慕亭)을 지칭. 영모정(永慕亭)은 1520년에 승지(承旨) 임붕(林鵬)이 건립한 정자로 초기에는 그의 호를 따서 귀래정(歸來亭)이라 불렸으나 1555년(명종10년)에 후손이 재건하면서 영모정이라 개칭하였다.

山)478)의 여러 봉우리와 비슷하여 자신도 모르게 갑자기 눈앞이 훤히 밝아짐을 느꼈다. 임매(林邁)가 와서 잠시 애기했다.

돌아오는 길에 창계서원(滄溪書院)479)을 배알했다. 수운정(水雲亭)480)은 날이 저물어 가지 못했다. 서문을 거쳐 들어가 관아에서 식사를 하고, 정(鄭)목사와 문(文)에 대해 토론하다보니 밤이 되었다. 이 어른은 독서를 좋아하여 늙어서도 책을 놓지 않으니 지극히 공경스럽다. 그 손자가 나이 막 14세가 되었다. 일찍이 시를 짓기를 "추강(秋江)에 물이 줄어드니 고기 움츠리고, 광야(曠野)에 서리 내리니 기러기 높이 난다."고 했는데, 자못 재주가 있으니, 즉 죽은 친구 보경(保卿)의 아들이다. 성찬을 구비하여 서로 대좌하다가 밤이 이슥하여 숙소로 돌아왔다.

| 영모정 | 창계서원터에 건립된 영성각 |

▣ 유색루(柳色樓)에 오르다.

높다란 유색루(柳色樓) 나는 듯한 형세,
올라보니 나의 호기(豪氣)와 맞먹네.
영산강(靈山江)은 성을 안고 돌아 파도소리 크고,
서석산(瑞石山)은 하늘에 솟아 설색이 돋보이네.
겨울 매화 꺾어 가는 길에 드리고자 하는데,

---

478) 삼각산(三角山) : 지금 서울 도봉구에 있는 북한산(北漢山)의 딴 이름.
479) 창계서원(滄溪書院) : 담헌이 바로 이 창계서원(滄溪書院) 창건 발기인의 한사람이었다는 사실은, 담헌의 창계에 대한 흠모의 정이 얼마나 지극했는지 짐작이 되고 남음이 있다. 창계서원(滄溪書院)은 창계댁 근처에 있었는데, 그후 지금 나주시 다시면 신걸리(信傑里)로 이전했는데 언제 폐해졌는지 알 수 없다하는데, 이 터에 지금은 나주임씨(羅州林氏) 제각(祭閣)인 영성각(永成閣)이 건립되어 있다. 지금 서원의 복원공사를 하고 있다.
480) 수운정(水雲亭)과 앞에 나온 성산서재(城山書齋)의 설폐(設廢)에 대해, 나주시 다시면 월태리에 거주하며 향토사학에 밝은 이재홍씨에게 서면으로 문의하였다. 이씨가 두루 알아보았지만 그에 대해 아는 이가 없다고 한다.

어느 때 안개머금은 실버들 봄언덕에 하늘거릴까?
산천이 엇갈린 곳에서 마지막가는 섣달을 맞이하는데,
또 다시 막걸리 차려오라 아이를 부르네.

<登柳色樓>
百尺官樓勢若翶,　　登臨足可敵吾豪.
靈江抱郭潮聲大,　　瑞石浮天雪色高.
欲折寒梅贈遠道,　　幾時烟柳弄春臯.
山川錯莫窮陰481)遍,且復呼兒進濁醪.

■ 영모당(永慕堂)에 오르다.

회진(會津)에 있는 임씨(林氏)의 정자이다.

오래 전부터 회진(會津)이 명승지라 알고 있었는데,
지금사 영모당(永慕堂)에 오르네.
지형은 마포강(麻浦江)과 유사하고,
바다는 행주(杏州)나루와 엇 비슷하네.
버드나무언덕에 석양이 뉘엿뉘엿,
물가에 자리잡은 회진(會津)마을 눈빛이 희네.
창을 열고 월출산(月出山)을 바라보니,
우리 고향을 보는 것과 같네.

<登永慕堂>
　在會津, 林氏亭.
久識會津勝,　　今登永慕堂.
地形麻浦是,　　海錯杏州當.
柳岸斜陽遠,　　沙村雪色長.
開牕對月出,　　尤似見吾鄉.

영성각 현판

481) 궁음(窮陰) : 마지막 겨울이 다가가는 무렵. 음력 섣달. 『文選』 鮑照 「舞鶴賦」 "於是窮陰殺節, 急景凋年"

12월 2일

이곳에 사는 같은 성씨의 이운식(李運植)이 오고, 정목사가 또 그 아들을 보내서 서로 어울렸다. 집으로 편지를 써서 예건(禮建)이 서울가는 길에 먼저 보냈다. 식사후 드디어 동문을 빠져나가는데, 이후재(李厚栽)가 와서 작별을 고했다. 다시 동쪽으로 30리를 가서 남평(南平)에 이르렀다. 현감(縣監) 이좌백(李左伯)이 내가 왔다는 소문을 듣고 찾아와서 만났는데, 저녁 식사를 했다. 잠시 후 내가 또한 가서 사례하며 단란한 시간을 보냈다. 야심해지자 현악기를 연주하며 노래를 즐기고[482], 고기와 안주가 풍성하니, 또한 객지에서 좋은 일이로다. 말을 타고 돌아오려고 하는데, 문득 대나무 사이에서 물소리가 찰찰 들려오니 대단히 그윽한 운치였다. 대개 산의 샘물을 끌어들여 섬돌을 감싸돌아 나가게 하여 도랑을 만든 것이다.

▣ 남평현(南平縣)에서 사또 이좌백 광보(李佐伯 匡輔)에게 보여주다.

대나무에 의지하듯 작은 남평읍(南平邑),
마을은 모두 소나무숲속 깊이 자리잡았네.
관청은 맑고 빼어난 곳에 자리잡았으며,
관리 노릇하기 또한 편안하네.
쥘부채 승두선(僧頭扇) 기묘하고,
간드러지게 노래하는 기생의 자태 요염하네.
인생살이에 사또벼슬도 하기 어려우니,
그대 현령(縣令)의 자리 하찮게 생각말게.

<南平縣, 示李使君佐伯 匡輔>
縣小猶依竹,　　村深盡隱松.
官居自清絶,　　吏隱更從容.
摺扇僧頭[483]妙, 纖歌妓態濃.
人生五馬[484]貴, 爾莫薄雷封[485].

---

482) 현악기를~(사육경주 絲肉競奏) : 사육(絲肉)은 관현악등 악기를 연주하는 소리와 육성으로 노래부르는 소리. 청(淸)나라 서회(余懷) 『板橋雜記』「雅游」 "左久則水陸備至, 絲肉競奏."
483) 승두(僧頭) : 승두선(僧頭扇)을 지칭. 남평지방의 명산으로 중머리 모양을 했다해서 붙여진 이름.
484) 오마(五馬) : 고대(古代)에 태수(太守)를 오마(五馬)라 칭함.
485) 뇌봉(雷封) : 현령(縣令)의 이칭.

■ 밤에 이 사또의 관아에서 술을 마시다.

동헌 아래에는 산의 샘물을 끌어들여 섬돌을 돌아 흘러가게 해놓았는데, 그 소리가 들을 만했다.

오늘 밤 베풀어주는 연회,
타향 객지에서 어찌 자주 있으리요?
술잔을 들고보니 만사가 잊혀지며,
촛불 밝히고 청아한 노래 듣네.
눈빛이 창틈으로 비쳐들고,
샘물소리 대숲속에서 들려오네.
취중에 서울쪽 돌아보니 아득히 먼데,
근래 소식은 어떠한지?

　　　<夜飮李使君衙軒>
　　軒下因山泉, 循除瀧瀧鳴, 極可聽.
　借問今宵會,　他鄕豈復多.
　把杯忘萬事,　燒燭聽淸歌.
　雪色牕間映,　泉聲竹裡過.
　醉中京國遠,　消息近如何.

■ 길옆 송림 아래서 좀 쉬다가 송자(松字)를 사용하여 시를 짓다.

어느 곳에 나의 말을 매놓을까?
시냇가에 수많은 소나무 서있네.
싸늘한 기운 맑은 바람에 밀려오는데,
또한 부수수한 얼굴이 얼얼하네,
매서운 눈발에 나무껍질은 갈라터졌으나,
구름 머금어 푸른 빛 더욱 짙네.
서로 고상한 절개 좋아하여,
일찍이 벼슬 받은 적 없다네.

<少憩道傍松林, 用松字>
何處駐吾馬,　臨溪有萬松.
泠然送淸籟,　且得爽疲容.
傲雪蒼鱗坼,　留雲翠色濃.
相看愛高節,　曾不受秦封[486].

12월 3일

남평읍(南平邑)은 작고 삼 면이 모두 들이라서 볼 게 없다. 현의 북쪽에 10리 소나무숲이 있는데 푸른 색이 구름 같다. 남쪽에 작은 언덕이 있는데 바리때를 엎어놓은 것 같다. 그 위에 대나무가 총총히 자라고 있어 사시사철 우쭉하고 푸르며, 성탄수(城灘水)[487]를 끌어들여 긴 못을 파놓았으며, 또 마름과 납가새 어패류가 풍부하다. 승두선(僧頭扇)[488]이 정교하여 견줄 만한 상대가 없다. 옆에 인접해 있는 다른 군에서 극력히 그것을 모방했으나 끝내 미치지 못하니, 이름난 읍이라 일컫는 것은 대개 이런 이유 때문이다.

이튿날 아침 현감 이좌백(李左伯)이 와서 작별했다. 길이 동문을 경유해서 나있다. 객관앞에 조영수 태기 거사비(趙英叟 泰耆 去思碑)[489]가 있는데, 쇠로 제작했다. 천천히 남쪽으로 10리를 가다가, 송림 아래서 조금 쉬었다. 다시 동쪽으로 20리를 가서 능주(綾州)에 이르렀다. 이곳은 정암(靜庵) 조선생(趙先生)의 푸른 절개가 서린 곳이다. 후세사람이 그 유허지[490]에 비를 세워 그것을 알 수 있게 됐다. 우암(尤庵)이 그 비문을 찬하고 동춘(同春)[491]이 글씨를 썼다. 말에서 내려 읽어보고는 이리왔다 저리 갔다 하며 강개함을 이길 수가 없었다. 선생은 고을의 종인 문후종(文厚從)의 집에서 우거했다. 이로써 그 명성이 지금도 멸하지 않고 영광도 큰 것이리니, 문득 저 남곤(南袞)[492]과 심정(沈貞)[493]의 무리들이 문득 어떤 마음이겠는가?

---

486) 진봉(秦封) : 진시황(秦始皇)이 태산에 올라가서 제사를 지내고 내려오다 소나무 밑에서 비를 피하고 그 소나무를 오대부(五大夫)로 봉한 고사가 있음. 『史記』「秦始皇本紀」. 따라서 벼슬을 받는 것을 나타냄.

487) 성탄수(城灘水) : 남평군 읍지(1895년 간행) 산천조에 현의 북쪽 2리에 있다고 기록되어 있다.

488) 승두선(僧頭扇) : 중머리 부채.

489) 조영수 태기 거사비(趙英叟 泰耆 去思碑) : 지금 이 비는 존재하지 않는다. 조영수는 1714년 12월 남평현감으로 부임했으며, 1718년 4월 김포군수로 부임했다. 1722년 2월 청풍부사가 되었다. 거사비(去思碑)는 덕정(德政)을 한 관리가 떠나간 후에 사민(士民)이 그를 사모하고 기념하기 위해 세우는 비.

490) 유허지 : 지금 전남 화순군 능주면 남정리에 있다. 비제는 '靜菴趙先生謫居遺墟追慕碑'이다.

491) 동춘(同春) : 동춘은 송준길(宋浚吉 1606~1672)의 호. 조선. 문신. 학자. 저서 『동춘당집』.

492) 남곤(南袞 1471~1527) : 1519년(중종 14) 훈구파(勳舊派) 대신으로 심정(沈貞)과 함께 기묘사화를 일으켜 조광조(趙光祖) 등 신진 사류(士類)를 숙청한 뒤 영의정에 올랐다.

493) 심정(沈貞 1471~1531) : 조선. 문신. 1519년 형조판서에 임명되었으나 신진사류인 조광조 일파의 탄핵으로 파직되었다. 이어 1506년중종반정 때 받았던 정국공신(靖國功臣)도 삭탈되었다. 이에 원한을 품고 남곤(南袞), 홍경주(洪景舟)등과 함께 기묘사화를 일으켜 사류들을 숙청하였다.

목사 신유익 여겸(愼惟益 汝謙)이 내가 왔다는 소식을 듣고 두 세 차례 사람을 보냈기에 저녁식사 후에 찾아가서 사례했다. 주안상을 마련하고 정성을 다했으며, 관기(官妓) 4~5인이 거문고와 노래로 흥을 돋웠다. 잠시후 숙소로 돌아왔는데, 여겸(汝謙)이 또 뒤쫓아 와서 재미난 얘기(劇談)를 나누다가 돌아갔다. 이날 가랑비가 조금 나리더니 밤이 되어서야 개었다.

■ 유비행

비석은 능주(綾州)에 있는데, 이는 정암(靜庵)선생이 생을 마친 장소이다. 비석에 정암조선생적려유허추모비(靜庵趙先生謫廬遺墟追慕碑)라는 12자를 새겼다. 민참판 (閔參判)이 이곳 능주목사를 할 때에 세운 것이다.

아침에 남평읍(南平邑)을 출발하여 저녁에 능주(綾州)에 도착했는데,
문득 도로변에 우뚝한 비석이 서있네.
위쪽에 역력히 열두자가 새겨져 있어,
말에서 내려읽다가 두눈에 눈물이 나네.
정암(靜庵) 조선생(趙先生)께서,
전에 기묘사화(己卯士禍)때 이곳으로 귀양왔었네.
오두막집 남아있지 않고 잡초만 무성한데,
그 내막을 아는 노인(故老)이 그 유허지를 알려주네.
구원에 짙푸른 피가 묻혀버리는가 했더니,
백년도 안되어 도학정치(道學政治)는 국시(國是)가 되었네.
우암(尤庵: 송시열)이 글을 짓고 동춘(同春: 송준길)이 글씨를 써서,
돌을 다듬어 전에 우거하던 곳에 비를 세웠네.
당시의 사실 여기에 자세히 밝혀져있으니,
읽어보는 자 누가 탄식하지 않으리요?
선생의 도(道)는 정자(程子) 주자(朱子)를 배우고,
선생의 뜻은 요(堯)임금 순(舜)임금를 흠모했네.
황제와 제왕들의 잘 잘못을 변별하고,
시(詩)·서(書)·예(禮)·악(樂)의 "적용(適用)"을 공부하였네.
위로는 임금을 잘 섬겨 하(夏)·은(殷)·주(周)시대를 이룩하려 했으며,
아래로는 화목하게하고 세상의 변혁을 도모했었네.
조정에 나갈 땐 조복관대 단정히 하고,
정언직사(正言直辭)로 웅대한 계획 임금께 아뢰었네.

사헌부(司憲府)에 들어 풍채 떨치고,

남녀 따로 행동하게하고 한곳에 옷걸어 놓지 못하게 했네.

조·야(朝·野)를 바로 잡아 태평성대 구상했으며,

간신배들 물리쳐 심오한 발전를 모색했네.

상림원(上林苑) 버들잎에 주초위왕(走肖爲王) 글자 새겨,

야간에 신무문(神武門) 열고 들어가 교활한 흉계 꾸몄네.

동시에 정직한 선비들 일망타진되어,

큰 인물들은 귀양가고 작은 인물들은 유폐됐네.

연주산(連珠山)의 가을은 쓸쓸한데,

초췌하게 어슬렁이며 "벽혜(碧蕙)"구(句) 읊조리는 게 원망스럽네.

밝은 해는 저물어 어둠컴컴해지는데,

안개낀 차거운 하늘에 바람불고 흐려지네.

혜강(嵇康)은 스스로 광릉산(廣陵散)을 연주하고,

맹박(孟博)는 다만 서산(西山)에 묻히길 원했네.

부모 섬기듯 세 임금을 섬겼는데,

지금 열열한 선비는 오히려 눈물만 닦네.

하늘의 도(道)는 본래 선인(善人)과 함께하는 것,

세운(世運)에는 종당에 굴신(屈伸)이 있도다.

남곤(南袞)과 심정(沈貞)은 백골이 썩은 후에도 사람들이 모두 저주하지만,

선생의 거룩한 명성 해와 별처럼 새롭네.

한 때의 영화와 쇠락의 다름을 논하지 말라,

또한 오랜 세월 추앙받고 힐책당하는 것을 보라.

아직도 지나가는 사람 유허비(遺墟碑) 닦고 읽으니,

성대한 덕성은 끝없이 세상의 존경을 받네.

동산에 쭉뻗은 수많은 대나무 바라보며,

선생의 그 정신 상상해보네.

　　<遺碑行>

　　在綾州, 是靜庵先生畢命之地. 碑刻靜庵趙先生謫廬遺墟追慕碑十二字. 閔參判494)爲牧時 所建.

　　朝發南平暮綾州,　　忽見穹碑立道周.

---

494) 숭정(崇禎) 기원(紀元) 40년 현종(顯宗) 정미년(丁未年 1667년)에 민여노(閔汝老)가 세움.

上刻煌煌十二字,　　下馬讀之雙涕流.

靜庵先生趙夫子,　　昔在己卯謫居此.

茅舍無存烟草深,　　故老指點爲遺址.

尙疑九原藏碧血,　　不待百年定國是.

尤翁作記春翁書,　　伐石爲碑表舊閭,

當時事實此特詳,　　見者孰不爲歔歔.

先生有道學程朱,　　先生有志慕唐虞.

皇王帝伯辨眞僞,　　詩書禮樂495)用工夫.

上欲致君三代際,　　下欲雍熙496)變斯世.

垂紳端笏立天陛497),正言直辭陳大計.

入長憲司振風采,　　男婦異行不同袂.

中外矯首想太平,　　奸壬切齒思深嚌.

上林498)楊葉忽成字499),巧計夜開神武500)閉.

同時正士網打盡,　　大者流竄501)小幽繫502).

連珠山上秋蕭瑟,　　憔悴行吟怨碧蕙503).

白日昏昏蔽光晶,　　氛霧寒天終風噎.

嵇康自彈光陵散504),孟博505)只願西山瘞.

三復愛君如愛父,　　至今烈士猶抆涕.

天道本自與善人,　　世運終能有屈伸.

---

495) 시서예악(詩書禮樂) : 시경(詩經)·서경(書經)·예(禮)·악(樂).

496) 옹희(雍熙) : 화목하게 함.

497) 천폐(天陛) : 천자(天子)가 사는 궁전의 섬돌.

498) 상림(上林) : 상림원(上林苑)을 지칭.

499) 성자(成字) : 훈구파(勳舊派)인 남곤(南袞)과 심정(沈貞)등이 대궐 버들잎에 과즙으로 '주초위왕(走肖爲王) : 조씨(趙氏)인 사람이 왕이 된다.'이라는 글자를 새겨 벌레가 갉아먹게 했다. 이것을 궁녀로 하여금 왕께 따다 바치게하여 왕이 조광조를 의심하게함.

500) 신무(神武) : 서울 경복궁(景福宮)의 북문. 남곤과 심정등은 밤에 신무문(神武門)을 통해 비밀리에 왕을 만나서 위협에 가까운 논조로 조광조일파가 당파를 조직 조정을 문란케한다고 무고했다.

501) 유찬(流竄) : 유배. 귀양살이.

502) 유계(幽繫) : 유폐(幽閉). 감옥살이.

503) 벽혜(碧蕙) : 유랑하는 신세가 원망스럽다는 말. 두보의 시 「장유(長遊)」. 秋風動哀壑 碧蕙捐微芳.

504) 광릉산(光陵散) : 삼국 위(魏) 혜강(嵆康)이 낙서(洛西)에 유람하다 화양정(華陽亭)에 유숙하다 거문고를 타는데, 객이 거문고를 끌어가서 광릉산곡을 타며 타인에게 전수하지 말라고 했으나, 나중에 혜강이 이 곡을 탐. 혜강 이후 전하는 자가 없었다고 한다. 『晉書』, 「嵆康傳」참조.

505) 맹박(孟博) : 동한(東漢) 범방(范滂)의 자(字). 천하를 청결히하려다가 환관들의 원성을 사서 옥고를 치름.『후한서』 권 90.참조.

哀貞朽骨人皆誅,　先生大名日星新.
莫言一時榮枯異,　且看千秋哀鉞[506]陳.
遺墟尚令過者式,　盛德終爲擧世尊.
回視東山萬竿竹,　想見先生舊精神.

정암조선생적려유허추모비(앞면)

정암조선생적려유허추모비(뒷면)

■ 능주(綾州)

관청이 산협(山峽) 가까운데 자리잡아 절로 맑고 그윽해,
이 고을은 원래 은거삼아 벼슬살이 하기 좋은 곳이라지.
산세는 구름서리고 서석산(瑞石山)이 가로 질렀으며,
강은 들을 가로 질러 나주(羅州)로 흘러가네.
많은 대나무 길러 여러 고을에 빌려주며,
우쭉 자란 무성한 송림사이에 두개의 누대 서있네.
멀리 명승지 찾아간다고 남들에게 비웃음 당했지만,
지금 찾아와보니 나의 기대 져버리지 않네.

---

506) 곤월(袞鉞) : 곤의(袞衣)를 내려주어 장려(奬勵)함을 보여주고, 도끼를 주어 징벌(懲罰)을 보여줌.

<綾州>

官居近峽自淸幽,　此地元稱吏隱優.
山勢盤雲橫瑞石,　江流割野入羅州.
養成萬竹借諸郡,　湧出深松起二樓.
人笑迂途尋勝去,　今來能不負吾求.

■ 밤에 관아에서 술을 마시고, 시를 지어 주인 사또 신여겸(愼汝謙)에게 보여주다.

　　한 가을 주곡(酒谷)에서 이별했다가,
　　섣달 능주(綾州)에서 다시 만났네.
　　서로 꿈인양 바라보다가,
　　한 바탕 웃어 나니 차분해지네.
　　쟁반의 회는 치어(鯔魚)를 잘게 썬 것이며,
　　관아의 술은 대나무에 담아 진하네.
　　목비(木碑)로 송덕의 글 새겨놓았으니,
　　이미 백성을 잘 교화했다는 걸 알겠네.

　　　치어(鯔魚)는 즉 맛이 빼어난 물고기이다. 주인이 나를 위해 살점을 잘 썰어 이 회를 특별히 마련한 것이다.

　　<夜飮州衙, 示主人使君愼汝謙>

酒谷507)高秋別, 綾州臘月逢.
相看如夢寐,　一笑盡從容.
盤膾鯔魚細,　官醪竹瀝508)濃.
木碑多頌德,　民已化陶鎔.
　鯔魚卽秀魚也. 主人爲余. 斷肉特設此膾.

■ 화희(花姬)는 능주(綾州)의 관기이다.

　나이는 20여 살이 되었는데, 가야금과 노래를 잘하고 사람됨이 청담하고 운치가 있단다. 내가 능주(綾州)를 지나다 이와 같은 사실을 기뻐하였다. 화희(花姬)를 놀려서 말했다. "옛날에 낙천(樂天 : 李白)에겐 번소(樊素)가 있었고 자첨(子瞻 : 蘇軾)

---

507) 주곡(酒谷) : 어딘지 확인하기 어려움.
508) 죽력(竹瀝) : 푸른 대나무를 구워 만든 진액. 열(熱)·염(痰)·번(煩)·갈(渴) 등을 다스리는 약으로 쓰임.

에겐 조운(朝雲)이 있었다. 나의 풍류가 비록 두 분에 미치지 못하나, 너는 유독 번소(樊素)와 조운(朝雲)만 못한고?" 화희(花姬)가 웃으면서 말했다. "낭군께서는 낙천(樂天)과 자첨(子瞻)에게 미치지 못하면서, 즉 어찌하여 유독 첩이 번소와(樊素)와 조운(朝雲)이 되라고 책망하시오이까?" 그 재주와 운치가 대개 이와 같았다. 내가 드디어 그 뜻을 구연(口演)하여 이 시를 지어 놀려주다. 그녀로 하여금 그것을 보관해두었다가 친우들이 능주(綾州)를 지나가는 사람을 기다려 그것을 꺼내어 보이라고 했다. 무릇 보는 사람은 또한 나의 이 시(詩)가 일시적으로 놀고 즐기고 희롱했던 여운에서 나온 것이라는 것을 알 것이니, (낙천 자첨같이 평생동안 기생을 옆에 두고) 풍류를 즐겼던 죄과(罪過)라고 말하지 않는 것이 좋을 것이라고 하자 한 바탕 웃었다. 화희(花姬)의 옛 이름은 정금(貞今)이요 개명하여 화향(花香)이라 했다.

花姬, 綾州官妓也. 年二十餘, 能琴歌, 爲人, 淸淡有韻. 余過綾州, 喜其如此. 因戲姬曰, 昔樂天有樊素, 子瞻有朝雲, 吾之風流, 雖不及二子, 汝獨不能爲樊素‧朝雲耶? 姬笑曰, 郞君旣不及樂天‧子瞻, 則何獨責妾爲樊素‧朝雲乎? 其才韻, 盖有如此者. 余遂演其意, 戲贈此詩. 使之藏 , 俟親友之過州者, 出而示之. 夫覽者亦知余之此詩, 出於一時遊戲之餘, 而毋曰風流罪過, 可也, 一笑. 姬舊名貞今, 改爲花香云.

1
꽃은 말을 이해하고 옥(玉)은 향기를 내뿜으며,
구름처럼 휘감아돌린 다리머리 푸른 봉새가 깃들겠네.
절로 우습구나, 이 내몸 나비와 같이 향기를 좋아하여,
꽃방에서 자는 것을 너무도 좋아하는 것이.

其一
花能解語509)玉生香, 鴉鬢510)盤雲翠鳳長.
自笑是身蝴蝶似, 愛香偏愛宿花房.

---

509) 해어(解語) : 말을 이해한다는 뜻. 당나라 현종(玄宗)이 양귀비(楊貴妃)를 예찬하여 말을 하는 꽃이란 뜻으로 해어화(解語花)라 했는데, 이후 해어화는 미인을 지칭하는 말로 쓰임.
510) 아계(鴉鬢) : 여자들이 다른 머리 카락 뭉치를 덧붙여 높이 장식하는 것.

2
좋은 인연이 바뀌어 나쁜 인연되는 것,
내일이면 이별해 각자 아득히 멀어질 운명.
오직 연주산(連珠山)위에 뜬 달빛만이,
다만 두 사람의 마음 한 구석을 비춰주네.

其二
好因緣作惡因緣,　一別明朝杳各天.
惟有連珠山上月,　只應分照兩心邊.

3
한 떨기 아름다운 꽃 제법 향기 그윽해,
봄바람에 쓸려가는 것이 은근히 애석해지네.
어렴풋이 짐작하겠네. 이별하면 상사(相思)의 눈물 흘리며,
봄바람 따라 초(楚)나라 구름을 적시게 될 것을.

其參
一朶名花香更韻,　殷勤護惜付東君[511].
遙知別後相思淚,　寄與春風浥楚雲[512].

4
밤깊자 다 타가는 촛불 창을 밝히는데,
환희와 즐거움 꿈결처럼 빨리도 지나가네.
또한 한 겨울 매화가 눈빛보다 나은 줄 알고있으니,
회오리 바람에 휘날리는 버들가지 되지 말라.

其四
夜深殘燭半熜紅,　草草歡娛似夢中.
且學寒梅凌雪色,　莫隨飄絮舞狂風.

---

511) 동군(東君) : 태양의 신(神). 봄을 맡은 동쪽의 신(神).
512) 초운(楚雲) : 초(楚)나라 양왕(襄王)이 무산(巫山) 선녀와 함께 자고 나자, 아침에 그녀가 떠나면서 "아침에는 구름이 되고 저녁에는 비가 된다."고 한 고사가 있음. 따라서 운우지정(雲雨之情)은 남녀의 교정(交情)을 지칭.

5

조운(朝雲) 원래 파노(坡老 : 蘇軾)곁은 떠나지 않았으며,

번소(樊素) 끝까지 낙천(樂天 : 白居易)을 모셨다네.

나 담수(澹叟 : 李夏坤)의 풍류 두 분을 쫓아갈 만 하고,

화향(花香) 또한 맘 잘 맞는 좋은 짝이로다.

其五

朝雲元不離坡老,　　樊素終能侍樂天.

澹叟風流追二子,　　花香亦合伴參禪513).

12월 4일

　신보(信甫)는 볼 일이 있어서 새벽에 화
순(和順)으로 갔는데, 동복현(同福縣)에서
만나기로 약속했다. 여겸(汝謙)이 와서 작
별했다. 여겸(汝謙)이 군을 잘 다스렸다는
명성이 있어 관내의 거주민들이 나무를 깎
아 비를 세웠으며, 그 선정(善政)을 칭송하
는 사람들이 길가득하다.

　영벽정(映碧亭)514)은 고을 동쪽 1리에 있
다. 시냇물이 남쪽으로부터 흘러와서 정자
아래서 못을 이루어 포르스름한 물빛이 좋

영벽정(『화순군 문화관광과』 제공)

다. 동쪽으로 연주산(連珠山)515)을 대하고 있으나 그리 높거나 크지는 않으며, 형세가 옥쟁
반516)을 엎어놓은 것 같은데 매우 기묘하고 좋아보였다. 산에는 두루 대나무인데, 고을로부

---

513) 참선(參禪) : 참도(禪道)에 들어가 선법(禪法)을 연구함. 합반참선(合伴參禪)은 함께 어울릴 만하다는 뜻.

514) 영벽정(映碧亭) : 지금 전남 화순군 능주면 관영리 산 1번지. 정면 3칸 측면 2칸의 2층 누각으로 팔작 지붕에
　　골기와를 얹었다. 양팽손(1488~1545)의 제영, 김종직(1431~1492)의 시, 『신증 동국여지승람』의 시로 보아 15세
　　기 초에 건립된 것으로 추정된다. 인조 10년(1632년) 능주목사 정연(鄭沇)이 아전 들의 휴식처로 개수하였다고
　　전하며, 고종9년(1872년)에 화재로 소실되었는데. 이듬해 목사 한치조(韓致肇)가 중건하였다. 1988년 해체 수리
　　하였다.

515) 연주산(連珠山) : 능주면 동편에 있는 산으로 고을의 안산이다. 열두봉우리가 나란하고 국사봉에서 뻗어왔다.
　　봉우리가 구슬을 꿰어 놓은 듯하여 연주산이라 하였다고 한다.

516) 대(敦) : 대(敦)는 옥으로 만든 쟁반.

터 관전(官田)으로 봉토(封土)되어 지키는 자가 있다. 이곳의 특산물은 큰 대나무인데 쑥대와 같이 흔하다. 석치령(石峙嶺)[517]을 지나는데 고개가 자못 험하다. 유시(酉時)에 동복현(同福縣)에 이르니, 신보가 이미 와 있었다.

▣ 영벽정(映碧亭)에 오르다.

능주(綾州)에서 밤새 마신 술 아침돼도 깨지 않아,
그 흥을 타고 영벽정(映碧亭)에 오르네.
대나무 색깔 연못의 푸른 물빛 시샘하고,
산의 풍광 멀리 푸른 들안개와 어우러졌고야.
활쏘기 염천하에도 상쾌한 줄 벌써 알고 있는데,
달밝은 밤 고기잡이노래 소리 듣기 어렵네.
다만 마음맞는 사람이 멀리 있지 않다는 걸 알았으니,
잠시 떠난다해도 의기는 청아하리라.
동쪽에 활터가 있었다. 들으니 그 전에 고기잡이 배가 큰 비로
떠내려가 다시는 그곳에 대어놓지 않았다고 한다.

　　　<登映碧亭>
　綾州宿酒朝未醒,　　乘興來登江上亭.
　竹色欲爭潭水綠,　　山光遠接野烟靑.
　已知帿射炎天快,　　難得漁歌月夜聽.
　但覺會心非在遠,　　暫時徙倚意淸冷.
　　　東有射帿處. 聞舊有漁艇, 因大雨漂去, 不更置.

▣ 석문동(石門洞)

아득히 북향길 멀기만 해,
유랑하는 나그네 근심만 쌓이네.
석문동(石門洞)을 향해 말달리니,
길이 험해 이미 놀라게 되네.

---

517) 석치령(石峙嶺) : 지금 전남 화순군 한천면(寒泉面) 오음리(午陰里)와 반곡리(盤谷里)사이에 있는 고개로 일명 돗재(돈치 豚峙)라 부르는 고개이다. 이 고개를 중심으로 영내(嶺內), 영외(嶺外)로 구분하였다.

양쪽 산 중간이 훤히 트여,
암석의 기세가 모두 우뚝하고 높네.
바위와 골짜기가 서로 들쑥날쑥하고,
하늘빛이 이때에 어둠치레해지네.
해질녘 산바람 세차게 불어,
공허한 숲속에 바람소리 요란하네.
날씨 추워져 행인 드물고,
산은 깊어져 나그네 심정 처량하네.
말에서 내려 모래밭에 앉아,
다만 맑은 계곡물만 바라보네.
서쪽봉우리에 기이한 빛 반짝이더니,
나무끝에 차제성(次第星)이 떠오르네.

<石門洞518)>

悠悠北路永,　　悄悄游子征.
驅馬石門洞,　　險道已可驚.
兩山忽中坼,　　石勢盡崢嶸.
巖谷互出沒,　　天色時晦明.
落日山風急,　　空林如有聲.
天寒徒侶稀,　　山深凄客情.
解鞍坐沙際,　　但見溪水淸.
西峰有異色,　　木杪次第生.

■ 동복현(同福縣)

현(縣)의 청사 청산에 둘러싸이고,
마을엔 고목나무 그윽하네.
강가에 자리잡은 적벽(赤壁)은,
황주(黃州)와 같은 명승지라네.
눈길을 밟고 두루 유람하는데,

---

518) 석문동(石門洞) : 지금 화순군 한천면(寒泉面) 가암리(加岩里) 선암(舟岩)마을입구에 있다. 마을 입구가 석문(石門)처럼 생겨 이렇게 부르며 냇물가운데 배처럼 생긴 바위가 있어 선암(舟岩)이라 불린다.

통소 불며 배 띄우고 싶네.

호남에 이름난 고을 수 많지만,

제일 먼저 이곳을 찾았네.

    <同福縣>

縣舍靑山擁,   村居古木幽.

臨江有赤壁,   勝地似黃州.

踏雪還游屐,   吹簫欲泛舟.

湖南數名邑,   先向此中求.

■ 동복(同福)의 전임 사또 이효백(李孝伯)이 그 시를 꺼내 보여주기에 차운하여 그에게 주다.

아득히 금학(琴鶴)이 다시 동쪽으로 돌아가니,

인끈은 원래 생각잖게 찾아온다는 걸 알기 때문.

호숫가 정자로 돌아와 잘 익은 봄술을 내오니,

다시 누가 오늘 술 못 마시게 하리요?

    <同福旧使君李孝伯, 出示其詩, 次韻贈之>

飄然琴鶴519)復東廻, 簪紱520)元知是偶來.

歸去湖亭春酒熟,   更誰禁得日含盃.

12월 5일

고을의 원으로 있는 이현경 효백(李顯慶 孝伯)은 또한 본관이 경주(慶州)이다. 근래에 대각(臺閣)으로 부터 탄핵521)을 받았다는 말을 듣고 그집에 들러서 그를 위로 했다. 이두경 응칠(李斗慶 應七) 또한 자리에 있었다. 소시(少時)적에 같은 동네에서 서로 친하게 지냈다. 그 중간에 못 본 지가 거의 30년이 되었는데, 구레나룻 수염이 희끄무레하여 거의 변별하기 어려웠다. 응칠(應七)인지 알아본 후 어린시절의 자(字)를 부르고 악수하며 지나간 얘기를 나눴다.

---

519) 금학(琴鶴) : 거문고와 학. 둘 다 세속을 떠난 고아한 사람이 좋아하는 것.

520) 잠불(簪紱) : 관에 꽂는 비녀와 인끈. 관작과 벼슬을 비유함.

521) 대각(臺閣)으로 부터 탄핵(대평 臺評) : 대평(臺評)은 대각(臺閣)의 평론을 받음. 즉 탄핵을 받음. 대각은 사헌부와 사간원.

응칠(應七)은 처를 잃고 집이 가난해 돌아갈 곳이 없어, 이효백(李孝伯)에게 의탁하고 있다고 하니, 더욱 마음이 쓰인다.

화순현감(和順縣監) 심원준(沈元俊)이 또한 찾아왔다. 효백(孝伯)이 감회를 읊은 시 한 수를 내보여 주기에, 곧바로 좌상에서 차운해 주고 드디어 작별했다. 옹성산(甕城山)[522]은 동복현의 서쪽 5리 지점에 있는데. 세 봉우리가 서로 대치하고 있는데, 솥을 엎어 놓은 것 같아 바라보니 지극히 기이했다. 또 동북쪽으로 10리를 가다가 고개 하나를 넘었다. 또 서쪽으로 1리를 가니 석봉이 우뚝 서있는데, 밑부분은 펑퍼짐하여 넓적하고 위끝은 삐쭉하다. 색깔은 황적색이며, 형상이 깎아세운 듯한데 오산(鰲山)[523]을 매우 닮았다.

산봉우리에서 내려와 시내를 건너 또 반리쯤 가서 강선대(降仙臺)[524]에 이르렀다. 적벽(赤壁)[525]을 올려다보니, 기세가 장엄하고 웅대하여 땅에서 솟아나 우뚝 서있다. 위로 안개 구름이 서려있고 벽면이 큰 도끼로 쪼개 놓은 듯하다. 색깔은 맑디 맑으며, 조금도 모래가 없다. 흙의 기색은 약간 황색을 띠었다. 또한 비단 병풍을 가로 펼쳐놓은 것 같고, 시내가 적벽 아래에 이르러 큰 못을 이루어, 나란히 배를 띄울 만한데 황주(黃州)[526]가 여기와 비교해 어떠한지 알 수 없다. 다만 자첨(子瞻)의 전·후 적벽부(前·後 赤壁賦)[527]를 통해 보건데, 황주(黃州)는 큰 강에 임하고 있어, 수면이 지극히 멀고 아득하며, 바람을 스치고 구름사이로 보이는 배들이 출몰하고 물안개 서린 파도가 그 운치를 더해준다. 웅대한 승경이 반복되나, 또 "높은 바위를 밟고 무성한 풀을 헤쳐가야 된다."는 몇 마디를 보니, 즉 그 절벽의 기세가 깎아지르고 웅장하며 기이함에 있어서는 도리어 이곳보다 못한 면이 있으니, 조화옹이 만물 전체를 공려하게 만들지 못함이 이와 같은 것이다. 신보(信甫)와 술병을 기울여 여러 잔을 마시고 서로 시를 읊었다. 잠시후 산바람이 숲을 스쳐가고, 마침 흰눈이 휘몰아치는데, 물새 두 마리가 놀라서 째액째액 길게 울며 동쪽으로 날아갔다. 취흥이 갑자기 돋아나 거의 일어나서 소나무 아래서 춤을 추고 싶을 지경이었다. 우리들이 비록 배를 타고 달에 오르지 못

---

522) 옹성산(甕城山) : 지금 전남 화순군 동복면(同福面)과 북면(北面)의 경계에 있는 산. 옹성산성이 있다. 둘레는 3천 8백 74척이며 돌길은 겨우 사람의 발길이 통할 만하다. 임암산성(笠巖山城), 금성산성(錦城山城)과 더불어 삼대산성으로 전하는데, 고려말 왜구를 방비하기 위해 쌓은 것으로 전한다. 정유재란시 동복현감을 지낸 황진 장군이 이곳에서 군사훈련을 했다고 한다. 높이 4m둘레 300m가량의 산성 흔적이 남아있다.

523) 오산(鰲山) : 큰 바다자라가 이고 있는 신선이 산다는 곳.

524) 강선대(降仙臺) : 지금 전남 화순군 동복면(同福面) 적벽(赤壁)의 북쪽 언덕에 있다.

525) 적벽(赤壁) : 지금 전남 화순군 이서면(二西面) 장학리(獐鶴里)에 있는 기암 절벽. 중국의 적벽과 흡사하다하여 그렇게 부름. 동복댐 건설로 아래부분이 수몰됨.

526) 황주(黃州) : 중국 호북성(湖北省) 황강현(黃岡縣) 서북쪽에 있는 주(州)이름.

527) 적벽부(赤壁賦) : 소식이 황주(黃州)에 유배되어 원풍(元豊) 5년(1082년)에 양세창(楊世昌)과 함께 적벽에서 두 차례 뱃놀이를 하고 그 감회를 서술한 것이 전·후적벽부(前.後 赤壁賦)이다. 전적벽부를 쓴 뒤 3개월후에 다시 적벽을 찾아가 후적벽부를지었다. 전적벽부는 실경(實景)을 관람하고 그 감회를 서술한 것이고, 후적벽부는 신선의 화신(化身)이라고 하는 학(鶴)을 등장시키고, 꿈에 신선을 등장시키는등 허경(虛景)도 묘사하고 있다. 호북(湖北)에는 네 군데의 적벽(赤壁)이 있다. 소식이 뱃놀이를 했던 곳은 황강현(黃岡縣) 성 밖에 있다.

할지라도, 객으로 하여금 통소를 불게하고 뱃전을 두드리며, 자첨(子瞻)이 했던 것처럼 화답했다. 눈쌓인 가운데 절름발이 나귀를 타고 수백 리 먼 길을 꺼리지 않고 기갈(飢渴)들린 듯이 기이한 승경을 찾아오는 사람이, 요즘 세상에 그 몇 사람이 되겠는가? 산신령이 안다면 결코 우리들의 풍류를 자첨(子瞻)보다 못하다고 하지 않을 것이다라고 하고는 한바탕 웃었다. 또 5리를 가서 창랑정(滄浪亭)[528]에 오르니, 정자는 이미 폐해진지 오래이다. 다만 교목(喬木)들이 여남은 개 있을 뿐이다. 시내를 거슬러 서쪽으로 기암이 가끔 협곡의 시내에 서 있으니, 모두 적벽(赤壁)의 여세가 모여 이루어진 것이다.

또 북쪽으로 꺾어 지나서 물염정(勿染亭)[529]에 이르렀는데, 나씨(羅氏)네 소유물이다. 주인이 멀리 떨어져 살아 정자는 항상 비어 있다. 형세가 그윽하고 깊으며 푸른 벽 사면이 맑은 물로 둘러싸고 있어 그 아래 그림자가 비친다. 정자 앞에 큰 소나무가 줄지어 심겨져 있고, 또 아름드리 고목 10여 주가 서 있으며, 무성한 대나무가 언덕을 덮고 있다. 가운데 작은 길이 나있어 정자에 이르게 되는데 지극히 그윽하다. 그 승경이 우리 고을 취적대(吹笛臺)[530]와 같으나, 동구가 넓고 탁트인 것은 그 보다 낫다. 다만 시내가 매우 얕으며 또한 하얀 모래가 적고, 그 일대의 절벽 색깔은 또한 푸석푸석하고 꺼실꺼실하여, 윤기가 나지않는 것이 노르스름하면서도 포르스름하니, 이것이 취적대(吹笛臺)보다 한 등급 못한 것이다. 벽에 농암(農巖)선생의 시판(詩板)[531]이 걸려있는데, 유립(兪岦)이 팔분체(八分體)[532]로 글씨를 썼다. 정자 아래를 거쳐 북쪽으로 10여보를 가니, 큰 암석이 우뚝 솟아 대를 이루고 있으며 두 개의 소나무가 나있다. 아래로 못에 임하게 되며 그 위에 시렁같은 모정(茅亭)이 하나 있는데, 여름철이 되면 시원하여 더욱 좋을 듯하다. 나씨(羅氏)의 노비네 집에서 식사를 하는데, 날이 이미 어두워졌다. 눈이 또 내리기에 재촉하여 서봉사(瑞峰寺)[533]에 도착했으며, 태극상인(太極上人)[534]의 방에서 잤다.

---

528) 창랑정(滄浪亭) : 동복현 북쪽 10리 지점에 있었다.

529) 물염정(勿染亭) : 지금 전북 화순군 이서면(二西面) 창랑리(滄浪里) 물염(勿染)마을. 조선 중종 명종대에 성균관 전적 및 구례·풍기 군수를 역임한 홍주(洪州) 송씨(宋氏)인 물렴(勿染) 송정순(宋庭筍)이 16세기 중엽에 건립한 정자이다. 후에 외손 금성(錦城) 나씨(羅氏)인 나무송(羅茂松)·나무춘(羅茂春)형제에게 물려주었다. 수차례 중수하였으며 1966년, 1981년에 중수하였다. 건물 구조는 정면 3칸 측면 3칸 대청형으로 단층 팔작 지붕 골기와 건물이다. 금성 나씨 문중에서 관리했다. 1985년 동복(同福)댐 건설로 물염마을은 대부분 수몰되고 일부만 남아있다.

530) 취적대(吹笛臺) : 담헌의 고향 금계(金溪)하류에 있는암석으로 이루어진 놀이처. 지금 충북 진천군 초평면.

531) 시의 제목은 「제물렴정(題勿染亭)」이다.

532) 팔분체(八分體) : 예서(隷書)의 한 체(體).‘분서(分書)’라고도 함. 전서체(篆書體)에서 팔할을 따고, 예서체에서 이할을 따서 그렇게 부른다는 설이 있다

533) 서봉사(瑞峰寺) : 지금 전남 담양군 남면(南面) 정곡리(鼎谷里) 58번지 절골. 서봉사는 신라말 창건된 것으로 전해온다. 1486년에 건축되었던 건물이 화재로 소실되어 1815년 다시 지은 것이 지금의 대웅전이다. 대웅전 주위로 동강난 괘불대가 있고, 서봉사 경내에 수십 개의 암자 터가 남아있다. 이 사지에 있던 석종형(石鍾形) 부도(浮屠)는 1969년 전남대학교 호남문화연구소가 전남대학교 박물관 앞에 세워놓았다. 따라서 지금의 서봉사는 과거의 면모를 찾아보기 어려우며, 담헌(澹軒)이 목격한 명(明)나라 신종(神宗)의 어필(御筆)은 남아있지 않다.

■ 적벽가(赤壁歌)

그 옛날 소자첨(蘇子瞻 : 蘇軾)은,

가을 달밤 적벽(赤壁)에서 유희할새,

밝고 확 트인 강물을 노저어 올라가며,

달 밝은 강에서 퉁소를 불었네.

돌아와 적벽부(赤壁賦)를 지었는데,

지금 그것을 읽어보니 마음이 상쾌

해지네.

밝은 달을 안고 나르는 신선을 옆

에 끼고서,

삼 신선의 세계로 날아가 노니는

듯 황홀하도다.

이로써 적벽(赤壁)이 천하에 유명

수몰되기 전의 적벽(『화순문화재도록』에서 전재)

해졌는데,

앉아서 듣는 사람으로 하여금 달려가고 싶게 하네.

나 자첨(子瞻)보다 천년 뒤에 태어났고,

하물며 중국은 멀리 떨어져 있네.

흥이 일어나 자첨(子瞻)의 이부(二賦)를 읊조리며,

북쪽으로 황주(黃州)를 바라보니 허망하네.

사람들이 동복현(同福縣)에 또 적벽(赤壁)이 있다하니,

아름다워 놀기 좋고 기이한 승경 정말 황주(黃州)만 못지 않네.

꿈 속에서도 오랫동안 이곳에 찾아와서,

밝은 달 가리키며 뱃놀이 하였네.

지금 남으로 월출산(月出山)에 유람왔다가,

돌아가는 길에 곧 바로 적벽(赤壁)에 왔다네.

술에 취해 강선대(降仙臺)에서 큰 소리로 노래하며,

하늘높이 솟아 구름에 감싸인 적벽(赤壁)을 바라보네.

적벽(赤壁)뿌리는 땅속 깊이 곧게 박혔고,

내달리는 여울물 부서지는 소리 요란하네.

이것은 위대한 신령과 육정(六丁)이 조화를 부려서,

---

534) 상인(上人) : 상덕(上德)을 지닌 사람. 불가(佛家)에서 말하기를 안에는 덕지(德智)가 있고 밖으로는 승행(勝行)
이 있어 사람위에 있음으로 상인(上人)이라함.

구름으로 만든 도끼로 밤낮 천둥과 바람을 일으켜,

붉은 언덕 푸른 절벽 수만 길을 깎아내어,

흰구름을 뚫고 푸른 하늘에 솟게했으니, 기세가 높고 높아.

내 그것을 바라보니, 심신이 후련한데,

아! 조물주의 힘이 얼마나 웅대한가?

평생 황주(黃州)에 가보지 못해서,

기이한 풍경 이곳과 어떠한지 알 수 없네.

다만 꺼림직한 것은 자첨(子瞻)의 문장이 오묘하여,

적벽(赤壁)의 풍광 지나치게 미화한 점이 있다네.

또한 우열을 따질 필요없는 것,

내가 자첨(子瞻)에게 몹시 부끄럽게 느끼는 것은,

아직 내가 달뜨는 밤 가을강에서 뱃놀이 하지 못하고,

단지 백설이 휘날리는 겨울하늘 아래 노니느라,

이미 퉁소 불어 잠룡을 춤추게 하지못하고,

투망 던져 큼직한 노어(鱸魚) 잡지 못하는 것일세.

오직 송군(宋君)과 마주 대면하고,

소나무 뿌리에 앉아 손으로 얼어붙은 김치를 떼어,

대나무 술병 기울여 술마시나 학 한 마리 나르는 것을 볼 수 없고,

배타고 지나가는데 다만 물오리 한쌍이 맑은 물에서 물장구치네.

내가 이 시를 지어 소자첨(蘇子瞻)의 이부(二賦)와 화답하고자 해도,

시(詩)와 부(賦)라서 과연 어떨지 알 수가 없네.

<赤壁歌>

昔者蘇子瞻, 　　　秋月游赤壁.

擊楫溯空明, 　　　吹簫江月白.

歸來仍作赤壁賦, 　至今讀之爽心魄.

怳如抱明月挾飛仙, 翩翔游戲於三島十洲[535]之側.

自此赤壁名天下, 　坐令聞者欲命駕.

我生子瞻千載後, 　況復萬里隔夷夏.

興來長吟子瞻之二賦[536], 　北望黃州空嗟咤.

---

535) 삼도 십주(三島 十洲) : 삼신산(三神山)과 십주(十洲). 모두 신선이 산다는 곳.

536) 이부(二賦) : 소식의 전·후 적벽부(前·後 赤壁賦).

人言同福縣亦有赤壁,　佳可遊奇勝眞不讓黃州.

夢魂長入此中來,　手弄素月乘扁舟.

今我南游月出山,　歸馬直向赤壁還.

醉後高歌降仙臺,　仰視雲壁倚天開.

壁根直插九地[537]裂,驚湍崩浪相盪豗.

疑是巨靈六丁[538]揮,雲斤日夜鼓風雷.

削出丹厓翠壁千萬丈,　截白雲入青天勢崔嵬.

使我見之駭心神吁,嗟乎造化之力何雄哉.

平生不到黃州耳,　不識奇偉能如此.

但恐子瞻文章玅,　乃爲亦赤壁有溢美.

且置優劣不足道,　我於子瞻多所愧.

未向秋江汎夜月,　但愁寒天飛白雲.

旣不能吹洞簫舞潛蛟,　又不能擧網得巨口之鱸.

獨與宋君相對,　坐松根手擘凍葅.

傾竹壺不見一鶴,　掠舟過只見雙鳧浴清波.

我作此詩和二賦,　未知詩與二賦果如何.

수몰후의 적벽

수몰민들이 고향을 그리워 하는 뜻을 담아 세운
'망향정(望鄉亭)'

---

537) 구지(九地) : 지키는 병사를 깊은 곳에 잠복시키는 것을 비유하여 쓴 말. 『孫子』 「形勢篇」 "善守者, 藏於九地之下, 善攻者, 動於九天之上." 여기서는 땅속 깊은 곳이라는 뜻으로 쓰임.

538) 육정(六丁) : 변화를 관장하는 신.

■ 적벽(赤壁)에서 농암(農巖)선생의 시에 받들어 차운하다.

뾰죽한 바위 깎아지른 절벽 하늘을 찌르는데,
그 깊은 바위 뿌리 곧 바로 시내 깊숙히 잠겼네.
깍아지른 절벽이라 나무 붙어살기 힘들고,
돌 빛깔이 너무 맑아 전혀 희꾸무레하지 않네.
한 밤에 일엽편주 떠우지 못하고,
부질없이 밝은 달에 근심을 매달아보네.
머나먼 황주(黃州)땅이 여기에 있는 것처럼 느껴져,
한참동안 이부(二賦)를 읊조리며 소동파(蘇東坡)를 생각하네.
　　완정(浣淨)은 중랑(中郎)의 「오설기(五泄記)」에 나온다.

　　<赤壁奉次農巖先生韻>
巉巖危壁上參天,　　爲有深根直揷川.
勢已削成難着樹,　　色如浣淨自無烟.
未具扁舟能夜泛,　　空敎明月只愁懸.
萬里黃岡疑在此,　　長吟二賦[539]憶蘇仙.
　　浣淨出中郞[540]五泄記.[541]

■ 농암(農巖)선생의 원운을 붙여둔다.

연이은 무수한 봉우리 푸른 하늘에 솟아있고,
그 아래 한줄기 맑은 물 흐르네.
깎아지른 층암절벽 귀신같은 솜씨고,
허공의 푸른 빛 맺혀 안개구름같네.
소나무 삼나무 모두 웅덩이에 비치고,
해와 달이 바위 끝에 매달려 있는 것 같네.
들으니 그늘진 언덕에 매가 깃든다 하니,
밤 깊으면 응당 꿈에 깃달고 신선되겠네.

---

539) 이부(二賦) : 소식의 전·후 적벽부(前·後 赤壁賦).
540) 중랑(中郞) : 명(明) 원굉도(袁宏道)의 자(字). 공안파(公安派)의 일원. 『원중랑전집(袁中郞全集)』이 있음. 「오설
　　(五泄)」 2에 "石色如水浣淨"이란 말을 썼다.
541) 오설기(五泄記) : 「오설(五泄)」은 원굉도가 산수를 유람하고 쓴 여행기의 한 편.

<附原韻>

連峰無數上靑天,　　下有滄浪一道川.

削出層巖類神鬼,　　結爲空翠似雲烟.

松杉盡向潭中寫,　　日月疑從石上懸.

見說陰厓有巢鵑,　　夜深應夢羽衣仙542).

▣ 물염정(勿染亭)

나씨(羅氏)네 고아한 정자 물염정(勿染亭) 시냇가에 서 있는데,

푸른 소나무 파릇한 대나무 제멋대로 우쩍 자랐네.

맑은 연못엔 이미 모래 한 점 없는데,

푸른 절벽 누가 일찍이 속되게 더럽혔나?

한 골짜기에 노을 빛 망천(輞川)인가 느껴지며,

여러 마을의 개와 닭 진인(秦人) 같네.

붉은 난간 항상 공허하고 적막한데,

어디서 지금 일민(逸民)을 찾아볼 수 있단 말인가?

<勿染亭>

羅氏高亭溪水濱,　　靑松翠竹自長新.

澄潭已不容沙土,　　蒼壁何曾染俗塵.

一壑烟霞疑輞墅543),　數村鷄犬似秦人544).

朱闌未免常空寂,　　誰見今時有逸民545).

▣ 물염정(勿染亭)에서 농암(農巖)의 시에 경건한 마음으로 차운하다.

높은 곳에 자리한 정자 절로 우뚝하고,

맑은 시내는 푸른 절벽아래 감도네.

---

542) 우의선(羽衣仙) : 소동파가 적벽에서 배를 타고 유람할 때, 한 밤중에 검은 치마에 흰 저고리를 입은 듯한 학이 날아가는 것을 보았다. 그날 밤 꿈에 새의 깃털로 만든 옷을 입은 도사가 옷을 펄럭이며 날아갔는데, 이는 그 날 밤 지나갔던 학이었음. 蘇軾「赤壁賦」.

543) 망서(輞墅) : 망천(輞川)을 지칭. 중국의 왕유(王維)가 망천(輞川)에 별장을 지었으므로 망서(輞墅)라 함.

544) 진인(秦人) : 무릉도원(武陵桃源)사람을 가리킴. 진(秦)나라 때 난을 피해 그곳으로 간 사람들이라함. 도잠(陶潛)의 「도화원기(桃花源記)」에 보임.

545) 일민(逸民) : 속세를 떠나 벼슬하지 않고숨어사는 사람

물염정

물염정 김창협(金昌協) 시판

물염정 곽지겸(郭之謙) · 황이장(黃爾章) 시판

물염정 황현(黃玹) 시판

언덕에 빽빽한 대나무 도리어 길로 통하고,
암석위에 높자란 소나무 나있으며 대를 이루었네.
하늘은 시 빨리 지으라고 눈나려 주는데,
산이 마침 자태 드러내니 꽃피었을 때 상상되네.
선생님께서 도처를 유람탐닉하시는 줄 알고 있으니,
또한 배회하지 마시고 한 잔의 술을 드십시오.

　　농암(農巖)이 지은 구절에 배회자(徘徊字)로 압운했는데, 나는 염괴(廉乖)하여 압운
을 얻지 못하여 배자(杯字)로 고치고, 시구(詩句) 가운데에 배회(徘徊)2자를 사용하여,
운을 잊지 않으려는 뜻을 나타냈다.

물염정 경내 김병연(金炳淵) 석조 입상   물염정 경내 김병연(金炳淵) 석조 입상과 시비

<勿染亭敬次農巖韻>

百尺危亭逈自嵬,　　清川翠壁下縈回.
厓穿密竹還通徑,　　石戴高松更作臺.
天欲催詩看雪落,　　山應生態想花開.
知君到處耽觀賞,　　且莫徘徊進一盃.

農巖落句狎徘徊字, 以廉乖不得狎, 改以盃字而句中用徘徊二字, 以示不忘韻
之意.

■ 원운(原韻)을 붙여둔다.

　높은 언덕이 사면으로 다투듯 우뚝하고,
　짙푸르름이 강으로 이어져 그 빛이 거꾸로 도네.
　그윽하고 깊은 곳에 좁다란 길 있는 줄은 이미 알았지만,
　어찌 이 깊은 곳에 정자가 있는 줄 알겠는가?
　고기떼는 찬 연못 가운데서 제멋대로 뛰놀고,
　시든 국화는 높은 정자 한 옆에 남아있네.
　석양이 넘어가나 흥은 식지 않아,
　대숲에 우는 말 매어놓고 배회하네.

<附原韻>

高厓四面競嵬嵬,　積翠連江光倒回.

已謂幽尋窮峽路,　豈知深處有亭臺.

游魚自在寒潭躍,　老菊偏當危檻開.

邀興不隨斜景盡,　竹林嘶馬繫徘徊.

12월 6일

　태극공(太極公)이 신종황제(申宗皇帝) 어필(御筆)을 보여주는데, 검은 옻칠을 하고 금물로 꽃무늬를 그려서 만든 것으로 모양과 제작기법이 매우 정교하다. 재상을 지낸 송강(松江)이 연경(燕京)에서 습득하여 돌아와 이 절에 보시하여 지금 소장돼 있으니, 상전벽해(桑田碧海)의 변천을 보여주는 유물이다. 비록 조그만 하나의 붓대롱이지만 「비풍(匪風)」·「하천(下泉)」[546]의 생각을 일으키게 하니 어찌 강개하지 않으리? 또 조태만 제박(趙泰萬 濟博)의 시를 보여준다. 제박(濟博)이 전년에 이 절에 와서 며칠을 어슬렁어슬렁 서성이다 돌아갔다고 한다. 동서로 두 봉우리가 있는데, 형세가 빼어나며 사루(寺樓)를 끼고 있다. 맑은 시내가 그 가운데로 관통하며 승사(僧舍)는 물이 갈리는 지점에 위치하고 있어 지극히 그윽하고 절경이었다. 신보가 "일찍이 어느 여름날 한번 녹음이 우거진 몇 리 길을 지나갔을 때 대단히 좋았는데, 지금 겨울에 와보니 그 전의 경관을 느낄 수가 없네."라고 했다. 대개는 때 맞춰 피는 꽃과 아름다운 새는 서로 관련이 없으나, 산수의 신정 기운(神情 氣運)은 반드시 때 맞춰 피는 꽃과 아름다운 새(時花佳鳥)를 바탕으로 한 이후에 바야흐로 영활(靈活)하다. 옛 사람이 "겨울 산은 잠자는 것 같다."고 했는데, "잠자는 것 같다"는 이 두 글자가 절묘하게 표현한 곳(妙解處)이다.

　서석산사(瑞石山寺)는 8~9리에 불과하다. 신보(信甫)가 "서석산((瑞石山)에 기묘한 관광거리가 셋이 있는데 서석(瑞石)[547]·규봉(圭峰)[548]·지공력(指空礫)[549]이 이것이다."라고 했다. 삼연

---

546) 「비풍(匪風)」·「하천(下泉)」: 『시경』「비풍(匪風)」과 「하천(下泉)」. 「비풍(匪風)」은 「모시서(毛詩序)」에 회(檜)나라의 정치가 문란하여 주(周)나라의 성대했던 시대를 생각함이라 하고, 주자(朱子)는 주실(周室)이 쇠미해지자, 현인(賢人)이 근심하고 탄식하여 읊은 시라 했음. 「하천(下泉)」은 「모시서」에 조(曹)나라 사람이 그의 임금의 악정을 보고 치세(治世)를 생각한 것이라고 했음. 「비풍(匪風)」·「하천(下泉)」을 생각하게 한다는 것은 명(明)나라의 성대했던 문물을 생각하고 아울러 나라를 걱정하는 마음을 갖게한다는 뜻.

547) 서석(瑞石): 서석대(瑞石臺).

548) 규봉(圭峰): 서석산에 있는 봉우리로 규옥(圭玉)을 쪼아 놓은 듯하여 그렇게 이름하였음. 동편에 규봉암(圭峰庵)이 있었음. 지금 전라남도 화순군 이서면 영평리에 있던 절. 신라시대 의상대사(義湘大師)가 창건했다는 설과 고려시대 보조국사(普照國師)가 창건했다는 설이 전해지며 진각국사(眞覺國師)가 수도했던 곳이라고도 한다. 6.25동란으로 전각(殿閣)이 소실되었는데 1957년 대웅전을 건립했다.

549) 지공력(指空礫): 지공(指空)너덜. 너덜은 너덜경의 준말로 돌이 많이 흩어져 덮힌 비탈. 서덜이라고도 함.

(三淵)이 일찍이 남방의 산수를 평하기를 유독 적벽(赤壁)과 화엄굴(華嚴窟)에 권점(圈點)[550]을 더할 만하다고 했다. 화엄굴(華嚴窟)은 또한 산중에 있는데, 눈이 많이 쌓인 것이 꺼려져서 갈 수가 없었으니, 만약 왕면(王冕)으로 하여금 영험한 능력이 있다하더라도 가만히 웃지는 못했을 것이다.

식사를 마친후 태극공(太極公)과 이별하고, 섭청각(躡淸閣)에 이르러 좀 앉아 있었다. 또 반 리쯤 가니, 소나무가 가로 누운 것이 문(門)과 같다. 길이 그 아래로 나있는데 중들이 가리켜 말하기를 송문(松門)이라 했다. 또 북쪽으로 10리를 가서 양씨의 정원(梁氏之園)에 이르게 됐다. 주인 양옹(梁翁)[551]은 하서(河西) 김선생(金先生)[552]과 동시대인이며 그 아들은 또 선생의 사위다. 옹은 의(義)를 돈독하게 행했으며, 문사(文詞)도 또한 높아 일찍이 효부(孝賦)[553]를 지었는데 세상에 유행된다. 은거하여 벼슬에 나아가지 않고 정원과 정자를 치장하여 스스로 즐겼으니 즉 이 양씨원이다. 원(園)은 너비가 수 이랑(幾數畝)이며 동남 2면이 짤막한 담으로 둘러쌓다. 아래로 은밀한 수멍을 뚫어 산에 있는 샘물을 끌어내려 암석위로 흘러가게 하여 와폭(臥瀑)을 만들었다. 위에는 노송(老松)이 땅을 뒤덮었으며 벽돌로 간도(澗道)를 만들어 폭포의 나머지 물을 받게 하니 모양이 구유처럼 생겨 조천(槽泉)이라 이름했다. 또 수멍 남쪽으로부터 대나무를 쪼개, 물을 흐르게 하여 서쪽으로 수십 보 흘러가게 하고, 아래에 네모진 연못을 파서 그 물을 받게했다. 그 주위에 큰 대나무 천 여개의 푸른 그림자가 연못에 드리우니 그윽하고 좋아 보였다. 담장에 수십 개의 네모난 돌을 쌓아붙였는데 색깔이 옻칠같다. 하서선생의 절구 48수를 분자(粉字)[554]로 써놓았는데, 아직 닳아 없어지지 않아 읽을 수 있으니, 선인들의 풍류호사가 대개 이러하다.

옹은 스스로 호를 소쇄옹(瀟灑翁)이라 했다. 호남사람들이 이래서 정원을 일컬어 소쇄원(瀟灑園)[555]이라 했다고 한다. 지금 옹의 후손 익룡(翼龍)에게 속해 있는데 바야흐로 또한 상중

---

550) 권점(圈點) : 시문(詩文)의 묘소(妙所) 요처(要處)등에 찍는 동그라미. 좋은 곳이라는 뜻.

551) 양옹(梁翁) : 양산보(梁山甫 1503~1557)를 지칭. 중종 14년 기묘사화로 스승 조광조(趙光祖)가 능주(綾州)에 유배되자, 하향하여 소쇄원을 건립하고 은거했다.

552) 하서 김선생(河西 金先生) : 하서(河西)는 김인후(金麟厚 1510~1560)의 호. 명종이 즉위하고 1545년 을사사화가 일어난 후에는 병을 이유로 고향 장성(長城)에 돌아가 성리학(性理學) 연구에 정진, 누차에 교리(校理)에 임명되었으나 취임하지 않았다. 승정원(承政院) 정자(正字), 부수찬(副修撰)을 역임.

553) 효부(孝賦) : 양산보(梁山甫)와 그의 아들 양자징(梁子澂)·양자순(梁子淳), 손자인 양천회(梁千會)·양간항(梁千頑)·양간운(梁千運)등의 시문집인『소쇄원사실(瀟灑園事實)』권 2에 수록되어 있다.

554) 분자(粉字) : 분백(粉白)의 글자. 지극히 희고 맑은 색으로 써놓은 글자. 돌을 황토를 이겨서 담을 쌓다, 담 표면에 황토를 고르게하고 바르고, 거기에 글씨를 써놓았는데, 최근 담장을 보수하여 글씨가 군데 군데 부분적으로 남아있을 뿐 거의 없어졌다.

555) 소쇄원(瀟灑園) : 전남 담양군 남면(南面) 지곡리(芝谷里) 123번지 소재. 현재 소쇄원은 사적 304호로 지정되었다. 조광조(趙光祖)의 문인(門人)인 양산보(梁山甫 1503~1557)는 스승이 기묘사화(己卯士禍)로 화를 입자 이곳에 은거하며 학문으로 여생을 보낸 인물이다. 소쇄원은 인공정원의 극치를 보여주는 호남의 대표적인 명소이자, 양반가 정원의 위풍과 은둔하는 고고한 선비의 기품을 엿볼 수 있는 곳이다.

(喪中)이라서 나오지 않아, 그 종제로 하여금 맞이하게 하여 상견했다. 양경지진사(梁敬之進士)와 채지진사(采之進士)가 또 왔다. 익룡(翼龍)이 효부(孝賦)·문곡(文谷)이 쓴 하서(河西)선생이 지은 「소쇄원사십팔영(瀟灑園四十八詠)」556)·삼연(三淵)의 시지(詩紙) 2장을 보여주었다. 또 소쇄원제영권(瀟灑園題詠卷)이 있는데, 찾아와 놀던 사람들의 성명과 시문을 죽 적어 놓았다. 나도 또한 시를 지어 그 아래에 적어 놓으니, 자리에 있던 사람들이 나를 알아보고 서로 돌아보며 경탄하여 말했다. "일찍이 삼연(三淵)을 통해 이름을 들은 지 오래이오." 라고 하며, 지극히 친절하게 대하면서 설시(雪柿)를 대접하기에 먹었다.

　잠시 후 떠난다고 하자, 채지(采之)가 따라와 못가에 이르러, 시냇가에 있는 재(溪齋)를 가리키며, "지난 해에 삼연(三淵)이 '여름에 소쇄원(瀟灑園)을 들린다'는 편지를 보내와서 삼연을 위해 열흘내에 건축하여 낙성했기 때문에 이처럼 졸박하고 누추하다."고 한다. 호남의 선비들이 삼연을 애모한다는 사실을 이런 사례를 통해 대개 알아 볼 수 있다.

　2리를 못가니 시냇가에 돌이 있는데 앉을 수 있다. 5~6개의 노목이 그늘을 지게하는데 모두 수 백 년은 됐겠다. 서쪽에 대나무 언덕이 있는데 대나무숲이 끝나니, 환벽당(環碧堂)557)이 있는 곳이다. 아래로부터 올려다보니, 대나무가 무성하고 빽빽히 우거져 그곳에 환벽당(環碧堂)이 있는지 쉽게 알 수가 없었으나, 지극히 그윽한 운치가 있다. 다만 두 개의 깨어진(碎石) 돌로 층계를 만들고 잡꽃을 심어놓았는데, 정말 명화(名畵)에다가 촌학구(村學究)558)가 졸필로 발문(跋尾)을 쓴 것 같아 자못 께름직하다. 이곳 또한 하서선생이 들렸던 곳이다. 남긴 자취를 생각하니 큰 탄식을 이길 수가 없다. 시내를 건너 또 동쪽으로 식영정(息影亭)559)에 이르렀는데, 그 승경이 소쇄원(瀟灑園)과 환벽당(環碧堂)에 훨씬 못 미치지만, 위치가 자못 높은 곳에 있어, 앞으로 서석산(瑞石山)의 하얀 눈빛을 대하고 있으니, 또한 두 정자가 갖고 있지 못한 것이다.

　또 서북쪽으로 5리를 가니 창평현(昌平縣)이다. 다시 동북쪽으로 10리를 가서 옥천사(玉泉寺)560)에 도착하여 석래(晳來)상인의 방에서 쉬었다. 담양(潭陽) 김팔화(金八華) 진사가 와서 알현하니, 즉 김시좌 도이(金時佐 道以)561)의 문인이다. 처음에 누구인지 알아보지 못했으나

---

556) 김인후의 문집인 『하서집』 권5에 「소쇄원사십팔영(瀟灑園四十八詠)」이란 제목으로 실려있다.
557) 환벽당(環碧堂) : 사촌(沙村) 김윤제(金允悌)가 나주목사를 그만두고 무등산(無等山) 아래 관주(光州) 충효리(忠孝里)뒤 언덕에 세웠다.
558) 촌학구(村學究) : 시골의 학자를 말하기도 하는데, 학식이 좁고 고루한 얼치기 학자를 빗대어 하는 말.
559) 식영정(息影亭) : 지금 전남 담양군 남면 지곡리 산 75번지에 있는 정자. 김성원(金成遠)이 그의 장인(丈人)인 임억령(林億齡)을 위하여 건립했다고도 함. 많은 시인 묵객이 출입하였는데, 김성원·고경명(高敬命)·임억령(林億齡)·정철(鄭澈)을 식영정 사선(四仙)이라한다. 송강의 성산별곡(星山別曲)의 창작지이다.
560) 옥천사(玉泉寺) : 지금 담양군 대덕면 문학리에 있었던 절. 문학리(文學里) 내문(內門)마을의 고개를 넘어 2km 지점인데, 지금 기와가 출토되고 있다.
561) 김시좌 도이(金時佐 道以) : 도이(道以)는 자(字). 호(號)는 행은(幸隱). 김창협의 족질(族姪)이자 문인(門人).

성명을 밝히니, 팔화(八華)가 크게 놀라며 "아동시절 스승 도이(道以)의 집에서 여러 번 뵈었습니다."라고 했다. 또 "어르신께서 우리 스승의 글에 답하기를 '조정에선 날마다 기근(饑饉)과 백성의 빈곤을 생각지도 않는데, 그대는 어찌 유독 사월(四月)의 우박을 두려워하시는가?'라고 했는데, 그 당시에도 이 한 구절을 좋아 했으며 지금도 잊지않고 있다."고 하며, 절구 한 수를 지어 보여주기에 신보(信甫)와 함께 화답했다.

■ 밤에 서봉사(瑞峰寺)를 지나가다.

산천은 을씨년한데 파리한 말 타고 시내 건너노라니,
초생달은 숲사이로 이미 솟아 오르려하네.
소나무는 가로 문이 되어 설색을 뚫고,
다리는 샘물소리 위에 날렵한 누각으로 이어지네.
등불이 흐리니 오래된 부처 오히려 빛나고,
밤은 긴데 이따금 종소리 다시 울리네.
신종(神宗)께서 내리신 금(金)칠한 붓 과시하며,
거처하는 중 또한 명(明)나라 황제 귀하게 모시네.

지공너덜(『한국민족문화대백과사전』)에서 전재

<夜過瑞峰寺>
山寒瘦馬渡溪行,　　纖月林間已欲生.
松作橫門穿雪色,　　橋連飛閣跨泉聲.
燈昏塵佛猶自照,　　夜永疏鍾時復鳴.
誇示神宗金管筆562),居僧亦解貴皇明.

---

562) 금관필(金管筆) : 서봉사(瑞峰寺)의 승려 태극공(太極公)이 검은 옻칠을 하고 금물로 꽃무늬를 그려서 만든 명나라 신종황제(申宗皇帝)의 어필(御筆)을 보여주었다. 이것은 정송강(鄭松江)이 연경에서 습득하여 돌아와 이 절에 보시하여 소장된 것이다. 담헌 「남유록」 12월 6일 참조.

■ 서봉사(瑞峰寺)에서 신보(信甫)의 시에 차운하다.

날으는 듯한 다리 깍아지른 구릉에 걸쳐 있고,
웅대한 사찰이 우뚝한 봉우리에 둘러 싸였네.
달 떠오르고 대통엔 샘물 흐르는 소리 들리고,
찬 기운 감도는 산에 풍경소리 솔숲에 퍼지네.
창가의 등불 외로이 절로 껌벅거리는데,
풍대(風碓) 멀리 있으나 오히려 그 소리 들리네.
나그네 잠자리 원래 걱정도 많아서,
잠 못이루는데 뎅뎅 새벽 종 울리네.

　　　<瑞峰寺, 次信甫韻>
　　飛橋橫絶壑,　　雄刹挾危峰.
　　月上泉流筧,　　山寒磬度松.
　　牎燈孤自耿,　　風碓563)遠猶舂.
　　客枕元多警,　　無眠數曉鍾.

■ 서봉사(瑞峰寺)에서 자는 날, 태극장로(太極長老)에게 주다.

고찰 서봉사(瑞峰寺)에서 상봉하는 밤,
아늑한 숲사이로 달이 떠오르네.
등불 하나 탱화 앞에 밝혀놓고,
오래된 상자에 간직했던 시 보여주네.
화롯불 싸늘하지만 서로 끼고 앉아있는데,
재실의 종소리 새벽이 멀지 않았음을 알리네.
이 다음엔 함께 서석산(瑞石山)에 가보자 약속하니,
낙엽이 또 가는 길 앞에 떨어지네.

　　　<宿瑞峰寺贈極長老564)>
　　古寺相逢地,　　幽林月上時.

---

563) 풍대(風碓) : 방아. 풍(風)은 운치있게 표현하는 시어(詩語).
564) 장노(長老) : 중에 대한 존칭.

孤燈參畫佛,　　舊篋示藏詩.
爐火寒相擁,　　齋鍾曉不遲.
後供留瑞石,　　霜葉又前期.

■ 이별할 때에 조제박(趙濟博)의 시에 차운하여 태극사(太極師)에게 보여주다.

높고 높은 산봉우리 속세밖에 벗어났으며,
오랜 세월 이런 곳에서 살았던 그대 부럽네.
몸은 외따로 떠가는 구름같고 마음은 달과 같으니,
장차 마음이 같든 다르든 상관하지 말아야지.

　　　<臨別, 次趙濟博韻, 示極師>
　　危峰千尺出塵寰,　　羨爾長年臥此間.
　　身似孤雲心似月,　　莫將同異更相關.

소쇄원 전경

바위에 행서로 쓴 소쇄원(瀟洒園) 각자

■ 절에서 벗어나오다.

뒤돌아 보니 외떨어진 봉우리 안개 속에 아득하고,
맑은 종소리 숲속에서 나그네를 전송하네.
승방에서 하루 밤을 자고 홀연히 떠나야하니,
그 누가 나의 행보 절로 한가하다 하는가?

<出寺>

回首孤峰杳靄間,　　清鍾送客出林還.
僧房一宿忽忽去,　　誰道吾行自在閑.

■ 소쇄원(瀟灑園)에서 율시를 지어 주인에게 보여주다.

이름난 정자 소쇄원(瀟灑園)은 그 명성에 걸맞은데,
앉아 있자니 그윽한 기분 절로 생겨나네.
노송은 울창하여 항상 고색을 띠고,
우쭉한 대나무 의연하여 인간 세상의 정취가 아닐세.
천문동(天門冬)이 죽지 않고 푸르러 계단을 비추고,
수조(水槽)는 암석에 파놓은 얼어붙어 물소리 들리지 않네.
담장벽면에 하서(河西)의 필적 남아 있으니,
남긴 시 몇 번을 읽어도 무척 청아하네.

　　담장 사이에 흑색의 네모난 돌을 넣어 쌓고 김하서(金河西)가 분자(粉字)로 48 절구
(絶句)를 써놓았는데, 아직도 읽을 수 있다.

소쇄원내 제월당 현판

담벽에 김인후가 분자(粉字)로 쓴
「소쇄원사십팔영(瀟灑園四十八詠)」의 잔존 모습

<瀟灑園, 口占長律, 示主人>
瀟灑名亭不負名,　　坐來幽意自然生.
老松漠漠常古色,　　脩竹蕭蕭非世情.
天棘565)映堦青不死, 槽泉依石凍無聲.

墙陰鑱得河西筆,　三復遺詩更覺清.

　墙間安黑色方石, 金河西, 以粉字, 書四十八絶, 尚可讀.

■ 삼연(三淵) 김창흡(金昌翕) 어른의 시에 차운하다.

인걸은 가고 정자만 덩그러니 남아,
오는 길손이 곧바로 주인이라네.
샘물소리 그 옛날과 같으며,
대나무 빛깔 절로 푸르네.
편편한 돌 한갓진 데 놓여있어 앉기에 안성맞춤,
외떨어져 있는 소나무를 가까이 할 수 있네.
저녁무렵 못가에 서있는데,
오사건(烏紗巾)이 맑게 어리네.

　　<次三淵金丈韻>
人去亭空在,　賓來卽主人.
泉聲猶太古,　竹色自天眞.
盤石偏宜坐,　孤松更可親.
晚來池上立,　清影落烏巾.

■ 소쇄원(瀟灑園)에서의 감회를 또 율시로 읊다.

서봉사(瑞峰寺) 기슭에서 저녁 종소리 들리는데,
지팡이 짚고 소쇄원(瀟灑園) 뜰안에서 어슬렁이네.
소나무 푸른 빛 항상 바위 아래 폭포 뒤덮고,
샘물소리 멀리 대숲의 연못을 감싸네.
텅빈 정원에 풀도 시들었으나 삼연(三淵 : 金昌翕)의 자취는 남아있고,
오래된 벽에 이끼 끼었으나 담헌(澹軒)이 시를 짓네.
선배들의 풍류도 이미 멀리 사라지고,
싸늘한 산기슭에 홀로 서서 슬픔에 잠기네.

---

565) 천극(天棘) : 한약재로 쓰이는 천문동(天門冬).

<瀟灑園感懷, 又得長律>

瑞峰寺裡聞鍾晚,　　瀟灑園中拄杖遲.

松色常陰巖下瀑,　　泉聲遠入竹間池.

空庭草沒淵翁跡,　　古壁苔侵湛老詩.

先輩風流俱已遠,　　寒山獨立自生悲.

▣ 환벽당(環碧堂)

　　명승지는 고상한 선비와 같아,

　　덕이 반드시 이웃에 있는 것과 같네.

　　소쇄원(瀟灑園)과 환벽당(環碧堂)은,

　　나란히 같은 시내 기슭에 어우러져있네.

　　조물주의 역량 광대하여,

　　각각 색다른 형상 부여했네.

　　소쇄원(瀟灑園)의 품격 기묘하고,

　　환벽당(環碧堂)의 풍광이 빼어나다네.

　　푸른 돌 위는 울퉁 불퉁 반듯지 못하며,

　　맑은 못가운데 물결 잔잔히 이누나.

　　손을 휘저어 물결일으키며,

　　노니는 고기떼와도 정말 가까이하게되네.

　　돌아보니 우쭉 자란 대나무,

　　곧게 솟아있어 헌칠한 사람같네.

　　휘파람에 내 마음을 실어보는데,

　　하필 주객을 따지리요?

　　그 옛날 하서옹(河西翁),

　　고고한 정회 속세를 벗어나,

　　지팡이에 삼신 신고 항상 오가며,

　　이곳의 경물(景物)의 신선함을 좋아하셨네.

　　내가 수백 년 후에 와서,

　　우러러 보려니 그 자취 이미 퇴색했네.

　　태어난 시기가 이미 같지 않으니,

　　뵙고자 한들 어찌 또한 인연이 되겠나?

서석산(瑞石山)을 우러러보니,
정말 공의 모습 보는 듯 하네.
시 지어 암석사이에 써놓았으니,
천세토록 전해지길 바래서일세.

<環碧堂>

勝地如高士,　同德必有隣.
瀟灑與環碧,　駢列一溪濱.
造物力廣大,　賦形各殊倫.
瀟灑品格妙,　環碧擅風神.
蒼石上盤陀,　淸潭下漣漪.
揮手弄文漪,　游魚正可親.
回視千竿竹,　正立如偉人.
嘯咏恣吾意,　何必問主賓.
伊昔河西翁,　高情出風塵.
杖屨常來往,　愛此景物新.
我來千載後,　俛仰跡已陳.
生旣不同時,　欲見亦何因.
仰視瑞石山,　如得見公眞.
作詩題岩間,　欲以俟千春.

환벽당(화순군, 『담양시
가사 문화유적 관광명소』에서 전재)

▣ 식영정(息影亭)

바람맞이에 있는 아름다운 정자는,
우쭉 솟은 대숲안에 은은히 비치네.
맑은 시내 환벽당(環碧堂) 앞에 흐르고,
빼어난 경치 서석산(瑞石山)을 마주하네.
지형은 앞이 시원스레 탁 트이고,
떠가는 구름 형형색색으로 아름답네.
송강(松江)이 그 옛날 이곳에 왔을 때,
산과 내를 더욱 좋아했네.
주부(酒賦)는 질탕하게 노는 것이 되고,

아름다운 싯구는 구슬을 울리듯하네.
술 취하니 호수와 산이 도는 듯 하고
천지가 한 덩어리로 보이네.
문채(文彩) 오랜 세월토록 빛나고,
그 의기(意氣) 한 시대를 좌우했네.
이 분이 떠나신지 이미 오래,
지금 텅 빈 정자만 홀로 남아 있네.
인간사 여러 세대 바뀌고,
정자 건물 흥폐(興廢)가 얼마나 잦았겠나?
정자에 올라 험한 인생사 슬퍼하고,
우러러보며 굽어보며 기개를 상상해보네.
풍류 이미 적막해졌는데,
다만 한잔 술을 주고 받네.
산천에 어둠이 나려 침침해지고,
구름이 해를 가려 음산하네.
소리높여 장진주(將進酒) 부르나,
가곡(歌曲)도 누 세월 부질없네.

<息影亭>

層臺抗風榭566), 隱映脩竹內.
淸川環碧共,　　秀色瑞石對.
爽塏得地形,　　雲物獻變態.
松江昔來往,　　溪山尤所愛.
酒賦資跌宕,　　佳句振瓊珮567).
醉興動湖山,　　天地視一塊.
文彩映千古,　　意氣傾一代.
斯人去已久,　　空亭今獨在.
人事屢代謝,　　棟宇幾興廢.
登臨弔風烟,　　俛仰想氣槪.

송강정

---

566) 풍사(風榭) : 시원하게 바람 쏘일 만한 정자.
567) 경패(瓊珮) : 시문(詩文)의 미칭(美稱).

風流已寂寞,　　一杯但相酢.
山川暮慘慘,　　雲日亦黲黮.
高唱將進酒[568],歌曲空千載.

▣ 창평현(昌平縣)

우뚝 솟은 나무로 둘러싸인 유서깊은 창평현(昌平縣),
석양이 나그네를 전송하네.
다리는 긴 모래언덕에 놓여있고,
마을은 무성한 대숲에 가려져 있네.
관아문 닫는다는 호각소리 청아하게 들리고,
허전히 돌아가는데 술취해 부르는 노래소리 들리네.
저물녘 말머리 잡고 오는데,
종이 내 고향 두타산(頭陀山)과 같다 하네.
　　집에서 부리는 종 발금(勃金)이 담양군(潭陽郡)의 산을 가리키며 말했다. "우리집 앞
두타산(頭陀山)과 너무 비슷하옵니다."

　　　　<昌平縣>
古縣餘喬木,　　斜陽送客過.
橋紆沙岸遠,　　村隱竹林多.
衙罷聞清角,　　虛歸有醉歌.
暮山來馬首,　　僮說似頭陀[569].
　　家奴勃金, 指潭陽郡山曰, 恰似吾家頭陀.

▣ 옥천사(玉泉寺)를 찾아가다.

옥천사(玉泉寺) 가는 길 해는 저무는데,
유유히 홀로 찾아가네.
산은 바위끝이 뾰죽하고,
절은 죽림 속에 깊이 묻혀있네.

---

568) 장진주(將進酒) : 정철(鄭澈)이 지은 사설시조. 일종의 권주가(勸酒歌).
569) 두타(頭陀) : 두타산(頭陀山). 지금 충북 진천군 초평면과 괴산군 증평읍의 경계에 있는 산으로 담헌 생가 동
　　쪽에 있음. 담헌 생가는 지금 충북 진천군 초평면 용정리 양촌.

운대(雲碓) 물소리 도리어 잘 어우러지고,
샘물소리 또한 듣기 좋네.
승려처럼 좌선(坐禪)하지 않아도,
이미 반은 속세의 마음이 사라지네.

<訪玉泉寺>
日暮玉泉路,　悠悠獨自尋.
山仍石角峻,　寺以竹林深.
雲碓570)還相應, 風泉亦好音.
未同僧靜坐,　半已去塵心.

12월 7일

김팔화(金八華)가 또 왔다. 식사를 끝내고 절 뒤로 해서 고개 하나를 지나 10리를 가서 옥과현(玉果縣)에 이르렀다. 하서(河西)선생이 이 현(縣)을 다스리기를 원했었다(乞養). 효종(孝宗)이 승하하자 드디어 포기하고 돌아와 종신토록 재기하지 않았으니, 더욱 사람으로 하여금 그 높은 기풍을 우러러보게 한다. 시내는 북쪽으로 순자강(鶉子江)으로 유입되는데, 물구비가 빙빙 돌며, 모래가 눈처럼 희다. 물이 흘러 동쪽으로 몇 리를 흘러가니, 두 개의 산이 문과 같아 물이 산에 묶여버린 것 같으며, 휘달려 세차게 흐르고 물빛은 더욱 검푸르다. 강가운데 기암이 다닥 다닥 널려있어 낚시질할 만하다. 이어진 봉우리가 하늘까지 뾰족 솟았으며, 눈이 하얗게 정상을 덮어, 자못 깊고 험한 기상이 있다. 또 10리를 가니, 돌이 평평하고 넓어 큰 대자리를 펼 수가 있으며, 물이 그 위로 흘러가니, 파곶(巴串)571)과 서로 백중을 다투겠다. 다만 석질이 조탁하여 색깔이 회흑색이라 자못 사람의 마음을 언잖게 하여 오래 앉아 있고 싶지가 않다.

점심은 순자원(鶉子院)572)에서 먹었다. 이곳부터는 남원권(南原圈)이다. 왕왕 시골집들이 산을 의지하고 시내를 띠고 있으며, 소나무 울타리에 대나무 사립문인데, 그윽하고 맑은 것이 그림 같다. 선배들이 모두 남원(南原) 풍토의 아름다움을 칭찬했으며, 당나라 사람들이 이르

---

570) 운대(雲碓) : 운대(雲母)로 장식한 방아. 여기서는 움푹한 홈안으로 떨어지는 물이 운모빛으로 튀기고 퍼지는 모양을 형용한 것임.
571) 파곶(巴串) : 지금 충북 괴산군 청천면 화양동(華陽洞)에 있는 명소. 하얀 듯하며 엷은 하늘색 암반이 시내 바닥에 죽 깔려 있다.
572) 순자원(鶉子院) : 일명 중진(中津)이라고도 하는데, 지금 남원시에서 30리 남쪽이다. 곡성대로(谷城大路)로 통한다.

러 말하기를 소강남(小江南)이라 했으니, 정말 그 말이 헛되지 않다. 어두워져서야 남원부(南原府)에 이르렀다. 오작교(烏鵲橋)는 남문 밖에 있는데, 벽돌로 홍예모양을 만들었지만 매우 넓지는 않다. 다리를 지나 조금 동쪽에 광한루(廣寒樓)가 있다. 어둠이 깔린 나무에 멀리까지 안개가 끼어 경치가 또한 아름답다. 고을의 원 이제상 위수(李齊尙 渭叟)가 최근에 윗 사람의 신임(內眷)이 얕아져서 보직을 그만두었으나, 아직 북으로 귀환하지 않았다. 그 아들 세록(世祿)이 내 거처에서 잠시 얘기하다가, 다시 함께 남성(南城)으로 나가 광한루(廣寒樓)에 이르렀다. 밤은 장차 2경이 되어가는데, 어두운 구름이 모두 걷히고 달빛이 희다. 난간에 기대어 사방을 바라보니, 정신과 생각이 맑고 상쾌해져, 황홀하기가 마치 싸늘한 바람을 타고 자신이 하늘의 옥황상제의 궁전인 옥경(玉京)에 노니는 것 같다. 잠시 후 유생(柳生) 성진(聖晉)이 황씨(黃氏) 한 사람과 함께 오니 모두 세록(世祿)의 손님들이다. 관기(官妓) 6~7인이 왔는데, 쑥대같이 흐트러진 머리결에 이가 드문드문 나있어[573], 그 모습이 구반다(鳩槃茶)[574] 같아서, 내가 희롱하여 말하기를 "이 누각의 승경은 하늘에 있는 광한루(廣寒樓)보다 못하지 않는데, 다만 너희들이 항아(嫦娥)[575]의 시녀만 같지 못하니, 이것이 크게 못한 부분이다."고 하여 그 자리가 한바탕 웃음바다가 됐다. 세록(世祿)이 술과 안주를 마련하고 노래와 춤을 베풀게 하니 극에 달해 밤이 깊어서야 파했다.

■ 내가 금릉(金陵 : 康津의 옛 이름)으로부터 북쪽으로 귀향하다가, 창평(昌平)과 동복(同福)사이로 길을 잡아, 적벽(赤壁)과 물염(勿染)등 여러 명승을 두루 유람했다. 저물어서 옥천사(玉泉寺)에 이르러 석래상인(晳來上人)의 방에서 잤다. 담양(潭陽)의 김팔화진사(金八華進士)가 우연히 와서 서로 탐방했는데, 처음에는 누군지 알지 못했다. 성명을 말하니, 김이 황연히 놀라고 기뻐하며, "아동시절에 김도이(金道以) 집에서 나의 얼굴을 여러 번 알아뵌 적이 있습니다"라고 했다. 그리고는 내가 도이(道以)에게 보낸 편지속에 있는 말을 외었다. 내가 그 말을 듣고 그 면모를 자세히 살펴보니, 또한 어렴풋이 기억나는 것이 있다. 대개 나와 도이(道以)는 성(姓)이 다른 형제(兄弟)의 의리가 있다. 만약 그 문객(門客)을 보면 즉 비록 얼굴을 알지 못하는 사람이라 하더라도 오히려 도이(道以)를 보듯이 했는데, 하물며 김군이 이 십년이나 오래된 지인(知人)임에랴! 지금 문득 적막한 고사(古寺)에서 해후하여 부들자리에 앉아 선등(禪燈)을 켜고 지난 일을 얘기하게 되니, 이를 일

---

573) 이가 드문드문~(역치 歷齒) : 역치(歷齒)는 이가 드문드문 나있는 모양. 登徒子 <好色賦>.
574) 구반다(鳩槃茶) : 불가(佛家)에서 말하는 추물(醜物).
575) 항아(姮娥) : 달에 산다는 미녀.

러 하나의 중대하고 기이한 일(一大奇事)이라 할 것이다. 내가 진실로 시를 지어 이를 기록하니, 김군이 먼저 한 구의 시를 지어 나에게 보여주며, 화답을 요청하기에, 내가 드디어 이를 기록하여 그에게 주었다. 명일 한 번 이별하면 남북이 멀어 언제 다시 또 오늘처럼 해후할 지 알 수 없다.

김팔화진사(金八華進士)를 만난 건 동성(東城)에서였는데,
양실(良實)한 그대는 당시에 배우려는 자세가 정성스러웠지.
정말 뜻밖에 산사(山寺)에서 서로 상봉하여,
호롱불 밝히고 각자 깊은 회포 풀었네.

余自金陵北歸, 取道於同福昌平之間, 遍覽赤壁勿染諸名勝. 暮過玉泉寺, 宿來上人房. 潭陽金八華進士偶來, 相訪, 初時, 不知爲何許人也. 及通姓名, 金君怳然驚喜曰, 童時, 在金道以[576]家, 累識余面. 仍誦余抵道以書中語. 余聞其言, 諦視之, 面貌亦有依俙可記者. 盖余與道以有異姓昆弟之義. 若見其門客, 則雖素不識面者, 猶見吾道以焉, 而況金君爲二十年舊知耶! 今忽邂逅於古寺寂寞之中, 蒲團禪燈, 相與話舊, 此可謂一大奇事也. 余固欲作詩以記是事, 金君先作一詩, 示余要和, 余遂書此贈之. 明朝一別, 南北杳然, 不知何時又邂逅如今日也.

金家見面記東城,　　嘉爾[577]當時北學[578]誠.
山寺相逢眞不意,　　燈前各自說深情.

■ 옥과현(玉果縣)

시냇물 마을을 감싸 흐르고,
현(縣)의 관문은 적막한 겨울 산아래 자리했네.
싸늘한 구름사이로 아침해 떠오르고,
고목나무가 온 하늘 가렸네.
들풍경 너무 쓸쓸한데,

---

576) 김도이(金道以) : 김시좌(金時佐)의 자(字).
577) 가이(嘉爾) : 상대를 높이는 말. 훌륭한 그대.
578) 북학(北學) : 훌륭한 스승에게 배우는 것을 비유함.『孟子』「滕文公」上 "吾聞用夏變夷者, 未聞變於夷者也. 陳良, 楚産也. 悅周公·仲尼之道, 北學於中國, 北方學者, 未能或之先也, 彼所謂豪傑之士也."

인가의 연기 모락 모락 피어오르네.
호남(湖南)의 우측방면 두루 여행하려,
말머리 이젠 또 남원(南原)으로 돌
리네.

<玉果縣>
流水抱村舍,　　寒山當縣門.
凍雲初日上,　　古木一天昏.
野色蕭條遠,　　人烟隱約存.
周行湖右盡,　　馬首又南原.

남원 광한루

남원 방장정

남원 영주각

■ 청계협(淸溪峽)

맑은 시내끼고 굽이 도는 길,
한 겨울이라 가파른 언덕 지나가기 어렵네.
하늘이 음침하니 모래언덕 더 하얗고,
돌이 솟아나 있으니 여울 물소리 싸늘하네.
텅빈 골짜기 초동들의 노래 소리만 들리고,
죽 이어진 봉우리 눈으로 뒤덮혔네.
나그네의 회포 자못 처량하여,
서로가 잠시동안 시(詩) 제대로 짓지 못하네.

<清溪峽>

路挾清溪轉,　　危厓臘月難.
天陰沙岸白,　　石出灘聲寒.
空谷樵歌答,　　連峰雪色看.
客懷殊悄悄,　　詩句暫相寬.

■ 순자진(鶉子津)

양쪽 골짜기 문처럼 열려져있고,
큰 강이 그 사이로 관류하네.
높은 물결 커다란 바위 넘어 흐르는데,
온갖 소리 바람 몰아치는 여울 따라 가네.
은근하게 교룡이 사는 굴에서,
용이 어찌 그리 편하게 누워있나?
만고의 기운이 음산한데,
하물며 섣달의 추위를 당함에 있어서랴?
아래를 내려다 보니 간담이 서늘해지고,
돌로 만든 잔도(棧道)? 휘어잡고도 지나기 어렵네.
죽 이어진 봉우리 하늘색은 어두어지고,
눈쌓인 봉우리 높디 높네.
인생은 편안히 살수 없는 것,
멀리 여행 떠나면 당연히 고난 겪게 되는 것.
집안에서 편안하게 지냈다면,
어찌 또 이런 장관 볼 수 있었겠나?
처자가족 오히려 멀리 떨어져 있으니,
그 누가 맛있는 반찬 힘써 챙겨주리?

<鶉子津>

雙厓坼如門,　　大江貫其間.
高浪駕巨石,　　萬鼓驅風灘.
殷勤蛟龍窟,　　龍豈偃息安.
萬古氣陰森,　　況當臘月寒.

瞻慄眩下視,　　攀援石棧難.
連峰天色晦,　　積雪高巑岏.
人生不安居,　　遠役經險艱.
優遊閨闥579)間, 亦何得壯觀.
妻孥尚遠隔,　　誰復勉加餐.

■ 광한루가(廣寒樓歌)

이백(李白)도 살아있지 않고 자첨(子瞻)도 죽었으니,

달님 또한 오 백년 이래 알아주는 이 없었네.

그 후 두타산(頭陀山) 아래 열광적인 이재대(李載大),

일찍이 두분의 풍류 못지 않았네.

일생동안 명산유람 무척 좋아해,

오늘밤 홀로 광한루에 올랐네.

누대 위에서 술잔 들고 밝은 달님께 물어보네,

이백(李白) 자첨(子瞻) 죽은 후에,

세상에 진짜 풍류객 없어,

달님 또한 자기를 알아주는 이(知己)를 구했다네.

나와 같이 풍류를 즐기는 사람을 보았는가? 못 보았는가?

천상에 또한 나와 같은 풍류를 즐기는 자가 있는지 알 수 없네.

내가 실로 이백(李白)과 자첨(子瞻) 두분과 짝할 만 한데,

이백(李白)과 자첨(子瞻)이 죽은 지 이미 오래고 명월만 남아있네.

지금 남아있는 달 나를 지기(知己)로 생각하니,

나 또한 달님을 좋은 친구로 생각하네.

달님 또한 어떤 걱정이 있으며,

나 또한 어떤 근심이 있으랴?

붉은 계수나무 높고 굵게 자라도 죽지 않으며,

하얀 토끼 약을 찧어 몇 천 년 사네.

달님은 이미 보약 먹고 살아가면서,

어찌 내게 한 첩의 보약도 나눠주지 않나?

나로 하여금 장수케 하여 팽갱(膨鏗)을 비웃게 해주고,

---

579) 규달(閨闥) : 규(閨)는 부녀(婦女)가 거처하는 방. 달(闥)은 문의 총칭. 규달은 집안.

항아소녀배(嫦娥素女輩)를 불러,

무지개 치마 깃털 옷을 입혀 광한루(廣寒樓)에서 춤추게 하고,

동쌍성(董雙成)으로 하여금 운오(雲璈)를 두드리게 하며,

선녀(仙女)들로 하여금 난생(鸞笙)을 불게하여,

내 가슴 속의 쌓이고 쌓인 만고의 불평을 씻어버리게하라.

난 달 가운데 옥루(玉樓)와 경궁(瓊宮)을 보지 못했으며,

나는 여기처럼 시원하고 광활한 곳 보지 못했네.

달 크기 탄환에 지나지 않는데,

이 가운데 어찌 조각한 용마루와 그림 그린 기둥이 서로 영롱한가?

달은 푸른 창공에 걸려있으며,

해와 그 밝음의 공을 다투지 않네.

표연히 아래로 내려와 붉은 난간에 기대어,

북두칠성 기울여 동해물 떠다 무궁토록 한없이 취하리라.

그러지 않으면 난 이무기 타고 시원한 바람 따라 월궁(月宮)에 들어가,

옥도끼 휘둘러 붉은 계수나무 가장 긴 가지 찍어내어

달빛 다시는 희미하지 않게 하리라.

(이 날은 잠깐 흐렸다가 잠깐 후에 다시 개였다. : 原註)

달과 손잡고 다시 돌아와서,

이 광한루 머리에 마주 앉았네.

웃으며 남쪽 바다 한잔의 물과,

방장(方丈)과 영주(瀛洲)등의 언덕을 바라본 연후에.

나는 알고 있노라, 천상의 옥루경궁(玉樓瓊宮)이,

반드시 인간세상의 광한루(廣寒樓)보다 낫지 않다는 것을.

    <廣寒樓歌>

李白不生子瞻死,　　　月亦五百年來無知己.

復有頭陀狂客李載大,　風流曾不讓二子.

一生自愛名山游,　　　今宵獨上廣寒樓.

樓頭把酒問明月,　　　李白子瞻死後.

世無眞風流,　　　　　月亦自此求知己.

能見阿誰風流如我不,　未知天上亦有風流如我者.

我實李白子瞻二子之儔, 李白子瞻死已久只有明月.

至今留月亦以我爲知己, 我亦以月爲好仇.

月亦有何愁, 　　　　　我亦有何憂.

丹桂輪囷580)老不死, 　　白兎擣藥幾千秋.

月旣服藥能長生, 　　　何不分我一刀圭581).

使我長生笑膨脝582), 　　喚出嫦娥素女輩.

霓裳羽衣舞廣庭 　　　使雙成583)擊雲璈584).

使綠華585)吹鸞笙586), 　滌我胸中磈磈磊磊萬古之不平.

吾不見月中之玉樓與瓊宮587), 　不知淸爽洞豁能與此樓同.

月大不過一彈丸, 　　　此中豈容彫甍畵棟相玲瓏.

月不必長懸碧空上, 　　與日代明爭其功.

飄然下來與我倚朱欄, 　傾北斗酌東海醉無窮.

不然我欲駕虯御泠風出入月宮中, 　揮玉斧斫取丹桂最長枝.

不使月光更朦朧, (是日乍陰乍晴 : 原註)

與月携手復歸來, 　　對坐此樓頭.

笑視南溟一杯水, 　　方丈588)瀛洲等垤丘然後.

吾知天上之玉樓瓊宮, 　未必能勝人間廣寒樓.

12월 8일

이세록(李世祿)이 금일 한양으로 출발하려고 성 남쪽 민가로 나와서 잤다. 식사후 그 거처를 들려 잠시 앉아 있다가, 다시 광한루(廣寒樓)에 이르렀다. 규모가 웅장하고 화려하며, 두류산(頭流山)589)의 빼어난 빛이 모두 난간 사이로 보인다. 요천(蓼川)590)이 넓은 들 가운데로

---

580) 윤균(輪囷) : 높고 큰 모양.
581) 도규(刀圭) : 약을 뜨는 숟가락. 전의(轉意)되어 의술(醫術).
582) 팽갱(彭鏗) : 팽조(彭祖)를 지칭. 전욱(顓頊)의 현손(玄孫). 성(姓)은 전(顓) 이름은 갱(鏗). 도인행기(導引行氣)를 잘해서 요(堯)시대에 대팽(大彭)에 봉해짐. 殷末까지 살아 767세에도 노쇠하지 않아 왕이 대부(大夫)로 삼음. 점차 그 술법이 전해져 효험이 나자, 그를 죽이려 하니 팽조가 떠나갔는데 어디로 갔는지 알 수 없음.
583) 쌍성(雙成) : 동쌍성(董雙成)을 지칭. 동쌍성은 서왕모(西王母)의 시녀의 이름. 미녀를 지칭하는 말. 백거이(白居易)의 「장한가(長恨歌)」.
584) 운오(雲璈) : 악기의 하나. 즉 운라(雲鑼). 속칭(俗稱) 구운라(九雲鑼).
585) 녹화(綠華) : 녹화군(綠華裙)의 준말. 선녀들이 입는 옷. 선녀를 지칭하는 말.
586) 난생(鸞笙) : 악기의 일종.
587) 옥루(玉樓)와 경궁(瓊宮) : 달에 있다고 믿었던 누각과 궁전.
588) 방장(方丈) : 신선이 산다는 삼신산(三神山)의 하나.

구비 구비 흘러 명주띠를 펼쳐 늘어놓은 것 같다. 그 지류를 끌어들여 누대 아래로 이르게 하니 물웅덩이가 큰 못을 이룬다. 매년 여름이면 연꽃이 무성히 피어나, 구름과 비단을 펼쳐놓은 아름다운 바다를 이룰 것이니, 더욱 기이한 장관일 것이다. 작은 누각이 바로 못 중심에 의지하고 있고 단청이 영롱한데, 편액에 영주각(瀛洲閣)591)이라 되어있다. 서쪽에 있는 작은 섬에 죽림이 울창한데, 이것은 송강(松江 : 鄭澈)이 심은 것이라 한다. 바람 소리가 옥이 구르는 소리처럼 고와 또한 아름다운 운치가 있다. 또 승사교(乘槎橋)592)가 그 동쪽에 있어, 오작교(烏鵲橋)와 서로 대치하고 있으며 아래에 지기석(支機石)이 있다.

황수신(黃守身)이 쓴 누기(樓記)에 "옛날에 작은 누각이 있었는데, 이름을 광통(廣通)이라 했으며, 부사(府使) 민공(閔恭)이 창건하고, 재상을 지낸 정인지(鄭麟趾)가 지금의 이름으로 바꿨다는 것이다."고 기록되어 있다. 대개 후세인이 또 오작(烏鵲)·승사(乘槎)·지기(支機) 등으로 불러 잘 꾸몄으니, 하늘의 광한전(廣寒殿)을 본 뜬 것이다. 혹 말하기를 "루(樓)는 즉 황익성공(黃翼成公)593)의 유허지다."라고 하나, 루기(樓記)와 『여지승람』에 모두 이런 말이 없다. 익성공(翼成公)의 집을 살펴보건데, 상주(尙州)에 있고 그 자손이 지금도 아직 상주(尙州)와 황간(黃澗)594) 사이에 살고 있으니, 유허지라는 설은 오류일 것으로 생각된다.

벽위에는 고금의 시문(詩文)이 많은데, 유독 최립지(崔立之 : 崔岦의 字)의 "문득 천상루(天上樓)에 오르는 것이 괴이치 않네. 견우인(牽牛人)이 또한 은하수 머리에 있는 것을"이라는 한 구절이 당연 상위(上位)에 든다. 내가 웃으며 신보에게 "황학루(黃鶴樓)595)와 광한루(廣寒樓) 모두 두 최씨(崔氏)에게 점취당하여, 태백(太白)과 재대(載大 : 이하곤의 字)로 하여금 감히 한마디 말을 올릴 수 없게 했으니, 이것 또한 천년이래의 기이한 사건이다."라고 말하니, 신보(信甫)도 또한 웃었다. 이곳 남원부(南原府)에 춘면곡(春眠曲)을 잘 부르는 맹인(盲人)인 이씨(李氏)가 있어, 그를 맞아 누대에 오르게하니, 난간에 기대어 노래를 부르는데, 그 소리가 너무 애절하여 사람의 기분을 즐겁게 하지 않았다.

만복사(萬福寺)596)는 서문 밖 2리에 있다: 청동불상(靑銅佛像)이 있어, 높이는 35척이며 매

---

589) 두류산(頭流山) : 지이산(智異山)의 이칭. 두류산(頭留山)이라 쓰기도 함.

590) 요천(蓼川) : 전북 장수군 번암면 백운산(1278m), 장안산(1238m)에서 발원하여 남원시의 8개면(산동, 이백, 대산, 주천, 주생, 송동, 수지, 금지면)과 남원시를 집수구역으로 하여 흐르는 하천.

591) 영주각(瀛洲閣) : 광한루원 호수(은하수를 상징)에, 정송강(鄭松江)이 삼신산(三神山)을 뜻하는 영주(瀛洲)·봉래(蓬萊)·방장(方丈)섬을 만들고 그 영주섬에 영주각을 세움.

592) 승사교(乘槎橋) : 광한루 남쪽 약 100m 지점 천거동에서 노암동(금암봉)으로 요천(蓼川)을 가로지른 교량임.

593) 황익성공(黃翼成公) : 황희(黃喜 1363~1452)의 시호.

594) 황간(黃澗) : 지금 충북 영동군 황간면.

595) 황학루(黃鶴樓) : 이백(李白)이 황학루에 올라 최호(崔顥)가 지은 시를 보고 감탄하여 황학루에 대한 시를 짓지 못했다 한다. 그리고는 " 眼前有景道不得, 崔顥題詩在上頭 "라고, 그의 시를 호평하는 시를 지었다는 일화가 있다.

596) 만복사(萬福寺) : 고려 문종 때 창건한 절이다. 기린산(麒麟山) 동쪽에 5층의 전당이 있고 서쪽에 2층의 전이

우 볼만하다고 하는데, 행로가 바빠 다녀올 겨를이 없다. 다시 남문을 거쳐 어슬렁어슬렁 동쪽으로 1리를 가서 관제묘(關帝廟)597)에 이르렀다. 박내정 직경(朴乃貞 直卿)이 부사로 재임할 때 건축한 것이다. 그전의 묘당(舊廟)이 지은 연조가 오래되어 무너지고 폐허가 되었는데, 직경(直卿)이 일찍이 이상한 꿈을 꾸고 드디어 중창을 했기 때문에, 건물이 자못 웅장하고 정연하다. 다만 엉성한 장인(匠人)이 만든 소상(塑像)이 닮은 데가 너무 없으며, 신성한 위엄이 결핍되어 한스럽다. 또 서쪽으로 수 백 보를 가니 충렬사(忠烈祠)598)가 있다. 판서(判書) 정기원(鄭期遠)599)과 병사(兵使) 이복남(李福男)600) 이하 7인을 제사지내는 곳인데, 그 위풍과 충렬을 상상하며 고개 숙여 참배하는 사람이 드물다.

남원부성(南原府城)601)은 주위가 광활하고 지극히 견고하고 치밀하다. 속설에, 당(唐)나라 장수가 유인궤(劉仁軌)가 쌓았던 옛성터에 쌓았다고 한다.602) 일찍이 증조부 벽오공일기(碧梧公日記)603)에, 낙운봉 상지(駱雲峰 尙志)604)가 가장 오래 이곳에 주둔하였으며, 그 후 총병(摠兵) 양원(楊元)이 또 와서 수비한 것이라고 하나, 그 누가 축성한 것인지 알 수가 없다. 그 지방 사람들이 "옛날엔 성중에 인가가 즐비해서 거의 빈 틈이 없었다. 근자에 거듭 기근이 들고 또 인징(隣徵)605)과 족징(族徵)606)에 대한 징세로 곤경을 당해 유리도망(遊離逃亡)한 사

있는데, 그 안에 길이 53자의 청동불상(靑銅佛像)이 있었으나, 지금 전각도 청동불상도 남아있지 않다.

보물 제 43호인 석불입상이 있는데 만복사 창건때 조성된 것으로 보고 있다. 보물 제 30호인 만복사 5층석탑과 보물 제 32호인 당간지주(幢竿支柱)가 있다.

597) 관제묘(關帝廟) : 조선조 임진 정유란이 끝나자 호국신의 상징으로 관우(關羽)의 상을 봉안하였다. 선조 32년(1599년)에 명나라 장수 유정(劉綎)이 세웠다함. 전라북도 유형문화재 22호. 전국에 서울·안동·성주·남원 네 곳에 관제묘가 설치되어 있음.

598) 충렬사(忠烈祠) : 광해군 임자년(1612년)에 세웠으며, 효종 계사년(1653년)에 현액을 내렸다.

599) 정기원(鄭期遠 1559~1597) : 자(字)는 사중(士重). 호는 견산(見山). 본관은 동래. 1597년 정유재란 때 명나라 총병(摠兵) 양원(楊元)의 접반사(接伴使)로 남원(南原)에 갔다가 남원성이 함락될 때 양원과 함께 전사했다. 시호는 충의(忠毅)이다.

600) 이복남(李福男 ?~1597) : 본관은 우계(羽溪). 전라병마절도사로서 1957년 정유재란 때 남원성에서 싸우던 중 조방장(助防將) 김경로(金敬老), 산성별감(山城別監) 신호(申浩) 등과 전사했다. 좌찬성에 추증되고, 시호는 충장이다.

601) 남원부성(南原府城) : 사적 제 298호. 통일신라 소경(小京)을 설치하고 동왕 11년(691)에 쌓은 것이다. 평지의 읍성으로 정유재란(1597년)때 격렬한 전투로 파괴되었다. 숙종 18년(1692) 개축하였으나 동학란 때 허물어져 약간의 성터 모습이 남아있다.

602) 『신증동국여지승람』에 그런 내용이 있다. 유인궤는 당(唐)나라의 무장(武將). 660년 백제가 나당 연합군에게 패망하자 복신(福信), 도침(道琛) 등이 백제의 왕자 부여풍(夫餘豊)을 받들어 주류성(周留城)에서 진을 치고 재건을 도모할 때 당장(唐將) 유인원(劉仁願)과 합세하여 이들을 패배시켰다.

603) 15) 벽오(碧梧) : 이시발(李時發 1569~1626)의 호. 형조 판서 역임. 남한산성 역사를 감독하다 죽음. 필사본인 일기인 『기유일록(己酉日錄)』·『경술일록(庚戌日錄)』가 그 후손 이정희씨집에 전해온다.

604) 낙운봉 상지(駱雲峰 尙志) : 운봉(雲峰)은 호(號). 중국 절강인(浙江人)으로 용력(勇力)이 비범하여 낙천근(駱千斤)이라 불렸다. 임진란 때 참전하여 평양성, 경주, 남원등에서 왜군을 격퇴하여 대공을 세웠다. 정조(正祖) 15년 신해년(辛亥年)에 평양(平讓) 서문 밖에 무열사(武烈祠)를 세워 이여송(李如松)등과 추가로 배향되었다.

605) 인징(隣徵) : 조선 중기 이후 부당하게 부과하던 징세의 일종. 경작자가 실종되면 면세하게 돼있는 규정을 무

람이 과반이라서, 무너진 담장과 깨어진 주춧돌만 가득하여 날로 황폐해져서 평안한 기운이 회복되지 않았다."고 하니, 이것은 유독 남원(南原) 한 곳 뿐 만 아니다. 전후(前後) 지나온 군읍(郡邑) 10여 곳이 대개 이와 같은 곳이 많았으니, 이것은 모두 인징(隣徵)과 족징(族徵)에 대한 징세의 피해지역이다. 조정이 또한 그 피폐함을 알고, 일찍이 호포구전등법(戶布口錢等法)[607]에 대해 논의 했으나, 끝내 시행하지 못해 백성은 곤궁함이 날로 심해졌으니, 탄식을 이길 수 있겠는가?

서문 밖 5리에 교룡산성(蛟龍山城)[608]이 있어 바라보니 지극히 험준했다. 정유재란(丁酉再亂) 때 병사(兵使) 임현(任鉉)[609]이 바야흐로 남원(南原)부사가 되었다. 본디 문무(文武)의 재주가 있다고 하며 산성에 웅거하지 않고, 남원부성(南原府城)에 웅거했다가, 끝내 군사가 패하자 자신도 순사했으니 자못 강개하다.

또 북쪽으로 30여 리를 가서 오수역(獒樹驛)에 이르렀다. 시내와 산이 맑고 화려해서, 자못 우리 고향과 같아 마음과 눈이 확 트이는 것을 깨닫지 못했다. 세상에 전해오기를, 거령인(居寧人) 김개인(金蓋仁)이 개 한 마리를 키우는데 몹시 귀여워 했다. 개인(蓋仁)이 일찍이 인가에 갔다가 술이 취해 밭가에 쓰러졌는데, 들불이 일어나 장차 타들어왔다. 개가 꼬리를 물에 적셔 분주하게 오가며 불을 끄고는 기력이 다해 죽었다. 개인(蓋仁)이 술에서 깨어나 옆에 개가 죽어 있는 것을 보고 크게 감동하여, 산등성이에 묻어 주고 막대를 꽂아 그 사실을 기록했다. 그후 그 나무가 갑자기 숲을 이루니, 이로부터 사람들이 그 땅을 오수(獒樹)[610]라 했다 한다. 내가 시 한 수를 지었다. "천추 만세에 의구(義狗) 이름 아직도 떨치니, 하찮은 짐승(微物)이 오히려 사랑해 주던 주인의 은혜 보답했다네. 감히 묻노니 세상의 경상배(卿相輩)[611]들아, 그 몇이나 나라 위해 선뜻 목숨 바칠꼬."[612] 이날 밤, 비가 내렸다.

시하고, 인근 사람들에게 실종자의 과세를 부담케 했던 방법.

606) 족징(族徵) : 조선시대 부당하게 징수하던 병역세(兵役稅)의 하나로 조선말에 극심했다. 생활의 곤궁으로 도망한 사람의 군포(軍布)를 친척에게 대신 부과하게 했던 방법.

607) 호포구전법(戶布口錢法) : 호(戶) 단위로 면포(綿布)나 저포(紵布)를 징수하던 세제. 구전(口錢)은 인구에 대해서 돈을 징수하는 것. 논의되긴 했으나 실시되지 않고 가장 유력한 방도로 대두된 것이 호포법(戶布法)이었다. 호(戶)는 신분 고하를 가리지 않고 정(丁) 20구이상을 상호(上戶), 10구이상을 중호(中戶), 10구 이하를 하호(下戶)로 구분하고 이에 따라 포(布) 3~1 필을 징수하였다.

608) 교룡산성(蛟龍山城) : 지금 전북 남원시 산곡동 16 - 1 번지 일대에 있음.

609) 임현(任鉉1549~1597) : 조선. 문신. 자(字)는 사애(士愛). 호는 애탄(愛灘). 본관은 풍천(豊川). 1597년 정유재란 때 남원부사(南原府使)로 명나라 장군 양원(楊元)과 성을 함께 수비하던 중 양원은 도망갔으나 계속 분전하다가 전사했다. 좌찬성에 추증, 남원의 충렬사(忠烈祠)에 제향. 시호는 충간(忠簡).

610) 오수역에 얽힌 위와 같은 전설은 고려시대 최자(崔滋)가 지은 『보한집(補閑集)』에도 이미 전해온다. 지금 전북 임실군 오수면 소재지에 의견비각(義犬碑閣)을 건립했으며 주변에 아름드리 느티나무 몇 그루가 서있다. 1997년 7월 오상(獒像)을 건립했다.

611) 경상배(卿相輩) : 재상. 대신. 고위 위정자들을 지칭.

612) 『남행집(南行集)』에 제목을 <문오수사유감(聞獒樹事有感)>이라 했다.

■ 광한루(廣寒樓)에서 간이(簡易)의 시에 차운하다.

광한루(廣寒樓)에 오르니 하늘의 광한루에 앉아있는 듯,
은하수가 채색 난간 머리에 훤하게 감도네.
어둠에 싸인 나무 붉은 계수나무인 듯하고,
맑은 안개 도리어 채색구름이 모여드는 듯하네.
기생은 소매자락 펄럭이며 사뿐사뿐 춤추니,
사람이 홍교(虹橋)를 건너 아득히 노니네.
항아(姮娥)가 마냥 후회하리라 짐작되네,
발뒤꿈치 들고 살금살금 이곳에 오지 않은 것을,

남원 만복사 보물 제49호 석불입상   만복사 터 5층 석탑   만복사 터 당간 지주

<廣寒樓次簡易613)韻>
登樓如得坐瓊樓614), 銀漢昭回畵檻頭.
暮樹渾疑丹桂老,   晴烟却似彩雲收.
妓翻羽袂聯翩舞,   人蹻虹橋縹緲遊.
斟酌姮娥應有悔,   藏蹤不向此中求.

---

613) 간이(簡易) : 최립(崔岦1539~1612)의 자(字).
614) 경루(瓊樓) : 하늘에 있는 궁전.

■ 원운(原韻)을 붙여둔다.

문득 하늘위 광한전(廣寒殿)에 오른 것 괴이하지 않으며,
견우성(牽牛星) 또한 은하수 머리에 왔네.
옛부터 전해오는 토끼 두꺼비 설화 의심스럽고,
오작교(烏鵲橋)는 지금 공덕이 이미 거두어졌네.
홍기(紅妓) 매번 약초 훔치러 왔다가,
채색한 배 타고 짐짓 노 저으며 노니네.
평생토록 이 고을 원으로 흥을 다 쏟았으나,
오직 이런 곳을 도리어 구할 수 있으랴?

<附原韻>

不怪便登天上樓,　　牽牛人[615]亦河之頭.
兎蟾從古說疑似,　　烏鵲卽今功已收.
紅妓每因竊藥至,　　彩船故替乘槎遊.
平生五馬[616]興全盡,惟有玆州還可求.

■ 오수역(獒樹驛)

요충지 오수역(獒樹驛) 호남·영남을 방어하
고,
오가는 사람들 남쪽과 서쪽으로 다니네.
역수(驛樹 : 獒樹) 멀리 길가에 서있고,
시골 사립문 모두 시냇가를 향하고 있네.
시냇물빛은 안개 다시 걷혀 맑고,
산기운 눈나려 도리어 싸늘하네.
형승이 마치 우리 고향같아,
귀향길 오히려 절로 더뎌지네.

불상 머리부분만 땅위에 드러나 있다. 자동차
도로 옆인데다가 철책을 불상에 너무 가까이
설치하여 불상이 몹시 답답해 하는 것 같아 안
타깝다. 살아있는 사람이라면 저렇게 했을까

---

615) 견우인(牽牛人) : 견우성(牽牛星)을 지칭함.
616) 오마(五馬) : 고대의 태수(太守) 벼슬.

<樊樹驛>

要衝扼湖嶺, 　冠盖617)通南西.

驛樹遙臨道, 　村扉盡向溪.

川光烟更澹, 　山意雪還凄.

形勝吾鄉似, 　歸途尚自迷.

■ 의로운 개의 고사(故事)를 듣고 소감을 읊다.

천추 만세에 의구(義狗)명성 아직도 떨치니,
미물이 오히려 사랑해주던 주인은혜 보답했다네.
감히 묻노니 세상의 경상배(卿相輩)들아,
그 몇이나 나라 위해 선뜻 목숨 바칠꼬?

<聞義獒事有感>

千秋尚說義獒名, 　微物能存愛主誠.

借問世間卿相輩, 　幾人爲國更捐生.

■ 밤에 빗소리를 들으니, 수심이 깊어진다.

웬지 오늘 밤이 길게만 느껴지고,
귀향할 생각하니 잠이 오지 않네,
이웃집의 닭울어 새벽을 알리고,
창밖에 빗소리 찬 기운을 뿌리네.
이미 시절 맞춰 나리는 것인데,
어찌 나그네의 심정을 위로해주겠나?
강희(康熙) 죽었다는 소식도 들으니,
문득 온갖 생각에 깊이 빠져들게 되네.

<夜聞雨聲, 愁甚>

偏覺今宵永, 　思歸夢不成.

隣雞欲曙色, 　牕雨更寒聲.

---

617) 관개(冠蓋) : 수레의 덮개. 앞의 수레는 뒤의 수레의 덮개를 바라보고 사자(使者)가 왕래하여 끊이지 않는 모양.

만복사 터 풀밭에 나뒹구는 불상의 머리부분

만복사 터에 있는 탑의 옥개석

관제묘내 땅바닥에 쓰러져 있는
명조도독유정건묘사적비(明朝都督劉綎建廟事蹟碑)

남원부성 복원공사 현장

관제묘

관제묘내 박내정(朴乃貞)이 중건한
무안지묘비(武安至妙碑)

관제묘 내 탄보묘(誕報廟)

충렬사

충렬사 경내의 만인의 총

충렬사 기념전시관에 전시된 유물　　　　교룡산성(『한국민족문화대백과사전』)에서 전재

己自關時氣,　　何能慰客情.
康熙[618]聞亦死, 百慮集深更.

■ 비가 와서 체류하며 회포를 읊다.

남쪽지방 기후가 차이가 있어,
한 겨울에도 항상 따뜻하네.
하물며 금년 겨울은,
눈도 오지 않고 오랜 가뭄이 지속되는데랴!
날씨 봄처럼 따스하고,
산유화 활짝 피려하네.
나처럼 북쪽지방에서 온 사람은,
평생 이런 정경 보기 힘들었네.
어제 광한루(廣寒樓)에서 작별하고,
오늘밤 오수관(獒樹館)에서 묵는데,
빗소리 대나무로 만든 창을 때리고,
후두둑 비듣는 소리 새벽에도 그치지 않네.
아침에 일어나 앞산을 바라보니,
먹구름이 일산(日傘)을 펼친 듯 잔뜩 끼어있어,
체류하는 나그네 근심 쌓이게 하고,
여행길 시중드는 노복 주저하게 하네.

---

618) 강희(康熙) : 청(靑)나라 강희제(康熙帝).

실로 때없이 나리는 겨울비,
음양의 질서 누가 뒤바뀌지게 했나?
천지자연의 때는 인간사와 관계있는데,
형벌과 포상을 느슨하게 해서는 않되네.
조정(朝廷)은 날마다 싸움하고 있어,
식견있는 사람은 다만 맘만 조이네.
체면도 품위도 둘 다 없는,
이런 무리들 생각이 짧은 거지.
벼슬살이 질곡(桎梏)과 같아,
산림(山林)의 학자들 뿔뿔이 흩어지네.
초연히 귀 씻었던 허유(許由)노인,
오랜 세월 짝할 만하네.

　　　<滯雨書懷>
　南州氣候異,　　隆冬亦恒煖.
　況乃今年冬,　　無雪天久旱.
　日氣暄如春,　　山花開欲滿.
　我實北地人,　　平生聞亦罕.
　昨別廣寒樓,　　夜宿槩樹館.
　雨聲打竹牕,　　浙瀝曉不斷.
　朝起望前山,　　宿雲如張繖.
　留滯客心愁,　　跋履僮僕懶.
　凍雨實非時,　　陰陽孰回斡.
　天時係人事,　　刑賞無乃緩.
　廊廟619)日操戈620),　識者但心懍.
　皮毛兩無存,　　此輩智慮短.
　軒冕621)等桎梏,　山林寄蕭散.
　超然洗耳翁622),　千載可與伴.

---

619) 낭묘(廊廟) : 나라의 정치를 하는 궁전. 정전(正殿).
620) 조과(操戈) : 창을 듦. 전의(轉意)되어 싸움.
621) 헌면(軒冕) : 초헌(軺軒)과 면류관. 벼슬을 일컬음.
622) 세이옹(洗耳翁) : 허유(許由)는 요(堯)임금이 자기에게 선양(禪讓)하겠다는 말을 듣자, 귀가 더러워졌다하여 냇

■ 오수역(獒樹驛)을 출발하다.

여행길 오래도록 머무를 수 없어,
계획했던 일정대로 떠나가네.
말잔등에 올라 주인과 작별하고,
문을 나서니 오던 비 그치려하네.
어슴푸레 안개긴 나무 검푸르고,
졸졸 시냇물 흐르는 소리 맑네.
옹기종기 촌마을 이어지고,
둥그레한 들모습 평원하네.
산천이 우리고향 형세와 같아,
홀연 나의 눈이 번쩍 뜨이네.
말끄는 종도 나와 같이 생각한다며 좋아하니,
비유를 잘한 사람 장생(莊生 : 莊子)였지.
이 곳 정경이 이와 같으니,
어찌 내 마음이 동요치 않으리?
앞으로 갈길은 아직도 멀기만 한데,
구름긴 산 이리저리 얽혀있네.
어느 날에 내집으로 돌아가,
담장 아래에서 솔바람소리 들을꼬?

<發獒樹驛>

旅食無久淹,　　征途有常程.
上馬別主人,　　出門雨欲晴.
冥冥烟樹黑,　　泯泯溪流清.
點綴村居連,　　團圓野色平.
山川似吾土,　　使我眼忽明.
羈人喜似人,　　善喩聞莊生.
此地乃如斯,　　焉不動我情.
前路尙杳然,　　雲山復縱橫.
何日歸吾廬,　　垣腹聽松聲.

물에 귀를 씻었다함. 세상의 명리(名利)를 바라지 않는다는 뜻으로 쓰임.

오수 의견비각(義犬碑閣)　　　　　　　의견비각 경내에 있는 공적비

12월 9일

　　빗소리가 밤새도록 그치지 않았다. 금년은 겨울이 유달리 따스하고 이상하다. 지난 달 열흘 이후부터 문득 한 점의 눈도 나리지 않았다. 또 청나라 황제가 붕어하여 안팎이 근심에 쌓였는데, 왕왕 짐을 메거나 짊어지고 서있는 사람[623]이 있다. 천시인사(天時人事)가 이와 같으니 슬프고 기가 막히다. 해늦을 무렵, 비가 오는 것을 무릅쓰고 또 북쪽으로 30리를 가서, 임실현(任實縣)에 이르니, 날이 이미 저물었다. 벽운루(碧雲樓)[624]에 오르니, 정면으로 고덕산(高德山)[625]을 대할 수 있는데 높고 수려하여 좋다. 군관(軍官)인 엄씨(嚴氏)네 집에서 묵는데, 밤에 이세록(李世祿)이 왔다.

---

623) 짐을~서있는 사람(하담이립 荷擔而立) : 하담이립(荷擔而立)은 두려워서 어깨에 메고 등에 짊어고 서있음. 南史』「宋文帝紀」 "魏太武帝, 率大衆, 至瓜步, 聲欲渡江, 都下震懼, 咸荷擔而立, 內外戒嚴, 緣江六七百里, 舳艫相接."

624) 벽운루(碧雲樓) : 『호남읍지』 1872경. 규장각본. 누정(樓亭)조에 " 벽운루는 현(縣)의 남쪽 변두리 1리(一里) 지점에 있다. "는 기록이 있으나, 현재 부전한다.

625) 고덕산(高德山) : 지금 전북 임실군 성수면 삼봉리(三峰里)와 진안군 경계에 있는 산. 임실에서 보면 이산이 불길한 화산(火山)에 해당된다하여 이 고덕산이 보이지 않도록 하기위해 일제때인 1910년 경 임실읍 수정리(樹亭里)일대 나무를 심었다함. 지금은 팔봉산이라 부름.

▣ 벽운루(碧雲樓)

북쪽에 고덕산(高德山)이 있는데, 지극히 험준하고 수려하다.

말타고 유람한지 삼 개월,
여러 고을 누대 돌아봤네.
홀로 겨울해 저물녘에 찾아와,
또 벽운루(碧雲樓)에 오르네.
비 개이자 외떨어진 봉우리 돋보이고,
하늘이 흐려지니 고목나무 그윽하네.
가인(佳人)을 다만 만나볼 수 없으며,
머리 돌려 탕(湯)임금의 훌륭함을 생각해 보네.

　　　<碧雲樓>
　　　北有高德山, 極峭秀.
　鞍馬將三月,　　亭臺遍幾州.
　獨來寒日暮,　　又上碧雲樓.
　雨罷孤峰秀,　　天陰古木幽.
　佳人殊未見,　　回首憶湯然.

▣ 임실현(任實縣)

호남(湖南)이라 오십 고을은,
산과 바다 저마다 절로 빼어나네.
임실현(任實縣)은 유독 그렇지 않아,
독특하게 산과 들사이에 자리하고 있네.
이미 맑고 아늑하지도 않으며,
탁트인 시원한 맛도 없네.
모래벌 사이로 흐르는 시내 실처럼 가늘고,
황량한 산 사방에 우뚝하네.
거주민은 백 여 가호 쯤 되는데,
해마다 기근을 면치 못할까 두려워하네.

관가에 공물(貢物) 바치고 나니,
밥상엔 소금에 저린 포 하나 못 올리네.
광주(光州)와 나주(羅州)에 비교하면,
연못 가운데 돌무더기 같네.
고을은 대소를 막론하고,
번창하고 쇠잔하는 것은 현명한 원에게 달려있네.
백성을 사랑하고 정사에 힘쓰며,
처신을 바르게 해 뇌물에 좌우되지 말아야지.
빈민가에 정성을 쏟으면,
백성의 마음 반드시 아래로부터 나오네.
대다수 백성들의 질병과 고충을,
일일이 진력하여 개선하면,
백성도 또한 자신을 아껴,
감히 형법 어겨 죄짓지 않으리.
농토를 부지런히 가꾸어,
갈고 씨뿌리는 일 조금도 게을리하지 않으면,
상하 모두가 서로 안락해져,
부자되는 건 앉아서 기다리면 되는 것.
사람들에게 풀베게하고 짐승기르게하면,
이미 걱정 근심은 면하게 되리라.
처자들은 굶주리거나 추위에 떨지 않고,
6년간 안락한 생활을 누렸네.
고을 영세하고 천박하다 탓하지 말고,
다만 스스로 정성껏 정사(政事)를 돌보시게.
이글 지어 고을 원에게 충고하니,
내말을 그대는 의심하지 마시게.

<任實縣>
湖南五十州,　　各自擅山海.
任實獨無當,　　特介山野在.
旣不占淸幽,　　又不處爽塏.
沙溪細如線,　　荒山四崔嵬.

居民百餘家,　怕歲未免餒.
官廚供芹薺,　登盤無腊醢.
比諸光與羅,　眞若澤中礨.
邑本無大小,　蘇殘在賢宰.
愛民勤撫摩,　律己不通賄.
精神達蔀屋626), 民情必下採.
凡民所疾苦,　事事卽痛改.
民亦愛其身,　不敢犯刑罪.
勤力服南畝,　耕播不少怠.
上下旣相安,　富庶可坐待.
受人芻牧寄,　旣已免憂悔.
妻孥不寒飢,　安坐享六載.
邑薄非所憂,　但自載采采627).
作此諷主守,　我言不汝紿.

12월 10일

이슬비가 부슬부슬 나리는데 또 비를 무릅쓰고 오원(梧院)628)에 이르렀다. 조반을 마친 후 다시 북쪽으로 10리쯤 가다보니, 바람이 더욱 세차게 불고 눈비가 교대로 나려, 비로소 추위가 느껴져 겨울임을 실감했다. 만마곡(萬馬谷)629)에 이르니, 두 산이 마주 솟아 있고, 중간에 있는 길 하나로 통행하는데 좁고 험해, 심히 술병안을 지나가는 것 같다. 비록 옛부터 일컫는 우물의 벽을 돌아가야하는 것처럼 험한 곳이 있다고 해도 또한 이곳보다 더 하지는 않을 것이다. 조정에서 이미 운봉현감(雲峰縣監)으로 토포사(討捕使)630)를 겸하게 해서, 토포사(討捕使)가 팔랑령(八良嶺)631)을 수비케 했었다. 나의 생각으로는 또 임실(任實)현감으로 토포사

626) 부옥(蔀屋) : 거적때기로 만든 집. 빈민가를 지칭.
627) 대채채(載采采) : 대(戴)는 행하다는 뜻. 채(采)는 일, 사무(事務)를 말함.『서경』「皐陶謨」"乃言曰 戴采采".
628) 오원(梧院) : 지금 전북 임실군 관촌면 병암리에 있는 마을.
629) 만마곡(萬馬谷) : 전주에서 남원을 향해 가자면 반석역(지금 서서학동 전주교대앞)을 지나 객사동(지금 대성동)을 지나 남관역(지금 완주군 상관면 남관)까지의 골짜기를 통칭하여 만마동(만마곡)이라 함. 즉 전주천 상류를 말함.
630) 토포사(討捕使) : 조선 후기 각 지방의 도적을 수색 체포하기 위하여 특정 수령이나 진영장(鎭營將)에게 겸임시킨 특수관직의 하나.
631) 팔랑령(八良嶺) : 팔랑치(八良峙). 지금 전북 남원시 운봉(雲峰)에서 경남 함양(咸陽)으로 가는 사이에 있는 고개.

(討捕使)를 겸하게 하여 이 계곡을 지키고, 남원에 중진(重鎭)을 설치하여 문무에 위세와 명망이 있는 사람이 지켜 서로 성원했다면, 당연히 적을 물리쳐 막을 수 있었을 것이다. 또 40리를 가서 전주(全州)에 이르러, 한벽당(寒碧堂)을 지나며 아래에서 올려다보니, 그 형세가 매우 아득하고 높아 그 승경이 더욱 좋다.

박자룡(朴子龍)의 집에 이르렀다. 나준(羅浚)이 와있었는데 곧 작별하고 가버렸다. 이 사람은 삼연(三淵)에게 조금 배우고는 자칭 기사(奇士)라 했다. 사람됨이 괴이하고 큰 소리를 잘 쳐서, 사람들이 모두 그를 비웃었다. 민자룡이 "근자에 와서 행서(行書)와 초서(艸書)를 배우고는 자신을 청송(聽松)632)에 비유한다(況)"고 하니 더욱 가소롭다. 본 고을 판관(判官) 이보혁 성원(李普赫 聲遠)이 또한 와서 담화하다가, 닭이 울어서야 그만두었다.

■ 겨울비 나리는 걸 노래하다.

> 호남(湖南)지방 겨울비 구질구질 오래도 나리는데,
> 나그네 빗소리에 잠 못이루네.
> 어제 이미 때아닌 비 나리더니,
> 오늘 나리는 비 평상시와 어긋나네.
> 하늘의 처사 본래 편파적이진 않는데,
> 인간사가 음양을 범해서 그런 건 아닌지?
> 금년 겨울 가뭄 길고 눈이 오지 않아,
> 밀과 보리 누렇게 잎마저 말라버렸네.
> 땅속에 스미는 빗물 지맥(地脈)에 통하니,
> 날씨는 차서 땅이 얼부풀어 보리뿌리 상하겠네.
> 금년 농사걷이 이미 큰 흉년 들 조짐있어,
> 삼남(三南)의 백성 반은 떠돌아다니네.
> 남은 사람은 휴휴 근심소리 골짜기를 메우고,
> 다만 내년 봄보리 잘 수확되기만 바라네.
> 내년 봄 보리농사 또 예상할 수 있으니,
> 아! 저 불쌍한 창생(蒼生)들을 어찌 하나?

---

632) 청송(聽松) : 성수침(成守琛 1495~1533)의 호. 본관은 창녕. 조광조의 문인. 성혼(成渾)의 아버지. 글씨를 잘 썼으며 문하에서 많은 석학이 배출되었다.

<冬雨行>

南州臘月雨聲長,　　行子不眠聽淋浪.
昨日之雨旣非時,　　今日之雨尤乖常.
上天號令本不頗,　　無仍人事干陰陽.
今冬天旱久無雪,　　二麥枯萎葉欲黃.
雨水滲土土脈融,　　天寒土凍麥根傷.
今年穡事已大歉,　　三南之民半流亡.
存者嗷嗷憂塡壑,　　只望明春麥登場.
明春之麥又可卜,　　吁嗟柰何乎彼蒼.

12월 11일

아침 일찍 서문 밖에서 가서 이세록(李世祿)과 작별했다. 민지수(閔志洙)와 함께 강필우(姜必遇)집에 돌아왔는데, 즉 지난 번 갔을 때의 주인이다. 이대(李岱)가 왔으며, 윤세관 국빈(尹世觀 國賓)아저씨가 강진(康津)출신의 이언겸(李彦謙)진사와 함께 왔다. 언겸은 언렬(彦烈)의 종제(從弟)이다. 스스로 말하기를 "사는 곳은 백운동(白雲洞)에서 불과 10리 떨어졌다고 한다. 내가 백운동(白雲洞)에서 놀러 갔던 날을 알지 못하여 함께 놀지 못한 것이 깊이 한이 된다."고 했다.

점심 때 신보(信甫)가 또 왔다. 국빈(國賓)이 나를 위해 안주와 과일을 마련하여 자리에 있던 사람들과 함께 먹으며, 내일 아침 일찍 경기전(慶基殿)에 가서 태조의 진용을 배알하기로 약속했다. 국빈(國賓)이 바야흐로 경기전(慶基殿)참봉으로 당직이었다. 감사가 사람을 보내 안부를 물어왔기에, 저녁에 찾아 가서 사례했다. 곡성인(谷城人) 조관하(曺觀夏)가 왔다. 이 사람은 풍감술(風鑑術 : 觀相術)에 신묘함이 있어 10중에 하나도 틀려본 적이 없다고 한다.

12월 12일

신보(信甫)·박지수(朴芝秀)와 함께 경기전에 이르니, 민지수가 또한 와있었다. 국빈(國賓)이 사모(紗帽)633)와 홍단령(紅團領)634)을 갖추고, 전복(典僕)635) 네 사람이 자주색 건(巾)과 붉은

---

633) 사모(紗帽) : 관복(官服)을 입을 때에 쓰던 비단으로 짠 관모(官帽). 일명 오사모(烏絲帽). 처음에는 연(軟)했던 것이나 그 후에 대나 철을 넣어 빳빳하게 펴지게 했다 한다. 처음에는 뒤에 뿔이 없이 검은 끈을 뒤로 내렸으나 명나라와 자주 교통하면서 뒤에 뿔을 달게 됐다고 한다. 지금은 구식 결혼 때 신랑이 머리에 쓴다.
634) 단령(團領) : 이조 때 깃을 둥글게 만든 공복(公服)의 일종. 녹사(錄事), 제학(諸學)의 생도(生徒), 서리(書吏), 별감(別監), 인로(引路), 나장(羅將)등이 입었다. 홍단령(紅團領)은 붉은 색 단령.

옷을 착용하더니, 국빈을 인도하여 서각문(西角門)을 경유하여 들어가기에, 우리들도 그를 따라가 서합문(西閤門) 밖에 이르렀다. 전복(典僕)이 자물쇠를 열고 또 국빈을 인도하여 경기전 안으로 들어가기에, 우리들은 합문(閤門)밖에 서서 조금 기다렸다. 경기전 중간 남향에 어실(御室) 일간을 만들었다. 조각한 대들보와 붉은 기둥을 사용했으며, 아래를 돌로 벽돌처럼 쌓고 백회(白灰)로 발랐는데, 그 중앙에 진용(眞容)을 봉안했다. 앞에 붉은 색깔의 발을 늘어뜨리고, 좌우에 주홍색 융(絨)으로 만든 끈을 금(金)고리에 매달아놓았다. 국빈이 어실(御室) 서쪽에 친히 서 있고, 전복(典僕)들이 남합문(南閤門)을 활짝 열었으며, 또 2인이 고리를 당겨 발을 걷어 올리고는, 비로소 우리를 부르기에 들어갔다. 제왕(帝王)의 의표(儀表)636)와 용안(龍顔)의 신령(神靈)한 광채가 빛나고 빛나 감히 우러러 볼 수 없었다. 왼쪽 눈썹언저리가 약간 들뜬 기미가 있는데, 대개 풀로 배접한 것이 세월이 오래되어, 초지(綃紙)가 서로 붙어 있지 않은 것이 자연 이와 같이 된 것이니, 이것은 변이(變異)가 아니다. 민간에서 이에 대해 해괴한 말들이 많이 나도니 한탄스럽다. 동쪽으로 10여보 별전(別殿)이 있어 어연(御輦)·어산(御傘)·어도(御刀)를 살펴보았다.

　동각문을 거쳐 후원에 들어서니, 그 나무중에 떫은 감나무(柿漆)가 많았다. 전복이 "여름철에 풀이 사람 키 높이로 자라도 절대로 벌레나 뱀 같은 것이 없고, 비록 장마가 졌다 개어도 개구리 울음소리를 들을 수 없다."고 하니, 또한 지극히 이상하다. 북쪽으로 수십 보 지점에, 우쭉 자란 대나무가 하늘로 치솟아 있어 어둠침침하고 청랭(淸冷)한 것이, 별경(別景)앞으로 나아가는 것 같으니, 밖으로부터 바라보면 즉 감춰져 있어, 끝내 이곳에 이런 아름다운 정취가 있는지 알 수가 없다. 또 어정(御井)을 살펴보고 돌아와 재실(齋室)에서 식사를 했다.

　이언겸(李彦謙)이 돌아가고 다시 국빈(國賓)과 신보(信甫)와 함께 남문으로 나가, 회경루(會慶樓)637)에 올라 시장을 바라보니, 수 만인이 모여 서 있는 것이 한낮의 종로(鐘路)거리와 같았다.638) 잡화가 산적해 있는데 평량자(平凉子)639)와 박산(薄散)이 그 반을 차지했다. 박산유초나(薄散油炒糯)640)는 쌀밥과 엿을 조합해서 만든다. 목판(木板)으로 종이처럼 고루 얇다랗게 눌러, 네모나게 잘라 점점 타원형으로 하여, 네댓 조각을 겹으로 쌓아 하나의 떡을 만든다.

---

635) 전복(典僕) : 해당 관아(官衙)에 딸린 종.
636) 일표(日表) : 제왕(帝王)의 의표(儀表). 일(日)은 왕(王)을 뜻함.
637) 회경루(會慶樓) : 지금 전주시내에 있는 풍남문(豊南門)에 회경루(會慶樓)라는 현액이 성안쪽으로 붙어있었으나, 관찰사 서기손에 의해 '호남제일성(湖南第一城)'이라는 현액으로 바뀌어 현재까지 걸려있음.
638) 담헌 다음세대 이중환(李重煥)의 『택리지(擇里誌)』전라도(全羅圖)조에도 전주가 서울과 다름없는 대도시라고 서술하고 있다. "府治人物稠衆, 貨財委積, 與京城無異, 誠一大都會也."
639) 평량자(平凉子) : 패랭이. 대나무를 쪼개서 만든 갓. 신분이 낮은 사람과 상주(喪主)가 썼다.
640) 유초나박산(薄散油炒糯) : 전주에 거주하는 김종진 박사(金鍾振 博士)는 지금 '다시다'라고 불리는 것이 유초나(油炒糯)를 가리키는 것 같다고 하며, 알록달록하게 고여 좀 잘 사는 집 환갑이나 결혼잔치상에 차린다고 한다. 지금은 와전되어 '밥산'이라 불리기도 한다.

공사(公私)의 잔치와 고임상에 차려 쓰는데, 오직 전주사람들이 이것을 잘 만들었다.

경기전내 나무

경기전 태조대왕 진용

풍남문(豊南門). 일명 회경루

부인(婦人)은 모두 다리를 틀어올린 머리(高髻)를 하거나, 혹 파란 색 보자기(靑布)를 머리에 둘러쓰는 사람이 있다. 호남지방 풍속에 대저 머리에 청포를 둘러쓰는 것을 좋아하는데, 영하(嶺下)[641]지방이 더욱 심하다. 윤효언(尹孝彦)이 그린 화권(畵卷)에, 머리에 두건을 두른 농촌여인이 나물캐는 상(像)[642]이 있는데, 이것과 지극히 닮았다. 나의 시에 "머리에 무늬 두건 두른 앞마을 아낙네."[643]라는 시구(詩句)는, 대개 이와 같은 호남의 풍속을 본 바를 읊은 것이다. 방옹(放翁 : 陸游의 號)이 「입촉기(入蜀記)」에 "이릉(夷陵)[644]의 여자(女子)가 모두 푸

---

641) 영하(嶺下) : 노령(蘆嶺)이하를 가리키는 것으로 보임.
642) 견본담채(絹本淡彩). 공재(恭齋) 윤두서(尹斗緖)의 후손 윤영선(尹泳善) 소장. 또 이와 유사한 그림으로 윤두서 (尹斗緖)의 손자 윤용(尹愹)이 그린 「협롱채춘(挾籠採春)」이 간송미술관(澗松美術館)에 소장되어 있다.
643) "반포말두전촌녀(斑巾帕頭前村女)"라는 싯구는 『두타초』 「남행집」 <남당가(南塘歌)> 기오(其五)에 있다.

른 무늬 두건을 머리에 둘렀다."645)고 했으니, 촉(蜀)나라에도 또 이런 풍속이 있었던 것이다. 아동들이 더욱 좋아하여 애용했다.

평량자

다리머리

윤두서의 '나물캐기'

윤용의 '나물캐는 여인'

644) 이릉(夷陵) : 지금 중국 호북성 선창현(宜昌縣) 동쪽.
645) 육유(陸游) 「입촉기(入蜀記)」, 『육방옹전집(陸放翁全集)』上, 中國 世界書局, 民國七六, p.294. "其中有女人, 皆 以青斑布帕首."

일찍이 호남인들에게 삼불여설(三不如說)646)이 있다는 말을 들었다. 소위 여자가 남자만 못하다(女不如男), 배가 무우만 못하다(梨不如菁), 꿩이 닭만 못하다(雉不如鷄)는 것이 그것인데, 그것을 경험해보니 과연 그러하다. 귀로에 민지수(閔芝秀)에게 들렀다가, 또 김용겸(金用謙)647)이 귀양살이하는 곳에 들렀다. 돌아오다 박자룡(朴子龍)의 집에 들렀는데, 조관하(曺觀夏)가 와서 나의 관상을 보고 "눈썹끝에 선 같은 흰 기미가 있는 것을 보니 반드시 형제의 상(喪 : 憂)을 당하는 일이 있을 것이외다."라고 말했다. 등불을 켜야할 때 쯤 되어 박용수(朴龍秀)의 편지를 통해 재중(載中)이 이달 3일 한질(寒疾 : 毒感)을 얻어 일어나지 못했다는 소식을 접했다. 얼어붙은 호수에서 이별이, 문득 옛날 얘기가 됐으니, 나도 모르게 애간장이 끊어지는 아픔을 느꼈다.

12월 13일

자룡(子龍)과 국빈(國賓)한테 작별하고 일찍 떠났다. 삼례역(參禮驛)에서 점심을 먹었다. 다시 동북쪽으로 40여 리를 가서 여산(礪山)에서 잤다.

12월 14일

식사를 마치고 20여 리를 가서 호곡(狐谷)648)에 머물며 말먹이를 먹였다. 다시 동쪽으로 25리 가서 연산(連山)에 이르렀다. 김씨에게 시집간 누나가 재중(載中)이가 죽을 때의 모습을 상세히 설명해주니 더욱 통절하다.

강희(康熙)황제가 죽은지 4일이 되었는데 비밀로하고 발표하지 않았으며, 유조(遺詔)에 따라 네 번 째 아들이 황제가 되었다. 14왕은 지극히 영민하고 용맹하여 바야흐로 15만 병사를 거느리고 서변(西邊)으로 가 있어, 인심은 머지 않아 내란이 일어날 것이라 두려워하고 있다

---

646) 삼불여설(三不如說) : 현재 전주에는 사불여설(四不如說)이 전래하고 있다. ①반불여리(班不如吏 양반이 아전만 못하다) ②기불여통(妓不如通 기생이 통인만 못하다) ③이불여정(梨不如菁 배가 무우만 못하다) ④주불여효(酒不如肴 술이 안주만 못하다)이다. 『전주시사』, 1986, p.613 참조. 그 중에 담헌시대와 일치하는 것은 '이불여정(梨不如菁)' 하나뿐이다. '기불여통(妓不如通)'은 기생(妓生)이 통인(通人)만 못하다는 말인데, 전주지방이 통인은 기생의 요염한 미모와 교태보다 재주와 수작이 뛰어나 귀족고관 밑에서 총애를 차지하고 기세를 부렸으며, 전주대사습(全州大私習)도 통인(通人)이 주관했다고 홍현식(洪顯植) 전 전북대교수는 설명해준다.

647) 김용겸(金用謙 1702~1789) : 조선. 문신. 자(字)는 제대(濟大). 호는 교교재(嘐嘐齋). 본관은 안동. 창집(昌緝)의 아들. 1722년 신임사화 때 백부 김창집(金昌集)이 사사될 때 전주에 유배됨. 1725년 해배되어 박필주(朴弼周)에게 수학함. 고악(古樂)의 제도나 악률이론(樂律理論)에 해박했을 뿐 아니라 실제 악기 다루는 방면에도 상당한 조예가 깊었다. 박연암 일파(朴燕巖 一派)의 풍류악회(風流樂會)에서 그가 장석(丈席 : 尊丈)으로 예우를 받았다. 장악원(掌樂院) 제조(提調), 공조판서을 역임.

648) 호곡(狐谷) : 지금은 호곡(虎谷)이라 쓰며 '범골'이라한다. 지금 충남 논산시 연무읍 고내리에 있는 골짜기.

고 한다. 이치(李琩)가 고산(高山)으로부터 와서 함께 잤다.

12월 15일

아침 일찍 옷을 입고 식사를 마친후 김진옥(金鎭玉)어른과 작별했다. 출발하려고 하는데 군혁(君赫)의 무리가 왔다. 함께 연산현(連山縣)의 서쪽으로 가서 개태사(開泰寺)에 있는 옛날 가마솥을 보았다. 순전히 쇠로 주조했는데, 형태가 바른 원이며 크기가 40위(圍)649)는 되겠다. 점점 아래로 내려올수록 솥의 몸통 둘레가 조붓해져 솥아가리 둘레의 반 정도된다. 가뭄이 드는 해에 대략 옮겨놓으면 문득 천둥이 치고 비가 나린다고 한다.

조금 동쪽으로 10리 가서 두기주점(豆歧酒店)에서 식사를 했으며, 김만탄(金萬坦)을 만나 뇌절(腦癤)에 침을 맞았다. 김만정(金萬程)이 또한 왔는데, 즉 김비(金棐)의 아우인 규(槻)의 손자이다. 또 남쪽으로 20리를 가노라니 눈발이 날린다. 또 동북쪽으로 20리를 가서 회천(懷川)에 이르렀다. 등불을 켜놓고 송씨에게 시집간 누나와 함께 송선생이 귀양살이하는 모습을 얘기하며 서로 탄식했다. 송필희 문경(宋必熙 文卿)650)이 그 두 아우와 함께 왔다. 신보(信甫)와 함께 오정(梧井)651)에 도착했는데, 먼저 송촌(宋村)652)으로 향했다. 이경(二更) 후에 비로서 돌아와 함께 대화했다.

제월당서원 터에 건립한 취백정(翠白亭)

현암사 원경

---

649) 위(圍) : 위(圍)는 한 아름이라는 뜻과 다섯 치라 뜻을 가지고 있다. 실제 개태사의 철확의 크기로 볼 때, 여기서 위는 다섯치로 보아야한다.
650) 송필희 문경(宋必熙 文卿 1675~1744) : 자(字)는 문경(文卿). 호는 추포(秋圃). 직장(直長) 정읍(井邑)현감을 지냄.
651) 오정(梧井) : 지금 대전광역시 대덕구 오정동.
652) 송촌(宋村) : 지금 대전광역시 대덕구 송촌동.

대전광역시 읍내동에 남아 있는 '제월당 송규렴'의 생가　　대전광역시 송촌동에 있는 '동춘당 송준길'의 고택

12월 16일

송필항 원구(宋必恒 元久)653)와 그 아우 필관(必觀)이 왔다. 송하시(宋夏時) 첨지(僉知)654)가 또 왔다. 식사를 끝내고 송씨에게 시집간 누이와 작별했다. 문경 집중(文卿 集仲)에게 들리니, 달보(達甫)도 자리에 함께 있었는데 술을 내어 서로 대접했다. 다시 북으로 30리 가서 미호(渼湖)655)에 이르러, 제월당서원(霽月堂書院)656)을 배알했다. 누대앞에 앉아 강물을 바라보니, 강 서쪽의 여러 산이 또한 수려하고 높다. 현운암(懸雲庵)657)이 산꼭대기에 있어 바라보니 아득하다. 송하정(宋夏楨)이 감과 대추를 가지고 왔기에 먹었다.

형강(荊江)을 건너 문의현(文義縣)658)에 이르러 점심을 먹었다. 신보(信甫)가 이곳에 와서 또 작별하고 돌아가니, 나그네의 회포가 자못 사납다. 황혼녘에 청주에 이르러 또 이수홍(李壽弘)의 집에 묵었다. 목사(牧使)인 정혁선 현보(鄭赫先 顯甫)가 오고, 영장(營將)이 또 와서 밤늦도록 담화하다가 돌아갔다. 이날 눈이 좀 나렸다.

---

653) 송필항 원구(宋必恒 元久1675~1730) : 자(字)는 여구(汝久)와 원구(元久)를 씀. 숙종 갑오년(1714년)에 문과에 합격. 집의(執義).
654) 송하시(宋夏時 1676~)첨지(僉知) : 자(字)는 여행(汝行). 용양위 부호군(龍陽衛 副護軍). 경복궁 오위장(景福宮 五衛將). 동지오위도총부 부총관(同知五衛都總府 副總官).
655) 미호(渼湖) : 지금 대전광역시 대덕구 미호동. 대청댐과 신탄진 사이 강기슭에 있음.
656) 제월당서원(霽月堂書院) : 미호서원(渼湖書院)을 지칭함. 지금 대전광역시 대덕구 미호동(옛 신탄진읍 미호리)에 있던 서원. 1718년 (숙종 44년)에 지방유림의 공의(公議)로 송규렴(宋奎濂)의 학문과 덕행을 추모하기 위해 창건하여 위패를 모셨었다. 그러나 1871년 대원군의 서원 철폐령으로 훼철되었으며 복원하지 못하고 서원터에 취백정(翠白亭)이 남아있다.
657) 현운암(懸雲庵) : 지금 충북 청원군 현도면(賢都面) 하석리(下石里)에 있는 정상 가까이에 있는 절로, 전에는 현사(懸寺)로도 불렸으며 현재의 절이름은 현암사(懸岩寺)이다. 구룡산을 배경으로 하고 있으며, 대청호를 내려다 볼 수 있는데, 옛부터 문의(文義) 팔경(八景)에 '현사만종(懸寺晚鐘)'을 들고 있다.
658) 문의현(文義縣) : 지금 충북 청원군 문의면.

12월 17일

타고 다니던 나귀가 발병이 나서 청주에서 체류했다. 신영승(申永昇)형제가 오고, 최태제(崔泰齊)가 또 왔다. 병영(兵營)659)의 심약(審藥)660)을 맞아들여 또 뇌절 때문에 침을 맞았다. 식사후 영장(營將) 이경지(李慶祉)가 왔기에 대전(大篆) 몇 장을 써주었다. 오후에 이춘무(李春茂)군이 왔다. 저녁에 근민헌(近民軒)에서 들어가 현보(顯甫)와 함께 잤다. 영장(營將)이 또 왔다가 밤이 깊어서야 돌아갔다.

12월 18일

현보(顯甫)가 말을 빌려줘서 북문루(北門樓)661)에 이르러 좀 앉아 있는데, 신영승(申永昇)이 와서 작별했다. 송진중(宋鎭重)이 또 왔는데, 이는 천곡(泉谷)662)선생의 후손이다. 또 북쪽으로 50리 시냇가에 이르러 집안 소식을 들었다.

---

659) 병영(兵營) : 충청병마절도영(忠淸兵馬節度營). 지금 청주시 남문로 1가 92번지일대로 당시의 병영정문인 2층 문루(門樓)가 남아있음. 여기에 청녕각(淸寧閣)이란 현판이 부착되어 있어 그렇게 알려져 왔으나, 1987년 역주자가 청녕각(淸寧閣)이 아니라고 고증했다. 역주자의 주장을 수용하여, 충청북도 문화재위원회에서는 지금 청원군청사(淸原郡廳舍) 바로 뒤에 있는 동헌(東軒)을 청녕각(淸寧閣)으로 규정하고, 1988년 현판을 그 건물로 옮겨 달았다.
660) 심약(審藥) : 궁중에 바치는 약재(藥材)를 조사하기 위해 8도에 파견되는 종 9품의 벼슬로 전의감(典醫監)·혜민서(惠民署)의 의원중에 선임하였다.
661) 북문루(北門樓) : 청주읍성의 북문이었던 현무문(玄武門)의 문루(門樓)을 가리키나, 일제시대인 1914년 도시정비사업이라는 미명하에 철거되었다. 그 자리에 1995년 "문화사랑모임"이라는 사회단체에서 유허지임을 알리는 표석을 세웠다.
662) 천곡(泉谷) : 송상현(宋象賢 1551~1592)의 호. 본관은 여산. 1591년 동래부사가 되었으며, 이듬 해 임진왜란이 일어나 적군이 동래성에 임박하자 성안의 군사를 이끌고 항전했으나, 성이 함락될 무렵 조복(朝服)을 갈아입고 단좌(端坐)한 채 적군에게 살해되었다. 이조판서, 찬성(贊成)에 추증되었다.

原　文

「南行記序」

宋乾道中, 陸務觀爲夔州通判, 自吳入蜀, 舟溯大江五千餘里. 其所經歷者, 若太湖·庭之汗漫, 三竺·六橋之佳麗, 建業·石頭之形勝, 匡廬·九華之奇秀, 瞿塘·三峽之險怪, 無非天下瑰偉特絶之觀也.

凡其間, 郡邑·市朝·琳宮·道觀·古今之勝蹟, 與夫人民謠俗·風土·物産, 無不畢書, 作入蜀記. 余嘗愛, 其考據精博, 文章高簡, 不甚經思, 信手寫去, 而自有一段澹逸之氣, 超出筆墨蹊逕之外, 初無意於求工而其工, 自然如此. 若使務觀有意求工, 稍涉矜持, 則雖欲如此, 其可得乎? 故作文之道常在有意無意之間, 不期工而自工, 然後, 方可爲天下之眞文也. 袁少修曰 : "歐公之歸田錄·東坡之志林·放翁之入蜀記, 皆無意於工而工者, 此所以爲天下之眞文也." 其言豈不信哉?

去歲, 十月, 余南下康津往返, 不過二千里, 且其山川淺薄, 邑里蕭條, 無有瑰瑋特絶之觀, 雖有務觀之文, 固無足以發揮之也, 況余之拙文哉. 然雪中嘗入天冠, 臨南海, 望漢拏, 亦不可不謂之壯觀也. 恨余又無務觀之文, 不能摹寫其勝如務觀之入蜀記也. 雖然, 余之南行記, 亦直據沿途之所見聞, 不復經思, 信手寫去. 自謂頗學務觀, 而或未免間有有意矜持者, 此余文之所以終不能工也. 嗚呼, 使務觀者爲之, 其必有可觀也夫.

「南行集序」

詩無論聲調高下字句工拙, 其寫境也眞, 道情也實, 斯可謂之天下之好詩也. 李杜之後, 如白樂天蘇子瞻陸務觀 諸人之詩, 其聲調, 未必盡高, 字句未必盡工, 然 亦未嘗寫不眞之境, 道不實之情, 使人讀之, 眞若身履其地, 而面承其言也, 蓋亦天下之好詩也. 故余嘗曰 : "作詩正如畵工之寫眞, 一 毛 一髮, 無不肖似, 然後, 方可謂之寫其人矣. 苟或一毛一髮, 不能肖似, 則 雖極丹靑工, 而神情便不相關, 其可謂之寫其人乎?" 王安道曰 : "文章當移易不動, 愼勿與馬首之絡相似", 正余此意也.

余南行往返三月, 得詩, 凡二百五十餘首, 只書其山川風土之異, 霜露時序之變, 羈旅道途之感而已, 不復區區於聲調字句之間也. 雖不敢自謂寫境也眞, 道情也實, 亦不至一毛一髮全不肖似, 後之讀者, 庶可因詩, 而想見南土之大槪焉. 遂名之曰南行集, 因爲序.

313

「南遊錄」

壬寅春正月, 玉吾宋先生言事謫康津. 余送至果川, 約以九月往候. 余又寄一詩曰 : " 康津應不如天遠, 屈指吾行趂九秋." 至期, 奴病, 不果.

十月初, 南歸金溪, 治行數日, 將發, 李必萬君一, 亦有事于礪山・高敞, 乞附行, 與之, 期會淸州.

十三日

早行, 至淸州, 館于州吏李壽弘. 君一來, 行坤兄亦來. 牧使 鄭赫先顯甫累伻相邀, 夕往謝之, 同宿近民軒.

十四日

顯甫力挽, 留淸州. 朴君敏雄, 聞余有遠役來別, 穩話終日. 是夜月如晝, 顯甫治酒相待, 大張伎樂. 營將李慶祉亦來, 慶祉月山大君裔孫也. 風月亭遺稿至今藏于家云.

十五日

別顯甫, 行至文義縣. 午飯, 晚渡荊江, 水淸見底白沙, 翠壁映帶左右, 正當秋冬之際, 景物尤覺蕭瑟. 有賣訥魚者, 以銅錢八枚, 易之. 又南三十里, 日黑, 至懷川.

十六日

苦腦癤, 留懷川, 宋必勳集仲・其弟必兼達甫來.

十七日

午後, 往見宋鎭川持卿. 是日, 微雨, 晚晴.

十八日

宋堯和春囿來, 集仲兄弟亦來, 劇談終夕. 聖章設軟泡, 與座人, 共之. 宋必�輝仲來, 同宿.

十九日

腦癤不減, 偸針. 又苦客懷, 忽忽殊可悶也. 讀牧隱文, 演迤深厚, 絕無東人淺薄之氣, 可喜. 但指空・懶翁兩僧碑語, 多誕妄. 牧隱游學中州, 頗聞虞伯生・歐陽元功輩緖論, 而沈溺禪旨, 不能自拔, 其有愧於圃隱多矣.

二十日

往持卿宅, 穩話. 夕持卿亦來謝.

二十一日

往慰宋必復, 歸路, 見宋監役夏明. 此丈年已七十, 貌髮比二十年前, 不殊, 極可異也. 但飲酒少減云. 飯後, 行四十里, 至豆歧. 雞龍翠色來撲馬鞍, 令人不覺欣然, 倍憶, 往歲, 與君赫輩, 往游龍湫, 臨水喫紅柿事也.

少憩酒店, 秣馬, 又西十五里, 爲開泰寺舊址. 諺傳, 麗太祖欲伐甄萱, 以全州地形似鼓, 建寺, 壓之, 全州, 三日, 天地昏黑不辨云.

酉時, 至連山. 金安東伯溫鎭玉丈, 方寅縣下, 直抵其家. 與德祖圍燈談笑, 姊氏相良輩俱在座, 宛如京漢, 此亦客中好事也. 君赫與其侄始增, 自金谷來, 夜已二鼓矣.

二十二日

腦癤又苦, 留連山, 送君一, 先往礪山, 邀金生萬坦, 試針. 萬坦金察訪裴孫也. 飯後, 君赫輩亦歸.

二十三日.

又受針, 試蚯蚓炙. 午後, 金丈來打話, 金掌令壿亦來. 罷官後, 不復還鄉, 欲與金丈結隣居此也.

二十四日

金丈來穩話. 夜金丈又來, 鷄鳴而去.

二十五日

金萬坦又來, 試針. 作家書, 付萬坦京行.

二十六日

朝微雨, 晚晴. 束裝, 欲發去, 爲金丈苦挽, 不果. 午後, 往慰金仁同遇華, 卽壞父也. 歸見金丈. 金丈云: " 甲寅間, 有人言尤翁曰 '許穆主告廟之論甚力' 尤翁笑曰 '許穆在漣川, 戴平凉子, 婆娑林下, 山鳥出入懷袖間不去, 其無機心如此, 何必謀殺我耶 ?' 以此觀之, 許亦異人也."

夜, 金丈來言: "南應敏內浦人也. 與沈器遠親密, 嘗客于沈家. 私其婢爲妾後, 忽逃去, 不與相通. 一日在李尙州恢家, 夜觀天文, 大笑曰 '受之走矣.' 受之器遠字也. 數日, 沈之敗報果至. 昭顯世子喪時前一月, 忽來李家, 索弊布袍, 斬其兩袖去, 人皆怪之. 成服日, 南指所着白笠曰 '此乃家弊袍袖也.' 其前知類此. 後終安興僉使."

又言："宣廟末年, 惡聞群下論建儲事. 諸公莫敢發, 松江約西崖登對, 力請之. 至上前, 松江先爲發端, 上不應, 西崖終不繼之, 仍罷出. 李山海時爲首相, 先聞松江有此議, 寅緣金公亮密通于內, 上固已聞之矣. 未幾, 松江有江界之命云."

二十七日

發連山, 西行十里, 逢君一, 盖念余病來也. 遂同行至礪山, 日未沒矣. 府使 申命擧聞之來見. 其弟命相亦來. 此地出名酒湖山春. 自此爲湖南界.

二十八日

早行, 至參禮驛, 午飯. 山川風氣與湖西迥異, 便似別域. 古人云："百里不同風." 非虛語也. 有亭在驛南五里許. 前臨大野, 眼界似極爽豁, 未知爲誰氏亭也. 後聞之, 乃飛飛亭也, 恨不能登眺也.
又南東三十里, 至全州. 暫憩拱辰樓, 自西城迤至南門外, 朴子龍所寓. 其從弟 奉化縣監 朴師漢季良亦自奉化至, 相對穩話. 子龍已卜阡于錦山, 將以十一月九日 啓壙云. 夜與季良·羅州人羅晚遇同宿. 羅精於堪輿術, 子龍方要置其家. 閔向叔弟志洙來.

二十九日

留全州, 李岱僉知, 從監司黃爾章令公來, 營中聞之來謁. 飯罷, 偕閔君往謁慶基殿. 殿在南內, 處勢寬敞, 殿宇華靚, 遠勝永禧殿. 西有御井, 深可數十尺, 甃石爲之, 以鐵作盖. 城內水泉, 味皆惡, 此最佳爲第一云. 別殿在其東, 亦丁字閣. 正殿或有故, 移奉御容于此. 常時藏輦輿繖盖等物, 庭除甚廣. 左右列植八九株老松, 枚幹蟠屈如虯龍拏攫, 極奇物也. 余顧謂閔君曰："此足償脚債也." 閔君亦笑. 御苑多古木, 又有脩竹挺立, 其間望之, 翠色鬱然. 是日, 參奉皆不在, 不得瞻拜御容, 可恨.
復循舊路出南門, 又東三里許, 至寒碧堂. 石壁臨溪水, 陟立架屋, 其上欄楯皆懸空, 縹緲極危. 絶下爲閣道, 宛轉以上, 南對南高寺, 東臨萬馬谷, 卽甄萱築城處也. 殊不勝俛仰感慨之意. 閔君曰："俗傳, 甄萱創行宮于北峯頂中間, 架鐵橋, 以便往來, 至今, 土人仍舊址立叢祠, 往往祈禱有應云." 閔君·李僉知持酒果來饋, 腦癰未快, 戒不飲.
又過前溪, 向南高寺, 至山半, 寺僧持籃輿來. 登輿又數百步, 上萬景臺, 卽寺前小峰也. 頂有巨石, 天然作臺, 氣象潤遠. 俯覽全州府內千家撲地, 烟樹微茫. 西望平野, 極目無際, 海上群山奔騰馳驟, 勢若萬馬飲水. 邊山最大, 　如臥牛, 古群山數峯奇秀特出, 尤可愛. 天際微白如橫練. 僧輩以手指曰："此南海也." 柳子厚所謂 "繚青拖白, 尺寸千里"者, 尤覺其妙也. 晚後, 風力稍勁, 下臺入寺. 寺陋甚, 僧亦頑俗, 無可語者. 或有誦圃隱詩 "靑山隱約夫餘國, 黃葉繽紛百濟城." 一聯, 甚佳.

316

歸路, 少憩萬化樓. 至閔君草堂, 坐飯頃. 又過子龍, 聞監司過余寓不遇而去. 夕飯已, 入謝監司, 出看果相對, 饌品極精潔. 打話, 至二鼓, 乃還. 本營 中軍 鄭文彬僉知來, 要金醫試針, 卽閔君門客, 名振鐸.

十一月 一日

早飯, 發全州, 閔君・李僉知俱來, 過子龍告別. 又過閔君, 書示所次圃隱韻. 行三十里, 至金溝縣. 主守 林退伯丈累伻相邀, 入候于鳳城館, 林丈喜甚, 促膝穩話. 雲峰縣監 朴重圭差武試官, 往金堤, 亦來. 此人癡駿, 極可笑, 不見者, 幾十餘年. 鬚鬢皤然, 習性猶未改, 言多狂誕, 令人頗有反省意. 孔子曰: "見賢思齊焉, 見不肯內自省焉." 正指此等而發也.

北有小閣扁曰凝香. 臨方池, 中植芙蓉, 還以脩竹老柳, 不無幽致. 若當春夏之際, 花紅柳綠, 亦足納涼賦詩也. 稍西數十步, 有泝濂堂, 不知創在何時. 壁有徐四佳・朴訥齋詩板, 亦見其古也. 前開小池, 竹樹四周, 亦自可喜. 繚以土垣, 垣北有小岡, 環拱如帶, 松樹被之. 訥齋詩云: "池分西北寒光戰, 山擁東南爽氣侵, 風約　盤輕勃勃, 烟吹松黛遠森森."者, 盖謂此也, 語頗奇杰. 又有澤堂 "圖書粗粕匪心傳, 廬岳溪源未可沿, 看取此中眞氣象, 滿天明月一池蓮." 一絶, 亦可諷. 夜觀伎中有曺禮卿所私者, 名翠貞云.

二日

同林丈遊金山寺, 其子象九亦從焉. 出東門, 南行五里, 歸信寺僧已持輿來候. 騎輿, 行一里許, 溪谷窅深, 石上泉聲, 琮琤可聽. 又二里, 迤南過一嶺, 行叢篁古木中. 又東轉, 數百步, 至歸信寺, 亦巨刹也. 但居僧少, 荒落殊甚. 佛殿扁曰大寂光殿, 奉五座金軀, 極雄偉. 東有香爐殿, 主僧適出, 佛前爐香未爇. 蒲團經卷, 頗有塵外想. 寺中泉, 味亦腥澁不佳. 大抵南來者, 常苦瘴疾, 水泉之崇爲多也.

出寺, 又過溪, 登輿, 西行從山腰, 迤邐而上磴道, 頗峻. 臨眺海上諸山, 極快爽, 猶不及萬景之通豁也. 路出峰顚, 愈上愈巇. 僧輩五步一遞, 喉中作鉅木聲, 覽之惻然. 度絶頂, 路又傾仄勢直下, 藍輿前低後仰, 如將墜, 甚覺危怖. 遍山皆竹箭. 盖自縣封植, 而每歲爲營將斫取, 盡私用, 一枚不入官. 然僧徒, 辛勤看護, 猶恐獲罪. 近日外方事, 靡不爲弊, 至及山僧, 殊可歎也.

寺前水石粗堆, 入目. 少憩樹下, 老僧四五人來迎. 至寺, 廊寮頹破, 敗瓦腐榱, 大類吾家空林寺, 末運之害不獨吾儒一脈而已. 四天王貌極猙獰, 佛殿亦壯麗. 稍東有彌陀殿, 谿谷詩板在焉. 又東十許步, 爲三層閣, 中奉丈六佛三軀, 高皆數十丈. 曾見俗離山法住寺亦有丈六佛, 其高不下四五十丈. 意者, 造像者務極壯大, 而不復以丈六爲準也. 僧曰: "新羅慈藏禪師所建." 輿地勝覽云: "甄萱刱是寺." 未詳孰是. 但寺後, 有世德王師眞應大師碑, 世德新羅王號也. 以此觀之, 自羅時, 已有此寺矣. 中立者, 爲彌勒佛, 純鐵鑄成, 下用二鐵鐥, 承趺以石甃, 其外須費累鉅萬, 可作此,豈不壯哉? 四周鑿池, 以備火, 古人作事深慮, 盖如此. 如來舍利臺在其北. 築以練石, 極方正. 四隅立四小鬼, 擎之, 制作精巧. 上爲浮屠, 藏舍利, 前立一小塔. 東西有二檜, 亦三四百年物也. 世傳, 如來舍利來東國者三, 一安五臺山, 一安梁山通道寺, 與此爲三也, 未知其信否. 臺東百步許, 有眞應碑, 文字剝落, 不可讀. 又有逍遙堂景悅碑, 白軒李相國所撰也.

西碑殿僧懷瓊來謁, 稍識文字, 可與語. 聞山中多名菴, 亦有韻僧, 日暮未暇往. 夕飯設軟泡. 夜宿東寮, 房宇, 雖不甚潔, 佛燈禪榻, 與僧輩, 談山中故事, 意思翛然, 塵念頓消, 比之昨宵, 又是一番境界, 而其熱鬧清淡, 不翅天淵也.

三日

別林丈, 早行二里, 至龍湫. 石微側, 水流其上, 成激湍. 承以小泓, 深可數丈. 僧云: "有時雷雨, 龍自潭中騰天, 野人多見之, 歲旱, 自官禱之, 輒應."

午刻, 至泰仁縣, 登覽披香亭, 信名亭也. 柳近爲縣監, 重修, 丹彩煥然. 但時際深冬, 敗荷折葦, 景物蕭索, 恨不能値, 菡萏盛開, 倚欄披襟玩游儵也. 東爲崔孤雲遺址, 有流觴臺. 又有書院, 扁以武城云. 壁有佔畢齋一絶. 下句云 "千載吟魂何處覓, 芙蕖萬柄萬孤雲." 語意極妙. 石川"白露滴紅蓮", 一語亦佳. 淸陰·文谷亦有詩板.

夕宿井邑縣. 夜夢至家, 覺來隣鷄喔喔, 但聞櫪馬吃枯箕有聲, 客懷殊作惡也.

四日.

早至泉源驛. 笠巖城在驛南十里許. 山勢極峻, 粉堞縹緲, 上接雲霄, 實南路雄關也.

飯已, 行一里, 與君一分路. 又五里, 至蘆嶺. 路頗險, 視關東諸嶺, 可謂康莊也. 舊傳, 長城有妓, 名蘆. 極姝艷, 一李生翰林奉使來, 蠱惑不返, 死與蘆, 同葬嶺下. 故蘆領之稱, 盖以此云.

過嶺, 氣候頓異. 草色尙靑, 溪煖無水, 如二月天氣. 終日, 行荒峽間, 黃茅苦竹, 彌望無際. 泉聲激激, 甚悲, 令人意不佳也. 至古長城, 野色開曠, 村居臨水, 竹籬茅屋, 掩映如畵, 信佳處也. 又南十里, 爲靑巖驛, 亦有巖澗竹樹之勝, 居民, 比古長城, 尤多也.

五日.

發長城, 早行, 路出古木中數里乃盡. 朴始燝爲府使. 周遭植赤楡, 鬱然成林. 中通官道, 想夏月綠陰如屋, 殆不知炎熱之苦也. 官居亦淸勝. 白巖山一脈奔騰西來, 爲主峯, 極娟妙. 前開平野, 大溪自北注之灣環, 如帶. 人烟竹樹, 葱朧隱映, 令人欣然, 有卜居之意. 馬上見瑞石山, 高出天半, 氣勢雄偉. 但烟靄空濛, 未能了了見眞面也.

至羅州北倉村, 午飯. 面勢極平遠, 江山淸麗, 人家點綴, 其間, 古木脩竹, 又助其趣, 亦佳處也. 大抵, 南方多竹林, 叢生籬落間, 望之, 蒼□, 尤以此爲勝也. 路逢羅晩遇, 同行, 羅指水南村家曰："此梁氏之居也. 壬辰之亂, 婦女三人罵賊不汙而死, 自朝廷旌閭. 有名彭孫者, 文章士也, 少時決科, 入翰苑, 早死云." 至州北門, 逢吳大夏, 立馬少話. 君一自高敞追至, 投宿南門外酒店.

六日

錦城山嵬然特立, 爲羅州主山, 一支自西迤南抱, 爲案對, 周遭築城. 城內居民, 幾五六千戶, 其雄富如全州相埒. 錦城館極宏麗, 光海時, 牧使金闓所建也. 盖光海自知罪積惡極, 將懼禍及, 預爲出避之計, 使闓創此, 使朴燁創降仙樓于成川. 二人皆阿光海意, 極土木之工. 故其華侈如此云.

距城十里爲靈山江, 一名錦江. 繞郭成塹, 西通海潮帆舶簇集, 與京江無異. 山勢至江而盡巉巖, 陟絶有龍盤虎距之勢. 伯溫金丈嘗曰："羅州地形似秣陵, 可建都." 此言, 信有見也.

午刻, 至雙溪寺. 寺在州南六十里, 制度雄麗, 居僧頑甚, 了無迎客意. 香火僧方設午齋, 梵唄聲達戶外. 佛像甚小, 東面坐, 與他寺異也. 過香爐殿, 主僧示以寺蹟, 其文曰："新羅白雲大師登太白山, 望南方, 有異氣, 遂卓錫于此. 舊有龍湫在佛殿下, 師以神符檄龍, 是夜, 雷雨大作, 龍移去. 師謂弟子曰 '明日, 有異僧來助我, 汝識之.' 翌日午時, 僧果至, 貌極殊異, 盖龍云, 遂建寺. 元至正間, 僧阿大師重修." 自此, 以阿公爲大功德主, 山中諸庵, 各置畫像, 崇奉. 寺中, 亦有一本, 示余. 濃眉大眼, 狀貌魁梧, 使居近世, 恐不免頑僧之譏也, 一笑.

聞內院·上院·天竺臺最佳, 行忙未及登覽. 飯已, 登輿, 過寺後嶺, 復南三十里, 至康津, 日已曛黑矣. 先生方寓兵營東城外民家, 呼燭相對, 恍如夢寐.

七日

此地人 鄭之碩·其子夢說·崔致完·梁漢源亦來. 入夜, 風雨悽然, 竹牖茅屋, 燈火靑熒, 宛然, 坡翁書中語也.

八日. 君一往長興, 飯後, 登拱北樓. 歸路, 又登南門樓, 尹慤所建也. 扁以鎭南, 層樓丹彩煥然. 大雪漫天, 海山微茫極奇觀也. 燈後, 見監試初試榜目, 載昌中兩場可喜.

九日

留康津, 終日, 氣不平. 雪下盈尺, 土人云："近歲所罕有也." 見家信.

十日

兵營人入京, 作家書. 諸人設軟泡, 邀會于竹林寺. 午後, 始赴, 此地人盛稱昇家石假山之勝, 迂路過之. 草堂前, 鑿小池, 上列數拳頑石, 無可觀. 但萬竿脩竹繞舍森立, 殊覺眼明爾. 寺在修因山西, 去兵營四里所, 卑陋不堪居矣. 聞一望臺最爲爽豁, 日暮, 未果登.

十一日

約鄭夢說以來朝往遊天風山, 君一自長興來.

十二日

早行, 向天風山. 山在長興府南四十里, 一名天冠, 一名支提. 輿地勝覽云："山出異氣, 如白烟." 九精庵·塔山寺·坤維庵最佳勝. 俗稱, 月出如錦包內裹弊縕袍, 天風如布包內裹錦襖子, 以此, 定二山之優劣云. 余游楓岳時, 載聰盛言此山之勝, 殆可與楓岳相伯仲. 聰盖南僧也. 從其師, 嘗住山中. 故知之甚悉. 余聞此言, 每有獨往之意, 但南北邈然, 世故牽挽, 未能半夜潛遁, 登天台絶頂. 如徐霞谷之"爲凡槎牙腸腑"者, 無非天風也. 至是, 天寒氷雪, 亦壯挽者甚衆, 余決意往遊, 獨鄭夢說從焉. 君一亦北歸, 至東門外, 相別. 復南轉十里, 至白羊村. 昔有處士金應鼎居之, 與松江相友善, 隱居不仕. 能文詞, 尤喜作小令, 所作諸曲, 尙藏其孫家云.

未刻, 至長興. 是新羅武州郡也. 野中有山, 回抱如大環. 其東稍缺, 周遭築城, 當其缺處, 爲門, 州衙據山半, 樓閣頗壯麗. 汭陽江南流, 繞郭如帶. 人家皆面水, 長林脩竹, 望之如畫. 其地勢之爽塏, 江山之淸遠, 比之長城, 尤勝也.

金礦山壽河居于州東泉谷里, 至則已於前冬不幸. 聞之慘然, 入慰其孤夏龜輩. 飯已, 同金往富春亭. 去金家可十里, 在汭陽江上. 下有數巨石, 錯列成磯, 可坐垂釣. 江水綠淨, 不容唾. 西岸有長松, 方倒影江中, 與水光相搖蕩, 脩因諸峯亦巉秀, 可愛. 庭中列植百日紅, 大皆數圍. 園後叢篁被之, 極有幽趣. 主人文必東居亭東數十步, 托疾不出. 余之徑造嘯咏, 頗有子猷風流, 而主人則有愧昔人多矣. 還宿金氏茅齋, 是夜, 月明如畫, 徘徊.

十三日

往謁老峰祠, 屯村亦配食焉. 棟宇華整, 庭戺間松竹交翠, 尤佳. 齋任 金壽岡宣晉復置酒相款. 還飯于金氏, 遂行二十里, 過一嶺途中, 逢小雨. 望山頂, 烟霧空濛, 石峰峭如霜戟, 或出或沒亦奇觀也. 至山下, 磴道盤回, 幾六七里. 長松挺立左右, 翠色浮天, 不知其幾萬枚. 吾行楓岳俗離諸名山, 甚衆, 未見植松如此之多也. 松盡有飛閣跨溪. 由閣中行十餘步, 老木數十, 盤屈如龍, 皆二三百年物也. 叢篠壽藤蒙密交織, 幽泉激激. 其下復百許步, 至寺. 殿閣, 雖不穹崇, 庭除甚曠朗. 中有小石塔, 東西僧房隱映於脩篁間, 極有幽意. 世傳, 南方多精籃, 如寶林·松廣·澄光諸大刹, 雖未之見, 此寺亦不負精籃之稱也.

香火僧玉惠來謁, 偕至香爐殿, 老僧三四人亦相繼至. 談山中諸名勝, 開戶, 見數峯羅列于前, 皆土山冠以巨石, 殊乏劍拔千尋之勢. 然石色微白, 海山童赭中, 亦未易得也, 但載聰之言太過. 周覽諸佛殿, 至靑雲寮, 房宇頗潔. 僧供夕飯, 飯已, 登籃輿, 從寺南支徑, 穿入深竹, 綠色映人衣袂間. 有山茶樹, 長八九丈, 雖未開花, 雪裡翠葉儘奇樹也. 行四五里, 忽見夕陽在山, 紫翠明滅, 海色微茫, 如千頃白雲, 群山繚繞, 與水光互相映發如, 點十數螺髻於明鏡中, 光景甚奇. 稍上一二里, 道漸巇, 僧輩疲瓶, 欲仆籃輿, 往往欹側. 度絕壑怖甚, 或步或輿. 又行數里, 有大樹, 少息其下, 仰視九精庵, 尙在雲際. 徐行躡磴, 良久, 始至庵. 背負大石壁, 下臨濬谷, 極類楓岳之普德窟. 有泉冷冷, 出石間, 味甘而冽.

已而, 月出, 諸峯忽皆聳拔奇偉, 儼如群仙相向拱揖. 雪光又助發其奇, 晶熒玲瓏, 作爛銀色. 與諸僧相顧, 諦視鬚眉衣巾, 亦皆皓然, 如在氷壺中, 境界幽森, 神氣淸冷, 殆不似人間世也.

十四日

日未出, 籃輿僧已集. 促飯, 行從庵下, 南行約一里所, 山路已陟峻. 亂石橫縱, 氷又滑, 殆不可足. 舍輿而步, 脚力少 , 又騎輿. 如是, 行六七里, 始至山頂, 石帆峯忽當前, 狀若卓劍, 號爲卓劍宜也. 僧輩每以荒誕之說, 誑人. 故曰: "彌勒住世時, 天風當爲諸佛說法道場, 世尊載八萬大藏經于石舡, 送之此山, 帆爲石帆峯." 指峯傍一楕石曰: "此乃船也." 其怪妄, 可笑如此.

復西數十步, 山忽陟起成峰, 有石冠之, 然如老龍昂頭, 僧稱爲九龍峰. 上平廣可坐, 往往石陷如臼, 僧又指以爲九龍蜿蜒之跡也. 通望四遠, 眼界空濶. 是日適淸明, 濟州了了可見. 漢挐屹立, 天半如崇墉. 雪色皓然, 其南天水相接空濛靑蒼, 不見端倪. 朝日下照, 海色變作萬頃承銀, 島嶼點綴海面, 如數百鳬鴨出沒烟浪中, 眞天下壯觀也. 胸次快活, 便有御風破浪之志. 往歲, 三淵金丈欲汎海, 入濟州, 余力止之, 至今思之, 恨不能偕金丈南下, 以一帆踔過八百里雲濤, 登漢挐絶頂, 飮鹿潭水, 快覩南極老人光頭狀也.

又東百餘步, 至古塔山寺, 廢已久, 但有叢篠敗礎而已. 有石特立, 亭亭高可數十丈, 卽所謂阿育王塔也. 復東至坤維庵, 亦廢, 無僧. 前有危石, 削立如臺. 上生紫檀木, 高不盈三尺, 大可合抱, 枝葉四出, 旁陰數畝, 盖亦千餘年物也. 枕根而臥, 俯視南溟如杯水. 漢挐又橫作几案, 可以把秀色而吸灝氣, 子瞻所云 "飄飄乎如遺世獨立羽化登仙"者, 殆爲余今日而發也. 塔山寺在其東十步, 樓極高爽, 欄楯縹緲, 出樹抄, 觀覽之勝, 無讓於坤維臺, 以名庵稱者, 殆不虛也.

復循舊道而還, 過德玄·道澄二上人房, 皆在竹林深處, 極幽淨. 玄師頗通經旨能詩. 是修緣大師門徒也, 中年, 患奇疾, 廢學, 退去是寺云. 夜宿靑雲寮, 月色如晝. 與鄭生及房僧, 起步塔影中, 尤覺, 益齋先生 "樓臺影中山上月, 轆轤聲遠石泉深"之語爲妙也. 明日, 冬至也, 身在天涯. 回望故園, 雲山杳然, 懷思不覺悵悒也.

十五日

德玄·道澄送至山門, 相別. 登輿, 下山, 始騎馬, 約行十里. 過一領, 名骨峙. 又北三十里, 爲康津縣. 治山川淸麗, 大抵類長興, 而九十湖在縣南五里所. 潮來, 展大明鏡, 湖上諸山娟翠, 可愛. 漁舍浦樹依微點綴, 如畫中. 登聽潮樓, 一覽可盡其勝, 尤爲佳. 主守陳翼漢來見, 略飮一杯, 別陳君. 向南塘村, 館于金善連家, 尹春卿澤奴也. 乘月步至湖岸, 烟濤渺然, 星月影皆倒垂, 又一奇也. 船商賽神, 鼓聲鼕鼕, 終夜不絶.

十六日

朝飯, 主人煮鰒供之, 味甘脆絶美. 肅宗辛未, 先君以御使潛行至此. 欲投宿村舍, 主嫗怒其主侵虐, 拒門, 不許曰 : "見兩班如見讐人." 先君笑而之他. 此說, 已曾聞之, 金善連又道之如此.

夕至海南白蓮洞, 過尹孝彦家, 孝彦歿已久矣. 其子德熙敬伯延入相款. 夜宿綠雨堂, 敬伯出示其父畫卷, 是平生得意筆也. 孝彦畫, 擧世寶之, 每一紙出, 輒爲人持去, 家無存者. 敬伯以他畫易取人家所藏, 擇其佳者, 合成此卷, 以此無一凡筆云. 又示笙簧及唐琴, 制度極精巧, 但與東琴少異. 敬伯爲余設酒, 余素不善飮, 強擧數杯. 主人出家奴, 彈琴琵琶佐歡.

十七日

同敬伯往遊大芚山. 去尹家二十里所, 遍山冬柏樹也. 每至深冬早春之際, 雪中, 花開爛然, 尤爲奇觀, 以此稱爲長春洞云. 未至大芚寺數里, 有二老松對立如門, 翠色照溪. 過溪, 少西有西山大師休靜及諸名僧碑. 繚以垣, 下馬讀之. 又東轉渡危橋, 古木夾植左右. 復行數百步, 有飛樓據溪水, 極寬敞. 僧舍連絡回廊曲房, 迷莫知所之. 居僧可萬指, 雄富甲於南方. 僧輩示西山筆蹟及金線袈裟·碧玉鉢盂 諸法寶. 又有示寂時圓鑑圖, 盖一太極圈子. 筆畫圓滿如月, 可見其定力也. 四溟之後, 法嗣寥寥, 至今藏　寺中云.

午飯已, 登輿, 上北彌勒, 磴道極險. 自寺至庵, 約十里, 坐前楹, 可以望海. 東有巨石, 刻彌勒像. 仍覆椽桷加以丹彩, 規制極似楓岳之安養庵, 雄麗過之. 歸路, 暫憩峻極上人房, 是同庚僧也. 稍識文字, 贈之二詩. 又二十里至白浦, 夜已一鼓矣.

十八日

白浦, 敬伯海庄也, 其弟德勳·德煦居之. 頗有池臺亭觀之勝, 環以橘柚竹樹, 不無少致. 但僻在海陬, 荒寂殊甚, 比之富春亭·南塘湖, 當在下風也. 飯後, 別敬伯行, 午飯于玉泉村. 登石城嶺, 落日去海, 僅數尺許. 雲物受其餘暉, 赩然如火. 潮水方退, 如戰敗之卒拖甲曳兵而歸, 亦奇觀也. 上燈時, 至萬德寺, 宿西寮. 夜深, 月出, 湖光澹白, 如橫匹練也.

十九日

寺樓扁以萬景, 前臨九十湖, 風景極佳. 宋延淸 "樓觀滄海日, 門對浙江潮"之語, 殆爲此寺傳神矣. 先輩稱其勝槪, 極似靈隱, 果非虛也. 世傳, 金生題寺榜而結法, 與白月碑, 不類, 恐非金生眞蹟. 然筆勢淸勁, 亦羅麗間名筆也. 僧指樓南石砌曰 : "此亦羅時所刱也." 以雜石築之, 面如削, 至今累千年, 堅緻如故. 盖寺中有三絶, 金生書, 西院山茶樹, 與此, 合爲三耳. 樹亦奇, 其大數抱. 陰滿一庭, 花方牛開. 飯已, 往洗心庵, 在寺後一里所. 古木脩竹幽邃, 可愛. 開牕, 見湖光渺漫, 直與天接, 比寺樓尤奇. 袁中郎盛稱韜光之勝, 遠過靈隱, 余謂此庵亦然.

歸路, 過明海房, 少憩. 海師嶺南人, 爲人醇謹, 略通經旨, 方爲香火僧云. 別海師, 至禪門外, 騎馬復十里. 過康津北門, 逢宋夏楨班荆, 少語. 黃昏至營村, 聖章信甫, 自懷川, 昨夕至. 信甫名相允, 先生宗弟也. 見家信.

二十日

金夏龜喪人, 與其兩兄來, 餽以柚子·鰒魚. 金夏三亦來. 今日, 先生生日也, 只與吾輩數人, 蕭然, 相對於窮海之濱. 回想去歲此日, 人事之變幻無常, 如此, 爲之一嘆.

二十一日

先生論古今人詩曰: "文人喜用經傳文字作句, 如牧隱山色起予商, 是也." 因言: "往歲, 麟平大君赴燕, 大宴于安州百祥樓, 徵旁郡名妓數百人·綺羅絲管, 極一時之盛. 李台瑞, 時守安州, 座上獻詩曰, 紅粧滿座何多楚, 玉貌傾城自擇齊. 息庵金公聞之曰 '佳句也. 紅粧二字, 改以纖腰, 則尤佳矣.' 或以此, 語台瑞, 台瑞方臥, 蹶然而起曰 '兵判可謂知詩矣.' 時息庵方判兵曹云."

二十二日

今日, 欲往遊寶林寺, 雨下終日, 不果.

二十三日

朝飯, 發行向寶林寺, 鄭夢說·趙萬瑀從焉. 過大巖嶺五里, 至有耻村, 文德龜所居也. 德龜與其弟德猶俱登文科, 官至郡守. 門臨淸溪, 環以千挺鉅竹. 西有奇巖特立, 如覆鏞, 有松蔭其頂, 名曰舍人巖.

過栗峴, 沿流而東, 又過一小嶺, 北折行數里, 籃輿僧已來候. 遂登輿徐行, 洞壑窈窆, 松栝幽森. 溪流往往成潭, 是汭陽江發源處也. 左右眺賞, 不覺其已至寺矣. 制度極雄麗. 歷四重門, 東西各有長廊, 以爲飯僧之所. 新舊佛殿皆層閣, 高數百尺, 用鐵二千餘斤, 鑄毘盧像, 安于舊殿. 僧曰: "新羅時所造也." 其棟宇之華靚, 遠過雙溪大芚諸寺也. 憩于香火僧澈閒房, 時兵營鎮撫有善歌春眠曲者, 適來此. 賜坐歌之, 此乃康津進士李喜徵所作也. 其聲哀甚, 聞者至於涕下, 南人又稱爲時調別曲. 金得三夜至, 以四羈餽之.

二十四日

步至東寮, 讀書聲聞于戶外, 長興儒生數人方來棲云. 又迤北至一院, 牆壁新塗, 如雪, 淨無一塵. 主僧肅客而入, 相對蒲團, 意思蕭然. 浮屠庵僧戒淳適至, 與語禪旨, 頗有解處. 年八十餘, 貌亦不衰.

還飯于南寮, 又步至龍子閣. 其東, 復有佛子·天子二閣, 繚以短垣, 竹樹掩映庭除. 僧皆闔扉, 闃若無人. 開戶視之, 房宇明潔, 可愛, 令人留連, 殆不欲歸也. 騎輿出寺門, 至土墩. 上有古木數株, 前鑿方池, 引山泉注之.

問普照禪師碑, 在八相殿南. 復由南寮入. 又東折過一小門, 門內有碑, 長七尺許. 螭頭龜趺, 制作精妙. 碑云: "文林郎 守寧邊府 司馬 賜緋衣袋 金穎奉敎撰, 儒林郎 守武州昆湄縣令 金薳奉敎書." 皆新羅人也. 羅之官制倣李唐, 故有賜緋魚袋之稱. 碑東數十步有層塔, 下藏普照舍利. 四面刻佛像及天王, 周以石欄亦巧匠所造也. 寺記曰: "寺址, 舊爲潭, 九龍居之. 普照投以神符, 龍女自潭中, 出拜普照, 請獻所居, 建寺." 至今, 寺僧祀龍女云, 觀其畫像, 盖近日庸工所寫也.

至浮屠庵, 淳師延之入室. 壁上有無字頌, 淳師自製也. 余反其意作頌, 又留一偈曰: "去有去處, 來有來時, 無去無來, 惟我與師." 淳師笑曰: "老僧住山六十年, 未遇一箇眞解人, 不意, 今日, 得見龐居士." 盖目余以老龐也. 余又作詩解嘲, 有 "細求無字還多事, 老我平生笑老玄" 之句. 投筆徑去, 淳師送至門, 余戲之曰: "師能燒却寶林寺, 打破浮屠臺, 方可參透機關." 答曰: "老僧眞欲燒却寶林寺, 打破浮屠臺, 但恐寺僧阻撓, 不果耳." 相視大笑. 其爲人少帶風意, 決非庸僧也.

路逢南錫龜, 偕行數里, 指水西石壁曰: "諺傳, 普照驅龍時, 白龍最猛惡, 以首觸壁成潭, 卽此地也." 壁果陷如鐵鑊. 鄭夢說·金得三先行, 獵 鶉. 駐馬觀之, 至暮而歸.

二十五日

虞候 李舜佐來, 盛稱脩因寺之勝, 要與同遊. 盖爲余設泡, 有是請. 其爲人, 款曲多情, 如此. 與信甫偕往, 宋德成·鄭夢說亦從. 至山脚, 始騎輿, 路極險峻. 盤回以上行五里許, 忽回顧九十湖, 已在脚底矣. 石壁削立, 周回若城. 上平可坐, 以風勁不得登覽.

至寺, 甚狹陋, 無可觀. 營妓數人來待, 使歌春眠曲. 已而雪作飄瞥林木間, 景色極奇. 步至石門庵. 前有危巖, 對峙如門, 下臨絶壑, 氣象宏濶. 天風·萬德諸山出沒雲際, 海色微明, 望之, 如一帶, 沙岸營城, 團圓若月, 人家撲地鱗鱗, 尤可奇也. 風力晚益勁, 幾欲倒人. 闔戶擁爐, 與信甫, 作詩, 老妓白梅善歌, 每詩畢, 輒奏一曲, 極有韻致. 未知歐公遊龍門時, 亦有此否.

二十六日

將以明朝北歸. 同姓人 李成夏等六七人來見, 餽以柚子·民魚. 李敏郁兄弟亦來, 同姓也. 午後, 虞候來. 夜與聖章信甫燒燭賦詩

二十七日

鄭之錫・金得三・李敏郁來別. 飯已, 偕信甫, 發行, 去留之際, 殊覺黯然. 至鎮南樓, 少憩. 馬上見月出山, 奇秀巉絶, 頗似樓院途上望道峰也.

行十五里, 至月南村, 在月出之南, 故曰月南. 舊有月南寺, 頗勝, 今廢, 民人居之. 又西五里爲白雲洞, 承文院正字 李彦烈別業也. 洞壑幽邃, 其木多冬栢, 方開花爛然. 庭中引山泉爲曲水. 盖舊日, 流觴之所, 彦烈死, 亦廢久矣. 南有小岡 然, 列植長松. 下爲壇, 可以坐見九井諸峰, 尤奇.

安定洞在其西一里所, 李恩津碩亨嘗居之. 聖章稱道 "其勝, 以爲遠過吾家悅雲亭." 其言太過. 岡麓不能環抱, 殊乏窈窕之趣, 巖石澗溪亦無可觀. 但以竹樹粧點耳.

夕至無爲寺, 殊荒陋. 南節度亟言 : "佛殿壁畵, 爲吳道玄筆." 非是. 然, 用筆頗不俗, 亦非近代人所作也. 靈巖土人曺潤身來. 朝與約會于此, 盖欲同遊月出也. 寺西有元覺大師碑, 太半剝蝕, 竟不知誰人撰也.

二十八日

崔致完相送, 至此, 告歸, 贈一詩, 與別. 由寺, 西行二里, 有嶺極峻. 登巓, 可以望海. 道岬寺僧持輿來迎. 又北六七里, 至寺, 棟宇壯麗. 前爲鍾閣, 兩壁畵佛像. 閣南, 建長廊三十餘楹間, 外有四重門. 大抵類寶林寺, 而規模之齊整, 似勝之.

主僧玄應, 年六十餘, 爲人, 有智數, 能辨. 示守眉大師袈裟及水晶・琥珀數珠・香木・麈尾柄. 又以水晶盒, 貯舍利, 極寶重之, 視之, 卽蚌珠也. 余駁其非舍利, 應頗憮然. 佛殿東, 有守眉碑. 聖聰所撰也, 文字未免有僧氣.

高僧堂, 一名栴檀林, 在佛殿西, 僧云 : "道詵所刱也." 房制極詭異. 四周以甎築之, 高二尺許. 廣如之, 下亦以甎築成. 上下只用一堗, 燃火皆溫, 未知其何以如此也.

飯已, 騎輿出寺, 東門行十許步, 有泉流石上, 下墜爲潭. 僧云 : "石有竅通于潭." 叢篁被其兩崖, 與水色交映. 康樂 "綠篠媚淸漣" 之語, 始覺其工也.

過溪, 有白軒所作道詵碑, 下輿讀之. 又沿流而東從林抄, 望見內山諸峰, 稍稍, 露其頂髻, 而奇秀峭削, 終不及自外觀之. 世稱月出近看不如遠看. 盖此山上石下土, 故自遠而望, 則只見峰端, 石礧礧耳, 以是爲奇, 及至內山, 全體呈露, 便覺氣象淺薄. 坡翁詩云 : "不識盧山眞面目, 只緣身在此山中." 夫內外殊觀, 盧山之所不免也, 又何足爲玆山之累耶?

過栗嶺山, 路險甚, 往往舍輿而步, 至龍巖寺. 地勢極孤絶, 奇石四環, 其勝無讓於天風之九精庵. 聞九井峰尙餘數里. 遂與信甫, 杖而行, 磴道詰曲, 氷雪又滑, 十步一休. 至峰底, 仰視巨石陟立幾百尺. 上平廣, 四面削成, 不可上. 西有一穴口, 狹甚如衣縫綻, 僅容人匍匐出入. 一僧先入, 信甫繼之. 崔凍失足幾墮, 方瞪目, 却立龍巖. 僧斗相忽來, 牽袖苦挽, 遂敗輿, 不敢前. 吾輩之迂路入山者, 盖欲登九井絶頂, 快看海門落照耳. 終不能拚命, 直前當面蹉失, 彼王玄冲輩, 獨何人哉? 南有動石, 僧持小木梃, 搖之, 石端裊裊然, 自動. 輿地勝覽所謂 "一人搖之, 則欲墜而不墜"者, 信不虛也.

擎天臺亦可觀, 日暮, 不暇往. 東有孤山寺, 卽文谷詩, 所謂 "雲梯平蹋孤山寺"者, 是也. 今廢云. 還龍巖宿. 庵主坦識解經旨, 性亦淳實, 殊無南僧狡悍之習也.

二十九日.

自龍巖, 循舊路而下至栗嶺. 北折行數里, 懸崖百仞, 線路縈回, 極危怖. 叢篠蒙密, 隨開隨合, 尤不可行. 至上見性庵, 後有石峰, 如植圭庵. 西巨石削立, 爲臺, 有老木數株, 婆娑, 影布石上. 信甫先至, 與老僧三四人, 列坐樹根, 望之, 殆不似世間人也. 房宇亦極明潔, 日照油囪, 四壁皎然, 如雪洞中. 蒲團·禪榻·香爐·經卷種種幽澹. 余南來, 閱過名庵, 前後累十, 此當爲第一. 雖置之皆骨山中, 決不在靈源眞佛之下也. 僧慧靜, 爲人沈靜, 類有操守. 年八十餘, 容貌如六十許人. 自香山來, 方與數僧參禪. 留一詩, 歸路, 過大寂·竹田二庵. 還道岬, 日已午矣.

東禪堂, 有文谷詩板, 次韻贈應師. 遂行, 應師送至門曰: "老僧五十年, 爲道岬寺守奴矣. 明年, 欲以一鉢一錫, 遍遊關東諸名山, 歸死足矣." 又笑曰: "古稱鳩林妓喫蝦醢, 道岬僧飮冷漿, 今則不獨道岬殘敗, 如此, 鳩林亦不足觀矣." 其滑稽快談多類此.

又北行未二里, 立石, 刻國長生三字, 其東又立一石, 刻曰皇長生, 皆道詵所爲, 終未知其何意也. 聖基洞在其南. 世傳道詵生于此, 所謂崔氏園, 果此地歟? 或云, 其母食大瓜, 生道詵, 以爲不祥, 棄之竹林中, 鳩來翼之, 以此, 名其地曰鳩林. 然則, 崔氏園似當在鳩林也. 又西一里所, 有亭, 臨溪, 殊頹敗. 自此爲鳩林里. 南北二岡, 至湖而盡交抱內向, 如人張拱. 中有淸溪, 發源于月出, 乍小乍大, 至會社亭左, 灣環渟蓄. 村家分水, 居住櫛比, 相望. 古木脩竹之間, 樓閣掩映, 眞似畫也. 登會社亭, 前開平湖, 月出諸峰羅其後, 翠色滿簾. 老松十數離立四面, 枚幹夭矯, 勢若虯龍, 想炎夏尤佳也. 壁有白軒·澤堂詩, 餘不可勝紀.

曹潤身, 昨自道岬先歸, 聞余至, 與其宗人錫恒·錫奎來見. 曹斯文一龜, 則從祖叔父妻弟也. 曾在都下相面, 是日, 適迎婿, 伻問不來. 少選過之, 延入于其弟天一齋. 歡然道故, 餉以茶果, 別曹君. 與潤身, 同至西湖亭, 亭廢久矣, 但有遺址. 暮潮初上, 湖光際天, 西南諸山, 縹緲娟秀, 遠望, 可愛. 此地形勝, 大略類明聖湖, 月出似靈鷲. 九井峰擎天臺彷彿, 南北兩高, 聖基峰尤似棲霞嶺. 若得香山·雪堂輩作功德主, 兩岸遍植桃柳間, 以畫棟雕欄, 如六橋護養茅亭, 松林作九里松. 聞雙醉亭下有大陂, 夏時荷花盛開, 上築長堤, 種垂楊萬株, 下爲閘通南湖水, 居然, 又一湖心亭也, 其勝何遽出武林下哉? 然東人, 本不喜事, 又未免寒乞兒生活, 雖有佳山美水, 其修治粧點, 大不及中州人. 及聞此等語, 輒目以爲迂, 可勝嘆哉? 是夜, 宿曹潤身茅齋, 二鼓後, 曹錫恒偕其二弟又來, 話至鷄鳴.

三十日.

飯于曺氏. 日高始行, 至雙醉亭. 陂水盡凍, 野色亦極蕭條. 但開牕, 正對月山蒼翠, 此最勝也. 壁有石川詩文谷追書以揭, 詩格筆意翩翩, 可觀. 曺君輩至此, 相送. 從陂, 上行數里, 回望, 諸人猶徘徊不去, 殊覺依依.

迂路過鹿洞書院, 烟村崔先生俎豆之所也. 先生諱德之. 事獻陵·英陵, 官至南原府使. 退去于靈巖永保村, 造一樓, 扁曰存養, 高臥不起. 顯陵以藝文館直提學召之, 赴朝, 未一年卽歸, 士大夫莫不高其志, 朴醉琴·成學士作詩與文, 贐之. 其後, 辛未·癸酉之際, 國家多故, 先生獨超然物外, 不罹世網, 實有大雅明哲之智. 雖今百載之下, 其清風峻節, 猶可以想見矣. 配以其子山堂翁. 後又配以文谷及農巖先生, 兩家父子同堂腏享, 亦盛事也. 南廡奉眞容, 開戶視之, 毛髮凜然, 如生, 盖名手所作也. 所着冠制殊詭, 狹袖襖子束輕帶, 亦可異也. 又有文谷四十一歲像, 秀眉目貌, 甚姣好, 一見可知爲善人端士也. 世稱, 歸溪玲瓏洞澈, 如水晶, 文谷溫潤精粹, 如良玉. 此特以容貌言之, 然兩公之性行, 盖亦如此矣. 鄭夢說·趙萬瑀至是, 告別, 客中分張, 殊可恨也.

又二里所, 至靈巖南門, 閽者疑其干, 謁主守, 拒門不納, 曉諭良久, 始許入. 穿過城內, 出東門, 過德津橋, 雪微下. 午飯于扶蘇院. 向晚, 風雪益急. 渡靈山江, 日已昏黑, 復十里至羅州, 已二鼓矣. 館于軍官李厚栽家, 同姓人也. 本牧鄭覺先道甫丈, 遣其子錫徵相候. 餽以夕飯, 靈山浦菁根絶大, 味甘多津, 無減於天賜梨. 南方食物之佳者, 最稱全州薑鬠菹, 靈岩之石花炙, 德津之鯔魚, 南塘之鰒魚, 而靈山菁根亦其一也. 西瓜亦以此地産者爲佳. 曺潤身爲余, 設鯔魚膾·石花炙, 果皆珍味也.

十二月一日.

入謝鄭丈, 同飯于衙軒. 與信甫, 往觀錦城館, 登柳色樓, 東對瑞石山, 雪後, 尤佳.

出南門, 西折復十五里, 至會津. 地形略似麻浦江, 面甚狹, 居人傅岸高下, 置屋類粘蠔. 江南一帶, 種柳萬餘株, 當夏月, 綠陰正好, 聽黃鸝也. 村中只有林·朴兩氏居之.

滄溪宅在西村, 子董亦好學, 能世其家, 患痘疾新歿云. 信甫與林邁俱高氏婿. 過其城山書齋, 適往隣家, 獨有兩少年在, 乃其子與姪也. 遂偕至永慕堂, 林氏之亭也. 極高爽, 月出縹緲天際, 依然三角諸峯也, 不覺分外眼明. 林邁來, 少話.

歸路, 謁滄溪書院. 水雲亭, 以日暮, 未果. 往由西門入, 又飯于衙軒, 與鄭丈論文, 至夜. 此丈好讀書, 老而不倦, 極可欽也. 其孫, 年方十四. 嘗賦詩曰:"秋江水落魚鱗縮, 曠野霜清鴈翼高." 頗有才思, 卽亡友保卿子也. 具盛饌相待, 數鼓後, 還寓.

二日

本地同姓人李運植來, 鄭丈又遣其子, 相候. 作家書, 先送禮建入京. 飯已, 遂行出東門, 李厚栽至此而別. 復東三十里, 至南平. 縣監 李左伯聞之來見, 餽以夕飯. 少頃, 余亦往謝, 團欒. 至夜深, 絲肉競奏, 看核狼藉, 亦客中勝事也. 上馬, 欲還, 忽聞水聲冷冷出篁竹間, 大有幽致. 蓋引山泉繞除爲渠也.

三日.

南平邑小, 三面皆野, 無可觀. 縣北有十里松, 翠色如雲. 南有小阜, 如覆盂. 上生叢篁, 四時長青, 引城灘水, 浚長陂, 又饒 菱茨魚鼈之利. 僧頭扇精巧無雙. 他旁郡極力效之, 終莫能及, 稱之名邑者, 蓋以此也.

平朝, 左伯來別. 路由東門. 客館前有趙英叟泰耉去思碑, 鑄鐵爲之. 迤南十里, 少憩于松林. 復東二十里, 至綾州. 此乃靜庵趙先生藏碧之所也. 後人於其遺墟, 立碑, 識之. 尤翁撰其文, 同春書之也. 下馬讀之, 俯仰徘徊, 不勝愾然. 先生寓于州奴文厚從家. 以此, 其名, 至今, 不泯榮亦大矣, 彼袞貞輩 抑何心哉?

牧使 愼惟益汝謙聞余至, 伻問再三, 夕後往謝之. 治酒相款, 官妓四五人以琴歌侑之. 少頃, 還寓, 汝兼又踵至, 劇談而去. 是日, 小雨飂淚, 入夜始霽.

四日.

信甫有事, 晨往和順, 約會于同福縣下. 汝謙來別. 汝謙治郡有聲, 入境, 居民削木, 爲碑, 頌其政者滿道.

映碧亭在州東一里所. 有溪, 自南來, 至亭下爲潭, 縹碧, 可愛. 東對連珠山, 不甚高大, 形如覆敦, 甚娟纱. 遍山皆竹, 自州封爲官田, 有守者. 此地最産鉅竹, 其賤如蓬. 過石 嶺, 嶺頗峻. 酉刻, 至同福, 信甫已來矣.

五日.

主守 李顯慶孝伯亦雞林人也. 聞新遭臺評, 過其寓, 唁之. 李斗慶應七亦在座. 少時, 同里閈相善. 中間, 不見者, 殆三十年, 鬢鬚蒼然, 幾不可辨. 及知爲應七然後, 各呼小字, 握手道故. 蓋應七喪其婦, 家貧無所歸, 方依於孝伯, 尤可念也.

和順縣監 沈元俊亦來. 孝伯出示咏懷一絶, 卽於座上次之, 遂別去. 甕城山在縣西五里所. 三峰互峙, 如覆鼎, 望之, 極奇. 又東北行十里, 過一嶺. 又西一里, 有石峰特立, 本豊末銳. 色黃赤, 狀若刻鏤, 極肖鰲山.

從峰下, 涉溪, 又北半里許, 至降仙臺. 仰視赤壁, 氣勢壯偉, 拔地卓立. 上入霄漢, 壁面如以大斧劈之. 色如浣淨, 少無沙. 土氣微帶黃意. 又如橫展大錦屛, 溪流至壁下, 成長潭, 深可方舟, 未知黃州與此, 果何如也. 但以子瞻二賦, 觀之, 黃州臨大江, 水面極浩渺, 風檣雲帆, 出沒烟濤, 又助其致. 乃復大勝, 而又觀其"履巉巖披蒙茸" 數語, 則壁勢之戍削雄奇, 反有遜於此者, 造化不以全巧, 與物如此哉. 與信甫傾壺, 飲數杯, 相對哦詩. 俄而, 山風振林, 素雪飄灑, 有水鳥二, 磔磔驚起, 長鳴東去. 醉興勃勃, 殆欲起舞松下. 吾輩雖不能乘舟汎月, 令客吹洞簫扣舷, 而和之, 如子瞻之爲然. 雪中策蹇驢, 不憚數百里迂道, 探搜奇勝如飢渴, 今世間亦幾人哉. 倘令山靈有知, 決不以吾輩風流置諸子瞻之下也, 一笑. 又五里, 登滄浪亭, 亭廢久. 但有喬木數四而已. 沂流而西, 奇岩往往挾溪立, 皆赤壁餘氣之結聚也.

又北折行, 至勿染亭, 羅氏物也. 主人居遠, 亭常空. 處勢幽夐, 蒼壁四環清流, 映帶其下. 亭前列植長松, 又有古木, 大合抱者十數, 叢竹被崖. 中通小徑, 抵于亭, 極有幽意. 其勝大類吾家吹笛臺, 而洞府之寬敞, 過之. 但溪流甚淺, 又乏白沙, 一帶壁色亦枯燥, 不能潤如金碧, 此着當輸笛臺一籌也. 壁有農巖先生詩, 兪豈以八分書之. 由亭下, 北行十許步, 巨石陟起爲臺, 雙松在焉. 下臨深潭, 其上若架一茅亭, 夏月來納凉, 尤佳. 飯于羅氏之奴, 日已暮矣. 雪又作促行, 至瑞峰寺, 宿太極上人房.

六日.

極公示神宗皇帝所御筆, 髹管滲金爲花, 樣製甚巧. 松江相國盖得之燕都, 歸施寺中, 至今, 藏而桑海換易之餘. 雖一管之微, 猶可以寓「匪風」·「下泉」之思, 寧不愾哉? 又示趙泰萬濟博詩. 濟博, 前年, 至寺, 盤桓數日而去云. 東西有二峰, 勢秀拔, 挾寺樓. 清溪橫貫其中, 僧舍分水而居, 極幽絶. 信甫云: "夏月, 嘗一過數里行, 綠陰中, 大佳, 今來非復舊觀也." 盖時花佳鳥與山水, 本不相關, 而山水之神情氣韻, 必資時花佳鳥而後, 方靈活. 古人云: "冬山如睡." 如垂二字, 可謂妙解也.

瑞石山寺, 不過八九里. 信甫曰: "山有奇觀三, 瑞石·圭峰·指空礫, 是也." 三淵嘗評南方山水, 獨於赤壁. 華嚴窟加圈點. 華嚴窟亦在山中, 憚於雪深不果往, 若使王晃有靈能不竊笑矣乎.

飯罷, 別極公, 至躋清閣, 少坐. 又半里許, 有松橫偃如門. 路由其下, 僧輩指曰: "松門." 又北十里, 至梁氏之園. 主人梁翁, 與河西金先生同時, 其子又先生之女婿也. 翁篤於行義, 文詞亦高, 嘗作孝賦, 行于世. 隱居不仕, 脩治園亭以自娛, 卽此園也. 園廣幾數畝, 東南二面, 繚以短垣. 下通隱竇, 引山泉, 行于岩石之上, 爲臥瀑. 上有老松覆地, 鏊石爲澗道, 承瀑之餘流, 形如槽, 名之曰槽泉. 又自竇南刳竹, 通流西行數十步, 下鑿方池, 受之. 環以鉅竹千餘, 翠影落池, 幽雅, 可愛. 墻陰鐫着十數方石, 色如漆. 河西先生絶句四十八, 以粉字書之, 尙不磨滅可讀, 先輩之風流好事盖如此.

翁自號瀟灑翁. 南人以是稱園曰瀟灑園云. 今屬于翁之後孫翼龍, 方居憂, 不出, 使其族弟延入相見. 梁敬之進士·采之進士亦來. 翼龍出示孝賦·文谷所書河西先生四十八咏·三淵詩二紙. 又有瀟灑園題詠卷, 列書來遊者名姓詩文. 余亦作一詩書其下, 座人始知其爲余, 相顧驚歎曰: "曾因三淵聞名久矣," 極致款餉以雪柿.

少頃告行, 采之從至池上, 指溪齋曰: "往歲, 三淵書來, 有'過夏園中'之語, 爲三淵, 營建, 不旬日, 成之, 如是朴陋云." 湖士之愛慕三淵者於此, 槪可見矣.

行未二里, 有石臨溪, 可坐, 五六老木蔭之, 皆數百年物也. 西有竹塢, 竹盡, 環碧堂在焉. 自下望之, 竹深密, 不知有堂, 極有幽致. 但二碎石壘爲層砌, 植雜卉, 正如古名畵村學究以拙筆作跋尾, 殊可厭也. 此亦河西先生杖屨之所也. 想像遺躅, 不勝太息. 過溪, 又東至于息影亭, 其勝出蕭灑·環碧下遠甚, 處勢頗高, 前對瑞石山雪色皓然, 亦二亭所不能有也.

又西五里爲昌平縣. 復東北十里次玉泉寺, 休于釋來上人房. 潭陽金八華進士來見, 卽 金時佐道以門人也. 初時不識爲誰某, 及通名, 八華大驚曰: "童時, 在道以家, 累見面." 又曰: "吾子嘗答吾師書云'朝事日乖歲飢民貧, 足下獨何畏四月　乎?' 當時愛此一句語, 至今能不忘云." 作一絶示之, 與信甫和之.

七日

金八華又來. 飯已, 自寺後, 過一領十里, 至玉果縣. 河西先生乞養爲是縣. 及孝陵上賓, 遂棄歸, 終身不起, 益令人懷仰其高風也. 有溪, 北流入于鶏子江, 洲渚縈紆, 沙白如雪. 沿流而東數里, 兩山如門, 水爲山所束, 奔騰慄疾, 色益縹碧. 江中奇石錯峙, 可坐可釣. 連峰矗天, 雪蒙頂, 皓然, 殊有深峽氣象. 又十里有石, 平廣如張大筵席, 水行其上, 可與巴串相伯仲. 但石理粗濁, 色如灰黑, 殊敗人意, 不欲久坐也.

午飯于鶏子院. 自此爲南原界. 往往村家依山帶溪, 松籬竹扉, 幽澹如畵. 前輩亟稱, 南原風土佳麗, 唐人至謂之小江南, 其言不虛也. 昏黑, 至南原府. 烏鵲橋在南門外, 甃石爲虹蜺狀, 不甚縹緲. 過橋, 少東爲廣寒樓. 暮樹遠烟, 景色亦佳. 主守李齊尙渭叟新罷內眷, 未及北還. 其子世祿來余寓, 少話, 復與世祿, 同出南城, 至廣寒樓. 夜將二鼓, 陰雲塞盡, 月色皎然. 憑闌四望, 神思淸爽, 怳如御冷風, 身遊玉京也. 已而, 柳生星晉偕一黃姓人至, 俱世祿客也. 官妓六七人亦來, 蓬頭歷齒狀, 若鳩槃茶, 余戲曰: "此樓勝槩無減天上, 而但恐汝輩不堪作嫦娥竈下婢, 此着似當大輸也." 一座大笑. 世祿爲具酒肴歌舞, 極歡, 夜深而罷.

八日.

李世祿, 今日, 欲發向漢都, 出宿城南民舍. 飯已, 過其寓, 少坐, 又至廣寒樓. 制度雄麗, 頭流秀色盡在欄楯間. 蓼川屈曲於大野中, 如鋪練帶. 引其支流, 至樓下, 瀦爲大池. 每夏月, 菡　盛開, 作一雲錦海, 尤奇觀. 有小閣, 直據池心, 丹雘玲瓏, 顏以瀛洲閣. 閣西小島, 竹林鬱然, 是松江所植云. 風至　然, 有聲亦佳致也. 又有乘槎橋在其東, 與烏鵲橋, 相對, 下有支機石. 黃守身樓記云: "舊有小樓名曰廣通, 府使閔恭改建, 鄭相國麟趾, 易以今名." 盖後人又以烏鵲·乘槎·支機等號, 貫飾之, 以象天上廣寒殿也. 或曰 : "樓卽黃翼成公遺址也." 樓記及輿地勝覽俱無是言. 按翼成公家在尙州, 其子孫, 至今尙居于尙州・黃澗之間, 遺址之說恐誤也.

壁有古今詩文甚多, 獨崔立之"不怪便登天上樓, 牽牛人亦河之頭" 一律, 當壓上頭. 余笑謂信甫曰 : "黃鶴・廣寒俱爲二崔所占取, 敎太白載大, 不敢更措一語, 此亦千載異事也." 信甫亦笑. 本府有李姓盲人, 善唱春眠曲, 邀至樓上, 倚欄而歌之, 聲甚哀絶, 使人不樂也.

萬福寺在西門外二里. 所有銅佛, 高三十五尺, 甚可觀, 行色忽忽, 不暇往復. 由南門入迤東一里, 至關帝廟. 朴乃貞直卿爲府使時所建也. 舊廟年久頹廢, 直卿嘗感異夢, 遂爲之重創, 殿宇頗華整. 但庸工塑像極不肖, 全乏神威, 可恨. 又西數百步, 有忠烈祠. 祀鄭判書期遠・李兵使福男以下七人, 想像風烈低徊者久之.

府城, 周遭濶大極堅緻. 俗說, 唐將因劉仁軌, 舊基築之. 嘗見曾大父碧梧公日記 "駱雲峰尙志駐箚此地者, 最久, 其後楊摠兵元又來守." 未知其誰所築也. 土人曰 : " 舊時城中人家櫛比, 殆無隙地. 近因荐飢, 又困於隣族侵徵, 流亡過半, 頹垣敗礎滿目, 蕭條, 無復昇平氣象云." 此則不獨南原一處也. 所過郡邑, 前後十數, 大抵多如此, 此皆隣族侵徵之害也. 朝庭亦知其弊, 嘗議行戶布口錢等法, 終格不行, 民困日甚, 可勝嘆哉?

出西門五里, 有蛟龍山城, 望之, 極峻險. 丁酉之亂, 任兵使鉉方爲府使. 素稱有文武才, 而不據山城, 據府城, 終至軍敗, 以身殉之, 殊可慨然.

又北東三十餘里, 至獒樹驛. 溪山明麗, 頗似吾鄕, 不覺心目俱開也. 世傳, 居寧人 金盖仁蓄一狗, 甚愛之. 盖仁嘗從人家, 飮醉臥田間, 野火延燒將及. 狗以尾濡水, 奔走撲滅, 氣盡乃斃. 盖仁旣醒, 見狗死在旁, 大感慟, 瘞于山坡, 植杖以誌之. 後忽成林, 自此, 人稱其地曰獒樹云. 余爲作一詩曰 : " 千秋尙說義獒名, 微物猶存愛主誠, 借問世間卿相輩, 幾人爲國更捐生." 是夜雨.

九日.

雨聲, 終夜不斷. 今年, 冬暖異常. 自前月旬後, 更不下點雪. 又聞淸皇新殂, 中外繹騷, 往往, 有荷擔而立者. 天時人事如此, 可爲於邑. 晚後, 冒雨作行, 又北二十里, 至任實縣, 日已昏矣. 登碧雲樓, 正對高德山, 峭秀可愛. 館于軍官嚴姓人家, 夜李世祿來.

十日.

雨下濛濛, 又冒雨, 行至梧院. 朝飯, 復北十里許, 風益急, 雨雪交作, 始覺凜然, 有冬意也. 至萬馬谷, 兩山對聳, 中通一路, 陜隘甚如由壺中行. 雖古所稱, 井陘倒廻之險, 亦不能過也. 朝廷旣以雲峰兼討捕使, 使守八良嶺. 余意, 又以任實縣監兼討捕使, 使守此谷, 南原設重鎭, 擇文武有威望者, 守之, 互爲聲援, 則控御得宜矣. 又四十里, 至全州, 過寒碧堂, 自下望之, 勢甚縹緲, 其勝尤佳.

抵子龍寓所. 羅浚來卽別去. 此人少學于三淵, 自稱奇士. 爲人詭怪, 好大談, 人皆笑之. 聞子龍言, 近學行艸, 至以聽松, 自況, 尤可笑也. 本州判官 李普赫聲遠亦來話, 至鷄鳴而罷.

十一日.

早往西門外, 別李世祿. 同閔志洙來姜必遇家, 卽去時主人也. 李岱來, 尹叔世觀國賓偕康津李彥謙進士來. 彥謙是彥烈從弟也. 自言 : "所居, 去白雲洞, 不過十里. 余之游洞之日, 不知, 不得同遊, 深以爲恨云."

午刻, 信甫亦來. 國賓爲余設肴果, 與座中人共之, 約明早, 往慶基殿, 謁太祖眞容. 國賓方以本殿參奉入直也. 監司遣人相問, 夕入謝. 谷城人曹觀夏來. 此人妙風鑑術, 十不失一云.

十二日.

同信甫·朴芝秀至慶基殿, 閔志洙亦來. 國賓具紗帽·紅團領, 典僕四人亦着紫巾朱衣, 導國賓, 由西角門入, 吾輩從之, 至西閤外. 典僕啓鑰, 又導國賓入殿內, 吾輩立閤門外, 少須. 殿中間, 南向爲御室一間. 雕梁丹楹, 下方以石甃之, 塗以白灰, 奉眞容于其中. 前垂朱簾, 左右有紅絨索, 系以金鉤. 國賓鞠躬立御室之西, 典僕洞開南閤, 又二人引鉤捲簾, 始招吾輩入. 日表龍顏神彩赫赫, 不敢仰視. 左眉角微覺浮起, 盖糊褙歲久, 綃紙不相貼, 自然如此, 不是變異. 民間以此, 多訛言, 殊可歎也. 又東十許步, 至別殿, 觀御輦御繖御刀.

由東角門, 入後苑, 其木多柿漆. 典僕云 : "夏月, 草長如人, 絶無虫蛇之屬, 雖潦雨新霽, 不聞蛙鳴." 亦極異事也. 又北數十步, 脩竹造天, 陰森淸冷, 如造別境前者, 自外望之, 卽去, 竟不知此中乃有如許佳趣也. 又觀御井, 還飯于齋室.

李彥謙告歸, 復同國賓信甫, 出南門, 登會慶樓觀市, 累萬人簇立, 略似鍾樓街午市. 雜貨山積, 平凉子·薄散半之. 薄散油炒糯, 米飯和飴糖爲之. 壓以木板, 勻薄如紙, 切作方片, 稍楠四五片, 疊爲一餠. 公私宴祭用以飣盤, 唯全州人能之.

婦人皆高髻, 或有以靑布帕首者. 南俗大抵好帕首, 嶺下尤甚. 孝彥畵卷, 有帕首村女挑菜狀極肖. 余詩亦有"斑巾帕頭前村女"之語, 盖以見南俗之如此. 放翁入蜀記曰 : "夷陵女子皆以靑斑巾帕首." 然則川蜀間, 亦有此風也. 兒童尤姣好可愛.

嘗聞, 南人有三不如之說. 謂女不如男, 梨不如菁, 雉不如鷄, 驗之, 果然. 歸路, 過閔志洙, 又過金用謙謫居. 還至于子龍之廬, 曹觀夏來, 相余曰 : "眉端有白氣如線, 必有兄弟之憂." 上燈時, 因朴龍秀書, 始聞載中以是月三日得寒疾不起. 氷湖一別, 奄作千古, 令人不覺腸摧.

十三日

別子龍·國賓, 早行. 午飯于參禮驛. 又東北四十里 宿礪山.

十四日

飯已, 行二十餘里, 次狐谷秣馬. 又東二十五里, 至連山. 金姉詳道載中死時狀, 尤覺慟絶.

聞康熙死四日, 秘不發喪, 以遺詔, 立第四子爲皇帝. 十四王極英勇, 方統十五萬兵在西邊, 人心疑懼內亂非久將作云. 李琂自高山來, 與之同宿.

十五日.

早行成服, 飯已, 別金丈. 將發, 君赫來. 偕往縣西, 觀開泰寺舊鬵. 純鐵鑄之, 形正圓, 大可四十圍. 漸下而殺趺, 視口圍半之. 歲旱略爲移動, 輒致雷雨云.

少東十里, 午飯于豆歧酒店, 邀金萬坦針腦癤. 金萬程亦來, 卽斐弟槻之孫也. 又南二十里, 路逢微雪. 又東北二十里, 至懷川. 呼燈與宋妹, 談先生居謫狀, 相對嗟惋. 宋必熙文卿, 與其兩弟來. 信甫同至梧井, 先向宋村. 二鼓後, 始來同話.

十六日.

宋必恒元久與其弟必觀來. 宋夏時僉知亦來. 飯已, 別宋妹. 行過文卿集仲·達甫俱在, 出酒相待. 又東北行三十里, 至渼湖, 謁霽月堂書院. 坐前樓, 見江水, 江西諸山亦皆秀峭. 懸雲庵在絶頂, 望之縹緲. 宋夏楨持柿棗來餽.

過荊江, 次文義縣, 午飯. 信甫至此, 又別去, 客懷殊作惡也. 黃昏, 至淸州, 又館于壽弘家. 顯甫來, 營將亦來話, 至數鼓而去. 是日下微雪.

十七日.

所乘騾病足, 留淸州. 申永昇兄弟來, 崔泰齊亦來. 邀兵營審藥, 又針腦癤. 飯後, 營將來, 爲作大篆數紙. 午刻, 李君春茂來. 夕入近民軒, 與顯甫同宿. 營將又來, 夜分而去.

十八日.

顯甫借騎, 行至北門樓, 少坐, 申永昇來別. 宋鎭重亦來, 是泉谷先生後孫也. 又北五十里, 至溪上, 見家信.

다음은 「남행집(南行集)」 상(上), 네번 째 실려있는 시(詩)인데, 그 정확한 내용을 파악하기 곤란하여 원시(原詩)만 제시함.

「得近報有感二首」

禮典千秋自有宜, 孔思一語更無疑. 當時只恨陽城黙, 終辦明廷此段奇.

一封短疏凜秋霜, 千載吾東樹大防. 能有淸名繼沙老, 獨無愧色拜寧王.

333

參考文獻

韓國文獻

李夏坤,『頭陀草』, 국립중앙도서관 ; 驪江出版社, 1992.

金應鼎,『懈菴集』

金昌協,『農巖集』, 景文社, 1976 ; 景仁文化社, 1990.

金昌翕,『三淵集』, 규장각 4903 ; 경인문화사, 1990.

宋奎濂,『霽月堂集 附 玉吾齋集』, 文僖公派宗中. 1979

李錫杓,『溯源錄』, 李鍾赫 書, 담헌 종손 李晶熙 所藏.

李重煥,『澤里誌』, 노도양 역, 자유교육협회, 1974.

金壽恒,『文谷集』한국문집총간 133, 민족문화추진회,

高大民族文化硏究所,『韓國文化史大系』, 1971.

高大民族文化硏究所,『民俗大觀』2(日常生活・衣食住), 1982.

文公部 文化財管理局,『韓國民俗大觀』, 1982.

文公部 文化財管理局,『韓國民俗綜合報告書』, (全羅南道篇), 1980.

文公部 文化財管理局,『韓國民俗綜合報告書』, (全羅北道篇), 1980.

文公部 文化財管理局,『韓國民俗綜合報告書』, (鄕土飮食篇), 1984.

『長城郡史』, 1982.

『國譯東國輿地勝覽』, 민족문화추진회, 1978.

『全州市史』, 1986.

『安東金氏大同譜』권 5 文正公(金尙憲)派, 大田農耕出版社,1984.

『慶州李氏華谷公派世系』

『慶州李氏華谷公派世系錄』, 1980.

『湖西의 明堂 陽湖三坪과 草坪의 慶州李氏』, 1982.

『慶州李氏文忠公益齋派世系譜』

『慶州李氏大同譜』,1987.

『國朝文科榜目』, 국회도서관, 1971.

『司馬榜目』, 國學資料院, 1990.

『新增東國輿地勝覽』

『邑誌』

『康津郡마을史(兵營面篇)』, 강진군, 1991.

『康津鄕土誌』, 1983.

『光州市史』, 1992.

『地名由來集』, 京畿道, 1987.

『羅州郡誌』, 1980.

『마을由來誌』, 康津郡, 1976.

『全羅南道誌』, 1984

『全羅北道誌』 제3권, 1991.

『井邑郡誌』, 1978.

金英淑, 『한국복식사사전』, 민문고, 1988.

尹南漢, 『雜著記說類記事索引』, 한국정신문화연구원, 1982.

朴相佾, 「忠淸兵營門考」, 『박물관보』 3, 청주대학교, 1989.

李相周, 「現存 淸寧閣의 眞僞에 관한 연구」, 『忠淸文藝』, 1987년 6월호.

李相周, 「春眠曲과 그 作者-<南遊錄>의 기록을 통해서-」, 『又峯 鄭鍾復博士 화갑기념논문
    집』, 1990.

李相周, 「澹軒 李夏坤의 "康津雜詩考"」, 『牛巖論叢』 7, 청주대 원우회, 1991.

李相周, 「澹軒 李夏坤의 <南遊錄>에 대한 고찰-그 호남 풍속지적 성격을 중심으로-」, 『韓
    國漢文學硏究』 15, 한국한문학연구회, 1992.

李相周, 「澹軒 李夏坤의 文論」, 『韓國漢文學硏究』 16, 한국한문연구회, 1993.

李相周, 「澹軒 李夏坤文學의 硏究」, 成均館大 博士論文, 1994.

李相周, 「18세기초 文人들의 友道論과 文藝趣向」, 『韓國漢文學硏究』 제23집, 韓國漢文學會,
    1999.

李相鎭, 「朝鮮 後記 閭巷文學의 展開過程과 文藝意識」, 성균관대 박사논문, 1991.

李仙玉, 「澹軒 李夏坤의 繪畵觀 硏究」, 서울대 석사논문, 1987.

李英淑, 「恭齋 尹斗緖의 繪畵硏究」, 홍대석사논문, 1984.

林熒澤, 「頭陀草敍傳」, 『頭陀草』, 여강출판사, 1992.

中國文獻

歐陽修, 『歐陽修全集』, 臺灣 世界書局, 민국 77년.

袁宏道, 『袁中郎全集』, 홍콩 廣智書局.

陸游, 『陸放翁全集』 上, 中國 世界書局, 民國七六.

中國武漢大學 中國古典文學理論研究室編,『歷代詩話詞話選』, 武漢大學出版部, 1984.

北京大學 哲學系 美學教研室 編,『中國美學史 資料選編』, 中國 華正書局, 1980.

『中文大辭典』, 중국문화대학인행, 민국74년

『中國人名大辭典』, 대만상무인서관, 민국75년

『中國古今地名大辭典』, 대만상무인서관, 민국20년.

『中國畵家人名大辭典』, 경미문화사, 1981.

王洪 主編,『古代散文百科大辭典』북경 學苑出版社, 1993.

劉鈞仁 原著, 鹽英哲 編著,『中國歷史地名辭典』東京 凌雲書店, 1980.

찾아보기

후기

내가 「남행집」·「남유록」을 초역한 것은 1992년이다. 담헌은 1722년 호남기행을 기록으로 남겨 자료적 의미를 지니게 하고자 했다. 이런 그의 취지에 부응하고자, 나의 역주 작업도 1722년과 우리시대의 호남의 실상을 대비해 볼 수 있게 하고 싶었다. 그래서 담헌이 여행했던 노정을 따라 답사해 보면 현장감이 살아나는 더 실감나는 번역을 할 수 있을 것이라 생각되어 호남지방을 여행하기로 했다. 그리하여 나는 1996년 2월 28일부터 30일까지 담헌 이하곤이 남유했던 노정을 돌아봤다. 이 답사에 담헌의 9대 종손인 이정희(李晶熙) 어른께서 승용차를 운행해주시고, 호남지방의 지리에 밝은 호남출신 임영순(林英淳)어른께서 담헌이 여행했던 길을 안내해 주셨다. 그 덕분에, 일부 지역과 산악지역을 제외하고는 담헌이 답사했던 지역을 웬만큼은 돌아볼 수 있었다. 짧은 일정이라 담헌이 남유했을 당시에 존재했던 유물유적의 현존여부와 보존상태에 대해서 일일이 다 확인하지 못한 것도 적지 않다. 다만 확인한 것에 대해서는 직접 호남지방을 가보지 않아도 현재의 대체적인 실상을 알 수 있도록 하기 위해 각주에 간략히 서술해 놓았다. 담헌은 「남행집」과 「남유록」을 통해 당시 호남의 실상을 진실하게 기록으로 남겨 전하고자 했다. 난 담헌이 여행했던 호남지방의 1996년의 실상을 전하고자 답사한 것이었다. 그리하여 담헌의 「남행집」·「남유록」과 아울러 또 하나의 「남행집」·「남유록」 즉 우리시대의 「남행집」·「남유록」을 제공하고 싶었다.

1996년말까지 늦어도 1997년 초까지는 번역본을 출간하기 위해, 답사를 통해 확인한 자료를 토대로 주석을 보완하고 번역을 재검해나갔다. 그러나 거의 막판에 이르러 본의 아니게 미루지 않으면 안될 사정이 생겼다. 『양아록(養兒錄)』에 대한 번역주석작업을 먼저 완료해야 했다. 『양아록(養兒錄)』은 우리나라 현존 최고(最古)의 육아일기이다. 나는 1990년경에 『양아록(養兒錄)』 발견했다. 그 가치를 인식하고 논문을 발표하려 했으나, 담헌문학으로 박사논문을 준비하고 있었기 때문에, 『양아록(養兒錄)』의 연구에 집중적으로 시간을 할애할 마음의 여유가 없었다. 그런 가운데 틈틈히 『양아록(養兒錄)』의 번역과 주석을 해나갔다. 1994년 박사학위를 취득하고 나서, 1996년 3월 한국한문학회 춘계학술발표회에서 『양아록(養兒錄)』을 소개했으며, 그 해 12월 『한국한문학연구』 23집에 『양아록(養兒錄)』에 대한 논문을 게재했다. 그런데 『양아록(養兒錄)』의 내용이 1997년 2월 18일 KBS 1 TV "역사추리"라는 프로에 '조선시대 육아리포트'라는 제목으로 극화 방영되었다. 그러자 내게 번역 출간에 대한 문의와 요청이 많아, 『양아록(養兒錄)』의 완역주석을 미루기가 곤란하게 되었다. 그리하여 부득이 『양아록(養兒錄)』 번역본을 먼저 간행해야했다. 내가 『양아록(養兒錄)』을 발견 소개하고, 그에 대한 논문을 작성했던 사실을 모르는 일부 출판사에서는 다른 사람에게 번역을 의뢰하여 독자

345

적으로 번역본의 출간을 서두르고 있었다. 나중에 이런 사실을 안 그 출판사는 결국 『양아록(養兒錄)』의 번역 출간을 포기하게 되었다. 이런 우여곡절 끝에 『양아록(養兒錄)』은 1997년 11월 5일 태학사에서 출간되었다. 이러한 사정으로 인해서 「남행집」·「남유록」은 역주본의 정리가 거의 완결단계에서 미루어지게 된 것이다. 1998년과 1999년에도 그간 준비해온 논문들을 미루기가 곤란하여 이를 완결하느라 본의 아니게 「남행집」·「남유록」은 역주본의 간행을 연기해야했다. 그 덕에 몇 번 더 세심히 살펴보면서, 미진한 부분을 최소화하려고 나름대로 노력했다.

2000년 5월 원고를 완성해가지고 출간을 의뢰하기 위해 태학사엘 갔다. 변선웅편집장이 전반적인 내용에 대해 물었다. 그는 나의 설명을 듣더니, 책의 내용상 이하곤이 여행했던 지역을 수고스럽겠지만 한번 더 답사해서 사진을 더 첨가하면 더 좋은 책이 될 것 같다는 의견을 제시했다. 나 역시 좀 아쉽게 생각하고 있던 차라 궁리해보겠다는 대답을 하고 내려왔다. 고민 끝에 담헌의 후손 이정희어른께 상의했다. 그래서 이정희어른과 임영순어른을 모시고 다시 호남여행을 떠나게 됐다. 7월 25일 화요일에 떠나 27일에 돌아왔다. 계속되던 장마가 막 끝난 뒤라서 날씨도 그리 덥지 않아 더위로 인한 고생은 하지 않았다. 이번에 간 곳은 가는 곳마다 풍광이 좋은 곳이었고 볼 만한 문화유적도 많아서 정말 좋은 여행이 되었다. 역시 호남 지리에 밝은 임영순어른의 덕분에 최단거리로 답사하며, 맛있는 향토음식을 맛보며 지난 번 보다는 여유있는 여행을 할 수 있었다. 지난 번에 갔던 곳이라도 찍은 사진이 좀 미흡한 곳과 가보지 못한 곳을 둘러보았다. 다만 강진의 수인산, 장흥의 천관산, 영암의 월출산등 산에는 올라가지 못했다. 그러나 참으로 보람있고 즐거운 여행이 되었다. 7월 27일 마지막 답사날이었다. 화순군 이서면에 있는 물염정(勿染亭)을 돌아보고 형제가든에서 메기매운탕을 먹었다. 우리 일행이 식사하던 자리는 물가에 접하고 있어 바람이 시원하여 식사 후 담소하며 쉬다가 막 일어서는데, 식당주인이 우리가 있는 자리로 올라왔다. 주인은 "우리집은 도로에서 좀 들어와 있는 집이라서 아는 분이 아니면 오시기가 힘든 곳인데 찾아주셔서 감사합니다."고 했다. 또 주인이 하는 말이 "차량번호가 서울 번호라서 이 지방에 대해 아는 분이거나 관심이 있는 분으로 생각돼서 이 곳의 볼 만한 곳을 알려드리려고 올라왔습니다. 적벽에 가보셨습니까? 물렴정에 있는 적벽은 소적벽이고 수몰된 원적벽은 대한민국에서 제일 아름다운 절벽입니다. 시간이 되시면 다녀가십시오."한다. 그는 자기 고장은 명승지에 대한 긍지와 지역 문화재에 대한 애호심이 대단한 분이었다. 이번 답사길엔 운이 좋은 것 같다. 조금만 일찍 자리에서 일어났더라도 적벽을 보지 못하고 돌아갈 번 했다. 임영순어른께서도 "일이 잘 될려니까 많은 식당중에 뒷골목에 있는 식당으로 오길 잘 했구먼." 라고 말씀하셨다. 이정희어른께서도 "이거 시원한 자리에서 점심도 맛있게 먹고 구경하기 힘든 곳까지 구경하게 됐으니 일이 아주 계속 잘 돼가네."하셨다. 나는 이건 담헌공이 계시하신 것이라고 했다. 천 리길을 달려왔으면서 2,30분이면 다녀갈 수 있는 적벽을 안 다녀가면 안 온 거나 마찬가지라고 생각하신 것 같다고, 기분 좋아 한 마디 더했다. 주인의 안내로 상수도보호구역을 통과하여 적벽을 관람하고 사진을 찍었다. 비록 상당부분이 수몰됐지만 장관이었다. 이번 답사길에도 담헌의 기록과 현재의 실상을 대비확인하기 위해 「남행집」·「남유록」의 번역본을 출력해서 가지고 갔다. 임영순어른께서 호남지방에 관한 것이니, 한 번 살펴봐주시겠다고 했다. 점검해보실 수 있도록 출력지를 모두 드렸다. 역주자가 미처 감지하지 못한 오자와 일부 오류를 수정하여 주셔서 이번 여행을 정말 의미가 컸다. 참으로 이번 답사길엔 좋은 일이 많았다. 이는 「남행집」·「남유록」을 보다 더 완벽하고 충실하게 복원해보하려는 나의 성의을 감지한 담헌공의 혼령께서 도와 주신 것으로 생각된다.

「남유록」에 관한 논문은 1992년 『한국한문학연구』 12집에 「담헌 이하곤의 남유록에 대한 고찰」이란 제목으로 수록했으며, 나의 박사학위 논문인 「담헌 이하곤 문학의 연구」에서 다루었다.

나의 연구활동에는 은사님들의 훈도가 큰 힘이 되었다. 박사학위논문을 지도해주신 성균관대학교 林熒澤교수님, 강의하면서 연구할 수 있게 해주신 청주대학교 한문교육과 李星, 金甲起, 金洪哲교수님들께 감사를 올린다.

담헌의 종손 이정희씨는 역주본 간행이 늦어져 조바심이 생겼을텐데도 불구하고 내색을 하지 않으셨다. 역주본 출간이 너무 늦어져 본의아니게 송구하다. 이제 「남행집」·「남유록」을 역주하여 『18세기초 호남기행』이란 이름으로 출간한다. 18세기초와 20세기말의 호남의 실상을 대비하며, 호남지방의 정황과 문화유산을 올바로 보는 지침서가 되기를 기대해본다.

담헌께서 나의 번역을 보고 노여워할까 두렵다. 당신이 의도하고자 했던 대로 충실히 전하지 못했을까 저으기 염려되기 때문이다. 담헌은 48세에 18책의 저술을 남기고 서거했다. 올해 내 나이 쉰 하나이다. 그러나 나는 재능은 물론 학문과 식견이 그분에 턱없이 모자란다. 나는 담헌의 생애와 그의 글을 통해 너무 많은 것을 배웠다. 나는 내 학문과 내 인생에 많은 감발을 준 담헌의 삶의 자세와 학문자세를 실천하려 진력해왔다. 과욕이고 과분한 생각이지만 담헌이 못다한 학문과 문학을 미력하나마 실현하고 싶다. 이제껏 좋은 연구를 할 수 있도록 영감을 주신 조상님의 영령과 담헌공의 영령께 감사한다.

번역과정에서 미심쩍은 부분에 대해서는 청주에 거주하시는 한학자 고(故) 신철우(申哲雨)선생님, 전 단국대학교 동양학연구소 연구원이셨던 이두희(李斗熙)선생님께 여쭤보았다. 오역을 극소화하려고 노력했으나, 혹 미흡한 곳이 있다면, 이는 나의 불찰이다. 삼가 독자 제현들의 가르침을 바란다.

우직스러울 정도로 우리 민족문화유산 정리 연구에 집착하는 나를 이해해주며, 가계를 꾸리느라 애쓰는 아내 박정규(朴貞圭)에게 미안하고 고마울 뿐이다. 대학에 다니다가 전투경찰

부대에서 복무하고 있는 아들 용재(鎔在)가 12월이면 제대한다. 딸 혜라(惠羅)가 대학교에 입학했다. 나의 이런 성과들이 이 아이들에게도 활력소가 되기 바란다.

세월과 인생이 참 무상하다. 1996년 1월 어머니, 1998년 7월 장인어른, 1999년 5월 아버지가 돌아가셨다. 3년여 사이의 일이다. 지금도 아들이 잘 되기를 기원하고 계실 아버지(殷字 佑字) 어머니(鄭 淳字 禮字) 영전에, 사위의 일에 늘 앞장서셨던 초등학교 5학년 때 은사이자 장인이신 박노홍(朴魯洪)선생님 영전에 이 책자를 삼가 올린다.

이 책자를 흔쾌히 출간해주신 이화문화출판사 이홍연사장님 및 이화문화출판사 가족, 그리고 편집에 노고가 많은 송현정 선생께 감사한다. 편역자가 직접 가보지 못한 호남지방 유물유적의 내력을 알려준 전라남북도 해당 군의 문화원과 향토사학자 여러분, 그리고 원고교정을 도와준 충북문화유산답사회 회원, 그리고 격려해주고 도와주신 분들께도 감사한다.

2003년 10월 9일

李 相 周 삼가 씀

편역자 李相周

1953년 충북 괴산군 사리면 화산리 243 陶村 출생

청주대학교에서 석사과정까지 마치고 성균관대학교에서 조선후기 眞·實을 강조한 文藝批評家인 澹軒 李夏坤 文學에 대해 연구하여 『澹軒 李夏坤 文學의 硏究』로 문학박사학위를 취득했다.

「<春眠曲>과 그 作者」, 「澹軒 李夏坤의 <南遊錄>에 대한 고찰」, 「槎川 李秉淵論」, 「李得胤과 西溪六歌·玉華六歌의 創作年代」, 「18세기초 文人들의 友道論과 文藝趣向」, 「葛隱九曲과 葛隱九曲詩」, 「盧性度와 煙霞九曲歌」 등 다수의 논문이 있다.

1500년대에 쓰여진 現存 最古의 育兒日記 『養兒錄』을 번역 하였으며(태학사, 1997년), 이 내용이 KBS 1TV '역사추리'에 극화 방영되었다. 『淸安地域 英祖戊申亂 討逆日記』 역주(2001).

청주신흥고 교사를 거쳐, 청주과학대, 충북과학대, 동덕여대자대학교, 중앙경찰학교에서 강의했으며, 현재 배재대학교에 출강하며 청주대학교 한문교육과에서 강의전담교수로 강의하고 있다.

학회활동

한국한문학회. 한국한문교육연구회. 우리한문학회. 서지학회. 동서어문연구회. 괴산향토사연구회. 충북문화유산답사회.

18세기 초 호남기행

인쇄일 : 2003년 11월 5일

발행일 : 2003년 11월 11일

저 자 : 李　　夏　　坤

편역자 : 李　　相　　周

편역자 : 李　　洪　　淵

발행처 : (주)이화문화출판사

등록번호 : 1-1314(1994.10.7)

서울시 종로구 내자동 167-2

(02)738-9880, 732-7096~7

定價 35,000원